ZUI

Zestful Unique Ideal

最世文化

Shanghai ZUI co.,Ltd

Do not move
Let the
wind speak
that is paradise.

SWAN
天鹅·余辉

－ 恒殊 著 －

III

| HENGSHU WORKS | LET THE GODS FORGIVE WHAT I HAVE MADE | WANGHUAN ILLUSTRATION |

LET THOSE I LOVE TRY TO FORGIVE WHAT I HAVE MADE.

PRODUCER _ JIN LIHONG LI BO JING M,GUO / CHIEF EDITOR _ YANG XIAN FANG ZHAO
CONTRIBUTING EDITOR _ ZHANG JINGZI [FROM ZUI] / VISION ART _ ZUI Factor [zui@zuifactor.com]
COVER ART _ FU SHIYI [FROM ZUI Factor] / ILLUSTRA TION _ WANG HUAN [FROM ZUI]
MEDIA COORDINA TOR _ ZHAO MENG / PRINTING MANAGER _ ZHANG ZHIJIE
INTERNET SUPPORT _ SHANGHAI ZUI [WWW.ZUIBOOK.COM]

这本书写给我的家人。

写给总是第一读者的妈妈，每月给我寄书的爸爸，

不停为剧情该如何发展和我吵得天翻地覆的Pete（他有好多歪点子），

还有（几乎）每晚八点准时入睡的Dante。

你们就是我的一切。我很爱很爱你们。

还有俎宏，我的损友、知己、同学、姊妹、伴娘、司仪以及其他所有，我写完这本书的那天正好是你的生日。尽管近二十年来你根本不属于看我写的任何一行字（我真想掐死你），但我希望你能够最终找到属于自己的幸福。

元素精灵会祝福你。

沿着长满青苔的溪谷，
小妖精成群结队走了回来，
他们尖声地叫个不住，
"来买啊，来买。"

——克里斯蒂娜·罗塞蒂《小妖精集市》①

注：① 摘自《英国维多利亚时代诗选》，译者飞白，湖南人民出版社，1985。

-→ SWAN ←-

"那么，你的故事是什么？"他问我。狡黠的黑眼睛在烛光里一闪而过，刹那间让我在记忆里把他们重叠。

我说的是那个魔鬼。他的名字是奥黛尔·洛特巴尔，我的另一半灵魂。

噢，抱歉，也许你并没有看过我上一本书，所以根本不知道我在说什么。正如我面前的观众，此刻他们面面相觑、大眼瞪小眼地盯着我，等待我接下来将要带给他们的故事。

窗外，一个接一个的闪电劈开了圣马可广场上方积压了几个世纪的黑云，露出支离破碎的天空。当隆隆的惊雷接踵而至，这栋据说有五百多年历史的木头房子摇摇欲坠，面前所有的杯盏盘碟叮叮咣咣互相撞

击，在并不稳当的木质圆桌上战战兢兢地跳着危险的芭蕾。

狂风带来了大量海水，从不远处的港口冲进那两根在过去荣耀地象征着威尼斯城门的花岗岩石柱，一鼓作气涌入小广场，淹没圣马可图书馆和公爵宫的云石地面，一波又一波拍打着圣马可大教堂门口的台阶，溅起半人高的浪花，然后转了个弯，气势恢弘地涌入辉煌的圣马可广场。

从窗口望出去，昔日繁华拥挤的圣马可广场上看不到一个人，也没有一只鸽子。事实上，仅仅几分钟之内，那里已经不存在什么广场了，只有一个突然出现的巨大蓄水池，头顶闪电明明灭灭，映出蓄水池四周围绕着无数古典华美的大理石拱门和廊柱，看上去就像一个古罗马式的浴池，就像你会在英国的巴斯温泉见到的那样，里面的水也是混浊的深绿色。

大雨倾盆。越来越高的浪花猛烈撞击着钟楼和灯柱，汹涌的海水争先恐后地涌进圣马可广场，漫入四周这座传说中世上最美丽的回廊，淹没了回廊上所有的珠宝店、面具店和彩色玻璃制品店。有些商店的大门已经不幸被撞破了，昂贵的货品孤苦伶仃地随着海水漂出来，包括拐角处那间咖啡店，我们前几天才坐过的几把白色的小椅子正在广场上沉沉浮浮。

那里就是我这个故事开始的地方。圣马可广场上那间小小的咖啡店。

从那里开始，我遇到了他，我遇到了那些人。

01

雨越下越大。

圣马可广场上早就有所准备的小商贩们，迅速收拾起各自的摊子回去了；剩下猝不及防的游客们，先是打起临时买的印有翼狮和贡多拉的廉价雨伞遮挡了一阵，看大雨没有任何止息的意思，继而狼狈地各自逃回旅店——是的，我早就应该加入他们，我早就应该回到自己温暖干爽的旅店里——现在看来，这才是最明智的做法。几个小时之前，当带着咸味的狂风在我脸侧咆哮，吹得广场上一只鸽子都看不见的时候，我就应该意识到，面前的大雨是一场灾难。

无论如何，现在一切都太晚了。

海水涨潮，吞没了广场四周所有的小巷。原本近在咫尺的旅店此刻

远在天边。我仰起头，眯起眼睛，试图在冰冷的淋浴喷头下分辨出头顶建筑物几百个一模一样的文艺复兴式长窗，我想如果周围没有这些和我一样逗留在广场上的愚蠢游客的话，也许我可以"飞"上去。但我想了想还是决定不去冒险，何况我也不确定自己那点刚刚复苏的少得可怜的魔法是否会在大雨中失效。

所以我还在这里，和普通游人一样湿淋淋地站在码头上，看着波涛汹涌的亚得里亚海，面对停运的航船无计可施，然后被迫退回逐渐被雨水淹没的圣马可广场，挤在回廊下这间小小的咖啡店里度秒如年。

这就是我的命运。

但所幸我并不是一个人。

一对衣着考究、上了年纪的法国夫妇；两个年轻的高个子，说话带着浓重的北部口音，是来自挪威还是瑞典的兄弟俩；一个独自旅行的澳洲背包客，三十出头，看上去似乎没什么耐性；加上对面这个美国口音的黑发青年，我们七个人不幸地挤在这间不起眼的小咖啡店里，已经过了好几个小时。

那对老夫妻互相依偎在窗边，看着外面的大雨一动不动，像是陷入了某种遥远的回忆，只有他们紧握的双手偶尔安抚似的动作一下，才证明他们的生命并未随着凝固的时间而冻结。而相比之下，那两个来自北欧的年轻人就活泼得多了，他们两个靠着墙，一对瘦长的身体并排坐着，四条麻秆一样的长腿交叉跷在椅子上，唧唧喳喳地把玩手中的录影机，播放之前录下的片段自娱。澳大利亚人的笔记本电脑电量已经用尽，邻座传来的笑声令他更加烦躁不安，他仰起一头乱糟糟的姜黄色头发，不停地看对面墙上挂的时钟，但上面的表针走得很慢。

我在心里替他捏了一把汗，因为我总觉得这家伙很快就要爆发了，也许就在下一秒钟，他会突然跳起来把那对吵闹的兄弟像筷子一样拎出去，抛在圣马可广场这口大汤碗里给淹死。后来店主人见势不好忙端来了咖啡。

筷子兄弟持续着自己讨人厌的属性，利用长手长脚的优势，率先去木质托盘里抢咖啡，没有加糖就直接倒进了嗓子，苦得龇牙咧嘴。澳大利亚人轻蔑地嗤笑一声，同样端起那杯苦得要命的蒸馏咖啡，一饮而尽。坐在窗边的老夫妻礼貌地道了谢，颤巍巍地端起一边的小奶罐，小心翼翼地往咖啡里加牛奶。

托盘里还剩下最后两杯咖啡。

我抬起头，正好看到那个来自美国的黑发男孩，在拿起自己那杯咖啡的同时对我眨了下眼睛。

"希斯！看在上帝的分儿上！你这浑蛋竟然一个人躲在这里！"

我的手还未碰到咖啡杯，大门突然被撞开。一股湿漉漉的冷风瞬间冲了进来。澳大利亚人离门最近，被冰冷的雨水溅了一身。他眉头皱得死紧，几乎立刻就要发作，但门口两人落汤鸡一样的外表实在凄惨，他盯着来人，勉强把怒火压了下去。

那是两个浑身湿透的年轻人。他们手里有伞，但显然已经被风吹折了支架，完全不顶用了。两个人不知道在大雨里待了多久，从头到脚没有一处地方是干的。他们的头发一绺一绺地淌着水，眼镜的镜框上滴着水，外套的拉链末端流着水，雨水不停地从他们的脸上、手指尖和胳膊肘落下来。他们两个站在风雨里簌簌发抖，就好像一对正在融化的蜡人。

此刻，我倒真的希望他们是蜡人。因为就在这凄风苦雨的威尼斯偶遇的两位游客，不幸我竟然认识他们！

左边那个戴眼镜的金发男孩，不巧正是我的前男友齐格弗里德——我嫌他名字太长，一直用首字母称呼他为小S——我们一年前在北京分别之后就再没有见过面。如果我没记错的话，他此刻应该正在美国读他的工商管理学位，却不知道被什么风吹来了威尼斯。而更不巧的是他旁

边那位棕红色头发的小个子姑娘，我在Facebook上看到过（他的头像正是他们两个的合影），正巧就是他的新女友艾米丽。

在异国他乡旅行，避雨的时候碰到自己在异国他乡的前男友，这样的概率到底有多少？我真后悔自己没有在出门之前买乐透。

显然，当我对上小S镜片后面的眼睛，或者说，当他糟糕的视力勉强在室内不多的客人中间分辨出我的轮廓，他的震惊并不比我小。

"奥黛尔？"

我机械地点头，勉强挤出一个微笑。我想我应该大度，特别是见到已分手的前男友的时候，特别是见到已分手的前男友带着自己的新女友一起出场的时候。

"你就是奥黛尔？"噢，亲爱的艾米丽小姐可比他大方多了。她甩了甩手上的水，主动走上来和我握手，"我听过不少关于你的事。"

噢真的？我很想故作洒脱地耸耸肩膀，可惜失败了。我的动作就好像是一只生锈了的机器木偶。与此同时，艾米丽冰凉的小手握住了我的手。她的微笑是真诚的。

"好巧。"我嘶哑着嗓子开口，"你们……怎么会在威尼斯？"还会有什么惊人的答案呢，我真是明知故问。

果然，艾米丽说："来旅行。我，齐格弗里德和希斯，我们三个是同班同学。"她随口一说，刚巧解决了我的疑问。噢，我真爱这个姑娘！

"谁知道这家伙竟然把我们抛下了。"艾米丽甩了甩头发上的水滴，对室内那个衣服干燥（与她正相反）的黑发男孩不满地努了下嘴。

"我走散了。"男孩开口，一句话就化解了自己所有的罪过。他走上一步，微笑着对他的同伴点点头，"没想到你们竟然认识。这世界可真小。"

"这是奥黛尔。"小S指着我，憋得满脸通红，我看得出他此刻并不比我好受。他不好意思地搔搔脑袋，继续说："她是我过去的，嗯……朋友。"

朋友？我翻了个白眼。我敢打赌，此时此刻，店里的十个人完全清楚我们的关系。

但再一次地，黑发男孩轻而易举打破了尴尬，"希斯·韦斯特文。"他友好地对我伸出右手，"相逢即是有缘，很高兴认识你，奥黛尔小姐。"

02

他叫我奥黛尔小姐。这个称呼听起来异常刺耳。我下意识地摸了摸自己左手的无名指，上面并没有戴戒指。

但这并不能改变事实。

"我结婚了。"我小声说。但说出真相比我想象的更加困难。我屏住呼吸，小心翼翼吐出这几个简单的词，却在结尾处几乎一口呛住。不，我并非为自己结婚而感到羞耻，相信我，婚礼本身，连同随后的蜜月旅行对我来说都好像是一场未醒的幻梦。一切完美到极点，我没有任何遗憾。是的，我来威尼斯度蜜月，但另一位当事人却不在我身边。不，其实这并不是重点。重点是，现在小S突然出现了。这个我在一年前分手的前男友，此刻正和他的新女友一起，像魔术师的黑色礼帽里失而复得的兔子一样，突地一下子就跳进了我面前已经饱和的世界。

一年前，我告别周围一切去伦敦留学，小S是我关于过去唯一剩下的那部分。不知何故，当时的我，潜意识里仿佛觉得去了伦敦就会离他更近一些——这当然不是指物理上的距离，而是心理上的。但后来连他也离开我了。就在我的新生活刚刚展开的那个确切的时间，我收到了他

的邮件，撕扯开一切梦想和希望的外衣，残忍地告诉我，我们没有未来。

我们就好像两条相交线，从地球两极那么远的距离开始，交会在中间，然后义无反顾地背向而行，大步流星，越走越远。我在伦敦而他在明尼阿波利斯。我们有生之年甚至都不会再见面。

但地球毕竟是圆的。一年之后两条生命线再次相交，我们竟然不约而同地来到威尼斯度假，又在大雨时分躲进了同一间咖啡店。

缘分未尽？

我禁止自己继续想下去。我已经结婚了。但我不想当着他们的面说出这个事实。我无意炫耀。我怕他们会追问我细节。我该实话实说吗？我该回答什么？告诉他"嗨，你的前女友现在嫁给了有钱的伯爵，哈哈哈"还是"不好意思我突然发现自己（上辈子）是个魔鬼，我离开之后你有没有任何中毒的症状"？

我最好什么都别说。

但是他根本就不会放过我。

"吓？你结婚了？"小S目瞪口呆地盯着我，露出一副当年听说他初恋女友结婚之后，完全无法接受的类似表情。我知道，依照他不会拐弯的性格，他一定会打破沙锅问到底。我向来不擅撒谎。我完了。

"恭喜你啊！他叫什么名字？是哪里人？他现在在哪里？没有和你在一起吗？"艾米丽左顾右盼，摇晃着两条湿漉漉的长辫子，连珠炮似的发问，亮晶晶的大眼睛一眨一眨的，像个天真烂漫的小女孩。

"他叫弗拉德，是罗马尼亚人。"我如实回答，"我们一同来威尼斯观光，但他去看朋友了。"

"他把你一个人丢在这么大的雨里去看朋友？"艾米丽睁大了眼睛，有意无意，狠狠瞪了一眼身边的希斯，那个黑发男孩，此刻他正像咖啡店里其他的客人一样，饶有兴趣地看着我们几个。

　　我的脸更红了，声音压得更低，"我们分开的时候并没有下雨。"

　　"罗马尼亚人？"小S带着一股美国人根深蒂固的愚蠢优越感，从鼻子里哼了一声，"他不是吉普赛人吧？"

　　"不是。"我小声回答。说真的，我极讨厌他这个样子。和拥有深厚历史文化的欧洲人相比，他们太无知，太没有礼貌，而且总是动不动就扯上那些并不存在的美国精神。

　　"你们怎么认识的？他是你的同学吗？"艾米丽继续追问。她脱下湿淋淋的深红色Gap帽衫搭在椅背上，拉近椅子坐了过来。可能室内的温度相对外面过于温暖，她带着几粒小雀斑的脸蛋红彤彤的，年轻的皮肤饱满而充满弹性，就像是一个美味的苹果。近在咫尺，我可以闻到她皮肤上的盐分和热度，香波和润肤霜的味道在空气里蒸腾，还有一股明显的香味，是小女孩用的那种带有水果甜味的淡香水，并不是很贵。

　　然后互不相关的两个念头突然出现在我脑海里。

　　一、那个香水是不是小S送给她的？

　　二、我饿了。

　　当我发觉自己在想什么，我很震惊。我震惊于自己一年之后还不能释怀小S的香水品位，或者，是自己竟仍然在乎。可事实上，我甚至根本想不起自己曾经和小S共度的那些时光。

　　清醒些吧！我对自己说——你和他根本就是两个世界的人，曾经如此，现在又有了一个级数性质上的飞跃。你甚至根本就从未爱过他——真的吗？但不管答案是肯定还是否定，这个想法马上就被紧跟着出现的第二个念头吞没得干干净净。

　　艾米丽让我产生了饥饿感。她红润的脸颊，她温热的气息，她柔软的小身体里面包裹着一个纯净天真的灵魂。

　　她凑得更近了。浓烈的混合气味冲击着我的大脑，我头晕目眩。眼前模糊起来，我不能聚焦了，我看不到艾米丽的脸，但我却可以清晰地看到对方一头炫目的金红色长发，上面那些晶莹的小水珠在空气里跳跃、蒸腾，水汽氤氲……我伸出手去。

"奥黛尔，再不喝你的咖啡就凉了。"一个沉稳的声音突然在耳畔惊起，如同隆隆闷雷从亘古而来，在混沌中打开了一道光。眼前豁然开朗，我看到那个叫希斯的黑发男孩正站在我面前，手里端着我的咖啡。

"噢，谢谢。"我伸手接过咖啡杯，然后自然而然端到唇边。我感到一阵恍惚。我是说，刚才我到底在干什么？我在想什么？那种突如其来、无可抑制的冲动到底是因为什么？我看着面前的艾米丽——刚刚小S一定说了什么，他们两个笑得正开心。咖啡店里其他的人也在谈笑，继续着他们之前的一切——那对老夫妇仍然在窗边打盹，筷子兄弟仍然在看录影机，澳大利亚人好像心情好了些，正和店主聊着昨天在米兰圣西罗球场的比赛——他们没有人再注意我了。

"你要加奶和糖吗？"希斯问。

"两块糖。"我接过他递过来的奶罐，他的手碰到了我的。

那一瞬间，再一次，就好像记忆闪回。

他为我的咖啡加了牛奶，我想我应该说谢谢，但话到口边，却变成了惊疑不定的——

"你是谁？"

"一个朋友。"完美的弓形薄唇拉开丘比特的弧线，露出整齐的白牙齿，希斯微笑。

强烈的熟悉感。我在哪里见过这个微笑。

或者说，我在哪里见过这个人。

他说他叫希斯。

我在心里拼他的名字：

Heath Westwin。

但我却没有关于这个名字的任何记忆。

我很想知道他是谁。特别是，当我第二天在旅店里再次看到他的时候。

我是说，如果"在咖啡店偶遇自己的前男友和他的现任女友"这整件事还不够戏剧不够糟糕的话，他们现在还和我住在一起。

其实他们本来并非和我住在一起。一切都怪这场突如其来的大雨（以及之后引发的洪水）。

我已经在前面说过了，大雨本身就是一场灾难。

03

昨天后来的时候，当地的救援队派了船来接我们。我希望是贡多拉，威尼斯特有的一种两头尖尖的平底船，船身漆成棺椁一样的黑色，符合我的品位。但并不是。只是很普通的汽艇，上面涂抹着编号和当地政府的标记，刺耳的引擎尖厉地号叫着，一次就把我们全部人都接走了。

那对老夫妻和筷子兄弟原本就和我住在同一家旅店。澳大利亚背包客和小S他们三个则分别住在附近两家包早餐的便宜旅社，这两家旅社却在洪水中被迫关了门，救援队把他们的行李先后送来了我的旅店。因为他们以为我们是一起的。

说真的，所有人都以为我们是一起的。因为我们不但年龄相仿，而且似乎还有无数可聊的。不，当然不是我和小S。我一直避免和他见面，但这根本就不可能。自从他们搬来这里之后，我就不停地碰到希斯——这又让我想到了那个魔鬼。但再一次，这根本就不合逻辑。

希斯和小S一直在一起，还有艾米丽，三个人看起来就像是最好的朋友。就好像那种，在学校里关系很好，然后心血来潮一起结伴出来旅行的好朋友。是的,这就是他们字字句句告诉我的所谓真相,听起来的确很真实,很可信——但也许我作为魔鬼的神经过于敏感,我总是觉得怪怪的。但更有可能的是,希斯这个人本身并无问题,艾米丽更没有问题,而只是小S的出现让我乱了阵脚。没有人会对自己不久前(一年并不久)才分手的前男友(加他的现任女友)的出场无动于衷,尽管她自己现在已经结婚了。

说到这个,艾米丽对搬来我的旅店兴高采烈,因为她拥有足以杀死猫的好奇心,这种好奇心驱使她无论如何一定要见到D。

对此我有两种解释:

一、她想比较自己的男朋友和其前女友的现任;

二、抛开我和小S的那一层关系,单纯从女孩子的角度出发,她也想比较我和她的另一半。

这种高下立判的赛制我根本就不想参与。何况我也未必胜出。我不是说D和小S两人之间的比较——他们两人之间完全就没有任何并列的性质,就好像并非存在于同一宇宙,之间唯一的关联就是和我这颗小行星(曾经)有过不明不白的撞击。当然,在第一次撞击发生之后,我至少行驶了几百万光年的直线距离才跨入D所存在的宇宙。

我的意思是,我和艾米丽之间的比较。

我不确定艾米丽和小S未来会不会在一起,但我可以确定的是,如果他们果真结了婚,在蜜月期间,小S绝对不会离开她一步。

因为任何一个普通人都可以毫不犹豫地做到这一点。因为这样做才正确。新婚夫妇在蜜月时刻如胶似漆是最正常不过的事情。

可是我就不正常。

因为D不是普通人。

事实上,自从来到威尼斯之后我还没有见过他。

他确实是和我一起来的,像一对普通情侣那样,一起收拾了行李,一起踏上了从伦敦飞往威尼斯马可波罗机场的夜班飞机，然后在凌晨时分，从梅斯特雷跨过长桥抵达威尼斯本岛。

他租了一条贡多拉，用流畅的意大利语随意和船夫聊天，驾轻就熟，在夜色中毫不费力地辨明方向（我打赌他一定来过无数次，他活了那么久），最终来到这家旅店。

旅店离圣马可广场只隔一条街（现在已被洪水淹没），紧靠大运河，推开窗子就可以眺望威尼斯全景。在这个寸土寸金的地方，这家旅店正中竟然别有洞天地藏匿着一个颇具规模的四方形花园（现在也涌入了洪水），不像布朗城堡地下室那种在天花板上画出的虚假天空，这个花园是露天的，如同一个真正文艺复兴时期的花园，摆放着精美的大理石雕塑，齐腰高的彩绘花盆里栽种着橘子树。除此之外，旅店的房间不可思议地大，室内陈列古色古香，完全保留着文艺复兴时期的建筑和装饰风格。

D把我一个人留在这座美第奇②的行宫里，然后他就——走了。

来威尼斯是我的主意，不是他的。事实上，当我最开始提出这个建议的时候，他还犹豫了一阵。但现在迫不及待出门的反而是他。他说他在威尼斯有重要的朋友，他去看望他（们）了。随便就把我丢在一边，好像我根本不需要他。好像在被恶毒地诅咒之后，我有足够能力保护我自己。

前不久，就在我逃脱墨菲斯的掌握从噩梦中醒来，就在我们终于鼓起勇气向对方告白，同时接受了对方的爱意，就在所有一切都圣洁无瑕完美无缺的时候，在我生命中最美妙的那个瞬间，薇拉，我曾经最好的朋友，突然从天而降，诅咒了我们的婚礼。

婚礼仍然是有效的，苏菲奶奶告诉我们，她坚信元素精灵的力量，她说只要相信自己，相信对方，一切就都会好起来。

注：② 文艺复兴时期最富有的家族之一，佛罗伦萨城邦的领袖。此处比喻旅店的精美，与前文接管布朗城堡的"美第奇先生"无直接联系。

但我始终觉得她只是在安慰我而已。作为德鲁伊的大祭司，她根本不清楚对方到底是如何在自己的眼皮底下破坏了仪式上的灵力保护环。

薇拉不再是吸血鬼了，因为如果她仍然是的话，作为同族，D没有理由感觉不到她的存在。或者她从未是过，而只是某种假象。毕竟是塞巴斯蒂安促成了她的转变。如果塞巴斯蒂安不是吸血鬼（他当然不是），那她也不可能是。

以上只是我的推测，我没有机会去证实，因为薇拉在发出诅咒之后就像上次一样消失了。突如其来，无迹可循。留下震惊的我们两个，兀自不敢相信眼前所见，还有苦苦思索这一切的苏菲奶奶。

我仍然记得苏菲奶奶当时的样子，她皱紧眉头，脸色变得比D还要白，而且无比疲惫。她瘦小的身体在夜风中簌簌发抖，好像突然对自己多年以来的信仰产生了怀疑。她的样子比诅咒本身更让我感觉糟糕。她是一位好心肠的老人，她是威廉和马林的奶奶，我希望她永远健康快乐，我不希望她为我们担心。

无论如何，就在这个不确定的诅咒依然存在，薇拉依然在某处虎视眈眈地窥视我们的时候，D，我的另一半，我的灵魂伴侣，我的心灵归宿，我六百年来的恋人，我的新婚丈夫，就像他以往习惯于做的那样，离我而去了。没有给我留下任何口信或者线索。我不知道他去做什么。我也不知道到哪里才能找到他。

我甚至不知道，当我发生危险的时候，他会不会也一样充耳不闻，正在做着他自己认为更重要的事情。就好像现在一样。

也许我应该多给自己点信心。他是爱我的，不是吗？否则他绝对不会冒险去墨菲斯的梦境里找我，他更不会对我求婚。他已经给了我世上任何一个女孩最想得到的一切——恋人的承诺，还有所谓的名分。可是这些只不过是口头上的称谓而已，没有任何可靠的凭证——如果那条断裂的白绸可以算的话——不过那也太丧气了——甚至连我这个全身上下一抹黑的人都觉得不祥。

难道这个所谓的"婚姻"可以束缚他吗？可是其实我也不想束缚他。我不想把他拴在自己身边。我不是那样的女孩——真的吗？

我很矛盾。

因为六百年来，我心底唯一小小的愿望，就只有他在我身边而已。

像个永远也长不大的小女孩。

·04·

大雨已经在威尼斯下了一天一夜，把这座原本就在下沉的城市和它不可更改的宿命拉得又近了一些。

从昨夜开始，旅店的底楼大堂就已经和附近所有不幸的建筑物一样被海水吞没。一整个白天，被困住的旅客们聚集在旅店顶楼的餐厅里，三五成群，愁眉紧锁，聊着外面百年难遇的坏天气和自己的坏运气。到了傍晚，人们已经在餐厅里枯坐了一天，把菜单上的菜全部点过一遍，也喝光了客房冰箱里配备的全部酒水，直到吧台的咖啡机因使用过频最终坏掉的时候，窗外的大雨仍然没有半点停歇的意思。

我和小S他们坐一桌。其实我并不想，但餐厅里一共就这几张桌子，一半都被疯狂的意大利球迷所占据，昨天那个姜黄色头发的澳大利亚人也在他们之中，正红着脸对一个身穿AC米兰队服的球迷大吼。另外几个国际米兰的球迷立即加入了战局，就好像当年的教皇党人和皇帝党人[3]，几个世纪之后仍然在他们的领地上争斗不休。

注：[3] 文艺复兴时期，意大利城邦林立，北部受神圣罗马帝国控制，中部则由教皇统治。当地民众时常为谁来统一意大利相互争斗。

那对穿着考究的老夫妻见状摇了摇头，脸上露出明显嫌恶的表情，显然这趟意大利黄昏之旅并非如想象中浪漫。他们端起咖啡杯离开了原先的桌子，来到我们面前。小S识趣地搬来了两把椅子。两位老人道了谢坐下了。另一边，希斯已经和筷子兄弟成了朋友。三个人不知道聊什么聊得那么开心，嘻嘻哈哈地笑了半天，后来希斯对着我们的桌子做了个手势，他们点了点头，一起走了过来。

于是我们这群被大雨困住的旅客，不由自主又恢复了昨天下午的圆桌会议。

如果我们之中有亚瑟王的话，那么他一定是希斯，因为这全部都是他的主意。这一群人刚刚坐稳没多久，他就建议说，既然大家都很无聊又无事可做，不如一人讲一个故事打发时间，直到大雨结束。

小S和艾米丽看上去很开心，我看出艾米丽平时没什么主意，而小S又总是对希斯言听计从。爱热闹的筷子兄弟二话不说就加入了拥护阵营。令我惊讶的是那对老夫妻，听到这个提议后，两张布满皱纹的脸上竟然露出了难得的微笑，表示愿意参与年轻人的游戏。

现在所有人的眼睛都关注在我身上，他们等待着我的答案。尽管我根本打不起精神，但我也没法不承认，这是个好主意。听听故事谈谈天，无论如何，这都比我一个人坐在那里胡思乱想自怨自艾，尤其还是面对着自己前男友和新女友的"如胶似漆"胡思乱想和自怨自艾，要好得多了。

我刚准备开口说好，背后突然响起一个声音。

"我们加入。"

一双手扶上了我的肩膀。我全身一震。侧过头，我看到那些苍白而骨节突出的手指，其中一根上面套着那枚熟悉的戒指。

一条尾巴缠绕在脖子上的龙。圣乔治。

我使劲吞下一口唾液，想润润干燥的喉咙，但好像吞下了一个带刺的花球，花瓣里还藏着一只蝎子。蝎子尾巴上的毒刺狠狠扎进我的咽喉，我哽在那里，我想说"你回来了"，但我没能说出口。我也想说"既然你回来了我们就离开这里吧"，但我还是没有勇气说。我很想告诉他："因为你不在我才会和他们在一起，现在我们可以走了。"但我最终还是没有说出上述的任何一句话。我只是艰难地把那只蝎子慢慢咽下去，机械地点了点头，然后挪了挪自己的椅子，让他也可以挤入这张不大的圆桌。

我不知道D在想什么。其实我从来都不知道。他的所作所为对我来说一直是个谜。他回来了，回到我身边了，我应该高兴才是。可我根本就高兴不起来，我不知道他是什么意思，放弃和我独处的机会，来听一群陌生人的睡前故事。我是说，他什么时候开始对普通人的生活感兴趣了？他不是一直都忙得不可开交无法脱身吗？难道他想把我们难得的蜜月旅行变成可笑的康复理疗俱乐部，一群人围坐成一圈，编造些不光彩的过去骗取眼泪博取同情？谢谢，我真的没有兴趣。

我低着头，尽量躲避小S和艾米丽射来的目光。其实桌上所有人都在看着我们两个，只不过从他们那个方向发出的光线尤其醒目。

但是回答他的人却并不是他们。

"欢迎加入，很高兴见到你。"

用眼角的余光，我看到希斯伸手做了一个"请"的手势，就好像亚瑟王欢迎他最优秀骑士的回归。

如果D是兰斯洛特，那么谁是桂尼薇？这个不合时宜的念头④突然出现在我脑海里，我被自己吓了一跳，赶紧摒弃了这个想法。

我抬头去看希斯。他说话的时候表情自然，连眉毛都没有跳动一

注：④ 亚瑟王传说中，兰斯洛特是最伟大的圆桌骑士，也是桂尼薇王后的情人。后者的关系导致亚瑟王国最终破裂。

下。他的语气太平淡了，不含任何感情，让我觉得似乎带点故意的性质。我是说，如果是第一次见面的陌生人，出于礼貌，似乎应该带着点虚假客套的笑意，就好像他刚刚对筷子兄弟的那种态度。相比之下，我觉得他对D的态度过于淡漠，就好像强烈压抑着点什么似的，有一种故意做出来的矜持。

只是我过于敏感吗？因为我的同伴似乎并未发现任何不妥。他脱下湿淋淋的外套搭在椅背上，然后整整衣服坐了下来，对面前所有人展开一个迷人的、毋宁说是毫无防备的微笑，"抱歉我来晚了，讲故事是吗？现在轮到谁了？"

没有人回答他，因为一声巨响突然从身后传出来，吸引了在座全部人的注意力。我转过头，看到刚才那几个穿着球衣的AC米兰球迷，一气之下掀翻了桌子。桌上的咖啡酒水洒了一地，满地都是碎玻璃和瓷片。我吃惊地看着他们，不知道这一切该如何收场。但旅店的人显然要比我镇定多了。意甲联赛期间，他们早已经习惯了这种事情。几个工作人员原先就在吧台边密切注视着他们，现在立刻上前维持秩序，勒令闹事者立即回去各自的客房。

那群人用南腔北调的意大利语高声抗议，似乎还要对方主持公道之类的，折腾了一会儿，最终在工作人员的坚持下不情愿地陆续散场。我刚打算松一口气，一个不速之客突然加入了我们的圆桌。他呼哧呼哧地走过来，自己搬了把椅子，一屁股就坐在了希斯和筷子兄弟中间的那个缝隙里。

"意大利人实在是太讨厌了！"他气呼呼地用英语说，"这些球迷连一点最起码的礼貌都没有！"

一个工作人员紧跟着他跑了过来，用礼貌但肯定的语气强调："请您回去您的客房！"

澳大利亚人抬头看了看他，然后又看了看我们这一桌子人，"我和他们是一起的！"他的嗓音任性而理直气壮。

工作人员将信将疑地看着我们。对面的老夫妻叹了一口气，他望向希斯。希斯露出一个微笑。

"他确实和我们是一起的。"他说。

我看到艾米丽皱起了眉头。本来就和他不对付的筷子兄弟更是小声嘟囔起来。很明显，这家伙完全不受欢迎。我看着希斯，不知道他为什么要替他圆谎。他好像是那种喜欢把一切都包揽到自己身上的人。我不由得想，难道等那群人一会儿不服管教再次打起来的时候，他也会像现在这样站出来，替对方赔偿损坏的家具吗？我想到楼下那些雕塑和彩绘花盆，还有走廊里充满细节的复古陈设，那可绝对不是一笔小数目。

总而言之，希斯实在令人费解。

但更令人费解的是D。

因为当那个工作人员不情愿地离开我们之后，他立即就开口了。

"既然人都已经到齐，那就让我们开始吧。"

他说人都已经到齐。他是什么意思？我看着周围的人，从我右边逆时针数过去，是北欧两兄弟、澳大利亚人、希斯、艾米丽、小S、那对来自法国的老夫妻，最后是D。

加上我一共十个人。

窗外雨仍在下。

黑夜是一切的起始。

05

"我们来自卑尔根，但我们的祖上却并非挪威本地人。"北欧两兄弟中的哥哥率先开口，"14、15世纪，当这里的意大利贵族。"他用食

指敲了敲桌子上那个漂亮的石头烛台，然后继续，"用优质大理石制造雕塑赞美基督的时候，我们的祖先正在德国做着生意。"

"德国人啊？我还以为你们来自潘多拉星球呢。"艾米丽做了个鬼脸。大家都笑了。

"汉萨同盟！"小S原本正忧心忡忡地望着窗外的雨水发呆（我猜他只是不想面对我和D），此刻不知何故突然来了兴致。他转过头，目不转睛地盯着正在叙述中的年轻人。

但是艾米丽又开口了。"汉萨同盟是什么？"她问。

"它是当时德意志沿海城市为保护贸易利益结成的商业同盟，以吕贝克为首，集中了汉堡、科隆、不来梅等大城市的富商和贵族。汉萨就是商会的意思。"小S热切地盯着那两个肤色白皙、棕发碧眼的高个子，希望自己的一腔热血得到肯定和证实，"我上学期专门为此写过一篇论文。"

"正是汉萨同盟。"对面的高个子赞许地点了点头，"在当时，出生在这些地方的孩子，小小年纪就做了学徒，跟着主人背井离乡，去外地的同盟城市干活。这样做虽然辛苦，在当时却是桩求之不得的美差，因为等合同期满之后，这些学徒就可以利用在外地积累的经验和人脉自己回家做生意，同时也可以在商会中谋取更高的职位。这在那个时候是很好的投资。"

小S的回答得到确认，他得意扬扬地四下看了一周，艾米丽正崇拜地看着他。我转过了眼睛。

我知道他一年前为什么和我分手。远距离恋爱固然不可否认，但就算我们共处同一座城市，分手也只是时间早晚问题。也许艾米丽和我一样对他的极克头脑和政经爱好毫无共通之处，但有一点我们不同。

艾米丽是发自内心地崇拜他，而我不。

正相反，这是我讨厌他的另外一件事。自以为是，好大喜功。也许世上大多数男人都有同样的毛病，根深蒂固的大男子主义，或者说，某种作为男性物种的优越感——比如我班上的尼克。在这一点上尼克和他很像，所以我当初才会"本能地"拒绝了他的追求。总而言之，我惊讶于自己如今对小S的厌恶竟然如此明显。而去年的这个时候，我明明还为他哭过。

时间是衡量一切的准则。

这实在是太不可思议了。

在我走神的时候，阿凡达哥哥顿了一下，像是故意要卖个关子，他低头喝了一大口啤酒，然后舔去嘴唇上的浮沫，这才慢悠悠地开口："说到我们这个故事，主人公就是一个商会学徒，小小年纪跟随雇主从德国来到挪威，任劳任怨地工作了很多年，希望将来可以回到家乡成就一番事业，但后来却未能如愿。"

"相比起汉堡、科隆这些大城市，卑尔根当然算不上是什么好地方，一个落后的小渔村而已，一年里二百七十多天都在下雨。" 阿凡达弟弟忍不住插嘴。他虽是弟弟，却比哥哥还要高出半个头，四肢长得不像话，确实像是电影里的那些"纳威人"。

"可是他后来再也没回去他的家乡。"阿凡达弟弟补充道。

"是维京海盗入侵了吗？"艾米丽天真地眨着眼睛发问。

小S急忙拽了她一把，"维京时代在11世纪就结束了！"

澳大利亚人发出一声明显的嗤笑，在座所有人都听到了。这个美国姑娘不高兴了，"人家是真的不知道嘛！"艾米丽撅起嘴唇。

"比维京入侵还要糟糕。"阿凡达哥哥对这个圆脸的漂亮姑娘露出一个安慰的微笑，"一个偶然的机会，他发现了自己雇主的一个大秘密。"

"如果回去了就是死路一条。"阿凡达弟弟补充说。

"是什么秘密？"艾米丽追问。她的长睫毛扑闪扑闪的，红彤彤的脸蛋上所有的雀斑都在发亮。我发现自己完全被她吸引了。她的美丽，她的无知，她属于人类少女的纯真和善良，就如同悬挂在善恶树上甘美多汁的果实，对我而言是致命的诱惑。一种从未有过的渴望挑战着我的神经和味蕾，不，不应该说从未有过，也许，当我还是个魔鬼的时候……可是这一切也太荒唐了！我不想伤害她。我不想伤害任何人！我咬紧牙关，死死掐住自己的手腕，抬起头，刚好看到希斯在对我微笑。

就在这个瞬间，一道闪电劈开了窗外黑沉沉的雨夜。头顶的吊灯"吱啦"一声灭了。随着隆隆的雷声，整个旅店相继陷入一片漆黑。

艾米丽尖叫一声。我本能地抓住身边D的手。冰冷坚硬的触感给了我一丝安慰。我知道他在这里。脚下的地板吱呀呀地响，楼下传来遥远而混乱的脚步声，开门关门的声音，有人在用意大利语骂街，听声音似乎是刚刚那几个球迷。如果说还能有什么比被大雨困在旅店里更糟糕的话，显然，刚刚那道闪电击中了旅店的供电设备，我们的电源被切断了。

透过薄薄的木质地板，楼下的叫骂声还在继续。而面前的圆桌一片静寂。除了艾米丽那声短促的惊呼之外，什么也没有发生。我紧紧抓住D的手，对周遭这种不自然的寂静不知所措。恍惚之间，我甚至有一种不祥的预感，觉得艾米丽已经发生了什么事，而我则是这整个事件的罪魁祸首。

"啪"的一声轻响，一束艳丽的小火苗在眼前爆开，澳大利亚人拿出了他的zippo。

微弱的光线下我第一个寻找艾米丽，发现她正坐在原地，惊恐的眼睛睁得老大，我松了一口气。还好，她没事，我对自己说。我放下了一直悬着的心，却不知道自己先前的慌乱从何而来。

"我们还要继续么？"澳大利亚人用他的打火机点燃了桌上的蜡烛，柔黄的火苗融化了周围吞噬一切的黑暗，寂静而缓慢地在每个人的眼睛里跳跃、燃烧。

十个人，二十只眼睛，不多不少。

"当然。"希斯和D同时开口，我吓了一跳。

阿凡达弟弟耸耸肩膀，"我没意见。"于是哥哥继续开口，完成了下面这个故事。

06

以下是挪威的两兄弟讲述的故事：

"这个故事是从我们祖上流传下来的，卑尔根鱼市场的很多老人都多少知道一些。当时的卑尔根比现在可重要得多了，虽然小，却是汉萨联盟的四大商站之一，地理位置非常重要。我们的主人公和他的同伴们一样，大概十三四岁的时候就跟随雇主来到卑尔根，希望合同期满后可以在商会中谋求一份体面的职业。因此他起早贪黑，任劳任怨，辛勤地工作。

"为了便于叙述，让我们叫他汉斯。

"那个时候从卑尔根出口的货物，除了皮革和木材之外，主要是干鳕鱼。汉斯很幸运，他的雇主就是卑尔根最大的干鳕鱼加工商，在弗洛扬山坐落着规模庞大的工厂。当时由卑尔根出口的三分之二的干鳕鱼都是经由他们的工厂加工制作的。

"干鳕鱼是卑尔根的一项传统工业，制作方式刻板而严谨。首先要去除头和内脏，然后再小心翼翼地剔去皮和骨，充分水洗，去除污血和脏物，然后进行脱水的工序。工人根据每条鱼的重量撒上百分之五至百分之十的盐，腌制一定的天数后，再进行机器干燥。有时腌制和干燥的工序需要反复进行几次以达到最终的标准。汉斯的雇主对这一切有严格规定，每道工序都需要丝毫不差地完成，对温度和湿度的要求一丝不苟。

"有一年冬天，天气非常寒冷。阴郁的天空下，狂风夹杂着雨雪，吹得人睁不开眼睛。汉斯的手和脚都生了冻疮，十根手指肿得好像胡萝卜，又疼又痒。但室内比室外更糟。因为商会的房子是木质结构，总部规定绝对不能在房间内生火，房间里冷得像冰窖，挂在房梁上的水桶表面都结冰了。

"这天晚上，汉斯像往常一样蜷成一团，缩在那个充当学徒床铺的木头柜子里半坐着睡觉。整个晚上他冻得牙齿打颤、瑟瑟发抖，好不容易终于有了一点睡意，柜门突然被拉开了。学徒总管手里拿着一盏灯，来叫汉斯起床。他也是个年轻人，比汉斯大几岁，在这里工作的时间更久一些。他一般都睡在外面的房间里，只有在早上才会拉开柜门把学徒们叫醒。汉斯揉揉眼睛，确认午夜还没有过去，纳闷地看着他。

"学徒总管告诉汉斯，经理把账本落在仓库里了，让他去拿。汉斯知道，被派任务的一定是对方，而不是身份低微的自己。但正是由于自己身份低微，才没有任何推脱的余地。汉斯二话没说，当即套上靴子跑了出去。

"早从维京时代开始，卑尔根人就学会了利用自然环境低温保鲜食物，所以一到冬天，工厂的生意就更加红火。所有未加工的鳕鱼都放在这里，等待着接下来烦琐细碎的工序，制作成供不应求的优质鳕鱼干输出欧洲各地。仓库里雇佣的工人都是卑尔根本地的渔夫，和瘦弱的汉斯相比，他们体型庞大，皮肤粗糙，早已经适应了这里恶劣的气候。

"汉斯狠狠搓着自己冻得毫无知觉的双手，在寒冷的仓库里搜寻着。所幸没过多久，他就找到了被经理落下的账本。不只如此，就在账本附近，他还发现了无数雕刻精致的木头盒子，里面放着切成小片的鳕鱼干。汉斯认得这是他们生产的最为昂贵的货品，这样不到巴掌大的一小盒，可以卖出十整张干鳕鱼的价格。甚至就连盒子本身也价值不菲。汉斯听总管提过，它们是从意大利的一位手工艺人那里特别定制的，用的是当地产的橄榄木，拥有独特的纹理。

　　"作为干鳕鱼加工商的学徒，不管是生的、熟的还是用各种方法腌制的，汉斯吃过的鳕鱼不计其数。捕鱼旺季的时候基本每天晚餐都会有，因为他的雇主经常把卖不掉或者不太新鲜的货品丢给学徒们私下解决。但汉斯从未尝试过像这样装在木头小盒子里的高级货。这种鳕鱼太昂贵了，别说食用，像他这种身份低微的学徒，这些年来，就算见也只见过一两次而已。

　　"越冷就越饿。汉斯的肚子不争气地咕咕叫起来，仓库里一个人也没有。面前的小盒子多得不计其数，从工作台几乎堆到了天花板。只吃一小片没关系吧？就一小片而已……这个念头还没进入他已经冻得凝固的大脑，他的牙齿已经开始咀嚼。鱼片入口即化，汉斯惊讶极了。他突然意识到，自己出生至今从未尝过如此天堂般的美味，就好像，味觉突然幻化成了音乐，在舌尖上像喷泉一样流淌。他不假思索地吃了第二片，第三片……等他回过神来的时候，手上的木头小盒子已经空了。

　　"汉斯觉得肚子不饿了，身上也不冷了，甚至连手指上顽固的冻疮也不怎么疼了。一股奇香冲入汉斯的脑袋，和他舌尖上盘旋的那股香气一样，只不过要强烈好多倍。在这股神秘香气的驱使下，汉斯放下盒子，鬼使神差地继续往仓库里走，没走几步就一头撞在了从房梁上垂挂下来的鳕鱼上。这鳕鱼比他平时见的要大好几倍，足有一米多长，通身上下散发着浓烈的香气。

　　"这些鳕鱼还是新鲜的，鱼皮表面湿滑，看上去刚被挂起来没多久，只是进行了去头和刮鳞的第一道工序。汉斯被那股奇异的香气熏得头晕脑涨，他抬头看着那些巨大的鱼身，脑中突如其来只有一个念头，他想找出这些被切掉的鱼头。因为这样的旷世美味，丢掉简直太可惜了。

"汉斯这样想着，继续往仓库深处走去。头顶一轮高远的满月，从两侧长窗射入炫目的冷光，水洗过的地面光亮如镜，把整座仓库映得亮如白昼。刚刚那股强烈的香气似乎变成了一种掩饰，因为在香气之下，满室的鱼味和血腥气扑面而来，汉斯踉跄着步子在仓库里摸索，寻找着可能的垃圾站、工作台，或者其他什么可能放着切下来的鳕鱼头的地方。

"汉斯最终找到了垃圾站，但是浓烈的臭气呛得他几乎睁不开眼睛。这里没有鳕鱼头。或者说，不只有头，还有身体。并非是鱼的身体，而是人的。至少它们看起来像是人的。有头、肩膀、双臂以及腰肢。所有的尸体都是赤裸的，它们被残忍地拦腰砍断，聚成小山丘似的一堆，在白惨惨的月光下散发着惊人的臭气。

"汉斯的第一个念头是去报告学徒总管。说仓库里出现了杀人犯。最好可以去叫警察和市长来，这么多的尸体，肯定是桩可怕的大案子。但很快，夹杂在腐臭之间，一股熟悉的香气再次蹿入汉斯的鼻子，带来一阵恍如天堂地狱般的宏伟音乐，高亢而古典。他强迫自己睁大眼睛，注视着面前的尸堆。这里所有的尸体都没有腿。所有的尸体都是被拦腰砍断的。所有的尸体上面都带着那股仍然缭绕在自己舌尖上的香气。

"汉斯才明白过来，那种装在木头盒子里的'高级货'并不是什么鳕鱼。他的雇主正在黑市上做着贩卖人鱼肉的生意。汉斯眼前发黑，一个站立不稳几乎跌倒。他赶紧扶住旁边的工作台，一种诡异的触感继而爬上手臂。工作台上刚刮下来的鱼鳞粘了他一手。那些大如贝壳的鳞片在月光下呈现出诡异的七彩，那不是鳕鱼的鳞片。

"汉斯感到一阵恶心，舌尖上那股不安分的香气又开始挑逗他的神经了。他扶住工作台一阵狂呕，但是什么都没吐出来。他的肠胃翻江倒海，刚刚吃下的所有鱼肉似乎都活了起来，一口咬住他的肠胃、他的食道、他的舌头、他的口腔。他眼前发黑，他觉得自己就要死了。他开始跑。跑出了垃圾站，跑出了仓库，跑出了布里根市场。

"从此没有人再见过汉斯。有人说他在那个冬夜冻死了，那是卑尔根百年难遇的凛冬；也有人说他受刺激之后发了疯，掉进海里溺水而亡；但也有人说，他吃了可以让人长生不老的人鱼肉，变成了仙人。"

阿凡达哥哥说到这里，耸了耸肩膀，"我的故事讲完了。"他说。

"人鱼肉真的可以令人长生不老吗？"艾米丽问。她表情严肃，大眼睛眨呀眨的，看上去已经入迷了。

"只是个传说而已。"阿凡达哥哥打了个哈欠，"就好像人鱼是否存在也一直众说纷纭。但如果这世上真的有人鱼，我倒宁可相信它就是长生不老的灵丹。"

"真是一个美妙的传奇。"希斯在黑暗里作出总结，烛光从下往上映着他的脸，看上去诡谲无比，"时候不早了，让我们今天就到这里，明晚再继续如何？"

众人说好。我看着他身后长长的影子，是我的错觉吗？似乎有一个瞬间，那影子的动作和希斯并不一致。而且，这里的十个人应该有十道影子才对，为什么恍惚之中，我竟然觉得影子的数量比在座的人要多？是我眼花了吗？我刚想重新再数一遍，有人突然吹熄了蜡烛。紧接着在座众人站起身，陆续离开了餐厅。

07

第二天清晨，我上楼到餐厅用早餐。

跨进大门的时候，我环视一周，看到昨天那群球迷稀稀落落地散坐

在餐厅里，没有再继续争执了。这是个好兆头。姜黄色头发的澳大利亚人远远离开他们单独坐着（这也是个好兆头），停电还在继续，他放弃了使用他的笔记本电脑，正咬着一根笔在一份当地报纸上玩数独；而那对老夫妻正坐在窗边安静地用餐。

就连小S和艾米丽也在。还有希斯，他正站在吧台那里，烤了几片吐司，然后把加了糖的冷牛奶倒入他的巧克力麦片。

"你看到阿凡达兄弟了吗？他们似乎没有上来吃早餐。"我走过他身边，忍不住开口。

"估计还在睡觉吧。"希斯不以为然地耸耸肩膀，然后歪过头，饶有兴趣地打量着我，"比起他们，我倒是注意到你总是独来独往呢，奥黛尔。难道尊夫没有用早餐的习惯？"

我愣住了。我一直在注意对方，却从未考虑过自己的处境——作为新婚夫妻，却从不一起出现。如果这里有谁可疑的话，我的处境比那睡懒觉的兄弟俩糟糕一万倍。

所幸希斯并没有追究下去。他只是冲我笑了笑，然后端起盘子走了。

我仍然站在吧台那里。直到一位服务生走过来问我："小姐，您要橙汁还是西柚汁？"我才回过神来。

"呃，有番茄汁吗？"

"没有。"

"那随便吧。"

"橙汁？还是西柚汁？"他还是不想放弃。

"……西柚汁。"我妥协了。

服务生叫我"小姐"。他们没有人意识到我已经结婚了。是的，甚至连我自己都没有意识到。因为我的另一半从来不在我身边，至少，白天的时候从来不在。而晚上，他又出去了。有时候是猎食，有时候是其他的事情——但无论他去做什么，对我来说总是一样的：

我又是一个人了。

我独自坐在窗边，俯视着下面圣马可广场这口巨大的汤碗，没有一点儿食欲。片刻之后，我点的西柚汁被端上来，我接过杯子尝了一口，比预想的还苦。

我喜欢番茄汁。以前在伦敦的时候，塞巴斯蒂安总是把一切都安排得井井有条。他从未问过我想吃什么，他总是像变魔术一样从厨房里端出我想吃的东西。现在他消失了。没有留下任何线索或者证据，就好像他从未存在过。我甚至不清楚自己最后一次见到他是什么时候。我是说，真正的他，而不是梦境。或者，所有关于他的一切都是一个梦。他很容易就可以做到这一切，不是吗？他是我和D的管家，却是梦境的主人。

我突然发现，自己竟然有点儿莫名其妙地想念他。

因为自从我从多佛海滩苏醒至今，我每晚都睡得很沉。我不再做梦了。我本以为这将会是一个美好的开始，但相信我，这让睡眠本身变得毫无乐趣。

"都怪那两兄弟啦。"艾米丽拿着半个牛角面包走过来，猝不及防地一屁股坐在我对面的椅子上，"害我昨天晚上做了噩梦。"

"你梦到什么了？"我赶紧端起面前那杯难喝的西柚汁吞了一大口，让苦涩的果汁掩饰我紧紧皱起的眉头。我不想和她说话。我不想和任何一个人说话。我怕艾米丽问我D的事情。我怕任何一个人问我D的事情。

"食人鱼。"艾米丽咬了一口面包，嫌恶地看了一眼窗外湿答答的天气，"大概是一直下雨的原因吧，我梦到我们去亚马逊雨林探险，水里全都是食人鱼。"

"那一定很可怕。"我低下头，又喝了一口果汁。

"何止是可怕，简直吓死人了！他说我夜里一直在拼命挣扎，还打了他一巴掌。"艾米丽指了一下不远处的小S，咯咯笑起来，"啊对了，你昨天晚上睡得好吗？"

我刚想开口，可是对方根本就没在等这个问题的答案。她一边心不在焉地咬着面包，一边转过脑袋，用让我心惊胆战的姿态四下搜寻着，"真奇怪，我似乎没看见……"

"他没有吃早餐的习惯。"我赶紧打断了她。

"你怎么知道？"艾米丽回过头，明显愣住了。

"你说的是……"

"阿凡达兄弟。"

"噢！"我猛喝了一口果汁，希望对方宽恕我刚才的愚蠢，"我是说……嗯，我确实也没看到他们。"

"昨天我和他们约好早餐见的，打算问问北欧旅行的建议。因为如果天气一直不好，回美国之前，我们可能会绕道去北极一趟。"艾米丽皱起眉头说，"难得出来一次，不想就这么失望而归。这两个家伙！昨天明明说得好好的，结果现在连条影子都看不见。欧洲人都是这么不讲信用的吗？"她有点生气。

"也许还没起床吧。"我忍不住安慰她，"说不定一会儿就出现了。"

"他们最好赶快出现。"艾米丽几口吞下了她的面包，抖抖衣服掸掉身上的碎渣，气鼓鼓地说。

直到中午，两兄弟还是没有露面，倒是早餐时分的好兆头终于应验，雨停了。这场大雨下了两天两夜，海水涨潮，从地势最低的圣马可广场开始，淹没了威尼斯本岛几乎一半的街道。然后说停就停了。头顶积压许久的黑云慢慢散开，太阳出来了。

这简直是一个奇迹。

举城欢庆。那群意大利球迷跑出旅馆，在街道上蹚着没膝的洪水，一边喝酒，一边转着圈子跳舞，拥抱和亲吻路过的每个人。

所有人都很开心，尤其是艾米丽，因为她期待已久的"威尼斯梦幻之旅"终于有机会重新拉开帷幕，用她的话说就是，她和小S省了一笔去北极的旅费。其实我倒真希望他们去北极，或者南极，随便什么极，总之离我越远越好。不可否认，我的烦躁因为D的缺席再次升级。我说过，我一直羡慕身边的女孩子，以前是戴比，现在是艾米丽。尽管戴比是传统教育下的威尔士女孩，而艾米丽是神经大条的美国姑娘，对我来说她们总是相似的。

她们都是普通的女孩，她们都在爱与被爱。

而我不普通。这并不是一件好事。因为我同样不确定后面那一点。

天气虽然放晴了，洪水却还没有退。我并没有出门观景的心情，但我也不想一个人独自腐烂在客房里。当艾米丽和小S的笑声从隔壁传来，我看着自己左手空空的无名指，感觉到前所未有的孤独。但当我好不容易说服自己答应艾米丽的邀约，和他们一起出门之后，这是个更大的错误。我无可救药的孤独感加重了。我变得感伤，变得脆弱，我正在变成自己以前最讨厌的那种女孩，坐在一条由我们四个人AA制租来的贡多拉上对着混浊的水面顾影自怜。

是的，四个人。除了艾米丽和小S之外，还有希斯。他们说他们是同学。但说真的，他们怎么看都不像是一起的。艾米丽和小S当然是货真价实的情侣，但希斯可就不一定了。尽管他说一口（在我听来）很正宗的美国口语，可他真的是美国人吗？因为我一点也不讨厌他。不知为何，他总给我一种很熟悉的感觉。但是我绞尽脑汁也想不起自己曾在哪里见过这个人。

贡多拉驶过叹息桥。正午的阳光晒得我昏昏欲睡。

"这座桥建于1603年，两端连接着总督府和监狱，因死囚犯在桥上的叹息声得名。"船夫用他带着浓重卷舌音的蹩脚英语像背书一样继续做着无聊的历史导游，然后突然换了欢快的调子补充，"你们是两对情侣吧？别忘了在桥下接吻就可以相守永生哦！"

小S尴尬地看了我一眼，我识相地转过头。然后我听到他们接吻的声音。

我突然想到，以前我和他在一起的时候，曾说过要来威尼斯乘坐贡多拉。当时觉得这个愿望无比遥远，没想到短短一年后就实现了。尽管此刻这条船上明显太拥挤了一点儿，并非只有预想中的我和他两个人。

"一边连接天堂，一边通向地狱。"希斯打断了我的思路。

"什么？"

"拜伦的诗句。"

"我不喜欢拜伦。"

"因为他是个瘸子？"希斯大笑。

"因为他是个不负责任的花花公子。"

"拜伦？是写'冬天已经来临，春天还会远吗'的那个诗人？"显然艾米丽已经结束了以相守永生为名的亲热，她突然加入了我们的对话。

"那是短命的雪莱写的。"希斯笑了。

我很惊讶，因为艾米丽并没有像我预想的那样脸红。她只是"哦"了一声，然后就迅速转移了话题。

"哎呀，你们快看！"她夸张地站起身，用手指着岸边激动地大叫，"那些商店已经开门了！橱窗里那些面具真是太美了！我们停船过去看看吧！"

因为没有人提出反对意见，艾米丽的愿望就成了我们一船人全部的意愿。船夫使劲撑了一把船篙，熟练地抛出绳索，套住岸边的半截木桩打了个结。

这边地势相对较高，几家店铺幸运地没有被洪水淹没。它们本是威尼斯随处可见的旅游纪念品店，平时毫不起眼，这时候却成了威尼斯少数几家还在营业的商店之一，店内人满为患，充斥着穿高帮橡胶雨靴的各地游客，尽情购买面具和各种彩色玻璃制品。

艾米丽也在他们之中，正举着两个花里胡哨的半脸面具，征求小S的意见。

"你怎么不也去买个面具？"在艾米丽挑面具的时候，希斯和我并肩站在门口，他问我。

"我没有买纪念品的习惯。"我冷冰冰地回答他。

"真可惜呢。"希斯微微一笑，"威尼斯的面具是很有名的。"

当时我觉得他另有所指。但是这马上就被艾米丽的叫声打断，她叫我去帮她挑选面具。在我走进面具店的时候，刚刚那个念头已经消失了。

08

回到旅店已经是傍晚，天色渐渐暗了下去，但室内仍然是一团漆黑。我们进门的时候，那个澳大利亚人正站在前台和服务生说着什么，两人嗓门越来越大，几乎都要吵起来了。

"嘿，你们可回来了！太好了！"听到门响，澳大利亚人转过头，像看到救星一样冲我们拼命招手。说真的，我还从未见过他如此友善。

"怎么了？"希斯立刻就走了过去，出乎意料的热心肠。但我随后想起他昨天就包庇过这个讨厌的家伙。他们什么时候关系这么好了？我用询问的眼神看着小S和艾米丽。

"他们前天住的是同一间房。"小S解释说，"我们来的时候旅店没有空房了。昨天才搬出去的。"

　　我恍然大悟。显然这对"准室友"的关系相当融洽，此刻希斯完全抛下了我们，站到了他的室友一边。我不想加入是非争端，但在原地傻站了一会儿之后，觉得走开也不合适，就只好也跟了过去。

　　"已经停了一天电了，这太不像话了！"澳大利亚人怒气冲冲地说，"告诉他们，再这样下去我们全部退房！"

　　"先生，我刚刚已经解释过，这个问题目前解决不了。"服务生耐着性子说，"昨晚的闪电破坏了主要电缆，附近几条街道都是一样的状况。您看，连圣马可广场上也没有电。"可怜的服务生，他以为搬出这位威尼斯守护神的名字就可以平息客人的怒气，但结果却是火上浇油。

　　"没有电，居然连个像样的排水系统都没有！"这下戳到了对方的痛处，澳大利亚人拧起两道姜黄色的浓眉，开始抱怨，"你们威尼斯不是鼎鼎大名的旅游城市吗？才下两天雨就淹了，让我们这些大老远来的游客怎么办！"

　　"广场上有很好的排水系统。"触及意大利人的自尊，这个服务生立刻严肃地反驳道，"12世纪，威尼斯人填海扩建了圣马可广场，已经考虑到了这个问题。每逢大雨，雨水就会从广场的排水沟直接流入大运河。只是由于近年来海平面不断上升，雨季涨潮时分，运河的水会从排水沟反灌广场，所以才形成了现在这个样子。"

　　我记得下午出门的时候，路过圣马可广场，刚好看到不少地方像温泉一样正突突向外冒水。我知道他说的是事实。

　　"温室效应又不是我们游客的错！"

　　"除了海平面上升之外，游客过多也是导致威尼斯下沉的一个主要原因。"服务生回答。

　　"算了吧，旅游业是威尼斯的支柱产业。"澳大利亚人冷哼一声，"没有了游客，威尼斯跟沉了有什么两样？"

　　"至少我们威尼斯的水里没有鳄鱼。"服务生之前一直在用英语解释，现在则用意大利语小声嘟囔了一句宣泄不满，我想起了不久前悉尼爆发的洪灾。我看到希斯笑了，小S他们则和澳大利亚人一样面面相觑。

　　澳大利亚人瞪着服务生，眯起眼睛，"不管怎么样，我们是为了位置才会住在这里的。"他上前一步，气焰咄咄逼人，"没有个好视野，谁会付这么多钱！现在停电搞得什么视野都没了，你们还不赶紧退款！"

　　服务生低头迅速翻看了一下面前手写的记录。"您预订了三个晚上。"他说，"取消预订至少要提前二十四小时通知我们，所以如果您执意要走的话，可以把三天改为两天，明早离开。"

　　"没有电我现在就走！"

　　"离开是您的自由，但钱是不能退的。"服务生仍然坚持立场。他尽量礼貌地开口，但声音已经很生硬了，他说："我想在您预订旅店的时候，条款上应该写得很清楚。"

　　澳大利亚人火冒三丈。他回头看希斯，希斯摊了摊手表示爱莫能助。

　　"基督耶稣！"澳大利亚人骂了一句，"还是那兄弟俩鬼机灵，昨天就把房退了！"

　　"你说的是阿凡达兄弟？他们退了房？"艾米丽惊讶地张大了嘴。

　　"早餐没吃就走了！否则我昨晚怎么会有房间住！"澳大利亚人提高了声调，气呼呼地说，"还说渔村人民朴实真诚？真诚个屁！我看刁钻狡诈得很呢！呸！"

　　"只是一晚上而已。"希斯拍拍澳大利亚人的肩膀，用宽慰的语气对他说，"现在外面这么黑，街上又都是水，再找旅店也不容易，还是明天再走吧。"他回头对我们挤了挤眼睛，"今天晚上，我们还等着听你的故事呢。"

小S在一旁像个跟屁虫一样点头如捣蒜，连声附和。倒是身边挽着他手的艾米丽哭丧着一张脸，明显对阿凡达兄弟不辞而别的事实耿耿于怀，表现出一副愤世嫉俗的样子，似乎把脚下整块欧洲大陆都当做了同犯。

"我真的讨厌欧洲人。"上楼的时候，艾米丽嘟囔着对我说，"懒散，做作，而且完全没有时间观念！我有时候真的搞不懂他们，完全分不清什么重要什么不重要，和我们根本就是两个世界的人！"

我在心底叹了一口气。我没有开口，因为连我自己都表示震惊，这些我竟然全部同意。

我记得自己当初是多么向往欧洲。可是现在，我生平第一次觉得，如果当初交换学生时自己去了美国就好了，那么现在一切都会不同。我为自己这种消极的想法再一次感到震惊，但此时此刻，我心灰意冷到了极点。来威尼斯是一场错误，我不断告诉自己，却不敢再继续想下去。因为如果我否定了那件事，如果我否定了那个人，那么我的人生同样也是一个错误。

没有任何方式补救。

我再一次想到了那个魔鬼，洛特巴尔。当我快乐的时候，我可以感觉到他正和我在一起，而我伤心难过的时候，他就不在那里了，似乎正在离我而去。这种感觉非常奇妙。他好像是我灵魂里坚强乐观的那一面，当他离开我的时候，剩下所有脆弱自卑的消极情绪几百倍几千倍地膨胀，把我和整个世界隔离。

洛特巴尔消失了，而我却在这里苟延残喘。难道世上的痛苦和孤独还少么？如果是这样，如果我确实代表了所有的消极和悲观，我希望他能回来。我希望他能取代我的存在。因为他是一个快乐的人，他的回归将造福众生。

我抬起头,再一次对上了希斯的眼睛,惊讶地看到他对我点了点头。难道他知道我在想什么?我惊疑不定地看着他,但他只是像往常那样笑了笑,问我:"八点见?"

"什么?"

"今晚轮到澳大利亚人。将会是一个澳洲土著的故事呢。"他挥了挥手,"请带你的同伴一起来。不要错过。"

我的同伴。我喜欢这个称谓,比"我的丈夫"感觉放松得多。到头来,其实夫妻也只不过是同伴关系而已,伴随一生。

我点了点头,告别艾米丽和小S,用钥匙打开隔壁客房的门。

09

D正在房间里。我吃了一惊。

"你……什么时候回来的?"

"刚刚。"他把换下来的衬衫顺手扔进旅店的干洗袋,走过来抱了我一下,"抱歉我昨天夜里出去了,你今天过得怎么样?威尼斯好玩吗?"

"和他们划船出去逛了逛。"我说,"风景不错,但大部分商店还关着门。"

"和那个叫齐格弗里德的美国人?"尽管他的语气平淡,但骤然从他口中听到小S的名字,我还是吓了一跳。

"嗯,还有他的女朋友。"我赶紧说,然后又补了一句,"还有希斯。"

他对后面这个名字没有作任何反应,只是笑了笑,"奥黛尔。"他说,"每个人都有过去。"

"你知道？"我皱着眉头看他，有点生气，"你又偷读我的思想？"

他叹了口气，摇了摇头，"我不用读也看得出来。"

我尴尬地把头扭过去，他却又把我扳了回来，"我只是想告诉你，奥黛尔，这没什么。"他又重复了一遍刚刚那句话，"每个人都有过去。"

"你也有吗？"我仰起头看他，然后立即为自己的愚蠢感到悲痛欲绝。他活了六百年！撒旦！难道你真心希望他在你面前一一历数他所有的前女友，栩栩如生地复现她们的音容笑貌，让你在之后永恒的岁月里拿自己和她们比来比去？奥黛尔你这个笨蛋！你还嫌自己现在活得不够痛苦不够可悲吗？

他微笑地看着我，而我在心底不断绝望地希望着他千万千万不要说出口，但他还是说了，"如果真要算的话只有一个。"他似乎故意忽视我此刻剧烈的心理活动（我打赌他一定都知道），只是看着我的眼睛，清晰地对我说，"是她让我成为了现在的我。"

"是她……把你变成了吸血鬼？"我颤抖着开口，却震惊于自己冥顽不灵无可救药的坏习性，深知这种性格有一天一定会让自己死无葬身之地。

"不是。"他摇了摇头。我此刻的表情一定极其凄惨，因为看上去对方已经不忍心继续愚弄我了，他最终开口说出了下面的话：

"我认识她很久了，很久很久。我很后悔和她在一起的时候没有好好珍惜，因为她死得很早。"他不顾我的挣扎，强行把我揽进怀里，用冰凉的嘴唇轻轻碰了一下我的额头，微笑着对我说，"但好在她又回到我身边了。"

我不再挣扎了。我愣愣地看着他的眼睛，不知道他到底在说什么。

"她就在我面前。我的过去，我的现在，我的未来。她的名字是奥黛尔。"

我怀疑地看着他。因为就在刚刚那个瞬间，他又变成我熟悉的那个家伙了。不，或者说，是完全陌生的一个人。因为凭我对他的了解，他不像是会说出这种话的人。但如果那不是他的话，我们两个现在根本就不会在威尼斯，不是吗？

他就是那个在多佛的白色峭壁下对我求婚的人。

他也是那个在特兰西瓦尼亚的森林深处对我许下六道誓言的人。

他是弗拉德·德库拉。六百年来，他的爱从未改变。

而胡思乱想的人是我，自怨自艾的人是我，消极悲观的人也是我。事实上，我才是那个摧毁一切信任与甜蜜爱情的罪魁祸首，几乎要把我们好不容易得到的一切毁于一旦。

我低下头，不敢去看他的眼睛。我脸上发烧，不知道该怎么对他解释这一切。但他只是轻轻拍了拍我的后背，低下头对着我的耳朵说："每个人都有过去，但重要的是如何对待未来。我需要你相信我，奥黛尔。"

"我相信你。"我听到自己小声吐出这句话，脸红得要命，完全不敢抬头。

"那我们就上去吧？"他放开了我。

我疑惑地看着他，不明白他的意思。

"八点了。"他指指墙上的钟，"你的同伴们要开始讲故事了。"

"你是认真的？"我莫名其妙又有些恼怒地看着他，我想说，他们不是"我的同伴"！"我的同伴"就只有你一个！我们之间的感情才刚刚起步，他竟然要继续加入那个滑稽的"康复俱乐部"，去听一干不相关的人讲睡前故事？难道那些故事真的如此重要，可以让我们浪费如此一个美好的夜晚也在所不惜？

他没有回答，只是给了我一个严肃的表情。我想起了自己刚刚作出的承诺。

"我相信你。"我机械地重复，但话语之间并不确定。

"好姑娘。"他露出一个微笑，对我伸出手。

我只好拉住他的手，不情愿地跟他走出房间。

此时天色已经完全暗了下去，旅店里还是没有电，所有的楼层一片漆黑。他拉着我的手上楼，步子很快。我刚想问他为什么不点燃一支蜡烛（旅店给每个房间都准备了很多），他突然回答我说："我看得见。"

我一口噎住，再一次为自己的愚蠢感到羞愧。他当然看得见，他是个吸血鬼。可是话说回来，他就不能为眼前一片漆黑的我点燃一支蜡烛吗？

"集中精力，你也可以做到的。"他再次读到了我的思想。

我的脸又红了，幸好他看不见，或者，至少也可以假装无视。因为和他在一起，我几乎已经忘记了自己是个魔鬼这个事实。抑或又是十八年来的人类惯性在作怪，我总认为自己是一个脆弱敏感的小女孩，需要他每时每刻的保护和照顾。可是实际上，在绝大部分的时间里，我自己一个人就可以做得很好。我什么也不需要。

我像他说的那样闭上眼睛，集中精力。他是对的，我发现自己竟然可以清晰看到眼前的一切。狭窄的走廊，两侧门牌上面的房间号，甚至右侧地毯上面有一个几乎看不出来的污渍。我刚想仔细辨认那是什么，他突然拽了我一把。我一个踉跄，狠狠跌倒在他怀里。

"怎么啦？"我好不容易站稳步子，有些不满地嘟囔。

"前面有个台阶，我怕你没注意到。"他平静地回答。

是他让我集中精力的，我也惊喜地发现，自己确实可以在绝对的黑暗中目视一切。所以我非常肯定，我们此刻已经来到了旅店顶层，脚下并没有他所说的台阶。只是在他拽我过去的那个瞬间，我似乎感觉有一阵风从耳边吹过。这是一条完全密闭的走廊，古旧逼仄，两侧没有一扇窗户。这里不应该有风。但奇怪的是，我确实清清楚楚记得那阵风拂过发丝的感觉。风很冷。

然后我就看见了光。

拐过一个弯子，金黄色的烛光正透过黑暗之中的某道缝隙透出来，落在地毯上，留下一条细而长的金线，锐利而虚无，像流逝的时间，像一把利剑，刹那间分隔开阴阳两界。

那正是餐厅的两扇大门。

"我们到了。"他说。

10

圆桌上燃烧着蜡烛，澳大利亚人正在讲述他的故事：

"我来自北方。对当地的原住民来说，南部人信仰天空，北部人则信仰大地。在几万年前创世之初的'梦幻时代'中，祖先神灵化作一条巨蟒在澳洲大地上蜿蜒而行，塑造了所有的山川地貌。每一个土著部落都与他们的土地紧密联系在一起，每一片土地都设有祭拜祖先的神秘圣地。

"土著人相信，土地是他们的祖先。在上万年的繁衍中，祖先神灵创造了世间万物和人类社会之后回归大地，化为溪流、草木、沙石，或者成为岩壁上的轮廓和印记。土著人用流传下来的各种纪念仪式和祖先神灵进行交流，得到精神上的鼓舞和启示。

"这个故事发生在很多很多年以前，当欧洲人还未侵入这片土地，当我们现在所居住的城市被沙土和森林覆盖，在某一个北方的部落里，

有一个青年，名叫乌尔潘。

"乌尔潘是个英俊的小伙子，身强力壮，是使用长矛的一把好手，无论是天空中的飞鸟，还是溪水中的游鱼，他只要出手就百发百中。部落里有很多姑娘倾慕他，但按照习俗，部落内部不能通婚，到了适婚年龄，乌尔潘只能迎娶森林那边另一个部落的姑娘。

"那一天终于来到了，乌尔潘要去森林那边接回他的新娘。姑娘们非常不开心，她们像以往一样偷偷去圣地拜祭，恳求大地精灵的帮助，用各种恶毒的话语诅咒那位素未谋面的异族姑娘。但是乌尔潘对这一切毫不知情。他告别了族人，像以往一样带上他心爱的长矛，兴高采烈地穿越森林去迎娶他的新娘布丽姬。

"从清晨到黄昏，乌尔潘走了整整一天的路。这样继续走下去，他预计午夜时分就可以穿过森林，到达那边的部落。乌尔潘这样想着，跪在湖边洗了把脸，心里高兴，忍不住唱起歌来。歌声惊起了芦苇丛中的几只水鸟，振翅飞上云霄，然后隐没在头顶越来越暗的云层里。

"树叶沙沙作响，在一片寂静的森林里，乌尔潘突然听到一阵笛声——当然那不是我们的笛子，恐怕是土著人的某种吹管乐器——但为了便于理解，让我们暂且叫它笛子。笛声高亢而恢弘，由近及远，再由远而近。乌尔潘从未听过如此悲恸的调子，却又感觉无比欢愉，好像这两种截然不同的感受被同时融合在这奇妙的笛声里，乌尔潘不由自主地站起身，像做梦一样跟随着笛声向前走去。

"在初升的月光下，绕过一丛灌木，他看到森林中间的空地上有好多头戴花冠的年轻人正在围着圈子跳舞。让他惊讶的是，他的新娘布丽姬竟然也在他们之中。他之前只见过她一次，但他永远也无法忘记布丽姬那头美丽浓密的黑色长发，编起粗粗的长辫子拖到脚跟，里面插满了野花。他远远看到布丽姬的脸，带着莫可名状的悲哀，还有抑制不住的欢欣，伸手招呼他前往。

"跳舞的年轻人们立刻包围上来，他们唱啊跳啊，彼此眨着眼睛，像变戏法一样端出一盘盘的水果。苹果和香橙，胀鼓鼓的樱桃，甜瓜和山莓，毛茸茸的蜜桃，紫黑的桑葚果，野生的蔓越橘，悬钩子，熟透了的杏子和草莓，红醋栗和圆醋栗，还有青梅和无花果，热情地邀请乌尔潘和他们一起享用。

"他们的水果鲜艳漂亮，又圆又胀，果汁迸流，闻起来比岩上的蜂蜜更甜，比醉人的美酒更香。乌尔潘从未见过这样的美味。他舔了舔自己干裂的嘴唇，贪婪地看着面前的水果。他相信这群头戴花冠的年轻人一定来自森林那边的部落，他们是布丽姬的族人，是为了迎接自己才来到这里跳舞狂欢的。他更加坚信自己离目的地已经不远了，何况美丽的新娘布丽姬正在自己身边，还在犹豫什么呢？年轻人手中的托盘举得更高了（他们都比他矮了一截），乌尔潘抓起一个圆鼓鼓的李子。

"'别吃。'李子还未放到嘴边，布丽姬突然夺了过去。她黑色的眼睛如同悲哀凝结而成的黑色湖水，里面没有一丝涟漪。'别吃。'她重复，然后拉起乌尔潘的手，带他远离这群跳舞的年轻人，来到湖边。那里有几个老人正在玩石子游戏。他们的个头也和那群年轻人一样矮。

"年轻人们还在转着圈子跳舞，布丽姬也回到了他们中间。乌尔潘想跟过去，但是老人们一直拉着他的手，'没事的，没事的，陪我们玩两局。'他想，这大概只是对方的古怪风俗，新郎不能加入狂欢之类的，于是他依言留在湖边，与老人对弈。

"直到夜风渐冷，月色西沉，待到乌尔潘发觉的时候，午夜已经过去了。他听到一声惊呼，转头看到那些跳舞的人里，其中最英俊强壮的那个小伙子，正把自己的布丽姬抱在怀中。可怜的布丽姬在挣扎，但徒劳无功。此刻乌尔潘什么风俗也不顾了，他马上跳起来，冲入跳舞的人群。

"但当他冲入先前那片空地的时候，那里什么都没有了。没有跳舞的年轻人，也没有布丽姬。他回过头来，湖水边的芦苇丛簌簌地响，先前和自己对弈的老者也凭空消失了。他再次听到吹笛人的笛声，音调如此悲恸，却又如此欢愉。

"乌尔潘如梦方醒。他这才意识到刚刚那群人并不是布丽姬的族人，而是森林中的精灵。他疯狂地赶路，片刻不停，但目的地比他预计的还要远。又赶了一整天的路，黄昏时分，他终于遥遥看到了森林的尽头，看到了布丽姬所在的部落。

"乌尔潘松了一口气，伸手抹去额头的汗水。但是凄烈的晚风送来了哭泣。他听到部落里传出悲切的哭声。新娘布丽姬，有着浓密美丽长发的布丽姬，在他到来之前就已死去。

"乌尔潘悲痛欲绝。他诅咒自己在森林中遇到的那群精灵，深知如果不是他们阻碍了他的脚步，他至少还可以见到布丽姬最后一面。然后他想到了那些甜美鼓胀的水果，流着罪恶危险的毒汁。如果不是布丽姬及时阻止，他此刻恐怕已经死在途中了。乌尔潘紧紧握着手中的长矛，冲入森林，发疯地寻找着这群邪恶的矮人。

"当月亮再次升起的时候，他又听到了同样的笛声。乌尔潘埋伏在芦苇丛中，等待着那群人再次出现。但这次却没有了布丽姬。乌尔潘愤怒地冲入跳舞的圈子，精灵们尖叫着四散逃窜，其中最英俊强壮的那个，就是前天夜里掠走布丽姬的精灵首领，他用单脚跳开，越跳越高，然后跳到半空中变成了一只古怪的大鸟，通体雪白，只有脚和头颈是黑色的。但大鸟却没有嘴。

"眼看着大鸟越飞越远，乌尔潘举起自己的长矛，狠狠掷向空中。长矛正中目标，穿透了大鸟的脖子，染红了它胸前白色的羽毛，黑色的矛尖从鸟头冒出长长的一截，变成了黑色的鸟喙，却再也张不开。他再也不能用甜言蜜语哄骗无辜的女孩，或者向过路的年轻人兜售那些水果了。其他的精灵被吓坏了，他们四散逃窜，越跑越快，直到背上长出了灰色的羽毛，变成了一群奔跑着的鸸鹋。

"这就是澳洲黑嘴鹳和鸸鹋的由来。"澳大利亚人讲完了他的故事，简单总结道，"它们现在还在澳洲大地上四散逃窜，躲避着乌尔潘的追捕呢。"

"这就完啦？"艾米丽明显意犹未尽，她歪头思考了一阵，然后提出了她的问题，"新娘布丽姬怎么好端端的会死呢？"

"她大概受了那群姑娘的诅咒，被地精掠走了。"澳大利亚人耸耸肩膀，"这只是我们那里一个口耳相传的故事罢了，至于具体情节，并没有说得很详细。"

"这根本就不是土著的故事。"小S突然打断了他。众人的眼睛一齐望向了小S，他清了清嗓子，继续说："就别提那些水果了，布丽姬这个名字来自凯尔特语，含义是'力量'。"

艾米丽继续用之前那种崇拜的眼神看着他，惊讶地问："你懂凯尔特语？"

"他家祖上是爱尔兰人。"我不由自主地冒出这么一句，刚出口就后悔了。烛光摇曳，在座众人的七双眼睛像射灯一样齐刷刷地扫到我脸上，包括艾米丽的，小S的，还有D的。如果愚蠢可以杀死一个人，我想我早已经死掉了一千次。

"爱尔兰后裔在美国很受欢迎。"希斯突然开口，接过了话题。我松了一口气。然后我听到对面小S尴尬地咳嗽了一声，继续对艾米丽和大家解释：

"是的，我一个姑妈的名字就是布丽姬。这是个很常见的爱尔兰女名。"

"那乌尔潘呢？"艾米丽随口发问。我为此衷心感谢上苍，庆幸她并没有选择那个明显会给大家带来更多惊喜的"为什么你会知道小S的家世"的问题。

小S摇了摇头，"听上去倒像是个土著的名字。"他说，"也许本身的确是有这样一个故事的，特别是关于鹳和鸸鹋由来的那个部分。只是后来经由欧洲殖民者演绎，自然而然加入了西方文明的元素。"

"应该就是这样。"希斯抚掌笑道，"让传奇本身变得更加精彩。"

在他拍掌的时候，桌上的火苗动了动，映得众人身后的影子也随之摇摆，仿佛刹那间被赋予了生命，一个个都活动了起来，尤其是澳大利亚人的影子，他那头姜黄色的乱发膨胀了好几倍，一直蔓延到天花板，辉映窗外光怪陆离的水色，在那里张牙舞爪。

然后蜡烛再次被吹熄。一行人在黑暗里陆续退出餐厅。

第二夜结束。

11

下楼的时候D一直拉着我的手。我尝试集中精力，再一次在头脑中呈现面前一切。我看到面前有几个黑影。

那对老夫妇住在顶层，澳大利亚人的房间也不是这个方向，那么一定就是小S和希斯他们了，因为只有他们和我们住在同一层。但是看上去又不像。那几个影子个头很高，而且动作快速而安静，一转眼就不见了。我确信，如果我们可爱的艾米丽小姐也在其中的话，一定会多少弄出点儿声响。

这个念头刚产生没多久，前面的拐角处就传来"砰"的一声巨响，然后我听到艾米丽熟悉的高分贝，似乎是刚刚跌了个跟头，紧接着是小S的声音，安慰她，拉她起身。但是我却没有听到希斯的声音。刚才他们三个明明是一起走出餐厅的，怎么才这会儿工夫就变成了两个人？希斯呢? 如果刚刚那几个影子里面有希斯的话, 另外几个人又是谁? 是酒店的服务生吗?

D仍然拉着我的手。他突然用另一只手搂过了我的肩膀。

"我要给你一个惊喜。"无可抗拒的冰冷贴上耳朵, 鼻端传来诱人的血香, 我的心漏跳了一拍。等我回过神来的时候, 房间门已经被打开, 跳跃的烛光闪花了我的眼睛。

我可以闻到烛芯燃烧的味道, 蜡油一滴滴滑落到烛台上, 然后越积越高。不, 不是一根蜡烛。此时此刻, 我们的房间里突然出现了无数支蜡烛, 梳妆台上、床头柜上、门厅、卫生间、茶几, 还有窗台, 房间里每一个平面都摆满了大大小小的蜡烛, 每一个角落都被明媚的烛光充满。在烛光的正中心, 客厅的中央, 此刻被搬来了一个以前并不存在的木质方桌, 桌腿雕刻着花纹, 两把配套的天鹅绒高背椅相向而设。方桌上面, 金色的烛光簇拥着一个盖着金盅的托盘, 绣着花边的餐巾, 金色的餐具, 以及两支在烛光下闪闪发亮的水晶高脚杯, 旁边的酒架上有酒。我愣住了。

"你愿意与我共进晚餐吗, 奥黛尔?"一个迷人的声音扫过耳畔, 让熟悉的甜蜜泼洒一地, 话语的主人用双臂从身后揽住我的腰, 拉我入怀。

"这是?"这一晚D连续的举止反常, 我简直要受宠若惊了。

"说过了, 给你一个惊喜。"他带我来到桌边, 吻了下我的脸, 然后为我拉开椅子, "希望你喜欢。"

"我当然喜欢。"我抬起头, 生硬地开口, "我以为你又要向我求婚呢!"

"多可惜啊, 你已经结婚了!"他笑了两声, 看到我并没有笑, 于是收回了笑容, "我道歉。"他对我说, "我们来这里度蜜月, 但我却一直不在你身边。"

我低着头不说话，他蹲下身子，把手放在我的膝盖上，"奥黛尔。"他用一种我听不习惯的恳求语气开口，"我以前或许有疏忽的地方，但现在请让我补偿你。"

"我不用你来补偿我！我也不用你可怜我！我天生就这样孤僻狭隘消极可悲！"我冲他大喊，但当我听到自己的声音，我简直不敢相信。我还记得以前的自己，因为他的一个碰触面红心跳，偷偷对着天上的星星许愿，甚至宁愿赔上自己的性命，只为再次见他一面。而我现在竟然仪态全失地冲他大喊大叫，而且这一切就刚巧发生在他为我准备了浪漫的烛光晚餐之后。我想我一定是疯了。我想他一定不会再喜欢我了。我想他一定会讨厌我了。

"你不是。"他扶住我的肩膀，强迫我抬起头看着他，"奥黛尔，你不是。"他重复，"你骄傲而敏感，用情至深，你没有错，所有的不开心都是我一个人造成的。尽管我确实有事情在忙，但我知道你不开心，我不应该不顾你的感受。"

"我没有不开心。"我不满地咕哝了一句。

"我希望你快乐，奥黛尔，我希望我可以让你快乐。"他捧起我的脸，让我的眼睛对上他的，"也许我的方式有问题，但我诚意为自己的言行致歉。你可以不接受，但你要相信我。"

我意识到他不断提到这句话。他让我相信他。相信他什么？道歉的诚意？其实我的心早已经软了，早在看到那些温暖的烛光的时候就被融化了。但我现在却打算把自己的不满支撑得再久一点，我想套出他的话，我认定他一定有事情瞒着我。

"我需要你相信我。"他又在重复这句话了，我不敢看他的眼睛，深知如果我看了就一定会再次陷入他的圈套。但当他拉住我的手环住他的腰，当他的嘴唇贴上我的脖子，当他轻轻咬破我的皮肤的时候，我还是没忍住，叫了一声。

我挣扎着想推开他，用手揭开面前托盘上的金盅，看到一份美味的海鲜大餐，但是份量很小，然后我才注意到桌子上其实只有一个人的餐具。

"那是你的晚餐。至于我……"他轻啮我的脖子，他的嘴唇像鸽子的羽毛一样柔软。我在头脑里描绘天国的颜色，我看到地狱深处盛开一簇簇殷红的玫瑰，殷红似鸽子的脚爪，殷红似血。

"我的晚餐是你。"他紧紧拥我入怀，冰凉的嘴唇摩挲着我的耳朵。

我突然想起在很久以前，当我刚刚和他在一起的时候，他对我说过，我不会想和他"共进晚餐"。当时我不明白他什么意思，现在我懂了。

但是我却并不恐惧。我知道他不会伤害我。

可是我竟然错了。因为当我中夜醒来的时候，我头痛欲裂。我全身每一寸皮肤、每一个关节都在疼。颈上吹过一丝凉意，我感觉有风，闭着眼睛在床上摸索，想重新回到他的怀抱，但是我却突然睁开了眼睛。因为我突然意识到，床上只有我一个人。

我是说，整个房间里只有我一个人。

而窗子开着。

我挣扎着坐起来，下床，稀稀落落的月光从云层中探出头，窗下一片漆黑。我听到大运河潺潺的水声，不远处，随风送来圣马可钟楼的钟鸣。

钟声撞响了三次。

凌晨三点。D去了哪里？

我独自坐在桌前，坐在同一张天鹅绒靠背椅上，昨夜的甜蜜被一桶冰水从头到脚浇熄。我感觉口干舌燥，于是伸手从酒瓶里倒了一杯酒，仰头灌了下去。

酒液醇厚，降到胃里之后有一股不寻常的辛辣热气返上来，直冲头顶。我突然感觉头晕目眩。我伸手晃了晃瓶子，里面的酒液至少还有一半。这么说，我昨天只喝了一杯葡萄酒？然后就醉倒了？这可能吗？一种可怕的推测突然出现在脑海里，我不敢相信，我更不愿意相信。所以我拼命摇头，想排除这种想法，但是我的头却越来越沉。

很快，覆盖一切的黑暗从天而降，以不可抗拒的姿态再次压倒了我。

意识愈渐模糊，我知道酒里下了药。

我知道D离开了我。

我万念俱灰。

- 12 -

再次睁开眼睛的时候，我看到了D。准确地说，是他吻醒了我。

"早安，奥黛尔。"他给了我一个迷人的微笑。

我揉了揉眼睛，看到窗外仍是一片漆黑。黎明的金色手指才刚刚拂过地平线，露出东方一片淡淡的白光。天还未亮。

"我要赶快去躲起来了。"他眨了眨眼睛，又给了我一个吻，"和你道个别。"

我直勾勾地看着他，对他的温存完全不为所动。"昨天夜里你去了哪里？"我问。

他明显愣住了。"我一直在这里啊。"他说，"奥黛尔，难道你忘了，我们……"

"我没忘。"我抚摸着自己颈上那个伤口已经愈合的位置，死死盯着他的眼睛，斟酌自己的用词，"我是说，后来你去哪里了？因为昨天夜里我醒来的时候你并不在。"

"亲爱的，你做了噩梦吗？"他微笑着摸了摸我的头，用无比肯定的语调告诉我，"我昨夜一直在这里，我在你身边。"

日出的时候他离开了房间。我盯着他不存在的影子发呆。我知道他在说谎。他在骗我。因为自从我在多佛海滩上醒来之后，我再没有见过塞巴斯蒂安，或者说，墨菲斯。

我没有再做过任何一个梦。

我不知道他为什么要骗我。我只知道，这不是一个好开始，或者，有什么已经结束了。撒旦啊，我们结婚才多久？一个月？两个月？我可笑地想起了以前看过的女性杂志，上面告诫所有的女孩子，不要迅速陷入情网，至少，不要立即就迈入婚姻的大门。因为你还不了解他。我突然发现，我对D的了解仍然为零。一切随着万圣节舞会的落幕而终止，尽管这半年多以来我一直和他生活在一起，可是他仍然戴着当初那个面具。

我突然想起，昨天和他们出去的时候，希斯问我为什么不去买个面具。我想这就是原因。我已经拥有了一个全世界制作最精致的面具，取魅惑与魔咒为丝，令甜言蜜语凝结为宝石，巧手编织，浑然天成。我还需要什么面具呢？无论我怎么努力，我也看不到他面具后面的脸。我看不到他的心。

他始终都像是一个掌控者，利用我的迷恋与天真，把我反复操纵于股掌之上。而我就好像他听话的提线木偶，一个可悲可笑的木偶，不会提出任何异议，也不会问为什么，只是一味跟在他后面，任他摆布，受他愚弄。是的，他给了我一个所谓的承诺，他给了我一个名分，一个家，奢华的住所，舒适的生活——不，这并不是我想要的。一点儿都不是。

我的头还在痛，有一种宿醉后的眩晕感。而且我饿得要命。我晕乎乎地打开大门，想上楼去吃早餐。

脚底有什么东西绊了我一下。我低下头，看到放在门外的干洗袋。时间还早，酒店服务生还没来得及收走它。

就好像被什么驱使似的，我弯下腰提起那个袋子，拉开松紧绳，从里面拿出D那件刚换下来的衬衫。我感觉自己好像一个贼，或者更糟，一个可怜可悲的怨妇，处心积虑想去寻找丈夫偷情的证据。

但是什么也没有。我把头埋在衬衫里，可是上面没有我想象的陌生香水味，更没有什么可笑的唇印。只有一股淡淡的血腥气——和以往一样——那是他曾经"进餐"过的证据。但就连这股味道也如此熟悉，没有哪怕一丁点儿可以引起任何忌妒的地方，因为那正是我自己的气息。我的香水味、洗发液、护肤霜、粉底，还有我自己的血。是的，昨夜他曾穿着这件衬衫与我耳鬓厮磨。也许他并没有骗我，也许他确实曾与我相拥入眠，也许他真的没有去任何地方，也许事实就是我做了一个梦——不，我不相信。

一张卡片掉出了衬衫口袋。我弯下腰把它捡起来。

一张质地很好的小名片，是故意做旧的那种泛黄的颜色，古典雅致，上面印着一只式样古怪的面具，还有一个意大利语的店名：

"La Bottega dei Mascareri"。

逐字翻译过来就是：面具师的店，或者更简单一点，**面具店**。可是谁会用这个做店名？这里最出名的就是面具，整个威尼斯本岛有几百家面具店。

名片上的地址是圣波罗区80号，里亚托桥。

因此，当艾米丽在早餐时间我，今天要去哪里的时候，我想都没想就说出了这个地名。

"《威尼斯商人》那座桥？我们昨天不是坐船经过了吗？"感谢撒旦，这次她倒是破天荒没有说错。

"那边有很多商店，我想去买个面具。"我搪塞着说。

"你不是不买纪念品吗？"刚巧希斯走过来，听到了我们的对话。他对我眨了眨眼，做了个鬼脸。

"我改变主意了。"我佯装出一个笑脸，表现出一副追悔莫及的样子，"来威尼斯不买面具不是白来了吗？"

"那你今天不和我们去丽都岛了？"艾米丽惋惜地叹了口气，"还以为你会一起来呢！"

"不了，祝你们玩得开心。"我毫不可惜地耸耸肩膀，只希望这个神经大条的姑娘没有发现我的真实想法。其实发现也好，她就会知道我是多么不想和他们继续混在一起。但是她并没有发觉，只是顺手接过小S递过来的一杯橙汁，然后两个人坐下来，拿了张地图，开始讨论稍后的旅行路线。

餐厅里人并不多。在等待烤面包的时候，我转过头，看到那对来自法国的老夫妻还坐在昨天同一个地方喝茶，察觉到我的视线，老先生对我友好地点了下头。而那个总是惹麻烦的澳大利亚人已经不在了。

"那家伙退了房。"希斯站在烤面包机前面，递给我两片吐司，"我刚才上楼的时候看到他了。"

"你们打算住到什么时候？"我接过盘子，但是并没有走开。

"你们呢？"希斯重新从袋子里拿了两片面包放进烤面包机，然后转过头，似笑非笑地看着我。

我没想到他会问我这个。事实上，我也不知道我们会住到什么时候。因为所有的事情都是由D来安排的，目的地、行程还有酒店，他如同往常一样轻松掌控一切，而我只是他一个欲盖弥彰的木偶，遮遮掩掩，欲迎还休。

所以我愣在那里，不知道该怎么回答他。

希斯笑了，"你们什么时候走，我们就什么时候走。"

身后传来一声轻响，两片烤好的面包自动跳出了面包机。希斯回身，把他的吐司装进盘子里，然后走了。

13

一路上我都在想着他的话。

什么叫做"你们什么时候走，我们就什么时候走"？他是什么意思？难道他们就这么闲吗？难道他们不用回去上学吗？至少，我有充分的理由相信小S并不那么期盼与我欢度整个假期。艾米丽呢？她只是爱凑热闹而已，她当然不会友好到为了我，一个路人，她男朋友的前女友，改变事先计划好的行程。

那么就只剩下希斯了。

他为什么要和我们在一起？我想到之前当他见到D的时候，那种不自然的淡漠与疏离感。而他对其余的所有人都过分热情。是我太多疑吗？我总觉得这其中一定有什么蹊跷。他们认识对方吗？他们以前见过面吗？他和D之间又是什么关系？

想到D，我的心情再次跌进谷底。我在手心里紧紧攥着那张从D衬衫口袋里掉出来的小名片，不知道在未来等待我的将是什么。

水上巴士在大运河上行驶，我站在甲板上，看着脚下碧绿的水波，被绚烂的朝阳照亮。在过去一千年来，威尼斯还是个主权独立的共和国，人丁兴旺，富甲一方，海军和商业力量牢不可破。它的教堂千秋万代灿烂辉煌，黄金、宝石、珍珠、锦缎放出耀眼的光芒。是威尼斯人建造并占据了世上最华丽的宫殿，他们通过海路把欧洲和整个世界相连。

意大利的美酒、达尔马提亚的木材、拜占庭的织物、大马士革的香料，还有来自遥远东方的茶叶和丝绸，这一切都在位于威尼斯城中心的里亚托桥上进行交易。直至今天，里亚托桥仍然是威尼斯的心脏。桥上店铺鳞次栉比，有贩卖食物和廉价纪念品的小摊子，也有装饰奢华的高级玻璃制品和蕾丝商店。当然也有面具店。这里有无数面具店。

我捏着那张小名片下船。本以为在一座桥上找一家面具店，应该是件无比简单的事情，但是里亚托桥上的面具店一家接着一家，确切地说，这里除了偶尔几家卖玻璃和蕾丝的店面之外，所有的店铺都是面具店。

金碧辉煌的橱窗陈列闪烁着我的眼睛。我看到各式各样的面具，有像小丑那样带着犄角和领子的，也有带着手柄和流苏的，上面装饰着贝壳、金粉、锦缎和珠片，好像冰裂纹瓷器的纹理，还有细腻的油画或者雕塑质感的，以及染色的皮质，还有镂空的金属。如果我事先看到这一切，早上和希斯他们撒谎的时候，我的语气可能会更加真实一些。

威尼斯是面具的国度，对游客来说，空手而归的确是最大的遗憾。

只可惜我并不是游客。

我紧紧捏着手里那张已经变得皱巴巴的名片，再次确认上面的地址，看到名片上那个古怪的面具，它和我周围所见一切都不同。我周围的面具是奢华和繁复的，每一个都鲜艳夺目，美丽非凡。这个面具却是古朴而简单的，木色的模子上只有红、黑两色，它不美丽，甚至有点丑怪，就好像一首婉转高亢的咏叹调里一个最不和谐的音符。但仔细看过去，却又极富魅力。我完全无法把眼睛从上面移开。

然后我抬起头，看到那个面具就悬挂在我面前。

旁边的门楣上刻着一行很小的字：

"La Bottega dei Mascareri"。

我恍若入梦。退后几步，仔细打量着这家店。

乍看上去，这家店和左邻右舍并没有任何不同，桥上统一的红木结构，巨大的玻璃橱窗里陈列着无数面具。而这些面具和其他店内的面具也没有什么区别。除了，嗯，可能感觉会更加"原始"一点。它的金色更纯粹，它的黑色更深沉，它的红色更鲜艳，它的纹理更深邃。我不假思索，推开了面具店的门。

头顶"丁零"一声，我吓了一跳。因为这里实在太安静。当大门在我身后关闭，仿佛隔断了整个世界。里亚托桥上有无数游客，但这家店内竟然没有一个人。

店面很小，四壁全部漆成红色，每一寸墙面上都挂着面具。这里的面具和橱窗里的又不一样。如果外面橱窗里的那些还可以勉强融入周围的世界，那么店内的面具完全来自另一个宇宙。这里的面具有着长长的鸟嘴，布满皱纹的脸上有尖利的鼻子，以及日月星辰的图腾。上面没有过多的装饰，大多数都是简单的红色、白色或者金色，但比起外面橱窗里那些五颜六色的凡夫俗子，却显然更富魅力。我转过身，看到这里成百上千只面具，成百上千张丑怪可怖的面孔，透过空洞的眼睛默默地凝视着我。

"Bonjourno。"柜台后面坐着一个头发花白的老人，鼻子上架着一只单片眼镜，他放下手里的画笔，从玻璃镜片后面给了我一个微笑。

"早上好，我……我随便看看。"我用英语战战兢兢地开口，却不知道自己为什么会发抖。我偷偷把那张小名片藏进口袋。

"需要我给你介绍一下吗？"老人在围裙上擦了擦手，把手上画了一半的面具放在一边。那是一只木色的全脸面具，上面红黑两色，和名片上那张非常相似。

"那只面具……很特别呢。"我试探着说。

"你喜欢这个？"老人笑了笑，"不觉得它很丑吗？"

"确实很丑。"我如实回答，"但是很独特。外面那些面具太千篇一律了。"

"姑娘好眼光。"老人摘下眼镜，上下端详了我一阵，"来威尼斯旅游？"

我点了点头。现在我可以放松下来了。因为店内的气氛完全偏离了我的想象。这里没有什么蛇蝎美女，更没有任何D可以用来背叛我的证据。我是说，从D的衬衫口袋里掉出来的这个地址，店内完全没有任何不同寻常的地方。它只是一家面具店而已，就好像威尼斯本岛上其余几百家面具店一样。

"要买个面具吗？"老人笑眯眯地看着我。

"噢，我只是路过而已，我的同伴还在外面等我。"我赶紧说。我的脸有点发红，因为任谁都可以一眼看出我在撒谎，这个糟糕透顶的借口实在是逊毙了。

但老人却没有点破，他只是微笑着点了点头，"下次请带你的同伴一起来。"

我走出店门，头顶又"丁零"了一声。我回过头，透过窗口看到老人已经坐回了原先的位置，架好镜片，继续描画他手里的那只面具。我松了一口气。

我不能买他的面具。我不能让D知道我在调查他的行踪。但我一定要买个面具。因为这正是我独自前来里亚托桥的借口。撒旦啊，我最近真是撒太多谎了。我心里很没有底，生怕一个疏漏便搞砸一切。

我无意逗留，随便在对面的纪念品摊子上买了一只头上有角的蓝色小丑面具，然后打道回府。一路上面具上的小铃铛叮当作响，搅得我心烦意乱。

回到酒店的时间正是中午，艾米丽和小S他们还没有回来。酒店里很安静，我没有在前台看到服务生，走上楼层的时候，我也没有看到正在打扫的清洁工。我有点饿，但是当我上楼去餐厅的时候，明明是正午时分，里面竟然一个人都没有。

我在心底咒骂这群懒惰的意大利人，被迫走出酒店，在圣马可广

场的小摊子那里买了一角干巴巴的比萨饼，就着一瓶冰冷的矿泉水，三口两口就吃完了，然后重新回到空无一人的酒店里，等待他们所有人回来。

14

我想我睡着了。我一定是睡着了，因为当我睁开眼睛的时候，天已经黑了。我听见隔壁传来摔门的一声巨响，紧接着，沉闷但细碎的脚步声回荡在铺着厚地毯的走廊上，然后一如预料我听到了艾米丽的声音。

"奥黛尔，奥黛尔！"她拍着门叫，"你在吗？"

我揉了揉眼睛，不情愿地从床上爬起来，赤着脚走过去开门。

"怎么了？"我没好气地开口，丝毫没有掩饰自己坏心情的意图。

但是很显然，艾米丽的心情比我更糟。"这家旅店太不像话了！"她跳着脚大叫，"根本就没有人来收拾我们的房间！你的房间收拾了么？奥黛尔？"

我打了个哈欠，用一只手抓着脑后睡得乱糟糟的头发，"今天没有，但可能是因为我一直在睡觉。"

"你今天没出门吗？"艾米丽用一种被欺骗的眼神看着我。

"上午出去了。"我赶紧说，"逛了逛里亚托桥，买了个面具。"我冲着桌子上那只随手买来的廉价纪念品努了下嘴，"但是一个人逛也没什么意思，所以就提前回来了。"我倒不是为了取悦艾米丽，我说的是实话。但我脑子里想的却并不是她，而是另外一个人，那个本应该陪我外出观光的人。但是当然，热心的艾米丽小姐再一次反客为主了。

"哎呀，我就说你今天应该和我们一起去丽都岛嘛！"她嘟着嘴埋怨。

"你们三个玩得好吗？"我随口问。

"我们三个？"

"你，齐格弗里德还有希斯。难道你们三个不是一起去的？"真是的，还能有谁？这美国姑娘的神经也未免太迟钝了。我这么想着，但艾米丽的回答第一次出乎了我的意料。她问我：

"希斯是谁？"

我呆住了。我静静地看着她，希望她只是在和我开玩笑。但艾米丽小姐向来不会开玩笑。她只是认真地看着我的眼睛，重新问了一次："他是你的朋友？"

"艾米丽！走了！"走廊里响起小S不耐烦的声音。我探出头，看到他和希斯毫无征兆地突然出现，并肩站在离我们大约三米远的地方，就好像从地毯底下钻出来似的。看到我的视线，小S像往常那样尴尬地转开了头，希斯则露出了一个微笑。

"哈哈，我开玩笑的。"艾米丽转过头，对我做了个鬼脸，"我们现在要上楼去吃饭，一起来吗？"

我确实饿了，中午那一角比萨饼上的香肠并没有给我多少卡路里的能量。但刚才的心悸让我骤然丧失了所有的食欲。

艾米丽**没有**开玩笑。她不是个喜欢开玩笑的姑娘。在刚刚那个瞬间，她的眼睛告诉我她没有撒谎。她的记忆里没有希斯这个人。当时没有，以前也从未有过。但当她转身看到希斯的时候，她立刻就承认了这个人的存在。如果我的推测是正确的，我想我就知道为什么希斯会一直在他们身边了。因为如果他不在的话，他们就会忘记他。忘记他这个人，他的生活点滴，关于他所有的一切，就好像他从未存在过——而这正是他刻意隐瞒的事实。

我想起自己第一次见到他，是在圣马可广场拐角处那家小小的咖啡店，他在大雨中和小S他们走散，然后才碰巧遇到了我。但其实这里

根本就不存在什么"走不走散"的问题，因为他原本就是一个人。希斯·韦斯特文，他并非来自美国，他也绝对不是他们的同学。

想到这里，我忍不住开始可怜起了小S，他和艾米丽两个人，只因为（倒霉地）认识了我，就被迫飞越了整个大西洋来做他的傀儡。

——你们什么时候走，我们就什么时候走。

是的，现在我终于明白了。他的目标是我。或者是D。不管结果如何，我打算再冒一次险。

"好的。"我上前一步，拉住艾米丽的手，"我们一起上楼吧。"

艾米丽兴高采烈。因为我的亲密举动让她开心，就好像她一直以来的热情有了回报，我这个别扭的木头人终于对她敞开了心扉。我拉着她的手向前走，经过希斯和小S的时候，我看到他们的眉毛同时跳了一下。小S那个很好理解，正常男生看到自己前女友和现任女友走在一起总不会那么坦然（何况还手拉着手），而希斯的那个表情就很难说了。

酒店里还是没有电。当我在后面关上客房大门的时候，走廊里顿时陷入一片漆黑。

艾米丽尖叫起来。"蜡烛呢？蜡烛呢？"她大叫。

"我去拿。"小S马上说。然后我听到脚步声，黑暗中窸窸窣窣地摸索，隔壁客房的门被打开然后迅速关闭，走廊里重新恢复了寂静，还有面前这一片浓得化不开的黑暗。

我听到艾米丽的呼吸声，粗重而快速，她的手抓得我很紧。我知道她很害怕。我可以看到她正努力睁大双眼，瞪视着走廊里绝对的黑暗，妄图从中分辨出什么。

可是她什么也看不见。

看不见的人是幸福的。因为以我超然的视力，我可以清晰地看到，就在这条走廊的尽头，在通往楼梯的方向，有一团黑色的影子。不，眼前所有一切都是黑色的，所以那个影子不应该是黑色。但它确实又是黑色的，因为除了黑色，没有其他任何颜色可以用来描述它的样子。

那团黑影平地而起，像墨水的污渍，像混浊的乌云，像一团浓雾，深浅不一，在空中迅速变化着形状。不，它没有形状，只是一团乌黑而模糊的虚无。它来自地狱深渊，来自另一个空间，它比面前这伸手不见五指的黑暗更加黑暗。如果黑暗是光，它则是影。它是黑暗投射在另一个世界的影子。

黑影浮上楼梯，然后消失了。它消失的地方就是我们要去的餐厅。

眼前突然升起了一束光。隔壁客房的门打开又重新合上，小S举着一只烛台出现在走廊里。

"我们可以走了。"他说。

艾米丽欢呼一声。而我却犹豫了。我不知道刚刚那个黑暗里的生物到底是什么。我没有勇气迈步。我第一次想到了D。我想也许我应该等他回来。我想也许自己在这里贸然采取行动并不是一个好主意。是的，我是一个魔鬼。这说起来多少有点讽刺，因为我糟糕的记忆参差不齐，我甚至连一点超自然的力量都没有（好吧，除了可以在暗中窥物的恐怖视力，以及其他一些完全没用的能力）。我的外表是个普通的人类女孩，就像我身边的艾米丽一样，而我的内在绝不比我的外表高明多少。

我该怎么办？我应该和他们一起去餐厅吗？我不知道在那里等待我的将会是什么。

像是在回应我的感召，一直沉默的希斯突然开口："今晚是法国夫妇。"

"什么？"

"我们的故事接龙。今晚轮到那对老夫妻。"希斯在烛火的光晕里对我微笑，他身后的影子无限制地扩张，充斥了地板、墙壁和天花板，然后和身后无边无际的黑暗完美融合。

"你们还要继续下去？"我不由自主地开口，虽然这个问题本身愚蠢无比。

"当然。"小S突然接口，手里的烛光映出他那张兴致勃勃的脸孔，"明晚我也会讲一个关于蜥蜴的故事。"

"为什么不是今晚？是谁规定的顺序？"我忍不住问。

"因为今天是法国夫妇的最后一晚。"希斯说。

因为对方所用的形容词，我的心脏突地跳了一下，紧接着听到他继续补充说："他们明天就退房离开威尼斯了。"

"所以就轮到我们压轴。"小S耸耸肩膀，瞥了我一眼，"怎么，没兴趣听我讲故事吗？"

"当然有，荣幸之至。"一个熟悉的声音从我身后传来。听到这个声音，我先前一直悬着的心终于放下了。在那个刹那，之前所有的不满和怀疑全部烟消云散，一个更重要的念头狠狠击中了我的心脏，打开一个缺口，让心中留存的暖流缓缓漫过我的四肢百骸。

那就是，我知道自己是安全的。

因为D在这里。他回来了。

15

当我们一行人最终走入餐厅的时候，那对来自法国的老夫妇已经在圆桌旁坐定了。

"很巧，我们也有一个关于鸟的故事。"老先生清了清嗓子，颤巍巍地开口说，"世上最美丽的鸟，有人说它来自天堂。"

接下来，他给大家慢慢讲述了下面这个故事：

"这种鸟拥有两对剪刀似的翅膀，上面非凡的羽毛可以折射光，映出彩虹一般的颜色，仿佛来自另一个世界。因此人们给它命名为天堂鸟，又叫极乐鸟，或者风鸟。传说中它们生性孤傲，离群索居，但一旦拥有配偶，则至死不渝。此外，雄性风鸟拥有惊为天人的歌喉，歌声宛若天籁，足以令森林里的旅人流连忘返，乃至迷失方向。

"在路易十六时代的巴黎，风鸟七彩的羽毛成为了当时舞会上的通行证。如果不在头发或帽子上插上一两根，很难进入玛丽王后的宴会沙龙。宫廷已然如此，民间也纷纷效仿，一时间朝野上下，所有人都在疯狂地追求风鸟。

"但风鸟实在是太珍贵了。真正的风鸟，是西班牙的使臣从遥远新大陆的土著人那里用昂贵的礼物交换来的；威尼斯人也有，因为他们总是习惯于进行各种各样可以牟取高额利润的古怪生意。但是在作为内陆城市的巴黎，真正的风鸟羽毛少之又少，大多数都是那些精明的商人，利用上等鸵鸟毛或者雉鸡毛经过修整和染色的复杂工序后人工生产的。

"这些假羽毛做工精细，颜色丰富，深受上流社会的绅士太太们喜爱。它们的需求量越来越大，外形也制造得越来越逼真。但是它们毕竟不是真正的风鸟羽毛。因为风鸟只喝'风鸟花'的花蜜，它们的身体天生就带着一股醉人的甜香，极易分辨。但是这些经过人工染色的羽毛，则臭不可闻。尤其是经过雨水打湿之后，那股味道挥之不去，隔着一整条街都闻得到。所以那时候的舞会沙龙，一遇到阴天就被迫取消。

"故事的主人公是个年轻的少女，名叫莫妮卡。她的父亲是一位经营假羽毛生意的商人，所以她的家境非常富有。莫妮卡从小被当做公主一样抚养，要什么有什么，如果她想要天上的星星，就没有人给她月亮。但莫妮卡仍然非常苦恼。因为尽管她的日常穿着比真正的公主还要华美奢侈，她的舞步比真正的公主还要优雅动人，但她毕竟不是一位公主。她无法拿到玛丽王后的邀请函，她无法进入宫廷宴会。也就是说，莫妮卡空有一身美貌与财富，但是她没有身份地位，没有阶层。而在当时，阶层就是一切。尤其是在巴黎，贵族和平民完全就是两个世界。心高气傲的莫妮卡无法忍受这一点，她决心不惜一切改变现状。

"莫妮卡的计划其实很简单，像那个时代（以及现今时代）几乎所有的女孩子一样，她梦想能够嫁给一位有地位有身份的贵族男性，然后就可以扔掉自己原本的姓氏，永远脱离可耻的平民阶层。但这说着容易做起来难，一个最现实的问题就是，如果进不去玛丽王后的舞会沙龙，她根本没有机会见到任何一位大人物，当然就更不可能得到邀舞的机会。

"我们刚刚说过，巴黎人疯狂追求风鸟七彩的羽毛。莫妮卡不满足于那些批量生产出来的冒牌货，作为羽毛商人的独生女，她是羽毛的行家。尽管年纪轻轻，她可以轻易分辨出各种羽毛的名称和种类，利用气味和手感，对所有秘密的加工细节如数家珍。可想而知，她比任何一个人都期待看到真正的风鸟，或者说，她比任何一个人都想得到一根真正的风鸟羽毛，因为它就相当于一张迈入上流社会的通行证。

"噩耗传来，莫妮卡的父亲患了病，就要去世了。由于莫妮卡是独生女，商人临死前把自己所有的财产都留给了莫妮卡，此外，还有一个用蜡封住的盒子。盒子里是一根真正的、未经染色的风鸟羽毛。

"在打开盒子之前，莫妮卡并不知道家中收藏着这件宝贝。但话又说回来，一位以贩卖假羽毛为生的富商，家中偶尔保存着一两件真货也在情理之中。总之，在得到这件宝贝之后，莫妮卡欣喜若狂，但又有些许失望。因为这根羽毛竟然是黑色的。一种深邃的黑，比乌鸦的羽毛还要暗淡，上面没有一丝光，更没有传说中彩虹一般的七重颜色。说真的，她平日见过的那些仿造的假羽毛可要比它漂亮多了。但它确实是风鸟的羽毛。因为就在她打开盒子的那一刻，一股说不出的甜蜜味道喷洒而出，好像空气中刹那间开满了鲜花。

"莫妮卡找出自己最好的一套礼服，然后小心翼翼地把这根羽毛插在精心绾起的发辫上。来自天国的花瓣从头顶直泻千里，她轻盈地迈步，脚下步步生花。当她走入凡尔赛宫的时候，宾客侧目，门卫恭谨地对她低头行礼，就好像她是一位真正的公主。

"莫妮卡开心极了。她拿了一杯香槟，假装矜持地站在灯火最辉煌的那个角落里，睁大眼睛密切注视着四周，等待着她的猎物。

"猎物很快就上钩了。凡尔赛的大小爵爷和公子哥儿们对这位神秘的美女充满了兴趣。他们背地里相互打听她的来路，答案的缺失更加勾起了他们的好奇心。他们争相去找莫妮卡邀舞。令他们开心的是，这位面生的小姐拥有几乎完美的社交礼仪，她不曾拒绝任何一个人。

"每一次邀舞，都是莫妮卡展示自己的机会。展示自己华美的礼服，精致的容貌，纤巧的舞步，但最重要的，是自己头顶上那根真正的风鸟羽毛。当莫妮卡跳舞的时候，那根羽毛也随着舞步带起的微风轻轻摇摆，沸沸扬扬，把神秘的香气洒遍了整座舞会大厅。莫妮卡期盼多年的梦想变成了现实，她一举成为了舞会上的焦点。

"莫妮卡看到了一位身穿黑衣的青年。事实上，从她刚刚进入大厅的那一刻开始，她就注意到了这个年轻人。她看到他在所有大人物中间穿梭不停，甚至连高贵的玛丽王后都微笑着与他打招呼。青年身材颀长，傲气外露，垂肩一匹黑发，犹如用夜色编织而成的昂贵丝绸，使得他未经阳光晒过的皮肤愈显苍白，一看就出身显赫，搞不好是哪个国家的王子，受邀来参加舞会。因为细看上去，他眉宇间隐隐有异域之色，但这反而令他那张轮廓分明的脸孔更加迷人。

"莫妮卡被他深深吸引。她不断告诫自己要保持所谓'贵族少女'的矜持，不要一直盯着人家看，但她竟然无法转开眼睛。所以，当那个年轻人最终走到她面前，用优雅之至的动作躬身行礼的时候，莫妮卡想都没想就把手交给了对方。

"莫妮卡没有想到，青年竟然是跳舞高手，当他翩翩起舞的时候，周围仿佛全部静止了，只有他一个人在凝固的时间中旋转不休。就好像是一只黑白相间的陀螺，静止的时候丝毫不引人注目，但当他开始起舞的时候，单调的陀螺瞬间变成了七彩。莫妮卡目不暇接，她知道自己已经找到了目标。他们一直跳舞，一直跳，换了一支又一支的曲子。在舞会最终结束的凌晨，两人在喷水池前面接吻，私定终身。

"但事情总不可能十全十美，晴天霹雳降临到莫妮卡头上，这个俊美神秘的青年竟然是个哑巴。莫妮卡哭过之后，仍然下定决心维持婚约。一方面她确实对青年深深着迷；另一方面，父亲已经去世，莫妮卡没有人可以依靠了。她坚信对方一定是位来头很大的异族王子。她绝不能放弃自己眼前这千载难逢的机会。

"婚礼很快就举行了，莫妮卡带着自己富可敌国的家当嫁给了这个青年。她把父亲生前全部的财产都做了赌注，希望日后可以过上贵族阶层体面的生活，结果却输得一败涂地。这个莫妮卡在舞会上相识的神秘青年，原来竟是一只风鸟变化而成的。他在骗取了对方的爱情和钱财之后，就恢复原形一去不返，而且临走前还收回了自己的羽毛。"

"怎么可以这样！"艾米丽愤愤不平地喊，"你不是开始时还说风鸟对爱情忠贞至死不渝的吗？"

"那是人们的误解。事实上，风鸟是鸟类里面最典型的浪荡公子，利用自己非凡的舞姿不停地吸引雌鸟，结合后就一走了之，把孵蛋和抚养幼鸟的事情全部留给对方。"老人叹了一口气。

"所以，它们的歌声也未必动听了？"

"其实风鸟的叫声非常难听，只能发出像乌鸦一样嘶哑的哇哇声。我想，这也就是为什么故事里的风鸟要装哑巴了。自古以来，人们赋予了风鸟太多的梦幻因素，其实，它们是乌鸦的近亲。"

"那它们当真也是黑色的了？"艾米丽继续追问。

老人沉思了片刻，摇了摇头说："这就真的不清楚了。也许自然界确实有这种鸟，也许没有，谁知道呢？反正我活了这么一大把年纪却没见过。这个故事毕竟也只是个传说罢了。"

老人说毕，窗外送来圣马可钟楼清晰的钟鸣。烛影摇曳，天花板映出圣马可广场的水色，整个房间似乎都摇摆了起来。我在钟声里头晕目眩，我怀疑是自己看错了，因为就在这四壁动荡的水波里，我看到熟悉的黑影拔地而起，像墙上的藤蔓那样一路爬升，以迅雷不及掩耳之势，密不透风地吞没了桌边两个人的影子。

那两个人正是刚刚讲完故事的法国夫妇。

我犹豫了一下，刚想开口，圆桌上的蜡烛突然熄灭了。

"大家晚安，我们明晚再见。"在面前陡然降落的黑暗之中，我听到希斯的声音。

16

D一直握着我的手。在蜡烛熄灭之后，他拽着我，几乎是风驰电掣地走出了餐厅大门。我不明白他为什么要走这么快。

下楼的时候，我听到身后的脚步声，夹杂着艾米丽的一声大叫，似乎又不小心撞到了哪里。但是和前夜一样，在听到小S扶起她之后，我并没有听到希斯的声音。不仅如此，就连那两位老人也没发出半点动静。

那两位老人年纪已经很大了，虽然并没有拄拐杖，但腿脚也不会太灵便。在这伸手不见五指的黑暗里，辨明方向已经是很大的挑战，但他们竟然就这样静悄悄地离开了餐厅。他们到底是如何做到的？还有，希斯去了哪里？如果他不在走廊上的话，那么他还在餐厅里面吗？

好奇心驱使我很想回到餐厅去看个究竟。但我的手被D紧紧抓住，完全抽不回来。

"你不能回去。"他凑近我的耳朵对我说。

我心里一惊。我突然想起自己刚刚在走廊上看到的那团黑影。各种可怕的想象立刻占据了我的大脑，我紧紧抓住他的手，作好心理准备接受接下来的恐怖事实，他却再一次转移了话题。

"因为我们现在要去个地方。"他说。

熟悉的语气让我立刻回想起昨天发生的一切，愉快的以及不愉快的所有经历。我猛地甩开他的手。

"你又为我准备了另一场烛光晚餐吗？"我僵硬地开口，"然后再次给我下药，你好去做你准备去做的事情！"

"我准备去做什么？"他忽视了我所有的愤怒和指责，突然反问我。

我卡壳了。我本来准备了一肚子的抱怨和不满，但现在竟然一句话都说不出来。因为我没想到这就是他的反应。我没想到他竟然会轻描淡写地绕过自己所有的罪过。我更没想到他会反问我答案。我怎么会知道他去做什么？我没有半点线索……好吧，其实也不能说完全没有。

"谁知道？那是你的事情。"我咕哝着回答他，"也许去买个面具什么的。"

这句话刚说出口我就后悔了。我的脸发烧，好像自己所做的一切立刻被他抓住了把柄。不是好像，看吧，我这个傻瓜，我就知道一切都会被我搞砸。明摆着是我偷翻了他的东西，所以我才会知道面具店的事情。但是面具店和这个真的有关吗？我又不确定了。

果然，他立即说："你去了面具店？"

"我当然去了面具店。"我努力让自己的声音保持正常平稳，装出一副理直气壮的样子反问他，"来威尼斯不买个面具不是白来了吗？"

"不是随便哪个面具店。"他叹了一口气，"奥黛尔，你知道我在说什么。"

"威尼斯遍地都是面具店,我怎么知道你说的是哪一个?"我仍旧嘴硬。

"你知道。"他突然停下了脚步。我能感觉到他正在看着我,火热的视线几乎灼疼了我的皮肤。"你知道。"他重复,"因为威尼斯只有一家面具店。"

我有点蒙了。我真不明白他在说什么。我想他一定是疯了。如果这里只有一家面具店,那么威尼斯就没有商店了。但是他的语气却很严肃。我知道他并没有和我开玩笑。

"而你知道它在哪里,奥黛尔。"他补充,然后一把推开了面前两扇紧闭着的大门。

面前没有路,只有水。当两扇大门被推开的时候,头顶的月光照亮了面前粼粼的水波,一条无人的贡多拉凤尾船静静地停泊在台阶下面。

刚才我只顾和他生气,却没注意他已经带我多走了一层楼,来到了酒店的后门。这些天我上楼下楼,几乎走遍了整座酒店,却从未来过这里。我太惊讶了,忘记了自己刚才的问题,只是愣愣地看着他上前一步,迅速而熟练地解开了系在木桩上的粗麻绳。

"这条船上……没有船夫。"我站在原地,傻傻地看着他,不知道他打算做什么。

"船夫就在这里。"他抄起一根长篙,然后微笑地对我伸出手,做了一个邀请的手势,"欢迎登船。"

我没有选择,只好抓住他的手,小心翼翼步入船舱,回头看看身后那两扇阴暗的大门和门内可能潜伏着的黑影,再看看前方纵横交错的狭窄水巷,不确定到底哪一边更加危险。

"我们要去哪里?"我问他。

"威尼斯唯一的面具店。"他撑了一把船篙,让贡多拉稳稳地离开原先的位置，然后转过头，给了我一个微笑，"我想你白天的时候已经去过一次了，是吗？"

我没有回答他。我皱起眉头，想不通自己怎么会暴露行踪。

他读到了我的思想。因为他腾出一只手，把一张皱巴巴的小纸片在我眼前晃了一下，眨了眨眼睛，"你把它掉在房间地板上面了。"

我下意识地把手插入口袋，那张面具店的名片果然已经不翼而飞了。

"都怪我自己太不小心。"我咬着嘴唇说。

"我也一样。"D耸了耸肩膀。

"不，我是说，"我的脸红了，转开眼睛，声音也越来越小，"我不该偷翻你的东西。"

"我也有错。"他叹了一口气。

我屏息凝神，等待他接下来的所有解释（我觉得我已经等待了好几个世纪），但他却闭上嘴不说话了。

四周很静，没有一般夜晚风吹树叶的声音，也没有小虫的啾鸣。这里是威尼斯。没有柏油马路，没有机动车辆，也没有行人。水巷两边只有没有生命也没有边际的石墙，把头顶的天空切割成狭窄的长条，然后从桥洞里落下残破的月光，像幽灵的鬼火一样点缀在河面陡升的雾气里。

我听到风里送来某种音乐，好像有人在拉小提琴，音调恬淡而伤感，依稀是德彪西的《月光》。我不由自主地抬头，寻找着拉琴的人。

头顶的窗台高而远，透过包裹一切的雾气，隐隐有光线透过来。但它实在是太遥远太模糊了，那么一点点的光，稍纵即逝，好像隔着我们所在的这整个世界，是从死者的国度传过来的似的。

我感觉冷，四面都是雾，湿漉漉黏糊糊的，像死人的脸，从黑沉沉的河水中升起，然后前仆后继地贴上来、贴上来，钻进衣领里，再顺着脊背滑下去。

音乐消失了。我看不到岸，也无法在浓雾里辨识方向。两侧是石墙，脚下是水。好像一个永远无法逃脱的诅咒，一个可怖的永恒。上下一千年，我们凝固在时间正中央，一切都不复存在了，整个世界化为一片寂静的虚无。除了身旁不时响起清冽的水声，让我知道我们仍然在运河上行驶。

不知道过了多久，我终于看到了光。不是一盏灯，而是无数明灯，像圣诞节的彩灯一样簇拥着完美的桥拱和回廊，让那座庄严的廊桥在浓雾中慢慢显现了轮廓。

里亚托桥。

那正是我们今夜的目的地。

17

D解下船上的粗麻绳，把我们的贡多拉系在桥下的木桩上。他的动作和之前一样熟练非凡，如果不是他的背影过于优雅，我简直真要把他当做一个普通的意大利船夫了。

"在过去的威尼斯，没有船简直寸步难行。"D回应我的思想，摘下手套掸了掸，然后跳上河岸。

我想问他那个"过去"的含义，但是我忍住了。我发现自己越来越怕知道他的过去。尽管他曾经信誓旦旦地说是我——当初的奥黛尔，让他成为了现在的他。而他只爱过她一个。但是我不想再次冒险。因为我无法接受任何疏漏。任何一个不小心，都会让我那个脆弱的、属于人类的小心脏再次脆裂成一千片。

我为自己的懦弱感到羞耻。我几乎不记得从前那个奥黛尔了——魔

鬼的女儿,她任性而骄傲。她绝不会像我这么懦弱,这么无能,这么惹人生厌。

我希望她能够回来。或者是他。

"这是他的选择。"D突然开口,"该发生的已经发生了。"然后他点点头,又补充了一句,"谁也不能改变过去。"

不知道为什么,我总觉得他后面那句话有一种欲盖弥彰的意味。我咽下口水,跟在他身后默默上桥,同时竭尽全力清除自己的思想,试图在头脑中与他保持一段安全的间距(尽管这不太可能)。

此时并非旅游旺季,午夜之后,两岸的餐馆和咖啡店都关门了,桥上没有什么人,四周安静得过分。脚下青石板铺成的路面才刚被水洗过,又湿又滑,踩上去会发出噗叽噗叽的响声,好像有人正趿拉着鞋子不即不离地跟在后面,但转头过去又没有人。只有一团冰冷湿黏的浓雾,在你回头的那个刹那,一下子就贴覆在脸上,变成一副严丝合缝的假面具,瞬间把所有的表情冻僵。

蒙蒙的水汽笼罩着里亚托桥。空气极湿,桥身拱壁上水珠密布,不小心落在头发上,一个激灵抖落衣领,再顺着脖子滴淌下来。那感觉凛冽、寒冷而私密,就如同吸血鬼之吻。我打了个寒战,快走几步,努力赶上前面那个逐渐隐没在雾气里的影子。

D突然停下了脚步。我抬起头,"La Bottega dei Mascareri",一行熟悉的小字赫然出现在正在滴水的门楣上。

我又来到这里了,里亚托桥上那家古怪的面具店。和白天相比,面前这个小小的门脸更加不起眼,如果不是D停在这里,我想我一定会毫不知情地走过去。它的店面比桥上任何一家商店离人行道都要远,刚好转了个弯子,把店身隐藏在路灯照不到的角落里。这里大门紧闭,原本的橱窗陈列被厚重的黑色帘幕遮得严严实实,似乎就要隐没在左邻右舍的砖墙缝隙中去了。

　　但是，尽管这里一片漆黑，仔细分辨还是可以看到，悬挂在大门上的木头小面具是一张表示"正在营业"的笑脸，而不是表示"闭店"的哭脸。此刻早已经过了午夜，附近所有的商店都关门了，连餐馆和酒吧都熄了灯。难道真不是店主疏忽挂错了招牌吗？

　　但是店门竟然果真没有上锁。D伸手一推门就开了。头顶传来熟悉的"丁零"一声，大约是天气的原因受了潮，铃声喑哑，然后被突然聚拢而来的浓雾切断。

　　在走进店内之前，我在头脑里进行了无数可能的猜想。我猜想白天这里是一家普通的面具店，过了午夜就摇身一变，变成了某种神秘恐怖的场所，在偷偷进行着某种奇诡可怕的仪式。我的神经异常紧张，又充满了兴奋，因为我知道自己正站在真相的门槛上，等待着结果的最终揭晓。这几天D去了哪里，他在做什么，以及他为什么要对我遮遮掩掩——总而言之，以往所有的疑问都可以在今夜找到答案——如果我足够幸运。

　　我感觉时间仿佛重叠在了一起。我头脑恍惚，似乎至此为止，今夜发生的一切不过是一场梦幻。D真的和我在一起吗？还是因为我的坏心情而导致的幻觉？因为就在我第二次走进这家面具店的时候，眼前所见一切和我记忆中没有半点不同。放眼望去，四壁挂满面具，那个长嘴的医生面具，还有那个金色的五芒星面具，所有面具都在它们原先的位置上纹丝未动，而面具店的主人，那位曾和我聊天的头发花白的老者仍然坐在柜台后面，架着一只单片眼镜，用画笔仔细描绘手上的面具。所不同的只是，如果仔细看的话，那只丑怪的面具此刻已经快完工了。

　　"晚上好，马里奥先生。"D摘下帽子，微微点了下头，"我按约定的时间来了。"

　　他的态度令我感到吃惊。我的意思是，D言行举止一向彬彬有礼，这原本没什么好奇怪的，但此时此刻，在这间小小的面具店里，我感觉时间仿佛倒退了好几个世纪，因为在他说话的时候，他字斟句酌，明显带着某种遵循古风的严肃礼仪。我不明白他为什么要这样做。

柜台前的老者抬起头看了D一眼，然后把目光转移到我脸上，定住，"我看到你带了位客人。"

他的语气里带着某种责问的意味，同时，望向我的目光凌厉而淡漠，没有任何感情。我心里一动，因为我突然发现，这个人并不是我白天看到的面具师。他们两位年纪相同，面貌也非常相似，很可能是双胞兄弟。只是，这位叫马里奥的面具师却没有白日里那位老人的半分亲切。从他看我的那个眼神，我知道他并不认识我。他也从未见过我。

"我预订了两个面具，这位是我的妻子，另一个面具的主人。"D解释说。

这个称谓让我的心脏漏跳了一拍。我突然意识到，他以前从未在别人面前介绍我的身份。这是第一次。我感觉不适应，却又感到一股暖流，冲淡了自己之前的疑惑和不满。我听到老面具师开口说：

"好吧，这样并不算违背规则。"他点了点头，表情略微和缓了些。

规则？难道买个面具还需要搞这么神秘吗？我在心里想，但是并没有说出来。

"那么请问我们需要的东西准备好了吗？"我的同伴又开口了。

"这只差不多了，再给我几分钟时间。"面具师扬了一下手上那只正在描画的面具，继续说，"另一只在我的兄弟斯蒂法诺那里，请明天再来取。"

"我们约定的时间是今夜。"D耐心地提醒他。

面具师抬头瞟了他一眼，丝毫不为所动。我从未见到有人敢这样和他说话。但是D似乎不以为忤，只是更加耐心地等待了一会儿，看对方没有继续开口的意思，才试探着补充道："明晚可能就来不及了。"

来不及？他到底在说什么？

"用不了那么久，明天上午就可以完成。"面具师回答，"我的兄弟从不在夜晚工作。"

D皱起眉头。对方已经充分解释了一切，尽管听上去合乎情理，但这仍然超出了他的预期。他无法在白天出门。但显然对方并不了解，也绝对不会了解到这一点。

"呃，如果是非常重要的东西的话，我明天倒是可以过来取一趟。"我忍不住开口，"请问这位斯蒂法诺先生就是白天在这里工作的面具师吗？如果是的话，我白天来的时候见过他了，我知道他。"

"问题解决了。"叫马里奥的老面具师面无表情地耸了下肩，然后低下头继续描画手中那个面具，不再理会我们了。

18

我们等待着。面具店内的空间非常狭小，别说坐下来了，我们两个并不臃肿的人只是站在那里，似乎就已经占据了所有的地方。而柜台后面也是同样局促，只放置了一把椅子，老面具师佝偻着瘦小的身子蜷坐在那里，空白的面具模子、画笔和颜料在面前的柜台上堆成了一座小山。

这样看起来，这家面具店的设计初衷似乎只是为了提供私人服务，两位店主轮换坐班，提前预约，一次只接待一位顾客。我想起老面具师刚刚提到的"规则"。显然，D是他今晚预约的客人，他对除D以外的任何人都不欢迎。但是这也太不寻常了。难道威尼斯人不是世上最精明的商人吗？难道他们就不想招徕顾客吗？因为面前这家古怪的面具店，怎么看都不像在认真做生意的样子。

　　我抬起头，用眼神询问D：我们还要等多久？

　　D没有回答我。他把食指放在唇边，做了一个嘘声的手势。我顺着他的眼神望过去，看到柜台后面的老面具师还在忙活。他的十只长手指枯瘦如鸡爪，却灵活非凡，不消一会儿工夫，面具上的主要图案已经完成。现在他正在用一支细如蚊足的毛笔，蘸足金粉，勾勒上面最后的花纹。

　　从我们走进店内的那一刻，D就一直盯着那个方向，目不转睛地看着面具师的每一个动作，笔刷的每一次走向，试图捕捉每一个微妙的小细节。看他的样子，似乎已经入迷了。

　　我不明白。那只面具和我白天看到的那只有着同样的花纹，还有小名片上印着的标志，以及门楣上悬挂的都是同样的面具。简单的木质底纹，眼睛四周有着黑红相间的古怪图腾。图案确实很有魅力没错，但除此以外，我并未看出它有任何超凡脱俗的特质。要论古怪，那个有着长长鸟嘴，戴圆眼镜的医生面具更古怪；要论精美，这里四壁悬挂的任何一只面具都要比这只美丽万分。

　　我不明白，为什么面具师要把这只面具作为店的标志。

　　我更不明白，为什么D说这里是威尼斯唯一的一家面具店。

　　正在我百思不得其解的时候，D再次开口了："马里奥先生和斯蒂法诺先生，是威尼斯仅存的面具师。"

　　他是在回答我吗？我突然意识到，在D说话的时候，他的声音充满了敬意。这极不寻常。我顺着他的眼睛看过去，看到那个叫马里奥的老面具师已经停下了手里的活。我的同伴伸出双手，珍而重之地捧过对方递过来的那只刚刚完工的面具。

　　"我不知道你是如何找到这里的。"老面具师咳嗽了一声，眯起细小的眼睛，透过圆圆的镜片上下打量着他，"我只是希望，这件事到此为止。不要再来找我，不要透露给任何人。我们已经很老了，以后也不会再接这样的工作了。"

"马里奥先生，如果你们也不做了，这项了不起的工艺就真的失传了。"D露出一个惋惜之至的表情。我一头雾水，不知道他们在说什么。

"这么说，你认为它应该流传下去啰？"老面具师反问。

"当然，它会帮助很多人。"

"帮助你们这些送死的人！"面具师突然提高了声调，我吓了一跳。*送死的人？*他究竟是什么意思？他们到底在说什么？我实在是忍不住了。何况事实已经摆在眼前，很明显D是要去做什么事情，而这件事情与我息息相关。连这位陌生的面具师都知道这件事，为什么单单把我一个人蒙在鼓里？

"咳，这些面具，"我清了清嗓子开口问道，"到底是做什么用的？"

面具师瞟了我一眼，挑起了眉毛。

"我本来还想晚点解释的。"D转过头，叹了一口气，"既然你已经问出来了，我也不应该再继续瞒着你。奥黛尔。"他叫了我的名字，让我意识到事态的严重性。然后他一脸严肃地对我说："事实上，我们来威尼斯是为了去一个地方。而安全抵达这个地方则需要这些面具。"

"我们要去什么地方？为什么会需要面具？"我更加迷惑了。我突然无力地发现，自己对他，以及面前这整个世界，一无所知。

"说来话长，路上我会慢慢再和你解释。现在只说一点，你知道狂欢节的来历吗？"

"信徒们为了纪念耶稣基督的荒野禁食，把复活节前的四十天作为忏悔和斋戒日。在这四十天里，人们不能饮酒作乐，生活肃穆沉闷，所以在斋期开始之前，人们举办舞会和宴会，纵情狂欢。而这些活动传承下来就成为了狂欢节。"我像背书一样告诉他。

D皱了下眉头，显然对这个可以随便百科出来的"标准答案"相当不满。"还有呢？"他问。

"或者来自古罗马的农神节。人们向神祇祈福，保佑一年的好收成。是属于春天的节日，"我仔细想了想回答他说，"在狂欢节期间，所有的法律和道德规范都被放宽，人们可以不分贫富等级地尽情欢乐。"

我看到D在对我微笑。他的手上捧着那只刚刚被画好的面具。**面具！**我们是在威尼斯。威尼斯的狂欢节也被称为面具节，因为这里的面具是最出名的。那么，难道这就是面具的由来吗？因为戴上它之后，人们就可以不分贫富等级……等等！我的大脑在飞速地运转，我突然觉得自己好像明白一些了。为什么我们会需要面具。还有D刚刚提到的有关技艺失传的事情。以及其他所有的一切。

当我把所有这些看似完全无关的点联系起来之后，我得出了我的结论。我很震惊。

"你是说……"我试探着开口，看到D对我点了点头。我已经明白为什么我们会需要面具了，但是我仍然不明白，为什么我们必须去**那个地方**。或者，那个危险的**地方**究竟在哪里。

"人们往往过于依赖自己的视觉，只相信肉眼所见一切。头顶的天空，脚下的大地，周围的建筑以及风景，擦肩而过的路人……你我相信它们真实存在，因为这些都可以用我们的眼睛直接观察到。但这并非就是我们全部的世界。"D终于放弃了和我继续这个痛苦的猜谜游戏，他开口说道，"实际上，宇宙中还有很多和我们所在世界类似的空间存在。在这些不同的空间里，居住着不同的'住民'。有些和人类非常相似，有些则截然不同。有些世界永远没有交集，它们的住民永远不会碰头；但也有一些世界，之间有'桥梁'相连。只要穿过这些'桥梁'，就可以抵达其他的世界。"

　　我震惊地听着他讲述这一切。信不信由你，其实让我震惊的并非是他正在告诉我的事情本身，虽然它足够震撼任何一个普通人；我所震惊的反而是其他事情。因为我突然意识到，他说的这一切我竟然都知道。在他说话的时候，所有那些埋藏在我头脑深处的记忆都在苏醒，就好像翻开了一本尘封多年的大书，当我正在仔细揣摩难以辨认的时候，D突然出现，挥手把书页上的灰尘掸开了。

　　灰尘下面，所有的答案一览无余。

　　"所以，狂欢节就是你所说的'桥梁'？"我突然明白了。

　　"狂欢节是一个'契机'。在很久很久以前，各个世界的'住民'会选择在这几天佩戴面具，穿越世界与世界之间的缝隙。制作精良的面具混淆了气味、声音以及形体，没有人知道你是谁，来自于哪个世界。换句话来说，只要你戴着面具，你就是安全的。"

　　我看着D手上那个不起眼的木质底色，红黑相间的丑怪面具，不相信它竟然拥有这样的力量。

　　"但是几千年以来，当'住民'的角色逐渐转换，世界与世界之间不再和平共处，'桥梁'的作用不需要再继续维持，绝大多数制作面具的工艺也就随之失传了。"D舒了一口气，看了一眼旁边明显已经等不耐烦的老面具师，然后简洁有力地完成了他的句子，"我们很幸运，来到了威尼斯唯一的一家面具店，邂逅了世上仅存的最后两位面具师。"

19

　　我睡得很好。也许是内心深处放下了一直以来的猜疑和困惑，我没有在中夜醒来，也没有做任何噩梦（墨菲斯离开之后我就不做梦了）。我睁开眼睛，一抹阳光穿透了清晨微凉的空气，细小的颗粒旋转在金色

的光柱里。晨钟声起，一群鸽子呼啦啦飞过圣马可广场，灰色的羽毛扬起淡彩虹颜色的光，在威尼斯略带咸味的海风里留下一连串拍打翅膀的回声。

一个如此美妙的清晨。如果D此刻正在我身边，那么一切就都完美了，我们的蜜月旅行将不再有任何遗憾。但既然这不可能，就让我们退一步，如果他能够每晚都像昨天那样陪我入睡，敞开心扉开诚布公，告诉我我所应该知道的一切，那么我不介意每天早上一个人醒来，独自上楼去吃早餐。

昨天夜里，D告诉了我很多事情。或者说，他让我想起了很多事情，很多我本来知道，却完全不记得的事情。就比如说，我以前并不住在这里。前世的奥黛尔是个魔鬼，她来自"魔界"，所谓的"另一个空间"。因为我已经忘记了空间的概念，所以D只能详细和我解释，我们的世界是由一个接一个的不同空间构成的。人类占据一个，而恶魔、精灵、小仙子和其他神奇的生物占据另外一个（或几个）。这些空间的位置并不固定，它们有时候可能完全重叠，但互相并不干扰。因为它们存在于不同的"维度"。

维度的概念就更加深奥了，尽管D费了很大力气对我解释，可我还是不太明白。他说，我们面前可见的世界是三维的，因为我们看不见更多的东西了。但实际中的宇宙空间则远远高于这个维数（我问他，既然看不到，那他是怎么确定的，他说他也不知道，这只是魔鬼们的常识）。在更高维度的空间里，一切均可发生。

他还提到了薇拉。那个我一直极力回避的名字。他说在苏菲奶奶的灵力保护环下，薇拉的突然出现和消失只能有一个解释，那就是，薇拉正处于一个肉眼看不见的更高维度的空间，她可能一直都在我们身边，只是我们看不见她而已。而她想让我们看到她的时候，就从她所在的那个"不可见的维度"跳入了我们所在的"三维空间"。就好像开启了一扇任意门。

为了便于我理解，D还举了一个例子。

想象我们是二维国度的平面人。在一张白纸上画一个圈，象征苏菲奶奶的灵力环。而我和D则是平躺在环内的两张小纸片。我们扁平的视线只能看到这张纸上前后左右正在发生的一切，我们看不到任何超出地平线，发生在这张白纸"上面"或者"下面"的事情。所以说，薇拉，另一张纸片，如果从"上面"掉下来，我们是看不到她的。她就好像从天而降，突然就出现在我们扁平的世界里。同理当她从"下面"离去的时候，我们也看不到她的动作，就好像从空气里直接蒸发了似的。

当然我们不是二维的平面人，我们是三维的立体。但同样，我们所处的这个世界并非如肉眼所见，完全切合我们的维数。想象薇拉有可能从任何一个超级的、未知的方向再次进入我们可见的视野，这实在是太可怕了。

所以我们要找到她。而唯一的途径就是去往她所在的世界。D是这样对我说的，听起来也合乎情理，但我总觉得他似乎还隐瞒了我一些什么。就比如说，在今天晚上，他要求我在取回另一只面具之后，留在这里等他回来，然后一起上楼去听小S的故事。

我已经受够了，每天在同一个时刻，坐在同一张圆桌前，听这些不相干的陌生人讲枕边故事。故事是很有趣没错，但它和我们面前的头等大事相比（我们要旅行去另外一个世界，还要找到薇拉），真的那么重要吗？让我们在接连浪费了三个晚上之后，还要继续浪费下去？我真的不明白。

房间的保险柜里锁着那只面具。今天我还要去面具店取另一只回来。这些面具的作用是为了保护我们安全抵达另一个空间。因为空间与空间并不是严丝合缝地连接起来的（这很容易理解，因为空间虽然没有边界，但它们却并不是无限扩张的）。空间与空间周围存在间隙，有些地方间隙还很大。如果不小心掉进去，就会有大麻烦。

在古时候，"留意间隙"是穿越空间的旅人们一句十分流行的问候语。因为这句话太流行了，乃至于在一百多年前，当伦敦人挖空了地表，建造世界上第一条地铁线路的时候——有些人以为这样就可以抵达另一个世界——他们把这句标语直接贴在了站台上。

在今天，如果你有机会去伦敦搭乘地铁，就会听到播音员在每个站台在用浓重的伦敦腔重复：

"Please mind the gap between the train and the platform. （请留意列车与站台之间的间隙）"

这句话被伦敦人念诵了一百多年，在英国乃至世界可谓人尽皆知。但人们所不知道的是，那所谓的"间隙"最初并不是列车与站台之间的，而指代的是不同维度空间中的"虚无"。

我问D"虚无"是什么。D摇了摇头，我看到他那对清澈的灰眼睛里消失了一直以来的镇定和沉着，而流露出某种我从未见过的飘忽和不确定，那神色令我不安。

"我也不知道。"他说，"如果我知道，那么我就不会在这里了。"

为了缓和气氛，我开玩笑地问他："难道'虚无'中充满了阳光吗？"

"正相反。"D没有笑，他一本正经地告诉我，"'虚无'里是一片黑暗。不同于我们所习惯的黑暗，因为在我们的世界里，夜晚的颜色对我们来说并不是绝对的。你也试过了，只要集中精力，还是可以清晰地看到一切。但'虚无'中则是永恒的夜晚。里面没有视觉，也没有声音和气味，只是一片绝对的黑。"

"所以'虚无'中就什么都没有吗？"

"我没有说它什么都没有。只是我们看不见而已。"D叹了一口气，"虚空界并非一潭死水，它充满了活动着的生物。只是这些生物都和虚空界一样黑暗——也有人说，整个虚空界就是由它们所组成的。这些生物居住在空间与空间的缝隙里，以粗心的过路旅人为食。从来没有人见过它们的真实面目，只知道它们确实存在。它们的速度和力量都不是我们能够想象的。"

"那么这些面具真能保护我们的安全吗？"我皱起眉头，翻来覆去地看手上那个面具，希望能看出什么特别的地方，让自己安心。但无论我怎么看，它都只是一个普通的面具而已，没有任何特异之处。

"等我们穿过'虚无'的时候就知道了。"D给了我一个微笑，像安慰小女孩一样拍了拍我的头，但这丝毫没有办法让我放松。

不过至少有一点他做到了，那就是，经过昨天晚上，他已经重新赢回了我的信任。我知道我们仍然在一起。无论前方有任何危险和困难，我知道他会和我一起携手去面对。而这就是我一直以来全部的希望。不是浪漫的恋情，不是确定的名分，更不是金钱与舒适的生活，我只是想让他在我身边，和我一同去面对整个世界。

如此而已。

20

我上楼去吃早餐的时候，餐厅里空无一人。

这种情况以前已经出现过一次了。昨天中午当我从里亚托桥回来，这里就一个人都没有。可是现在正是早餐时分，理应人满为患——我看了一眼墙上的挂钟确认时间——这家酒店虽然不大，但也有上下四层楼，至少二十几个房间。客人们都去哪里了？

我记得自己和D在几天前入住的时候，这里的客房明明已经满了。

因为后来当小S他们来的时候，酒店里就只剩下两个双人间。一间在我们隔壁（小S和艾米丽就住在那里）；还有一间，希斯和澳大利亚人只能凑合着拼房。直到第二天阿凡达兄弟退房，澳大利亚人才搬出去。但紧接着，他也退房离开了。

我突然意识到，其实就在昨天的早餐桌上，这里除了我和小S他们三个人之外，就只有那对来自法国的老夫妇。但是我记得希斯说过，昨天是他们的最后一晚。也就是说，他们也会在今天像其他人一样退房离开。

这让我产生了一种很不好的预感。当我听到楼下传来脚步和说话的声音，然后艾米丽和小S出现在餐厅里的时候，这种感觉加深了。

并非是退房本身让我觉得奇怪。因为这家倒霉的旅店至今没有电。如果我只是一位普通游客的话，我想我也会同样选择离开。我担心的反而是另外一件事。

那对法国夫妇没有上来吃早餐。他们惯常坐的那张靠窗的桌子是空的。

一般来说，酒店的退房时间总是限制在中午十二点，最早也是十一点——我的意思是，恐怕全世界也找不到一家酒店，一大早来不及提供早餐就强迫客人离开。当然，如果客人急着赶路，提早离开的情况也并非罕见。但现在还不到早上八点。我是说，已经三天了，阿凡达兄弟，澳大利亚人，还有那对老夫妇，在他们退房当天，就没有一个人上来吃完早餐再走？难道他们每个人都这么匆匆忙忙地赶时间吗？

我觉得整件事都很可疑，但也许他们确实都不约而同地预订了早班列车或者飞机。这样太巧合，是的，但并非完全不可能。因为如果这不是巧合，那么摆在我面前的事实，就绝对不再是一两个面具这么简单。我很担心，D费尽周折得到的面具不足以保证我们的安全。

我不知道D是否知道这件事。因为昨晚我们花了所有的时间解释空间与维度的关系，根本提都没提这些身边正在发生的怪事。就比如说吧，那个神秘的希斯。

当我这么想着的时候，希斯适时地出现了。

他穿戴整齐地出现在餐厅门口，头发打着发蜡，梳得油光锃亮。隔桌的小S和艾米丽哈欠连天，他脸上却没有半点属于清晨的恍惚和疲惫，晶亮的黑眼睛眨了一眨，给了我一个熟悉而安抚的微笑。就好像在说：别担心，这里一切都正常。

我知道这一定不正常。如果希斯不是gay的话——他作为一个男生实在太过注意形象——噢是的，我也这样怀疑过D，但他已经六百岁了，经历了巴洛克和洛可可时代的男人毕竟不一样。我的意思是，我面前这个从头到脚打扮得完美无瑕的希斯，从任何一个角度看，都绝对不可能是刚刚起床。

我咬着牙和他打了个招呼，然后转身走开。我深深地希望，这所有一切都只是我太敏感而已。但我越想避开他，他越是主动凑上来。

"奥黛尔。"希斯从身后叫住我，"今天你有什么安排？"

察觉到旁边小S和艾米丽的视线，我在艾米丽能够开口之前立即说出："我不太舒服。大概是感冒了。我今天想休息一下。"

但是艾米丽一开口我就后悔了。

"其实跑了好几天，我们也挺累的。"这姑娘兴高采烈地说，"我刚刚还在和齐格弗里德说，干脆管服务生要一副扑克牌，我们正好四个人。今天就不出门了。"

"别啊。"我赶紧开口，干脆利落地撕碎了她头脑中刚刚构建起来的美好蓝图，"大老远的出来旅行，这样也太浪费了。"

"可是你不是不舒服吗？"艾米丽皱起眉头。

"是的，但我更不想白白浪费了威尼斯的好风景。我想今天干脆就在附近随便走走，买买旅游纪念品什么的。"在我说出这些的时候，我真切地希望艾米丽小姐可以理解我的真正意图是希望独处。但是这个粗线条的姑娘无论如何就是不能理解。

"那太好了,我正想在临走前买点纪念品呢,我们一起吧!"

对方话中的某个字蓦然间攫住了我,我的心脏收紧了。"你们要离开威尼斯了吗?"我不由自主地提高了声调,我就是控制不住。

"对啊,再住一个晚上就走。之前没有和你说过吗?"艾米丽毫无防备地回答。

我转头看了希斯一眼。我记得他说过要和我们在同一时间退房。当时我以为他们并没有确定下来,但此刻艾米丽的样子告诉我,明天离开显然是在计划之中的。

"你们三个人一起走吗?"我犹豫着追问。

"当然了,我们是同学嘛。美好的假期就此结束,要重新回去上课啦。"艾米丽冲希斯挤挤眼睛做了个鬼脸,伸手接过对方递过来的一杯咖啡。

"明天几点走?会上来吃早餐吗?"我忍不住加了一句。

"不会耶,是早班飞机。"艾米丽叹了口气表示遗憾,"连觉都睡不了,凌晨就要赶去机场了。"

果然。我在心底说。但我还是不打算放过她。

"为什么所有人预订的都是早班飞机?"我死死地盯着她,不想放过对方脸上任何可疑的小细节。

"早班飞机比较便宜嘛。"艾米丽眨了眨眼睛,"你是有钱人,根本不了解我们这些普通人的日常生活。我们可是拼命攒足了一年的钱才能勉强出来旅行一次,当然要处处节省啦!"

我噎住了。我冥思苦想了一万种荒谬的可能性,却没料到这竟然就是她的答案。我想说我也很普通,至少我从前很普通,但这只是欲盖弥彰。她知道我已经结婚了。她也看到了D。而D从来就不是一个谦逊的人。至少，从不体现在他的着装上。

几天以来，小S和艾米丽穿的都是棉质帽衫、圆领T恤和牛仔裤，还有帆布鞋。而我从来不穿牛仔裤（我曾经穿过一次，因为当时我所有的衣服都洗了。结果就是整个学校的人奔走相告，把我变成了当日校内的头条新闻）。我只穿黑色的衣服。而黑色的衣服，只要不是料子太糟糕，看起来总是要正式一些。

我瞟了一眼希斯。他正端着自己那杯喝了一半的咖啡，似笑非笑地看着我。我躲开他的目光，低头吞了一口我的果汁，不再说话了。

21

食不知味的早餐过后，我们再次恢复了别扭的四人行。

艾米丽兴高采烈地挽着我的手走在前面，小S跟在后面，还有一个希斯，双手插在兜里，好整以暇，和我们有的没的聊着天，怎么看都像是一个监视者。我很想知道，我身边这个精力充沛的美国姑娘，到底是真实的艾米丽，还是只是他教唆下的木偶艾米丽。我觉得是后者，我觉得也许真实的艾米丽并没有这么热情和粗线条，我觉得也许她并不会这么喜欢我。不是也许，其实我内心深处非常确定这一点。因为地球上没有哪个正常的女孩会毫无心机地和自己男友的前任女友交朋友。在这种情况下，她不揪下我的头发回去扎小人我就已经感谢上苍了。

但现在艾米丽挽着我的胳膊。她是个快乐的姑娘，有她在的地方绝对不会冷场。而我天生就是个零下三十摄氏度的冰柜，能够瞬间把所有的气氛冻僵。只有吸血鬼才会喜欢我。虽然这也很浪漫没错，但我想也许我应该在假象消失之前偶尔享受一下正常生活。

毕竟，像这样的机会以后不会很多了。

我们走出圣马可广场，绕过公爵宫，像其他游客一样在大运河边卖面具和饰品的小摊子边流连。前两天淹没广场的洪水已经完全退了，木板搭成的栈桥和码头露了出来，威尼斯的日常生活恢复了以往的频率。戴着八角小丑帽子的摊主在沿岸叫卖，满眼都是花花绿绿的金粉颜料和彩色玻璃珠子。太阳爬过了圣马可钟楼，映照在亚得里亚海碧绿的海平面上，贡多拉小舟过处，狭窄的船身划破涟漪，揉碎万点金光。

大概因为今天是周末，四周全是游客。我们几个被一大群人挤在桥上，寸步难行。耳畔听到不同口音的欧洲语种，似乎整个欧洲的人都在这个周末跑来了威尼斯。但是这座苍老的城市只剩下表面的浮华，内心深处已经完全腐朽，似乎只要轻轻一推就要倒塌了似的。带着几千座宫殿、教堂和钟楼，回归碧绿的亚得里亚海。曾经有过的绝世荣华盛景，威尼斯共和国一千年来的骄傲，一切都将成为历史书上褪色的画片，湮没在你我曾经辉煌的记忆里。

而制造面具的技艺也将一并失传，连同那些迷人的关于空间与维度的所有秘密。

"真是太可惜了。"希斯突然开口，我吓了一跳。

"你说什么？"我警觉地看着他。

"假期太短，明天就要回去了。"希斯叹了口气，"威尼斯很美，你不觉得吗？"

我耸了耸肩膀，没有回答他。我希望他还记得昨天早上才说过的话，他要和我们在同一天离开。

"你们也是明天走吗？"他突然问。

"我没说过。"我皱起了眉，怀疑他是否真的听到了我心里的想法，就好像D一样。但是这个猜测实在是太可怕了，我心脏发冷，希望能够勉强保留自己最后的一分尊严，不在敌人面前输得一败涂地。

"噢，只是我偶然看到你先生在收拾行李，我以为你们要走。"希斯给了我一个意味深长的微笑，"我希望那是两个人的行李。"

我一口噎住。我还能说什么呢？明明是一起出来旅行，D却从来不在我身边出现。所以我才会被迫参加他们这个倒霉的"旅行团"，被迫跟着这些不相干的人去这里那里。我使劲咽下口水，转过头，努力克制自己的思想，尽一切所能，不再被对方的言辞影响情绪。

上午很快就过去了，太阳已经升起老高，而我的心情也随着气温的增加而急剧变化，就好像正煮在炉子上的一锅热粥，眼看着就要扑出来了。整个早上我都在不停地掏出手机看时间，每过一分钟，我就更加急躁一分。等到我发现自己已经不由自主地走到里亚托桥的时候，我真想杀了自己。

我根本不可能去面具店，因为希斯就站在我身边。几步远处，小S和艾米丽正在我昨天买面具的摊子那里选购彩色玻璃珠子。此刻我的思维极其混乱，我希望那个小摊子可以突然起火，或者脚下整座桥一下子塌了之类的，不管怎么都好，只要能够引发某种混乱，让我可以借机摆脱他们去拿面具。

就在我这么想着的时候，机会出现了。快得连我自己都不敢相信。我用一秒钟在头脑里闪回我的计划，确定它万无一失。因为机会很可能只有一次，如果利用不佳，D精心策划的整件事情就会再次被我搞砸。

我的计划里有一个小偷，一个贼。为此我第一次感谢小S狭隘的民族主义，因为要不是他，我根本想不出来这个计划。

几天前，当我们一起被大雨困在圣马可广场的咖啡店里，我说D来自罗马尼亚，小S曾鄙夷地认为他是吉普赛人。其实意大利有很多吉普赛人，大部分是从罗马尼亚来的。这些不知疲倦的旅民遍布了整个欧洲。但很可惜他们完全不受欢迎，因为吉普赛人里面小偷很多。

而这就是我的计划。此刻，这个贼正在我前方不远的位置，寻找着她的猎物。那是一个和我年纪差不多的吉普赛姑娘，留着又粗又黑的长辫子，穿着分辨不出颜色的脏污长裙和层层叠叠的印花上衣。

我把手机紧紧攥在手里——因为这个很重要，至少我需要它来看时间，然后把另一只手伸入背包，试图把钱包里的银行卡偷偷拿出来。但随后我就想到，其实它对现在的我来说也没有什么用了，何况里面根本没多少钱。而且，如果我的动作引起了希斯的注意，那就太得不偿失了。

于是我咬了咬牙，在心底和我漂亮的新钱包和里面所有的打折卡说拜拜，然后我大大咧咧地放下背包的盖子，转头对希斯笑了笑，大声说道："让我们去那边看看玻璃首饰吧！"

希斯不虞有他，点点头和我向前走去。走向我的目标。

而我的目标同时也听到了我的声音，她转过头。我避开了她的眼睛。但是我仍然看到了她，一对杏仁形状的大眼睛，黑而亮，里面闪烁着胆怯和某种渴求的微光。然后，再一次的，当初那种感觉猛然袭上心头。那种我第一次看到艾米丽时候的感觉。她们纯真的灵魂散发着诱人的甜香，让我饿得头脑发昏。我想一把抓住她，扯断她的脖子，啜饮她的血液，吞噬她的灵魂。D或许是个浪漫而仁慈的死神，但我从来都不是。我是来自深渊中的魔鬼，比黑夜更冷酷，比飓风更残暴，在我最初的性格里，原本没有任何良善存在。

我狠狠咽下一口唾液，冲着我的目标，是的，我的目标，冲过去。我撞到了她，那股属于人类女孩的甜香直接蹿入大脑，汗水、泥土还有肥皂混合起来的气息，比任何香水都要浓烈，就好像一把大锤，狠狠敲打着我空寂的肠胃。我眼前发黑，几乎是把自己的背包甩在了她灵巧的手指上。而她没有让我失望。

然后，我一个踉跄摔倒在地面上。而她，则扭动瘦小的身体迅速挤入了里亚托桥上汹涌的人潮。

"你没事吧？"希斯蹲下来，试图把我从地上扶起来。

"没事，是我不小心，撞了一下而已。"当我把手伸入书包，发现我的钱包果然不见了的时候，我几乎要欢呼雀跃了。但是我却装出了一副我能想象的最惊诧慌乱的表情，我抓住希斯的手尖叫："我的钱包被偷了！"

"刚刚那个撞你的吉普赛人？"

"一定是！"我在对方的帮助下勉强起身，踮起脚尖看女孩离去的那个方向，看见那条漆黑油亮的粗辫子在人群里一闪而过。

"在那里！"我大叫，然后迈腿就要去追。

"交给我。"希斯像预料之中那样按住了我，随即隐没于人群。

我松了一口气。我迅速寻找着小S和艾米丽，看到他们仍在反方向的纪念品摊子那里，对这边发生的一切充耳不闻。我怀疑他们是否还记得希斯这个人，因为整个早上他都用来监视我，根本就顾不上他那两个忠实的傀儡。我想如果我现在过去和他们打个招呼，问个究竟，一定会很好笑。

但现在可不是寻开心的时候。我没有时间了。下一秒，我小心翼翼地绕过他们两个，然后像那个吉普赛小偷一样一头钻入人群。

我开始跑，就好像偷东西的那个人是我，而希斯正在后面追赶。我没命地跑，跑得上气不接下气，当面具店的两扇大门跟随头顶"丁零"一声在我身后紧紧关闭，熟悉的纸张、油彩、融化的胶皮，还有木头发霉的潮味一起冲入鼻端，我知道自己安全了。

22

我呼哧呼哧地喘着气，对柜台后面那个矮小的老人大声说："我来拿面具！"

老面具师抬头看了我一眼，单片眼镜后面的眼睛眯成了一道线，显然在思考这个贸然闯入的没礼貌的姑娘到底是谁。

"Signore Stefano（斯蒂法诺先生）？"我努力按捺下自己激动的情绪，试探着并不准确的发音，看到老人点头后才小心翼翼地接了下去，"我是个顾客，我先生在这里预订了两个面具。昨天晚上我们已经和马里奥先生取了一个，他说另一个要我今天和您来取。"我顿了一下，然后补充，"而且我昨天白天也来过这里，我们见过面的。"

老面具师摘下眼镜，站起身，露出一副恍然大悟的样子，"你是昨天那位姑娘？"

我点点头，惊讶于对方竟然提都没提面具的事情，反而对我昨天来过的事实表现出了浓厚的兴趣。我不明白这和我们的"正事"相比有任何重要性。

"我记得你喜欢我的面具。"老面具师露出一个和蔼可亲的微笑。

"是的。"我迫不及待地盯着柜台上那只明显已经完工的怪异面具（和我锁在保险柜里那只一模一样），希望他只是交给我就赶紧完事，让我在希斯和小S他们发现我的行踪之前顺利回到酒店。老面具师还在看着我，我结结巴巴地说：

"但我昨天并不知道，它实际上，实际上……"我犹豫了，不知道是否应该把我知道的一切全盘托出。因为在白天看来，这家店太正常了，没有任何不可思议的魔力。就连柜台后面这位面具师，看上去也像是一位随处可见的当地老人，饱经风霜的脸上明明是同样的五官轮廓，但完全看不出和他那位只在夜间工作的双胞兄弟有任何关联。嗯，除了，他现在也坐在同一个柜台后面的同一张藤椅上。

"你有问题，是么？"老面具师笑眯眯地看着我。

一种毫无来由的挫败感深深击中了我，几乎让我无法呼吸。并非是面前的老人给了我什么不可承受的压力，相反，他似乎很理解我。我是说，所有的人都理解我，包括希斯，包括D。因为他们全部可以轻而易举地读到我的想法，他们完全知道我每时每刻在想什么。这不公平。如果这也是一项普遍技能的话，为什么全世界就只有我没有读心术？

"不是这样的。"老人微笑着对我说，"我只是个普通人，我没有读心术。"

我眯起眼睛，毫不相信地盯着他。

"但是我却可以'读心'。"他笑了笑，耐心地对我解释，"我是个面具师，我做了一辈子面具。我善于观察人的外貌、表情和相关的行为，因为它们直接反映了一个人的内心。通过仔细观察，你可以知道他人的想法。有些人不肯去观察，因为他们只关注自己，不需要去观察别人；但也有一些人，他们可以，也愿意去观察，只是他们还没有意识到'观察'的力量——其实任何一个人的内心想法都会在他的外表上直接显现。这里只有一种特例。"

我被他的说法迷住了。我竖起耳朵，认真地听着他的话。面具师伸手拿起了柜台上那只面具，我心里一动。

"这就是唯一的特例。"老面具师说，"当对方佩戴面具的时候，你无法观察他的表情。但是，你仍然可以依据自己的感觉去判断。这个世界上并非所有事物都是可见的。"他说，"当视觉无法达到目的的时候，你就要学会运用其他的感觉。"

我想起了自己先前对D的不信任。我的脸红了。但这只是为我接下来的难堪作了个铺垫而已。因为对方接下来的话一语中的，让我尴尬得恨不得找个地缝钻进去。

老面具师说："你是个善良而真诚的姑娘，从来不会撒谎，所以大家才会轻易知道你的想法。如果你只是个普通人，我会说保持下去，这样很好，毕竟这个世界上奸险狡诈的人已经足够多了。但是……"他看了看自己手中的面具，然后再把目光转向我，"既然你今天来取这只面具，我知道你不是。你要学会保护自己。因为未来的路可能会很艰难。"

我愣在那里，不知道该说什么。事实上，我根本一句话都没有说，对方已经发表了长篇大论。而我们根本素不相识。

"您……为什么要和我说这些？"我忍不住开口问道。我没有办法不问。

"我不希望你死。"面具师突然收起了他那副慈祥亲切的表情，他简单开口，就好像突然间换了个人。他把手里那只面具递给我，"拿上你的东西，现在走吧。"

一个奇异的想法突然击中了我，我打了个激灵，完全僵在了那里。因为我突然发现，站在我面前的这位老人，就是昨天晚上在这里的马里奥先生。他们不是什么昼夜倒班的双胞兄弟，他们根本就是同一个人。

我为自己的发现感到震惊，我不明白他为什么要这样做。

"我要开始工作了。"老面具师抬头看了我一眼，不耐烦地说。

"你们……是同一个人。"我忍不住开口，是的，我就是忍不住。

老面具师眯起眼睛看我，似乎从来不认识我这个人。但是他并没有直接否认。我看到他脸孔上的挣扎，似乎正在犹豫着是否要对我说出真相。过了半晌，他终于忍不住开口问我："你怎么知道？"

"您刚刚告诉我要学会观察。"我眨了眨眼睛，第一次自信满满地开口。

面具师又看了我一会儿，然后慢慢舒展开了紧皱的眉头，"你果然不简单，先前倒是小看你了。"他深深地叹了口气。

"可以告诉我原因吗？"我好奇地发问。

"没有原因。白天和夜晚我有不同的客人，就这么简单。"老人嫌恶地推了一下眼前那只面具，似乎想让我赶紧拿上它拍拍屁股走人。

我捕捉到了那个一闪而逝的表情。他对自己手下作品那种不同寻常的憎恨。我拿起那只面具，"和这个有关吗？"我追问。

面具师看着我，看了很久很久。

耳畔传来模糊的钟鸣，外面里亚托桥上照例是熙熙攘攘的游客，但他们的声音仿佛是隔了好几个世纪才传过来似的。我战战兢兢地站在这个几乎连转身都困难的面具店里，站在几百个古朴怪异的面具中央，前方那只颀长的鸟嘴几乎要戳到我脸上。我瞪着它们，大气也不敢出，只感觉时间越来越黏稠，慢慢在我周围凝结成一个巨大的果冻。

我站在这个果冻里，站了很久，耐心地等待着一个很可能是惊心动魄的答案。

但是过了半晌，对方只是缓缓地摇了摇头，"离开这里，我要工作了。"面具师最后一次对我开口，直接下达了逐客令。

我把那只面具小心翼翼地放进背包，离开了面具店。我很不开心，因为我知道他在骗我。

23

出门之后，我没顾上寻找小S和艾米丽，更不想见到希斯，我穿过里亚托桥上热闹的人群，匆匆绕小路回到酒店。

酒店里照例空无一人。我径直走回自己的房间，把书包里的面具拿出来锁进保险柜。当我做好这一切的时候，我松了口气，四下巡视了一番。房间里很乱，保持着我早上离开时候的样子，我是说，基本上就是昨天的样子。因为昨天夜里我们出去了，我并没有在房间里度过很长时间，并没有睡很久。

这里没有服务生来过。装着D换下来的衬衫的干洗袋仍然留在大门口。据艾米丽说，酒店的工作人员从昨天起就"集体罢工"了。没有人

来整理我们的房间。餐厅里也没有任何一位侍者。连前台接待处都没有人。最可疑的是，这家酒店除了我们几个之外，我也没有看到一位客人。

这实在太不寻常了。

我抬起头，越过那幅绣着圣马可广场的大幅织锦，看墙上的挂钟。中午已经过去一段时间了，但外面天色还很亮。而天黑之后D才会回来。至于希斯和他的傀儡们的行动日程，我不知道。如果我现在想要做点什么的话，我就得抓紧时间了。

我最后看了一眼四周，确定这里没有什么需要特殊关注的地方。然后我走出房间，轻轻关上大门，走到铺着厚地毯的走廊上。走廊里光线很暗，但并非是一片漆黑。

我没有多加思索，一把就推开了隔壁房间的大门。那正是小S和艾米丽的房间。

当然，房间的大门原本是锁上的，但是这难不倒我。因为D不但教会了我"滑翔"和在暗中窥物的魔法，他也同样告诉了我如何打开一扇普通的大门。我是说，如果一扇门没有被艰深的魔法或者其他诅咒"锁上"，那它对于非人类，就比如我和D来说，就是"敞开的"。

但不管怎么说，无论我给自己的这种行为套上多么光明正大的借口，我仍然是一个贼。一个最无耻的"前女友"，偷偷潜入前男友的房间寻找对方背叛自己的证据。

但是这里没有证据。除了那个乱糟糟的加大尺码双人床，枕头掉在地上，被子扭作一团，脏衣服（包括各种内衣）散落一地。我努力转开眼睛，把我的精力放在房间里其他的地方，比如床头柜上那个散发着熟悉香味的香水瓶，或者椅背上搭着的那两件一模一样的情侣帽衫，还有桌子正中那张打印出来的机票行程单。

机票行程单！我为自己此刻的幸运感谢撒旦。我几步走过去，迅速把那几张纸拿起来。

上面是小S和艾米丽从芝加哥到威尼斯的直航机票。我把那几张纸翻来覆去地看，希望没有漏下一丁点儿细节。是的，只有两个人的机票并不奇怪，因为希斯很有可能自己拿着订票单。但这里并非没有奇怪的地方。因为这张机票是单程的。也就是说，小S和艾米丽确实坐了这趟飞机，而且恰好和我们在同一天抵达威尼斯。但是，纸上并没有透露出任何回程的细节。

对于打算省钱的学生族来说（不管艾米丽怎么说，我以前毕竟也是他们中的一员），没有人会分别订来回两趟单程机票。因为这样可能会使原本打折的往返票价上涨好几倍。但这也并非不可能。不是吗？再不可能的事情都已经发生了，我应该给他们机会。但是，我仍然忍不住去证实我的猜测。下一秒，我鬼使神差地拿起桌子上的电话，拨出了纸上那个号码。

也许我只想证明我的猜测是错误的（我真的希望如此）。

威尼斯马可波罗机场。

"你好，我想查一下明天飞往芝加哥的飞机。"我清了清嗓子，努力让自己的声音保持镇定。

"下午两点半。"话筒那边传来接线员小姐清脆而确定的嗓音。

"没有早上的飞机吗？"我颤抖着声音追问。

"往常是有的，但是早班飞机只飞往欧洲境内。"接线员小姐回答。

"往常？"我注意到她刚刚那句话所用的时态和副词。

"最近天气不好，早上雾很大，所有的早班飞机都被取消了。"

我心里咯噔一下，"所有的？"

"是的，已经有一阵子了。暂时没有恢复航班的迹象。但是所幸太阳出来之后雾就退了，所以我们只取消了早晨的航班，其他航班一切如

常。"

我想我应该早点打这个电话。因为现在我什么都明白了。根本就没有什么廉价的早班飞机，那些没吃早饭去"赶飞机"的人，其实早就不在这里了。所以我才没有在早餐桌上看到他们。所以我才没有听到任何离开餐厅的脚步声。因为他们根本就从未离开餐厅，他们在讲完故事之后就在一片黑暗里被那些神秘的黑影带走了。我们所知道的只是，希斯告诉我们，那些人都在第二天就退了房。但现在整座酒店里连一个服务生都没有，他们向谁"退房"？

我冲出房门。我站在走廊上，闭上眼睛，集中精力排除杂念，用自己全部的能力，扫描酒店里的每一个房间。走廊两侧那些紧闭大门之后的所有秘密。我真后悔自己为什么不早点这样做。是的，我可以透过密闭的事物看到后面的景象。这就好像从上空俯瞰平面国的居民，你可以看到他们锁在保险柜里还有藏在床底下的所有东西。D早就告诉过我这一点，但我现在才意识到，其实这也是"维度"所创造的奇迹。因为魔鬼来自一个更高维度的世界。当我还是一个普通人类少女的时候，魔鬼洛特巴尔，我的另一半，就可以轻易做到这一点。他在我的房间里穿梭自如，与我的头脑和心灵自由对话，而我根本就看不见他！

现在，当我闭上眼睛，面前的走廊消失了。取而代之的是酒店的四层楼，像一个打开的立方体那样在我眼前展开铺平。它有十二条边和六个面。不，其实它只有一个面。它没有边。当酒店里所有的房间同样伸展开四壁和天花板，房间里的每一件陈列，家具、格局还有装饰，都成了平面上弯曲的花纹。

我看到了我的两个面具，此刻它们安全地躺在我房间里的保险柜里。如果我能看到它们，我知道我的敌人也一定能看到，但是，这毕竟比带在身上要安全得多。因为我根本不确定下一秒有什么会降临到自己身上。面具师看我的表情就好像看着一个死人——尽管他仍然忍不住对我提出忠告。我身边的秘密太多了，当D告诉我那些关于维度和空间的事情之后，我本以为所有的秘密都会迎刃而解，但事实上，我所面对的只是一个更加变幻莫测的新世界。所有的秘密呈级数倍增长，已经超过了我所能承受的极限。我迫不及待想要知道答案。

为此，我愿意不惜一切代价。

酒店里没有一个人。这一次，是我清清楚楚"看到"的。面前那个展开的"平面"上，没有任何活动着的物体。但这些房间并不是空的。我的意思是，干干净净，整整洁洁，充满着漂白粉或者人工香料的味道，新换的床单被罩被整齐地掖好，盥洗室加热的毛巾架上搭着雪白的毛巾，一次性拖鞋面对面折好放在袋子里，就好像你入住世上任何一家酒店第一次用钥匙打开房门看到的那样。而我面前的房间却不是这样的。我看到了二十三个房间，每一间都好像我的或者艾米丽的，被褥凌乱，脏毛巾扔在地板上，盥洗用品在镜前一字排开，靠墙的行李架上放着打开的行李箱。

在三楼的一间客房里，我看到了一个巨大的登山包里澳大利亚人的护照。我还看到了保险柜里阿凡达兄弟永不离手的摄影机。我发疯地寻找今天"离开"的那两位老人。很快，当我看到顶楼房间里印着法国国旗的旧皮夹子，里面有些现金，还有几张信用卡和其他的卡片，我的心脏冰冷，我知道没有人会像我一样抽风把钱包扔掉，更没有人会忘记自己的护照和旅行箱。

他们都不在了。这些我在大雨时分偶遇的人，曾和我坐在同一张圆桌旁讲故事的人们，他们全都不在了。连带着整座酒店的人，二十三个房间，所有的人都凭空消失了。

这里整整四层楼，就只剩下我和D，还有希斯，以及小S和艾米丽。

我感觉寒冷，一股无可抑制的恐惧感压倒了我。但这并不是因为前方未知的危险，而是我记起小S的话，今天晚上"轮到他了"。因为他也会像那些已经失踪的人一样，要给我们讲一个故事。

然后？就没有然后了。他和艾米丽也会和那些人一样在第二天"乘坐早班飞机"离开威尼斯，我不会再见到他们。而希斯也会理所当然地一起失踪。我必须阻止他们。我不知道这些人去了哪里。我也不知道他们是否还活着。前夜看到的黑影猛然浮上心头，笼起一片阴霾。我唯一知道的是，那绝对不会是什么好事。

我要保护小S和艾米丽。这是我现在唯一能做的。他们在这里完全是因为我。因为小S"倒霉地"是我的前男友，因为他们"倒霉地"认识我。

在我这么想着的时候，我突然意识到身边有人。因为我太专注了，太聚精会神，我完全没有注意到，一个人已经在黑暗里靠近了我。是的，随着外面的天色逐渐变暗，这里又恢复了一片伸手不见五指的黑暗。当来人的手扶上我的肩膀，我差点尖叫出声。

"是我。"一股熟悉的寒冷透过肩头薄薄的布料传进我的神经，让我在瞬间放松。D拉着我的手，迅速离开了走廊，回到几步之外我们的房间。

"抱歉吓到了你，我不是故意的。"D态度反常，他神色凝重地看着我，但他的真正意图却和他的话语完全无关，因为他接下来说，"我知道你在想什么，但不要。"

"不要什么？"我皱起眉头。

"这里发生的一切不在你我能够控制之内。不要插手。"

我仔细看着他，希望他说的完全是另外一码事。但是他拥有我所知世上最完美的读心术，他对我所有的内心活动一清二楚。他知道我刚刚察觉的所有事情。他知道我的懊悔，他也知道我的决心。

"我不能不管他们。"我看着他，重复。

"他们并不重要。重要的是我们要利用这个机会跨入另一个世界。"

我睁大了眼睛，几乎不敢相信这就是我所爱的人说出的话，如此自私，如此冷酷。

"每一个人都很重要！"我冲他吼，"而且他是，他是……"我突然卡壳了。我应该说什么呢？他是我的什么人？其实他和我根本就没有任何关系。

"你的前男友？"D露出一个微笑，也许是我过于敏感，我觉得那里面含有某种轻蔑的意味。这令我非常不舒服。

"你吃醋了。"我大胆开口。

对方冷哼了一声，微笑里那个轻蔑的含义加重了。

我认为他连否认都觉得不屑。我也知道他生气了。因为我第一次顶撞他，第一次，不再做那个老实的傀儡娃娃，不再对他言听计从。

"总之，我不能让希斯带他们走。"我咽下口水，清了清嗓子说。

对方皱起眉头，似乎在犹豫是否对我吐露真相。半晌，他回答我："他们不是希斯带走的。"当他吐出这个名字的发音，我突然意识到，这是他第一次主动提起希斯。这么多天以来，他似乎一直在避开这个人。这不寻常。

我刚想问D，如果不是希斯还会是谁，大门那里突然传来三下敲击。

我和D互相看了一眼。然后他走过去开门。是的，如果真有什么事情发生，这扇薄薄的门板将不会起到任何作用。

小S站在那里。他似乎没有料到D已经回来了，愣了一下，仰起头面色呆滞地端详了他一阵，然后很快把头转向我。

"今晚的故事要开始了，我们上楼去吧。"他发出了邀请。

24

"既然我们来自美国，我就讲一个发生在美洲大陆上的故事。"待我们全部人——是的，我的意思是酒店里全部"剩下的人"——我和D，希斯，还有小S和艾米丽，在我们几个坐定之后，小S用手拨弄着圆桌中央蜡烛的烛芯，自顾自地开口。此刻他是在座的主角，但他的眼睛却一直盯着燃烧的火苗。自从他来房间找我们，我们在黑暗中一起上楼，一路上他都没有说一句话。他也没有再看我一眼。

而希斯，是的，他当然在这里。他看到我走进餐厅之后只是略微点了下头，并没有提到下午我是如何不告而别，还有关于我"扔掉"的那个钱包的整件事。就好像这个下午发生的一切都是一场闹剧，或者，其实根本什么也没发生过。因为他看我的样子，目光里透着一切的了然，甚至还有某种近似于"宽容"的意味，好像在说：*你搞的那些小把戏，我都一清二楚。*

他的表情让我心虚，所以我转开了头。然后我就看到了艾米丽。在我的记忆里，她一直是个快乐得没心没肺的姑娘，但此刻她却面无表情地坐在那里，眼神遥远而空洞。她在看着我的方向，但好像又什么都没有看。她只是僵坐在那里，如同一尊古怪的蜡像。

我不知道希斯对她做了什么。或者说，我不知道希斯对我们大家做了什么。我担心地看着艾米丽，试图握住她的手，却接到了D从桌下悄悄递过来的袋子。

袋子里是我们的面具。在今晚这个故事结束后，我们就要迈入另一个世界。我应该兴奋吗？一点也不。因为我知道，故事结束之后，小S和艾米丽就要消失了，像其他人一样被黑暗吞没。这一次，他们不是墨菲斯创出来的幻影，他们是真正有血有肉，会哭会笑的人。

而他们在这里只是因为我。

我不想让他们死。尽管在D眼中，他们大概只是食物。是一群低等的、微不足道的人类。但对我来说，他们不是。这和小S是我前男友没有关系，恐怕这世上一多半的女孩都希望自己的前男友（们）用最残忍的方法集体死掉。而在过去一年的某一个时段，我也很可能在潜意识里真正这么想过。但现在我改变主意了。不知道是不是寄居在我体内的魔鬼触及了我良善的一面——这根本不可能，因为魔鬼不可能是良善的——总之，我不想让他死，至少不能为我而死。还赔上一个无辜的艾米丽。

无论如何，我不能让这一切发生。

圆桌中央，蜡烛的火焰动荡不休，四周的黑影在变化，和着天花板的水色，整个房间像前几夜那样摇晃了起来，令人头晕目眩。我闭上眼睛，黑蒙蒙的宇宙里传来了小S缓慢而柔和的嗓音，好像多年以前，那些在我耳畔缭绕不休的情话。

下面是齐格弗里德·普林斯（小S）讲述的故事。出乎意料的是，坐在他身边的艾米丽，那个总喜欢提出各种问题的艾米丽，这次竟然一次都没有打断他。

"这是一个关于玛雅人的传说。在很久很久以前，早在基督还未诞生时，印第安玛雅人的足迹就遍布了南美洲。玛雅人笃信宗教，像南美其他古文明一样崇拜太阳。他们建造金字塔拜祭崇高的神祇'库库尔坎'，也就是羽蛇神。羽蛇神主宰天上的星辰，代表死亡与重生，也是玛雅祭司们的保护神。

"在玛雅人的历史上曾经有过这么一个困难的时段，经年大旱，雨季迟迟未到。玛雅人赖以生存的玉米田大部分都枯死了。所有人都在饿肚子，继而爆发了内乱和战争。奴隶主杀了几千几万的奴隶献祭给羽蛇

神，到了最后，愤怒的人群冲进王宫，把国王和贵族们绑起来，放在金字塔顶端的平台上作为人祭活活烧死。人们已经把全城最尊贵的人献给了他们所敬爱的羽蛇神，大家以为所有的痛苦都会平息，但是羽蛇神仍然没有眷顾他们。

"人们逐渐动摇了信仰。他们对羽蛇神的崇拜变成了可怕的仇恨。他们要找到它，扒下它的皮，吃它的肉，就好像他们对敌人一贯所做的那样。后来祭司终于下达了指令。他说无论是谁，只要抓到羽蛇神，让老天下雨，解除旱灾，就拥护他成为新的国王。

"城中所有身强力壮的男人都出门去猎杀羽蛇神。但不久之后，所有的人都失望而归。其中有一两个人（当地最勇猛的战士），号称他们看到了真正的羽蛇神，而且触摸到了它。据他们说，羽蛇神身上的皮肤滚烫如火，但是，就在他们的手指接触到它的那个刹那，羽蛇神突然像冰一样融化了。他们记得那种冰冷脆弱的感觉，就好像碰到了一片细薄的雪花。但当他们用一根手指轻而易举把雪花摧毁之后，指端留下的，却是历经火焰之后严重的灼伤。还有一个人，仅仅因为碰了一下羽蛇神，几乎整只手掌都被烧掉了。

"看到那些可怕的伤口，很多人都退缩了。但是城中有个叫伊希秋的女孩，反而决定去碰碰运气。伊希秋聪明机敏，从小练就了一身过硬的狩猎本领。邻里传说，在她十四岁的时候，已经可以独自狩猎一头成年美洲豹。

"这一天早上，伊希秋晨祈完毕，穿上她最喜欢的红色衣服，把一头长发紧紧束起在头顶上，背上自己的弓箭和匕首，出门狩猎羽蛇神。

"穿过石头建造的城市，就是危机四伏的热带丛林。伊希秋曾经在这里狩猎野兽和鸟禽。由于干旱，池塘露出了河床，很多树木都枯死了，森林里消失了以往的生机勃勃。伊希秋本想在这里狩猎充饥，但一连走了好几天，除了幸运地收获了一把青涩的野果之外，连任何一只鸟兽都没有看到，那些常年游荡在这里的美洲豹也不知道去哪里了。

"正当她饥肠辘辘的时候，眼前一花，在干涸的河床对面出现了一个影子。

"伊希秋躲在一株枯死的老树之后，屏住呼吸。她看到了一头体格赢弱的成年母鹿，就在河床的那一侧，低着头在稀稀落落的灌木丛里一瘸一拐地拖沓前行。心头一阵狂喜，伊希秋几乎以为那是自己饥饿过甚导致的幻觉。

"女孩为自己的幸运感谢上苍。她当即弯弓搭箭，但是还没等她瞄准目标，母鹿却似乎已经用尽全部的力气，它哀鸣一声，往前挣扎着跳了几步，徒然跪倒在地面。

"伊希秋手握弓箭，兴冲冲地奔向她的猎物。母鹿拖着一条受伤的后腿，在地上拼命挣扎，当它看到伊希秋的时候，明显吃了一惊，但紧接着，它悲哀的眼睛看的并不是自己的狩猎者，而是不远处的灌木丛。伊希秋走上前几步，看到灌木丛内血迹斑斑，继而传来如同母鹿哀鸣的回声般的，两只初生幼崽凄惨的啾鸣。

"母鹿大睁着一对覆盖长睫毛的眼睛，警惕地看着自己的狩猎者。伊希秋立即收起弓箭退出灌木丛，示意对方绝无伤害之意。她小心翼翼靠近母鹿，望着对方的眼睛不断和它说话，用温柔的声音和手势让对方安静下来，待到母鹿对自己完全放松了警惕，伊希秋上前一步，迅速而熟练地为母鹿敷上止血的药膏，然后用几片树叶和绳子固定。

"待到这一切全部做好，伊希秋帮助母鹿重新慢慢站起身子。以她的经验，她确认自己此刻和对方之间已经建立信任，再没有什么可担心的了。但是紧接着发生的事情猝不及防，母鹿突然低头，狠狠撞向伊希秋。

"伊希秋大吃一惊。她没有想到这头母鹿会以怨报德。但此刻一切已经太晚，她只感觉一股巨大的力道向自己冲来，眼前一黑，然后就什么也不知道了。

"待到伊希秋醒来的时候，周围的环境全变了。身边没有母鹿，也没有幼崽，这里仍然是一片森林没错，但是周围的树木是从未见过的茂密，溪水潺潺，河边开遍不知名的野花，枝头挂满沉甸甸的野果。处处充满生机，没有任何经历过大旱的痕迹。

"在她对面的一块大石头上，歇息着一只神奇的生物。它看起来就像一只巨大的蜥蜴，有一条长长的尾巴和几乎类似人类的双手，但是在它的头顶上，却长出了无数又细又长的羽翎，在风中飘飘扬扬。

"伊希秋屏住了呼吸。她知道自己面对的一定是传说中最尊贵的羽蛇神，她想拿出背上的弓箭，可是她的身体却像僵住了一样动弹不得。就在她的震惊中，羽蛇神开口了，它的声音缓慢而优美，就好像夏日午后慵懒的暖风不小心撩拨在琴弦上。

"'伊希秋，善良的姑娘。'羽蛇神用这样的声音问她，'你为什么没有狩猎那头母鹿？'

"'因为它是一位母亲。'伊希秋战战兢兢地回答，'我的族人教导我，不管出于何种目的，不能猎杀仍然哺育弱小子嗣的母亲，因为如果母亲死了，它们一家都会死。这样的结果就是丛林的平衡遭到破坏，带来物种的灭亡。'

"'你的族人？'羽蛇神摇了摇头，头顶的翎毛在风中如雪花飘散。他伸出一只手变换姿势，于是岩石上就开遍了鲜花。他在花开的声音里微笑，'你真的不像是一位玛雅人。'

"伊希秋耸了耸肩。她突然发现自己又可以动了，但她却并不想采取任何攻击行动。她想起了以前那些狩猎者的经历，所以她看着羽蛇神，大胆开口：'我并不是来狩猎你的。我卑微地前来，只是想祈求你的原谅，善待我们这些无知的人类，回到我们的城市，给我们重新带回珍贵的雨水。让玉米得到丰收，停止战争和饥荒。'

"羽蛇神叹了口气，'时局的发展不是任何神灵能够掌控的，'他说，'很快，白色皮肤的魔鬼会远渡重洋而来，踏上我们的土地，侵略我们的城池，摧毁我们的丛林和建筑。玛雅的文明将从此终止，所有的人都会死。我们的男人、女人，还有小孩，所有的人都会死。我没有办法阻止他们，伊希秋，谁也没有办法阻止他们。'

"但是伊希秋只是个十几岁的少女，她不明白羽蛇神口中多年之后西班牙人入侵的预言。她只是眨了眨天真无邪的大眼睛，似乎根本没有听懂。

"'好吧，'羽蛇神再次叹了一口气，'拿去我的尾巴。'它在岩石上用力一挣，花团锦簇之中，身后那条长长的尾巴登时脱落了。

"伊希秋震惊地看着这一切。她想问对方的尾巴有什么用，或者，出于好奇，她也关心羽蛇神把尾巴给自己之后，还会不会再长出一条新的。但是周围的景色再次变换起来，所有的颜色像被倒在调色板里一样混淆在一起，眼前的整个世界都模糊了。伊希秋惊叫出声，等到她恢复视觉的时候，她看到自己仍然坐在那片贫瘠干裂的地面上，但先前的母鹿和幼崽，甚至是灌木丛中的血迹都凭空消失了。

"伊希秋揉揉眼睛，以为自己做了一个梦。但是她手中却握着一个柔韧的东西，足有半人多长，就好像是一条质地优良的鞭子。

"伊希秋带着羽蛇神的尾巴回到了城中。她走进城中那片最大的玉米地，用尾巴在干燥的玉米梗上抽打。就好像经历了羽蛇神的抚触，已经枯死的玉米神奇般地活了过来，在风中迅速节节攀升，结出了巨大饱满的玉米穗子。

"然后是另外一片玉米田。然后是更多的玉米田。待到城中大大小小的土地全部恢复生机，伊希秋在祭司的帮助下登上金字塔顶端的祭台，把羽蛇神的尾巴投入熊熊燃烧的大火。刹那之间，就好像烈酒猛然投入了火焰，火苗突地一跳，蹿上了天空。炽热的火焰点着了天边的云彩，把它们熏成黑色。空气里热辣辣的气温骤然下降，许久未见的黑云覆盖了天庭。紧接着，一场滂沱大雨倾盆而下，滋润了这片干涸的土地。

"人们聚集在金字塔下，瞠目结舌，昂首注视着这个伟大的奇观。他们看着立于金字塔顶端那个一身红衣的姑娘，鲜艳夺目，像一团燃烧中的烈火，为整座城邦带来了奇迹。人们手拉着手，在泥泞的地面上大声笑着、叫着，用瓦罐互相泼洒雨水冲凉。他们的衣服都湿透了，但每个人的脸上都洋溢着无尽的欢乐。

"大雨一连下了几天几夜。湖泊和池塘重新蓄满，枯树长出了叶子，田野开遍了鲜花，玉米获得了丰收。人们把伊希秋看做是羽蛇神在人间的使者，拥护她成为新的女王。伊希秋统治这片土地很多年，直到她死去。当地人热爱这位女王，用鲜艳的红色颜料涂满了整座陵墓，用翡翠和贝壳为她制作寿衣。

"故事到这里本应该结束了，留下一个皆大欢喜的结局。但是现实总是残酷的。伊希秋死后不久，羽蛇神的预言成为了现实，第一批西班牙入侵者到达南美大陆，带来了可怕的疾病与战争。他们焚烧房屋，破坏古籍，奴役和杀戮印第安人。玛雅人奋起反抗，但是经历了长期干旱的居民经不起再次动荡与迁徙，曾经辉煌灿烂的古文明愈发薄弱，直至完全消失。"

小S说到这里，叹了一口气，垂下了眼睛。"我的故事讲完了。"他说。

几下稀稀落落的掌声响起，希斯微笑着站起身。随着他这个动作，餐厅里似乎更暗了，因为就在那个瞬间，他背后的黑影无限制地爬升，像淹没圣马可广场的潮水一样汹涌地漫上四壁，继而吞没了整片天花板。

头顶的空气骤然变得沉重，就好像整座房间的气流突然凝聚成一块钢筋水泥的混凝土，从头顶严丝合缝地逼压下来，不露出一丝缝隙。

似乎承载不住空气的重量，"吱"的一声轻响，圆桌中央，唯一的那根蜡烛自动熄灭了。

寂静降落。

25

几乎就在蜡烛熄灭的同一时刻，一道闪电突如其来，像来自宇宙洪荒的一只大手，刹那间撕开了餐厅内部混沌的黑暗。四野亮如白昼，所有的黑影都消失了。

我猛地站起身，听到身边的D深深地叹了一口气，我知道他对我现今所做的一切是多么不满。但是我顾不上那么多了。这一切只发生在蜡烛熄灭和闪电来临之间的那个千分之一秒，我用自己最大的音量在接踵而至的惊雷中拼命喊出来：

"等一下，我也有一个故事！"

声音发出的时候我愣了一下，实际上我并不知道自己为什么要这样说。因为面前所发生的全部事情加起来，不过也只是蜡烛突然熄灭了而已。尽管小S已经在南美文明的悲剧中结束了他的故事，但总是习惯于总结的希斯并没有发言。每个人都还好好地坐在桌边（唯一站起身来的人是我）。面对自己的观众，我张口结舌，不知道自己刚刚那个"等一下"的目的何在。

"那么，你的故事是什么？"

随着这句话，圆桌中央的蜡烛奇迹般地亮了起来，就好像刚刚只是被某种强大的气流压迫导致暗了一下，但并没有真正熄灭似的。我看到那束小火苗正在风云翻滚中激烈地跳动，映衬出烛火后面，问话人那对狡黠而通晓一切的黑色眼睛。

窗外刹那间大雨倾盆，希斯在雨声里饶有兴趣地看着我。

不只是他，小S和艾米丽同样目瞪口呆地盯着我，不知道我打算做什么。他们的脸上写满震惊，就好像我刚刚不只是站了起来，而且还在众目睽睽之下大逆不道地推翻了欧几里得的第五公设。在座每个人的眼睛都在盯着我，除了一个人。

D在看着希斯。

他伸手把我拉回座位，然后清了清嗓子，对大家说："如果诸位不介意的话，由我来替她讲这个故事。"

"当然，你们是一家人嘛。"希斯露出一个惯常的微笑。他的笑容里带着显而易见的理解，但掩饰不住声音里那根绷得紧紧的弦。不知何故，我觉得他似乎没有之前那么悠闲自在了，D的不请自来最终触动了他的神经。

"在一个有和没有的年代，有一对孪生兄弟。"窗外雷电交加，在蜡烛跳跃的火焰里，D轻轻开口，"哥哥擅长魔法，弟弟游手好闲。"

"我们有太多这样的故事了。"希斯突然不耐烦地打断了他，"为什么所有的故事都是兄弟？为什么不能是姐妹？母子？父女？"

"因为这就是一个关于两兄弟的故事。"D简单回答，然后他继续讲下去：

"从表面上看，这两兄弟的感情并不好。他们总是吵架，用尽所有办法大打出手，在任何一件小事上的看法上都绝不相同。但事实上，这只是由于他们两人从外形到性格都过于接近。他们狂傲的自尊心不允许世上有一个和自己几乎同样的人存在，就好像镜子的两面，对方是自己绝对清晰和真实的立体投影。"

"这个故事乏味透顶，完全没有任何创造性。"希斯说。

"相信我，这是个好故事。"D点点头，然后继续：

"在很长的一段时间内，两兄弟以外人无法理解的方式互相憎恨。他们互相诅咒，彼此希望对方从这个世界上彻底消失。但是，当这一天真正来临的时候，我是说，发生了某件事情，一个人'不在了'，另一个却突然发疯似的思念起了对方。"

"越来越无聊了。"希斯说。

这一次D并没有答理他，自顾自地说了下去："只是他道听途说，盲目地认为是整个世界背叛了自己的兄弟。但这一切根本从未发生过。"他看着对方的眼睛清晰地开口，"他被眼前所谓的事实蒙蔽了双目，却不知道往往在最不可能的地方，才可能看到事件背后隐藏的真相。"

"如果真相不是显而易见的，那它就是错误的。"希斯说。

我看到他的表情起了变化，明显被某件事情扰乱了呼吸的频率，但我却不知道那是什么。D正在讲述一个"故事"，很显然，和其他人的故事相比，它没有任何条理，也丝毫不吸引人。它没头没尾，甚至根本算不上是一个故事。但是，难道它竟然和希斯有关吗？我越来越好奇了。

"我从不认为你相信哲学。"D突然换了称谓，用一种很熟悉的语气向对方开口。

"我也从不认为你会背叛他！"一瞬之间，希斯的眼睛因为愤怒而变得血红。我惊讶地看着他，我本以为这个人是没有感情的，至少，从未向我吐露过。与此同时，一种似曾相识的感觉再次涌上心头，我一定在哪里见过这个人。

但这一切容不得我多想，因为D的脸色也变了。我愈发震惊地看着他那张陌生的脸孔，是的，和希斯一样，记忆里我也从未见D有过任何喜怒哀乐。他一直都在竭力控制自己的言行举止，就好像一具精致的假人，可以随时放在玻璃柜子里展出。但现在，他的脸色第一次变了。因

为对方话语中的那个"他"而完全改变了。

"你根本什么都不知道!"他怒吼。

"我知道的足够多。"希斯眯起眼睛,有意无意,扫了一眼D身边的我。

这个时候,外面漆黑的天幕再一次被尖利的闪电划开,可怕的亮光把整个天庭劈成了两半。而一并被劈成两半的还有餐厅的玻璃窗。

呼啦啦一声巨响,希斯背后的两扇长窗完全粉碎,一股凌厉而冰冷的狂风呼啸着卷入餐厅。

艾米丽尖声惊叫,我也张大了嘴——不是因为恐惧,而是,从那扇破碎的窗子里透出的天空,并不切合我对"天空"这个名词的记忆和想象——布满密密层层的积雨云,就好像前几天暴雨时候的样子。我突然惊惶地发现,窗外所有的"雨水"并非是往下走的。我看到大颗大颗墨色的雨滴拔地而起,以某种比地心引力快得多的加速度,前仆后继地冲入头顶一片漆黑的"天空",被吸入正中央那个不停旋转着的巨大黑洞。

是的,那里只有一个巨大的黑洞。就好像旋风的中心,像一张恐怖的不断盘旋着的大嘴,呼啸着吞没了世间一切。不只是乌云和雨水,还有数不清的雨伞、塑料棚、行李箱、贩卖花花绿绿旅游纪念品的小推车,以及刚刚还在被洪水淹没的圣马可广场上漂浮的那几把白色的小椅子。这些东西一股脑被吸入天空,在那里盘旋了几圈之后就消失了。

一起被吸入黑洞的还有希斯。当这一切发生的时候,他对着天空伸开双臂,他的脸上露出微笑,就好像面对着一个世间最为波澜壮阔的奇迹。

"祝你们好运。"他扬起嘴角,对我们所有人点头致意。

我还没弄明白他话中的含义,下一秒,他就不见了。就好像一滴雨水,一瞬间就被吸入了天空正中那个旋转着的黑洞。

紧接着外面的景色又变了。

不远处的海面上形成了飓风。波浪肆虐，天地间所有黑色的雨滴，还有白色和灰色的大理石柱子、街灯、砖瓦和雕饰，最后是整座圣马可广场，被恐怖的波涛一股脑卷上半空，跟随希斯一起被吸入黑魆魆的天庭。在这一切全部结束之后，头顶那个盘旋着的巨大黑洞最终合上嘴巴隐入云层。天空中出现了一种雨后时分湿漉漉毛茸茸的暮霭微光，笼罩着面前诡秘而阴郁的大地。

我迫不及待地奔至窗口。

我睁大了眼睛。我没有意识到自己已经"移动"了。我以为自己仍在威尼斯。或者也可以这么说，我们仍在原先的酒店餐厅里丝毫未动，在威尼斯的正中心，圣马可广场的一侧。只是，周围除我们之外的所有一切全部"移动"了。脚下没有圣马可广场，没有装饰着青铜驷马的大教堂，没有图书馆和公爵宫，远处也看不到那两根象征威尼斯城门的花岗岩石柱，甚至环绕着整座威尼斯岛的亚得里亚海都一并消失了。

这里什么都没有。

没有飞鸟，没有海洋，也没有任何山峦和林木。

雪白的雾气扑面而来，天地间只剩下一片云水苍茫。

26

我震惊地回头，刚巧对上D的视线。那双灰色的眼睛此刻已经恢复了平静，他站起身朝我走过来。在希斯的惊人退场之后，小S和艾米丽仍然呆坐在桌边，D旁若无人地从身后环住我的腰，把下巴靠在我的头顶上。

"欢迎回家。"他轻轻对我说。

只是我的头脑已如窗外朦胧的天色一样晦暗不清，完全理不出一丁点儿头绪。我不明白他在说什么。我们到底在哪里？只是蜡烛的一明一灭之间，我们就已经进入了另一个时空？他口中那个变幻莫测的"魔域空间"？我过去的归属？我不敢相信。尽管我不得不承认窗外的景物确实发生了变化（"翻天覆地"就是最好的形容），但我自己从始至终坐在这里，根本就没感觉到任何动静！

当然还有希斯。他和D刚刚到底在说什么？为什么我一句都听不懂？我有太多的问题要问，但话到口边，却根本不知道该从何问起。

"你以前就住在这里，你不记得了吗？"D轻轻托起我的胳膊，指向云雾缭绕的远方，"那里曾经有一座烟水氤氲的城堡，塔尖高耸入云。那座城堡非常非常大……"

"比你的布朗城堡还要大吗？"我打断了他。

"大得多。也美丽得多。"D露出一个微笑。

我觉得他在安慰我。他正在给我讲述一个虚构的童话。但我可不是小孩子。从理论上说，我也不再是一个十八岁的少女，（真的吗？）我总能听出他话语深处隐藏的负面情绪。

他在忧虑。我第一次感觉到他的不安，甚至恐惧。是魔界的属性迅速增强了我所谓的超能力，还是他真的在发抖，他真的在害怕某件事情——不，这不可能。他在我的印象里总是无所不能。他永远保持着高高在上的优雅和从容，他可以应付任何事情。等等！他的优雅和从容其实早就被打破了，不是吗？在他看到希斯的时候就被打破了。他已经从那个玻璃展柜里走出来，也摘下了一直戴在脸上的面具。

他变成了一个普通人。

我转身握住了他的手。他的手冰冷。

"你以前来过这里吗？"我问他。

"当然。"他回答，"在很久很久以前。"

"不是愉快的经历？"

"绝对不是。"他摇了摇头，想用微笑来消除紧张，但是失败了。

看着他的样子，我想问：那为什么我们还要来这里？真的只是因为薇拉吗？因为看上去我的同伴对这里的恐惧远远大于薇拉本身。她只是个女巫而已。她再强大，也不过是一个人。她不是魔，更不是神。她自身的力量原本微不足惧。

我正想问他我们到这里来的真正目的，但突然，另一个念头迅速冲进我的脑海，排除了其他一切所有。

"希斯到底是谁？"我问他。

"你真的不知道？"D反问我。

"难道我应该知道？"我皱起眉头，"我认识他？或者，他认识我们吗？"

"他告诉你他的姓氏是韦斯特文。W-E-S-T-W-I-N。"D耐心地提醒我，"拼出他的名字，奥黛尔。"

"希斯？"我纳闷地看着他，但依言拼出那五个字母，"H-E-A-T-H？"

"把字母重新排列，看看你会得到什么。"

"W-E-S-T-W-I-N-H-E-A-T-H……"我在头脑中迅速变换所有可能的字母组合，结果令我震惊。"the White Swan⑤！"我冲口而出。

"是的，他认识我们。但显然并不是因为我，而是因为你。"他深深地看着我的眼睛，面色凝重地开口，"希斯的真实姓名是奥杰托·洛特巴尔，他是你的孪生兄弟。"

注：⑤ the White Swan（白天鹅）：在原始的《天鹅湖》童话中，黑天鹅（小猫头鹰）是奥黛尔，白天鹅是奥杰托。两人外表一模一样，只是一黑一白。

我张大了嘴巴，此时此刻，我真的呆住了。

因为他是我的孪生兄弟，所以第一次相见的时候，我才会对他产生熟悉的感觉。这种可怕的错觉促使我去相信他，成功地一步一步迈进这个他一早就准备好的圈套。

因为我，无数和我素昧平生的陌生人陷入了危境，搞不好他们现在已经死掉了。一同被拉来陪葬的还有无辜的艾米丽和小S。此刻他们两个仍然目瞪口呆地坐在桌边，目瞪口呆地看着窗外发生的一切，目瞪口呆地看着我们两个。

因为我，D才会在这里。一个恐怖而未知的异域空间。一个地狱。

一切都是因为我。

因为我一个人。

因为洛特巴尔因我而死。

因为他把自己宝贵的生命给了我这个毫无价值的人。

但是……

"如果希斯和洛特巴尔是双胞胎，为什么长得一点都不像？"我仍然不死心。

"因为他戴着面具。"

"和我们一样的面具？"我低下头看着自己紧紧握在手中的袋子，其实我根本就没把面具从袋子里拿出来。很显然，此刻我们已经安全"降落"在魔域空间。至少暂时是安全的。我想也许D对那个"虚空界"的危险过于夸大其词，因为现在毕竟什么都没有发生。

当我这么想着的时候，D点了点头，"我想你已经注意到了。"他说，"面具的作用是混淆视听。当你戴上面具，周围的人就会自然而然地把你当做'同伴'。但是这个作用非常短暂。当你离开他们的视线，面具的作用就会消除，同时也一并抹去你在对方心中的全部记忆。"

所以小S和艾米丽才会转身就忘记了他们"最好的朋友"希斯。我自己在心里补充。但是，我再一次感到疑惑，如果看不到对方记忆就会被抹除，为什么我竟然还会记得他？

"面具并不是万能的。"D读到了我的想法，他说，"它只是一种最方便，但同时也是最低等的魔法之一。它对经过训练，或者有意识控制自己想法的人不起作用。一个最简单的比喻就是，当你知道这个人是戴着面具的，那面具的作用就完全失效了。"

我皱起眉头，对这个解释不以为然。因为在D对我提起这整件事之前，我自己根本没有任何控制想法的意识。我怎么会知道希斯一直"戴着面具"？但再一次，我立即想起当初我们一起乘船观光的时候，希斯曾有意无意地提醒我："威尼斯的面具很有名。"难道他那时候指的并不是一般的狂欢节面具，而是威尼斯"唯一的面具师"马里奥先生？我困惑不解。

"他也是找马里奥先生定做的面具吗？"我不由自主地开口发问。

"我不知道。"D摇了摇头，"我只确定一件事。"他认真地看着我的眼睛。

我屏住呼吸，心跳加速，等待着一个很可能是惊心动魄的答案。但是D只是微笑着握紧了我的手。

"你很快就会发现，你远比自己所想象的要强大许多，奥黛尔。"他用一种故意做出来的欢快调子对我说，"因为这里是属于你的世界。欢迎回来。"

27

艾米丽突然尖叫起来。可怜的姑娘，我不知道她究竟对我们的对话理解了多少。也许她一个字都没听进去，因为她已经被希斯消失那一幕给吓坏了。艾米丽脸色煞白，她站起身，尖叫着跑出餐厅。没有人来得及阻止她。

而她的男朋友小S，这个书虫极客，相比之下倒是很容易就接受了面前的事实。他眉头紧锁，用复杂的眼神看着我们两个，但是什么都没说。在艾米丽跑出大门之后，他立刻追了出去。

"他们……会怎么样？"我犹豫地看着D，不知道自己是否应该和他们一起走出大门。但是出去之后要去哪里，其实我也不清楚。我仍然不知道我们来这里的目的。

"他们会回来的。"D叹了口气，"如果他们没有迷路的话。"

"迷路？怎么会迷路？"我皱起眉头，不明白对方的意思。

"跟我来。"D拉起我的手，让我和他一起走出餐厅。

踏出大门，脚下软绵绵的地毯让我感觉安心，因为和那个窗户碎裂的餐厅相比，面前的走廊完全看不出有任何异样。

"如果推开那扇窗子你会看到什么？"D指着一扇位于走廊拐角处的封闭长窗，突然莫名其妙地发问。

"楼下的小巷。"我立即开口，我想说还有我前几天买过比萨饼和矿泉水的摊子，但是我忍住了。

"真的吗？"

看着对方的眼睛，我突然发现自己并不确定。如果连整座圣马可广场都可以在倾盆大雨中不翼而飞，那么这扇窗子后面无论出现什么也不会稀奇。

D给了我一个鼓励的眼神。我走过去，毫不犹豫地把窗子推开。

出乎意料的是，窗外并没有什么惊天动地的罕事奇景，只有一个文艺复兴式的四方形庭院。如果我不是在这里住了四天，如果我不熟悉旅店的内部结构，我可能什么也看不出来。因为这就是位于旅店正中心的那个院子，中央有白色大理石喷泉，四角半人高的青花大瓷缸里栽种着橘子树。

但细看过去却又有一种奇妙的违和感。

喷泉的水滴溅到了我脸上。而我人在四楼。

餐厅位于旅店顶层，我们刚刚并没有下楼，但推开窗子看到的景致，喷泉和橘子树与我的视线是水平的。我可以闻到雨后泥土的芬芳，喷泉的水滴溅到了我脸上。

窗子的另一边是一楼。

我猛地关上窗子，突然想起自己刚刚的假设。我很清楚这里是旅店的外侧，窗外理应看到繁忙的街景，看到我买过比萨饼和矿泉水的小摊子。但现在，窗外却映出了旅店内侧的中心庭院。

我无法解释这一切的发生。

"吃了一惊，是吗？"D伸出手，"让我们下楼去吧。"

我头脑发昏，只是依言握住他的手，并没有仔细考虑他的话：如果窗子外面已经是一楼，那我们"下楼"之后会到哪里呢？

谜底很快就揭开了。当我们顺着那个看似毫无问题的楼梯依次走下四层楼来到旅店大堂，当我拉开那里紧闭着的两扇大门，我以为，是的，我再一次理所应当地认为我们可以轻而易举地走到外面的街道上。

但是旅店的两扇大门外正是餐厅。位于顶楼的餐厅。我们刚刚走下来的餐厅。

就在那张我们之前坐过的桌子旁边，站着惊慌失措的小S和艾米丽。艾米丽看起来已经被吓坏了，她的脸色更白了，嘴唇发着抖，紧紧抓住身边男友的衣服，看起来魂不守舍。很显然，他们刚刚一定经历了和我们同样的事情。

"上帝啊，这到底是怎么一回事？"看到我们之后，艾米丽控制不住地大叫，"太可怕了，房间全部乱掉了，楼层也错了，我们根本找不到自己的客房！"

"空间就好像扭曲了一样！"小S补充说，"这里的每一道门都连接着不同的地方！"他的声音在颤抖，镜片后面的眼睛闪着光，说不清是恐惧还是兴奋。

听到这番话，D第一次认真看了他一眼，然后又看了看我。他没有说话，但他的眼神不言自明。我扭过头去。

小S看着我，然后把目光转回到D脸上，他在等待我们的答案。但既然我们两个都没有说话，他迫不及待地继续开口，大胆提出了一个惊天动地的论断："难道我真的猜对了？我们的旅店在时空里发生了折叠？"

"折叠？这是一座房子！房子怎么折叠？"艾米丽的眼睛快要瞪到他脸上，她站在那里跳着脚大喊大叫，显然已经快被这里接二连三发生的怪事折磨疯了。

但是D竟然对小S点了点头。"你说得没错。"他终于开口说，"在我们原先的世界里，一座立体的房子建好之后就'固定'了，它不可能折叠起来。但在这里——打个比方来说，如果我们原先的世界是一个展开的平面，现在它已经折叠起来，变成了一个封闭的立方体。在房间内的我们丝毫感觉不到这一点，因为我们的眼睛只能看到相对'平坦'的空间。但是当我们开始在房子里面走动的时候，怪事就发生了，我们发现所有的房间正以难以置信的形式互相连接在一起，没有任何一扇大门可以通往外面。"

"没有大门通往外面？那我们要怎么出去？"艾米丽大声追问。可怜的姑娘，她似乎只捕捉到了最后这一句，但也是最关键的一句。说实话，我也很想知道。

"既然房子已经'折叠'起来了，那么我们不需要走到'外面'也可以'出去'。"

D的回答似乎在打哑谜，但是一直在认真听他说话的小S竟然懂了。

　　"你是说，这里某些房间的某些窗口，可能会对应着不同的世界？"他眼中的光芒更亮了，语气明显有些激动，"天哪，我从没想过这真是可能的！"

　　"是的。"D赞许地点了点头，"我们只需要把它们找出来就行了。"

　　这不难。这座旅店不大，只有四层楼，一共二十三个房间。

　　而我们有四个人。

　　"现在你不介意他们和我们在一起了？"当小S和艾米丽带着"为大家寻找出口"的任务第二次走出餐厅之后，我问D。

　　"但我们仍然无法保护他们。"D板起脸，冷冰冰地说，"你最好有心理准备，失去他们是早晚的事情。"

　　我锁紧眉头。在对待小S他们上面，我的同伴固然存在态度问题（很大的态度问题），但很不幸，我知道他说的也许是事实。

　　在这个扭曲的异度空间里，我们无法保护他们。

　　因为这里的一切已经远远超出了我们的能力范畴，颠覆了我们根深蒂固的常识和头脑中所有的想象。

　　每一扇门都通往不同的世界，每一扇窗之后都是奇迹。

　　在这里，未来没有任何预测的可能。

　　我们自身难保。

28

　　当我们在走廊上摸索，打开旅店里所有的门，从一个房间走进完全不可思议的另一个房间时，我突然想到了一些事情。它们让我心烦意乱。因为这些问题已经在我头脑深处寄存了很久，撕扯着我脆弱不堪重

负的神经。我必须要把它们揪出来，大声说出口，我需要对方给我一个合理的解释。所以我问他：

"那么从始至终，你都知道希斯，我是说，我哥哥……"我嗓子发紧，深深地吸了一口气，试图让自己尽快熟悉这个称谓，"奥杰托的事情？"

"是的。"D黯然垂下眼睛。

"你知道他想把我骗来这里？"

"是的。"

"所以这一切都是假的？我们的蜜月旅行？还有你对我的全部殷勤？"

噢，撒旦啊！说到这里，我立刻想起了前天晚上，在我们难得的烛光晚餐上，他为了哄骗我，竟然不惜在酒中下药！我实在难以相信他竟然就是我眷恋六百年的恋人，那个在神圣的绑手礼上为我许下六道誓言的丈夫。现在事实已经明了，我不能忍受他对我一次又一次的欺骗与伤害，我又伤心又失望，死死咬住嘴唇，局促不安地等待着对方的反应。

"不是这样的。"D痛苦地摇头，"你我之间从来没有任何事情是假的。蜜月是真的，我对你的感情也是认真的。我确实隐瞒了很多事情，但相信我，我一直在寻找一个合适的时机。这些日子以来，我很想告诉你一切，我只是不知道该如何开口。"

我扭过头去。我本来一直期待着他可以给我一个解释，但现在我却改变了主意。我不打算再听信他的任何花言巧语了。

"奥黛尔，我只是不想让你面对这些而已。"他的声音柔软而诚恳，他抓住我的肩膀，强迫我抬起头，"因为你不应该面对这些。这本不是你的生活。所有这一切都是前世的因果，它们和你无关。"

"无关？你说这一切和我无关？"这个词让我神经过敏，一股无可抑制的冲动让我提高了嗓音，"你叫我奥黛尔，但你真的认为我是她吗？那个你唯一爱过的人，那个如你所说，成就了你如今一切的魔鬼？或者他？如果我是他，如果你真的认为我是他，那就让我来承担我自己的过去、现在和将来！"我激动起来，控制不住地冲他大喊，"你就是不肯让我来代替他，你永远都不肯让我成为他！"

他愣在那里。雪白精致的面孔困惑而沉痛，他用空洞而悲哀的眼神看着我，但是没有作出任何回应。

我的心脏冰冷。我知道也许自己误打误撞，正巧戳中了他心底最不确定的那个位置。

他心灵的花园繁盛茂密，只有那个角落荒芜一片。他找不到答案，所以他只是把那里永久地锁起来，把钥匙丢出去。他用整个花园的美丽遮蔽了那个角落的凋零，他不断地告诉自己，六百年生命轮回，尽管我们改变了样貌，甚至改变了性别，我们始终都是同一个人，拥有共同的灵魂。

但事实不是这样的。

事实也许是，我们根本完全不一样；或者，我们是一样的，只是在他心底的那个花园里，仍有一个荒芜一片的角落，孤独地伫立着往生者的牌位。花园再富饶美丽，也没有任何一块肥沃的土壤可以替代那个人的位置。替代那个人，当初在他心底种下的第一朵玫瑰。

他需要的是六百年前的奥黛尔。那个精灵古怪的小魔鬼，他永远得不到的女神，拥有比天还高的自尊。

而不是我这个可笑的替代者。

如他所说，我没有错。因为这不是我的问题，是他的问题。

因为我永远回不去六百年前的自己，正如他也无法找回六百年前的爱情。

我们之间完蛋了。

我的心脏哽咽抽搐，我强忍住泪水，一把抓住面前的某样东西，我

需要用它来保持平衡。因为我双腿发软，我全身都在控制不住地颤抖，我马上就要跌倒了。

那是一个结实的大门把手，我相信它是通往某间客房的盥洗室。我松了一口气，感谢在我一无所有众叛亲离的时候，仁慈的上苍还没有弃我而去。

我想独处，哪怕只有一小会儿，我需要理清头绪。我也需要擦干眼泪。我不想让他看到我哭。我更不想在他面前哭。因为这样进一步证实了自己就是那个可悲可怜的小女孩，需要他的关爱与同情。

但是怜悯不是爱情，它从来都不是。

我憋住一股劲，全神贯注，像抓一根救命稻草一样紧紧握住那个把手，在打开门的一瞬间就立即迈了进去。

我听到D在我身后大叫，他的手似乎碰到了我的衣角，但是没能抓住。就在那一刻，一个奇怪的想法突然间冲入我的大脑：

D明明就在我身后，我们之间最多只有一臂距离，但为什么他的声音却好像从很远的地方传过来似的？他的声腔怪异地拖得老长，震颤的尾音甚至还带着点多重回声的效果，就好像撞上了神奇的回音壁。

但是这个念头转瞬即逝。我泪眼蒙眬，看不清面前的景物，我只知道这里绝对不是盥洗室。至少，不是一般的盥洗室。因为那个华丽的四脚浴缸和带着镶金框镜子的洗手池正像一组精致的大理石浮雕一样悬挂在我对面的墙上。当我想走过去仔细辨认，有个东西打了一下我的头，然后又一下。我正在穿过一个繁复的水晶吊灯，而它却是从我后面伸过来的。

再仔细看，我的左边是一个看似正常的毛巾架，毛巾的方向和吊灯的方向平行；而右边的马桶水箱悬浮在墙面上，椭圆形雕花的马桶盖就像一幅镶嵌在墙壁上的立体画。至于天花板，它是一整面墙，用带流苏的装饰帘半遮着。

帘子在动,四周却并没有一扇窗户。

如果我脑子能转得再快一点,如果我不是像我走进来的时候那样心慌意乱,我就会知道这一切意味着什么(我的观察已经给了我足够多的暗示)。也许我现在还是安全的。也许我并不会在下一秒就掉下去。

但是事实上,我往前继续迈步的时候根本连想都没想。所以我掉了下去,甚至来不及发出一声惊呼。

我掉进了地板正中央的一个大洞。

一扇巨大的,四个边角方方正正的,*窗户*。

我并没有失去意识。因为我幸运地立即就着陆了。我揉揉屁股站起来,我的手湿乎乎的。不只是手,我周围一切都湿漉漉黏答答的,被厚重的浓雾所包围。这里视野极差,几步以外就什么也看不清。我低下头,只能看到脚下一片柔软的草地,草叶上沾满了渺如尘烟的露水。几秒钟之内,我的靴子就被打湿了,草地上颤巍巍的寒气一丝丝渗透进皮质的缝隙里,我活动了下僵硬的脚趾,不由自主地打了个哆嗦。

透过浓重的雾气,我可以隐约看到我掉进来的那个窗口,它就在我的左上方,像一幅装裱好的超现实主义油画,孤伶伶地悬挂在半空中。我走上一步,伸手紧紧抓住画框(窗框),踮起脚尖向窗内张望。

我看到了一个完全正常的房间,一个高级旅店的盥洗室,四脚浴缸和华丽的洗手池在地面上稳当地固定着,精致的水晶吊灯从天花板悬垂下来,两条浴巾搭在毛巾架上,按照重力的方向自然下坠。我甚至看到了我刚才走进房间的那道门。原来它并非是从天花板打开的,而只是位于房间的一侧。

我不知道这个房间发生了什么。我不想浪费脑细胞去思考空间扭曲和折叠的问题。因为我根本找不到答案。我只确定一点,那就是,我再一次误打误撞找到了*出口*。我已经成功离开了那个倒霉的旅店,离开了D,独自进入了魔域空间。

29

雾气弥漫。

这让我想起几天前在威尼斯的那个夜晚，当D撑船带我去往里亚托桥的面具店时，大运河上也弥漫着牛奶一般浓得化不开的雾气。不，其实根本就不只那一夜。机场的接线员小姐已经告诉了我，就是因为每天清晨城市上空无法消散的浓雾，所有的早班飞机才会被迫取消。

在我"选择"威尼斯作为我们蜜月的目的地的那个刹那，这座古老美丽的水城就注定了被来自另一空间的雾气所笼罩。希斯操纵着他的傀儡们引诱我一步步踏入他事先设好的陷阱，而D则在最后关头狠狠推了我一把。

我的心脏抽紧，我拼命摇头，努力排除这个想法。我不想提到这个名字，至少现在还不想。我需要离他远一点。我需要给自己的心情放个假。

只是，当我低头看着自己湿漉漉的鞋尖，我突然意识到，其实我根本不知道下一步应该做什么。我不是说未来，我并没有想那么远。我的意思是，我不知道自己现在应该去往哪个方向。但也许这无关紧要，因为这里根本就没有方向。一切都被浓重的雾气所覆盖，我什么也看不见。

但这又不像是威尼斯的雾气，因为那个时候正是黑魆魆的深夜，而现在，尽管整片天地都被白茫茫的雾气所覆盖，我还是可以隐隐约约看到光。

当然不是很强烈的光，肯定不会是正午时分，不会是太阳出来的时候。这里的光给人一种朦胧虚幻的感觉，就好像黎明或者黄昏之际，从天边厚重的云层中透出来的，一点点淡薄的暮霭微光。仿佛从另一个世界飘落的最后一抹余晖，通过细小的筛孔，沸沸扬扬地洒落在这片烟水氤氲的大地上。

不，还有别的东西。我揉了揉眼睛，以为自己再一次产生了错觉。

我看到了一团光。

就在前方混沌的雾气里，有一个发亮的东西，在那里熠熠生辉。它的光芒是那么亮，那么刺眼，就好像从一个黑暗孤寂的宇宙里清晰传来的回声。

回声在召唤我。

我一步步走向那团光。

我踩在湿滑的草地上，鞋底不断发出噗叽噗叽的水声，让我毛骨悚然。周围实在过分安静，在这一片郁郁葱葱的草地上，没有风声，没有虫鸣，更没有任何鸟兽的踪迹。这是一片绝对静寂的死亡空间，除了那团光之外，周围没有任何东西是活动的。这里除了我之外没有任何生命体存在。

我可能走了很远，谁知道呢？因为周围的光线并没有发生一丁点儿的变化。雾气也还是那么重。我的鞋子已经完全湿透了，我的脚趾冰冷麻木，我走在这一片没有丝毫改变的地域里，不知道何时才是尽头。我无法回头，因为我知道自己根本不可能找到跌进来的那扇窗子。而且就算回去能怎样？去找D吗？祈求他的原谅？利用他对我的怜悯与同情，继续自欺欺人地留在他身边？我做不到。

那团光还在我前方不远的位置闪烁，除了跟随它之外我别无他法。

我又走了很久很久。我头晕脑涨，在这一片纯白色的空间里，我的神经已经处于崩溃边缘。我的手指肿胀发麻，沉重的双腿下面，我完全感觉不到自己的脚。湿冷的雾气沿着湿透的鞋子慢慢爬升，蹿进我的丝袜和裙子，然后顺着脊背一点一点蔓延至骨髓深处。我很想找个地方休息，但是这里只有湿漉漉的草地，我不想坐下。但如果我继续走下去的话，我很清楚，自己很快就会因为筋疲力尽而倒地不起。

就在我努力说服自己席地而坐的时候，那团光终于发生了变化。

我张大嘴巴，惊讶地看着它在我面前慢慢扩张，从最开始一个光芒四射的小球，慢慢变成了一个类似电影屏幕的明亮区域。

有一幕好戏正在那里上演。

一个看上去好像是广场的地方，在正中心搭起了一座戏剧演出的舞台。

然后观众出现了。他们好像是黑白讽刺默片里活动的小人，以快放的形式层层叠叠地分布在画面上，迅速在高台四周聚拢起来。当画面推进，当我看清楚那个高高矗立在舞台上面的东西，我几乎惊呼出声。

广场上并不是一个舞台。当然，对过去的普通民众来说，它的功用也差不了太多。

广场正中心的高台是一座断头台。恐怖的铡刀被拉起老高，刨光的木板中心露出两个半圆形状的孔洞。然后我看到了穿黑衣的刽子手，押解着一个人，仍旧以快放的形式，快速利落地把她的头和双手依次固定进断头台。人群欢呼雀跃，整个过程就好像是一出滑稽戏。

这时候画面进一步推进。当我看清楚断头台上犯人的脸，我几乎晕倒。

我看到了自己的脸。

我看到自己，惊恐地睁大泪水婆娑的双眼，无助地被刽子手捆绑在断头台上。我看到头顶血淋淋的铡刀被缓缓升起。我看到刽子手抽出随身锋利的长刀，然后在围观群众的欢腾中，狠狠斩断了连接铡刀的绳子。

铡刀落了下来。

我的头骨碌碌地滚到了地面上。

围观人群为它开辟了一条路。于是这颗头颅就一直滚一直滚，滚出了闪光的屏幕，一直滚到我的脚边。

我无声地嘶喊，本能地想逃，但是我的双腿重逾千斤，我一步也走不动。我全身僵硬，惊恐地瞪视着脚下的那颗头颅。我自己的头颅。

然后头颅开口了。

"奥黛尔。"它说，"你很快就会死。"

"为什么？"我惊异于自己至今还能够开口，但是我没有办法不问。

"因为这就是你的命运。"头颅说。

我飞速地转过身。因为我突然发现这声音其实根本不是来自脚下。刚才由于过度震惊，我并没有仔细分辨这一点，但这一次我听出来了，这声音其实来自我身后。

我转过身，于是我终于看到了她。

湿黏的雾气在她周围聚拢又散开，分分合合，变幻着可疑的形状。她旁若无人地站在那里，站在雪白的浓雾里，橘红色的头发如同朝阳般灿烂。

女巫薇拉，她曾经是我最要好的朋友，现今却变成了整个世界上最痛恨我的人。当洛特巴尔为我而死，当他的灵魂和我合二为一，在我重新变成魔鬼的那一刻，薇拉在布朗城堡突然失踪，却在我的婚礼上突然出现，对我们下达了最恶毒的诅咒。

"好久不见了。"薇拉露出一个迷人的微笑，她侧过头，装模作样地在我周围搜索了一圈之后问，"你的丈夫呢？他还好吗？我希望你们新婚愉快。"

我使劲咽下一口，没有回答她。我没有办法回答。我不想昧着良心说我们甜蜜依旧，我更不想告诉她我们其实正处于最严重的情感危机。这样正好遂了她的心愿，不是吗？她曾经诅咒我们永远不会幸福，她希望我最好赶快死掉。

"看样子你刚刚经历了一段愉快的旅途呢。"她微笑着上下打量我

的狼狈不堪，然后展开双臂，虚假地做出了一个欢迎的动作，"这里要比我们原先那个狭小的空间宽敞许多，不是吗？"

"你到底想做什么？"我嘶哑着嗓子发问。

"邀请我最好的朋友和我一起享受这个美妙的新世界。"薇拉咧开嘴角，用柔软甜蜜的声音轻轻说，"在她临死之前。"

我心里咯噔一下，不由自主想起了刚刚看到的一幕，还有那颗会说话的头颅。我自己的头颅。我低下头去，正巧看到它在我脚边不远的地方躺着，我看到了那张和我毫无二致的面孔。当我盯着它看的时候，它甚至对我眨了下眼睛。我的肠胃打结，感觉一阵恶心，赶紧转开了视线。

薇拉又笑起来，"这是我专门为你准备的娱乐小节目，你喜欢吗？"她自顾自地笑了一会儿，然后突然收回笑容，"但不管怎么说，结局总不会变的。你还是要死。"她像个小女孩那样咬住嘴唇摇了摇头，似乎真的很惋惜似的。

我紧紧皱起眉头。我很想说点什么，但我已经厌倦了继续和她对话，我只想赶快离开这里。至少，离开她，离开那颗该死的头颅。

"好吧，那我就不耽误你的时间了。"薇拉似乎读到了我的思想，她用一种悲天悯人的调子，在浓雾中庄严而缓慢地开口，"时间对你来说太宝贵了，奥黛尔。所以从现在开始赶紧逃命吧，跑得快一点儿，我会一直看着你。"

然后她消失了。

30

浓雾中重新恢复了寂静，天地间又只剩下我一个人，还有薇拉留下的"礼物"。

那颗头颅。

当我咬紧牙关再一次低下头，噢！亲爱的撒旦，它竟然还在盯着我看！

但如果说有什么不同的话，我突然意识到，其实它比刚才薇拉在的时候已经缩小了很多。它的脸上骤然出现了数不清的皱纹，皮肤变得蜡黄干枯，它看起来已经不再像我了。

我感觉好了一点，弯下腰，想仔细看个清楚。

随着那张脸上的皱纹越来越多，就好像突然抽干了所有的水分，头颅紧紧地皱缩起来，然后越缩越小，越缩越小，最后变成一个拳头大小的小球，就好像一只风干了的椰子壳，在草地上骨碌碌地滚来滚去。

"奥黛尔，你很快就会死！"头颅说。

我转身就走。和一颗缩水的头浪费时间，我想我已经疯了。

头颅骨碌碌地滚到我脚前。"你很快就会死！"它说。

我憋着一口气，狠狠一脚把它踢开，但就在我刚刚转身迈步的时候，身后再次响起了熟悉的骨碌碌的声音。

"你很快就会死！你很快就会死！"头颅大声嚷嚷。

"谢谢，我已经知道了，你能说点儿别的吗？"我站住脚步，没好气地开口。

"把我捡起来，带我一起走。"头颅说。

"我为什么要这样做？"我在心底吃了一惊。因为是薇拉弄来了这颗头颅，我以为它仅仅是薇拉用来戏弄我的把戏。当屏幕上我的死刑结束，其实头颅并没有开口说话，说话的人是她。现在薇拉已经走了，我完全没有意料到这颗头颅竟然真的会自己开口。

"因为我可以帮助你。"头颅眨眨眼睛，大言不惭地说。

"那么我就不会死了吗？"我故意开口问道。

"你很快就会死！"头颅又恢复了之前的论调，它高声唱起来。

我转身就走。

头颅骨碌碌地追了上来。"带上我！带上我！"它喊。

我头也不回地向前走去。

"带上我！带上我！"头颅在后面骨碌碌地追，"只要你集齐四样东西，你就可以活下去。"

"四样东西？"我停住脚步。

> 一个东西四条腿，一个东西两条腿，一个东西没有腿；
>
> 骨碌碌，骨碌碌，还有一个矮家伙；
>
> 一个东西会爬，一个东西会飞，一个东西会水；
>
> 骨碌碌，骨碌碌，还有一个没有嘴。

"你到底在说什么？"我皱起眉头，逐渐失去了耐心。现在只怕我最不想做的事情，就是和一颗干缩头颅打哑谜。

"只要集齐这四样东西，你就可以活下去。"头颅重复。

"但是我不明白。"

"一个东西四条腿，一个东西两条腿……"头颅继续唱。

"停下！我的意思是，这四样东西到底是什么？它们怎么会救我的命？"

"这四样东西包含了具有治愈作用的火风水土四种元素，它们集合在一起就可以令人起死回生。"

"起死回生？"我皱起眉头，"我还没死啊！"

"你很快就会死！你很快就会死！"头颅高唱。

我翻了个白眼，转身准备迈步。

"带上我！带上我！"头颅骨碌碌地滚过来，"你会需要我的！"

"我怎么知道你不是薇拉派来的奸细？"

"我讨厌女巫！"这个名字让头颅立刻跳起来，像个鼓足气的皮球一样蹦起老高，然后砰砰砰地砸落在草地上。"我讨厌女巫！"它尖叫着重复，"她们总是利用我们！"

"你是被利用的？"我开始好奇了。

"否则呢？"这颗头颅还在草地上蹦来蹦去，"如果我不是实在走投无路，怎么会特地跑过来找你搭伴？你水肿得这么厉害！"

"我水……肿？"我莫名其妙。

"一颗睿智的头是不需要任何水分的！"头颅高唱，"干缩就是一切！"

"好吧。"我叹了口气，弯下腰，一把抓起它的头发。

"不要抓我的头发！"头颅大叫，"等等，你要干什么？啊啊——啊！"

我没有理会它，直接把那束头发紧紧绑在自己的腰带上打了个结。"抱歉，"我对它说，"如果你一定要跟我走的话，我们只能这样。"

"你很快就会死！"头颅大叫。

"所以我现在急需你帮我找齐那四样三条腿的东西。"我引出了重点。

"什么三条腿？！明明是一个四条腿，一个两条腿，还有一个没有腿！你这个水肿的大脑瓜，难道智商是零吗？"

我狠狠翻了个白眼。也许把这个讨人厌的家伙带在身边并不是一个好主意，但就目前的状况来看，一个人继续冒险显然是不明智的。这里危机四伏。至少薇拉还在我看不见的地方虎视眈眈地盯着我。是我误打误撞闯进了这个世界，对它来说，我是一个外来者，是陌生人，是侵入者和怪胎。它理所应当统一起来对我发动攻击，把我驱逐出境。

找当地人结伴而行是个很棒的主意。这就好像独自外出旅行，一个

合格的"地陪"总是旅行者的不贰之选。虽然此刻我腰带上挂着的家伙很难算是一个"人",但至少它可以开口。这就够了。足够了。

不管结果如何,或者就像薇拉预言中那样,命中注定,我很快就会死——但至少,我第一次有了一个为之奋斗的目标——找齐那四样东西,让自己活下去。不是为任何人,不是为D,而是为我自己。第一次,勇敢地站起来,和我悲惨的命运抗争。

从未有哪一次,我的求生欲如此之强。

我喜欢这种感觉。因为它终于让我意识到自己是活着的。

我闭上眼睛,感觉云层间漏下微弱的光芒,仿佛粉扑上多余的散粉轻飘飘地撒落在空气里。我仰起脸,让它们轻轻落在我脸上,就好像我仍处于人类空间,处于我们原先那个"狭窄的"世界里。

我想象这是一个湿漉漉的冬日清晨,我正站在群山环绕的山谷腹地,被厚重的白雾所包围。但是透过头顶阴霾笼罩的天空,我知道太阳仍然在宇宙里闪耀。虽然我现在什么都看不见,但是我可以想象,当所有的云雾最终散去,这将会是一个好日子。在透明澄澈的天空下,太阳温暖的光芒再一次覆盖大地,覆盖所有的丘陵和山谷、河流、森林还有草地,再一次,慷慨地赐予万物生机。

我希望我可以活到那一天,见证这一切。

31

"你知道我们要去哪里找齐那四样东西吗?"我低头问挂在腰带上的家伙。

"不知道。"对方回答得干脆利落。

"那你知道什么?"我急了。

"你很快就会死！"头颅高唱。

我再次翻了个白眼，"告诉我，现在我们应该去往哪个方向？"我耐着性子，换了一个问题。

"这里只有两个方向。"头颅说。

"那么我们往前走还是往后走？"我继续追问。

"往前走和往后走是一个方向。"头颅说，"同样道理，往左走和往右走也是同一个方向。"

我皱起眉头，表示不能理解。

"其实呢，你现在离最初看到那团光的位置没有多远，就是我们最开始见面的那个地方。"头颅眨眨眼睛，"你沿着一个方向走下去，经过一段时间，最后总是能回到出发点附近的位置。"

"但是你刚才说这里有两个方向。"

"这里确实有两个方向。只是这两个方向既不是前方和后方，也不是左方和右方。"

我不由自主地抬起头。

"只有脑瓜充水的人才会往上看。"头颅叹了口气，"老家伙们说的果然没错。"

我很想把那颗该死的头从腰带上解下来，远远一脚踢飞，但是我努力忍住了。

"这里只有两个方向，'内'和'外'。也就是'进入'和'出去'。"头颅终于不再继续奚落我，它简简单单地告诉了我答案——只可惜并没有什么效果。因为我根本就听不懂它在说什么。我直勾勾地盯着它，丝毫没有掩饰自己满脸困惑的意思。

"唉，'进入'就是进入，'出去'就是出去嘛！"头颅提高了声音。

"我不懂。"我老老实实承认自己的无知，准备承受对方的再一次

嘲讽。

"如果把这里当做是一个门厅的话，"头颅给了我一个不可置信的表情，它紧紧拧起两道乱糟糟的眉毛，非常勉为其难地开始解释，"进去就是'进入房间'，出去就是'离开这里'。没有比这个再简单的了。"

"我可以离开这里吗？"我心中一动。

"你很快就会死！你不能出去！"头颅大喊。

"你的意思是我出不去？"我主动忽视了对方那条惹人厌的口头语。我只想继续这个对话。

"你出不去。"头颅干脆利落地重复。

"那我们现在就只剩下一个方向了。"我耸耸肩，对这个简化了的结果感到满意。我低头继续问它："我们要'进去'的'那个房间'在哪里？"

"'那个房间'只是个比喻而已，你怎么就这么不开窍？"头颅嫌弃地皱起鼻子。它皱得那么紧，以至于那张干透的脸上所有干瘪的五官都被狠狠地挤在一起，就好像一个在屋檐上晒了一个月的包子。

"入口就在这里。"包子说。

我踮起脚四下张望，但是周围除了浓雾之外什么都没有。

"在浓雾里面。"头颅补充。

"我们不在浓雾里面？"我对这个答案莫名其妙。

"我们当然不在里面！我们在浓雾外面！"头颅嚷嚷起来，"难道你什么都看不见吗？"

"看见什么？"我越来越糊涂了。

"桥啊。"

"桥？哪里有桥？"我瞠目四望，但是周围除了白茫茫的雾气之外我什么都看不见。

"雾就是桥。"头颅用一种怜悯的目光向上瞅着我，好像看见了天底下最可怜的人，"只要穿过雾，我们就进入了'里面'。"

虽然我对它那个同情的眼神极度反感，但是我终于多少明白了一点儿，"那么我们如何穿过雾？我是说，像雾一样的'桥'？"

"雾就是桥！"头颅不耐烦地重复，"你看着阶梯一步步踩上去就好了。"

"阶梯？哪里有阶梯？"我四下张望，但再一次的，我什么都看不见。

"抱歉，我倒忘了你是个瞎子。"头颅叹了口气，"现在你面前就有一座桥。"它说，"就在你的脚前面。"

"所以我就这么踩上去？"我试探着迈出一只脚。

"等等！再往左边一点，一点点，迈高一点，再高一点！嗯，好了。"头颅说，"现在你感觉到了吗？"

它说得没错，在这里，我完全就是一个瞎子。我就如同一个刚刚开始蹒跚学步的孩童，在空气中伸直双臂，跟随对方并不可靠的指引，带着对未知的不安和恐惧，一步步颤抖着迈上那些（对我来说）完全不存在的台阶。

我轻飘飘地行走在空气里，然后奇迹发生了。

我觉得身边的雾气渐渐变淡了，刚才那些湿漉漉的草地似乎真的离我越来越远。我向下看，想仔细分辨我脚下的阶梯，但是我吃了一惊。因为当我低下头的时候，我根本找不到自己的下半身。从我这个角度看过去，我就好像被拦腰截断了一样，我的下半身已经完全消失在浓雾里了。

这让我突然想到了一个问题。

"刚才薇拉也是穿过桥离开这里的吗？"我问。

"每个人都要穿过桥。"

"就是我现在正在走的这座桥？"坦白说，这个想法本身让我不太舒服。因为我并不想在这里再次碰到她。*最好永远也不要再次碰到她。*

但是头颅只是爆出了一声轻蔑的嗤笑，"这里有多少雾，就有多少座桥。"

"就好像威尼斯一样。"我松了一口气。

在威尼斯，运河取代了公路，而桥梁则是威尼斯的交通枢纽，连接着泻湖上的几百座岛屿和水道。但显然魔域空间里的一颗干缩头颅对这些一无所知，就好像我对这里的一切都感到迷惑不解一样。

"威什么？"头颅继续用它目空一切的声音开口，"除了这里之外，其他地方都没有桥。至少没有这么多桥。"

我闭上了嘴巴。我不想继续这个话题。我把自己的全部精力都放在脚下那些看不见的台阶上，希望我没有一个跟跄跌倒在什么地方。因为这里实在很难说，也许一个跟头就翻到另外一个完全不同的空间里去了。迄今为止，我悲惨的人生里已经有了太多不确定的因素，我绝对不能再次冒险。因此我小心翼翼步步为营，直到自己成功跨过桥抵达对岸。

我越过了那片浓雾，从头颅所说的"外面"进入了"里面"，从"门厅"进入了"那个房间"。

我知道自己已经站在了桥的另外一边，不仅仅是因为我又能看到自己的下半身了（太好了），看到我脏兮兮皱成一块抹布似的裙子（这可不太好），还有磨破了的丝袜和湿透了的靴子，我也看到了眼前的这个市集。

是的，一个市集。

繁华、拥挤、喧嚣，你可以用头脑中现存一切可能的形容词来形容它，因为它混合了所有热情的色彩和各种食物的香气。加了辅料的热酒在瓦罐里咕嘟咕嘟地冒泡，看不出是什么动物的肉在烤架上吱吱地剥落金黄色的油脂，珍贵的香油被装在五颜六色的玻璃瓶子里，不知道来自何方的香料正在没日没夜地焚烧。这里有着无数怪诞夸张的招牌和小摊子，夹杂着各式此起彼伏的叫卖声，人群熙熙攘攘，吵闹和欢笑不绝于耳——它就是你所能想象或者无法想象的最热闹的圣诞市集的模样，从我眼前无边无际地扩展开去。

一个充满食物和人群的市集，它就是一个像我这样疲惫而孤独的旅人最需要的东西。或者说，它就是我目前所需要的全部。我瞠目结舌地瞪视眼前所见一切，简直不敢相信自己的幸运。

我突然意识到，其实自己刚刚走过了一座叹息桥。

一如拜伦所说："一端连接地狱，一端通向天堂。"

32

一群一群我从未见过的面孔从我身边穿过，长相奇异的男人、女人还有小孩，有的长着一张猫脸，有的拖着一条尾巴，有的走起路来像老鼠，有的则像是蜗牛爬得歪七扭八。这些人经过我的时候全部都在回头看我，对我眨眼睛，打呼噜，他们交头接耳，用我听不见也听不懂的语言互相咬耳朵打招呼。

"他们也是去赶集的吗？"我不由自主地问。

"别看他们！"头颅尖叫，"也别跟着他们走！"

"他们是……什么？"我依言停下脚步，但这阻挡不了我的好奇心。

"他们是善变的小妖精。"头颅说，"或者精灵，或者小人儿们，随便你怎么叫。"

"精灵们不是都应该长着美丽的金头发和尖耳朵吗？"我皱起眉

头，因为这群奇形怪状的家伙和我心目中的精灵形象差得太多。

"精灵有很多种。"头颅不耐烦地回答。

"那么他们是哪种？"我好奇地问。

"会害人的那种。"

头颅话音未落，那群人又成群结队地走了回来。这一次，他们是有备而来。猫脸的那个拖着只篮子，有尾巴那个捧着一个盘子，还有几个人拖着沉重的袋子，袋子里的金碟子闪闪发光。这群人一窝蜂地朝我走过来。

"别看他们！"头颅再次尖叫。我下意识地转过眼睛。猫脸的人凑过头来看我，它的胡须差点戳到我脸上；有尾巴的家伙低下头，使劲嗅了几下我挂在腰间的头颅，然后扯了扯它的头发。头颅紧紧闭着眼睛。另外几个小孩子则指着我袜子上的破洞哈哈大笑，当我转过身的时候，他们开始冲我扔小石子。

我一直没有理会他们，过了一会儿，那群人一个个地放弃了，然后失望地走开了。"为什么？"我再次开口，"为什么不能看他们？"

"你会中他们的圈套。"头颅说，"这帮小人儿是这里最惹人厌的家伙，他们嘴里没有一句话是真的。如果他们和你说话，一定会祝福你长命百岁。"

"那倒挺好。"我是认真的，同时开始后悔自己居然相信了这颗该死的头。

"你很快就会死！"头颅高喊。

"如果不是因为你，我倒觉得自己还能活挺长时间的。"我没好气地开口，弯起手指，狠狠敲了下它的硬脑壳。"话说回来，前面这个市集是干吗的？"我问，"我可以去吗？"

"你看得见市集？"头颅震惊地盯着我，"你不是个瞎子吗？"

"我当然看得见！"我皱起眉头，不明白对方的意思。因为这里和刚刚布满浓雾的草地可不一样，浓雾里我确实什么都看不见，但这里根本没有一丝雾，面前的整个世界一丝不露地展现在我眼前。似乎是傍晚时分，天色已经暗了下去，头顶没有日光，也没有任何可以照明的星座，但是天空却很晴朗。我可以清晰看到远处的丘陵和山脉，那里郁郁葱葱的树林让我想起东欧熟悉的景致。我深深地吸了一口气，风中送来清新的泥土味道和醉人的花香。

对我来说，这就是一个完美的天堂。没有什么可犹豫的了，我开始迈步。

"你不可以去！你很快就会死！"头颅尖叫着阻止我。

"好吧。"我拍拍它，然后拔腿迈入市集。

我又看到了那群人。他们长着动物般毛茸茸的脸孔和纤瘦的身体，还有花栗鼠一样的尖牙齿和竖起来的长耳朵。他们站在各自的摊位后面，流连在市集中，他们用小杯子喝着加了香料的热酒，牙齿里咬着不知道什么动物的肉，他们尖细的小嗓子笑起来咕咕的像鸽子叫，他们说起话来莺啼婉转好像鹦鹉学舌。他们同时回过头来看我，瞪大了好奇的眼睛，从头到脚地打量着我。

不，我突然意识到，他们并不是刚才那群人。那群人早已经走开了。他们是市集里的摊主和顾客。这是属于他们的市集。

一个妖精的市集。

头颅从喉咙里发出一声不满的咕哝，那意思是说："我和你说过了！"或者还有一句，"你很快就会死！"

我艰难地咽下一口，知道它这一次也许是对的。它早就已经警告过我了，只是我自以为是地没听进去。我内疚地低下头，我想说声"对不起"，但是头颅已经紧紧地闭上了眼睛和嘴巴，所有的五官都皱缩进头皮里，它乱糟糟的头发杂乱无章地散下来，看起来就好像是一个毫无生气的椰子壳，像是我拴在腰带上的一个丑陋的装饰。

　　我戳了戳它，它毫无反应。我叹了口气，知道自己又变成一个人了。

　　小妖精们看着我，先是安静了片刻，我是说，整个市集都安静了，刚才的喧嚣和繁华瞬间消失得无影无踪，正在喝酒吃肉的手停在了半空中，说到一半的话语重新吞进了嘴里。小妖精们睁大了惊讶的眼睛，安静地看着我，像是在看一个天外来客。

　　相对于他们，我确实是一个天外来客。我转了转眼珠想打破尴尬，突然，一个尖嘴猴腮的家伙几下蹦过来，先是绕着我跳着脚转了一圈，然后在我面前站定，仰起头，仔细地端详我。现在再记起头颅的忠告已经晚了，我索性眯起眼睛，和他对视。

　　"你……看得见我？"小妖精用一种不确定的语气，细声细气地开口。

　　我点点头。

　　"你也看得见我吗？"另一个小妖精趴在地上像一条蛇一样爬了过来，他伸出一只青蛙一样带蹼的手指，小心翼翼地戳了戳我湿透的鞋尖。

　　"当然看得见。"我莫名其妙地说。

　　两个小妖精惊讶地张大了嘴。他们滚倒在草地上，用尖细的嗓子咕咕咕地笑，就好像两只胡乱扑腾的鸽子。然后是市集上所有的人。他们围拢过来，嘻嘻哈哈地笑成一团，有的人鼓掌，有的人跳着脚大笑，有的人则像刚才那两个人一样扭打在一起在草地上滚来滚去。不管他们庆祝的方式有多么奇怪，有一点毋庸置疑，那就是他们都非常开心，似乎"被别人看到"就是人生中最大的希望。

　　我感觉奇怪。因为他们对我来说太清晰不过了，真实得就好像远处的丘陵和山谷，就好像我湿透的鞋子和丝袜上的破洞。他们是真实的，是活生生的，连同眼前这整个活色生香的市集，全部在傍晚时分的余晖下一清二楚。

我不明白他们为什么要这么开心。我突然想起，当头颅发现我能看到这个市集的时候，它的第一反应也是震惊。为什么？难道这个市集，还有这些妖精，他们本应该是"隐形"的？我应该看不见他们吗？我戳戳腰上的椰子壳，但是它还是跟死了一样，一动不动。

我不知道它为什么要这么害怕。我也不知道它为什么要警告我。眼前这个市集，连同所有的妖精，他们看上去热情而好客。至于刚刚冲我扔石子的那群人，我想只是因为我故意看不到他们，才惹怒了对方。不过话又说回来，有哪个顽皮的孩子没有对陌生人扔过石子呢？

正当我这样想着，周围的喧嚣声加大了。一队吹吹打打的人，穿过市集的人群冲我走过来。为首的小妖精长着一张熟悉的猫脸，他对我眨着翠绿色的眼睛，咯咯咯地笑，"来买我们果园的水果吧，人类的小姑娘，快来买吧！"

他身边跟着那个长着尾巴的家伙，手里端着一个金灿灿的圆盘子，高高举过头顶。

"尝尝我们的水果吧，熟透了的水果，胀鼓鼓的水果，从没有被鸟儿啄过。"

那个金盘子在我刚刚看到的时候还是空的，这时候已然堆满了各式各样的水果。香橙、樱桃、草莓、蜜瓜、桑葚、椰枣和无花果，完全不是一个季节的水果全部熟透了齐聚一堂，还有我根本叫不出名字的各种果实，红的绿的黄的紫的，有的表皮光滑，有的疙疙瘩瘩，有的长着绒毛，有的带着硬壳，在凉爽宜人的晚风里，看起来可爱而诱人。

33

"来买啊，来买！"小妖精们围着我叫个不停。

我舔了下自己干燥的嘴唇，"我很想买你们的水果，"我老实承认，"但是我没有钱。"我翻出自己空荡荡的衣兜证明给他们看，想起我的钱包已经在里亚托桥上丢给了那个走运的吉普赛姑娘。噢不，也许在希斯手里也说不定，但显然他并没有还给我。我想起里面装得满满当当的零钱和打折卡——或者那个新钱包本身还值几个钱——但不管怎样，事实是我现在身无分文。

小妖精们停止了兜售，他们互相挤起眼睛皱起了眉。走路像老鼠的那个家伙绕着我歪歪斜斜地走了一圈，然后突然指着那个挂在我腰上的头颅说，"这个可以抵押给我们。"

长尾巴的妖精把盘子端得更高了一点，甜蜜诱人的果香扑面而来。我的肚子饿得咕咕叫，我咽下口水，再次舔了舔自己干裂的嘴唇。

我把手放在头颅上，我感觉它猛地跳动了一下，但除此之外，依旧死气沉沉。我拍了拍它以示安慰，然后对妖精们说："对不起，这个我不卖。"

"人类的小姑娘哟，你是不知道，我们毛茸茸的蜜桃好像天鹅绒，透明的葡萄全部没有籽，这些李子才从枝头摘下来，密瓜冰凉的汁液甜得像糖。它们的滋味你绝对想象不出，而这一整盘都可以给你，"长尾巴的妖精说，"让你一直吃到饱。"

我盯着那一大盘水果，坚决地摇了摇头。

对方发出失望的欷歔之声，一部分看热闹的妖精逐渐退出了包围圈，带着他们的水果和其他小货品一跛一拐地走开了。喝酒的继续回去喝酒，吃肉的继续回去吃肉，还有几个烧香倒油的，偷偷从烟雾的缝隙里瞅着我，看我这个傻瓜是否改变了主意。

但是我再次摇了摇头。长尾巴的妖精叹息一声，退了下去。

"那么你还有一个选择，"猫脸的人用金盘子端着另一盘水果走上一步，"这里的水果，"他用猫一样的嗓子呼噜呼噜地对我说，"你可以免费挑选一个。"

我挑起眉毛，不知道对方用意何在。

"我只想送给你一个礼物，人类的小姑娘。"猫脸人笑眯眯地说。

尽管对方看起来毫无恶意，但我也不敢贸然行动。我紧紧握着腰间那个干瘪的椰子壳，希望它可以像以往一样给我一些建议，我甚至开始思念它一如既往的诅咒。但是它依旧吊在那里一动不动，就好像是一个真正的椰子壳。

"快挑一个吧！"猫脸人又把盘子冲我凑了凑。

这一盘水果和刚才那一盘完全不一样。这一盘上面堆着七八个形态各异的水果，但是它们并不是常见的苹果、桃子或者梨，也不是奇妙的蔓越橘、悬钩子和波罗蜜，盘子里的这些水果，我竟然一个也叫不上名字。它们有的叶子上面带着螺旋状的卷须和尖刺，有的开着血红色的花，有的布满了大大小小的斑点，还有的表皮一开一合，就好像是活的一样。这些果实的样子虽然古怪，但是它们闻起来和上一盘水果一样甜蜜诱人，晶亮的露水在鲜艳的果皮上闪闪发光。

"它们……是什么的果实？"我凑过去，仔细端详它们。

"神秘树的果实。"猫脸人呼噜噜地唱了起来，"在最芳香的草地上生长，用最纯净的波浪浇灌，水边开放着百合花，就连树汁也甜如蜜糖。"

"既然同是一棵树上的果实，为什么它们长得都不一样？"我问。

"因为它们的功效各不相同。"猫脸人唱，"有的助你强身健体，有的令你容颜不老，更奇妙的果实可以使恋人长相厮守……"

"有没有令人肝肠寸断的？比如……中毒而死？"我心中一动。

"那就要靠采食者自己来发现了。"猫脸人挤挤眼睛，做了个鬼脸。

"我一定要拿一个，是吗？"我盯着盘子里的果实，深深地吸了一口气。

这些水果闻起来香甜可口，但它们的汁液一定有毒。我现在终于意识到了自己的危机：我必须在众目睽睽之下，从这一盘奇异的水果中选出一个吃下去，否则这群妖精不会放过我。就算我真的走运，真的挑选出了一个无毒的水果，我也不确定他们会不会履行诺言。我的头颅朋友曾说过他们是最难缠的家伙，一个原因就是他们说谎的天性。

我站在市集中央，妖精们一圈一圈地围着我。我没办法逃跑。我更没有办法拒绝。我已经一头栽进了对方的圈套——最要命的是，这一切都是我自找的，怨不得别人。

"快挑一个吧！"猫脸人催促我，用带倒刺的舌头舔了舔他尖利的牙。

我转开眼睛，把注意力集中到面前的盘子上。

离我最近的那个水果，看上去就好像是草莓和李子的合体，卷曲的叶梗上开着俏丽的花，带着一粒粒可爱的小芝麻，它的果皮又红又紫，仿佛一碰就要破了，隔着这么远，已然能闻到果香四溢。我可以想象，当我的牙齿咬进它的果皮，果汁迸流，甜蜜的汁液充满我干涸的口腔，然后立即顺着干巴巴的嗓子源源不断地流淌。我几乎就要忍不住诱惑，伸手把它抓起来放进嘴里。

但就在我伸出手的时候，我突然瞥到对面猫脸人一个按捺不住的微笑，小妖精欣喜若狂，开心得连猫胡子都翘了起来。我认为那意思是在说，如果我拿了这个看起来好吃的水果，估计头颅的诅咒就要立刻应验。所以我的手在中途拐了个弯，拿起了它旁边的一个水果。

它是果盘里一个最不起眼的家伙，表面像癞蛤蟆一样带着丑陋的棕绿色疙瘩，一看就令人毫无食欲。我用两根手指把它从盘子里拎起来，长尾巴的妖精忍不住叫了一声，猫脸人则眯起眼睛。

"你选好了吗？"他呼噜噜地问，好像不太高兴的样子。

"选好了。"我盯着自己手上的果实，毫无信心地说。

"不想换一个？那个水果真挺难吃的。"对方的眼睛紧紧眯成了一条线，使他那张毛茸茸的面孔突然变得狡诈多端起来。

"不换了，就选它。"我耸了耸肩，把水果放到鼻端闻了闻。但是它的皮很厚，拿来手感硬邦邦的，似乎什么味道也没有。

猫脸人还在看着我。周围所有的小妖精都在看着我，还有市集上的那些人。所有人脸上的表情都紧张而充满期待。

我深深吸了一口气，把那个水果举到唇边。"它有什么神奇的功效吗？"在咬第一口之前，我仍然忍不住开口。

"你不敢吃吗？"猫脸人再次舔了舔它的牙齿。

我不知道这家伙是想吃我手上的水果，还是想吃我。我觉得是后者，因为我手上这个水果丑怪得完全令人提不起一点兴致。但是我必须要在众目睽睽之下把它整个吞进去。

我无计可施，只好硬着头皮，小心翼翼地咬了一口。

猫脸妖精仍然目不转睛地盯着我。

一个好消息是，它的口感比我想象的要好很多。它的外皮虽然疙疙瘩瘩却又甜又脆，汁水充足，里面的果肉软软糯糯，就好像一团凝固起来的冻奶油，入口即化。至于它的味道，我从来没有吃过这么奇怪的水果，它似乎把我所有能想象的味道全部聚合到了一起，刚开始的时候，是樱桃和甜瓜、青梅还有葡萄，几口下肚，味道却似乎变成了芒果、鳄梨还有香蕉的混合体。

我想都没想就咬了第二口。我感觉自己正躺在华美精致的凉棚里，头顶是一串串垂下来的晶莹剔透的葡萄藤。透明澄净的天空触手可及，

在氤氲的月光下，可以听到不远处琴弦撩拨，泉水叮咚。

我沉浸在这一片熟悉而又陌生的夜色里，不知道自己身属何处。我听到喁喁人声，细碎而轻盈的脚步，还有昆虫类拍打翅膀带出的风。我看到一片月下的森林，灌木丛后，头戴花冠的小妖精们正在欢乐地围着圈子跳舞。吹笛人把一阵由远而近的音乐轻轻送进我的耳朵，似乎是某种欢欣鼓舞的调子，再仔细听，却又传出无尽的悲伤来。但奇怪的是，这两种截然不同的感受，此刻我竟全然分辨不出。

我又想笑，又想哭。我默默地注视着那群在林地中间跳舞的小妖精，看着他们对我吹口哨，眨眼睛，它们中有一个人似乎长着一张毛茸茸的猫脸，还有一个人走路像小老鼠。然后猫脸人对我伸出手，邀请我加入他们的舞步。

就好像穿上了永不停息的红舞鞋，我和妖精们跳了一整夜舞。直跳到我完全感觉不到自己的双脚，连手指尖似乎都发麻了。天空发白，草叶上沾满了冰凉的露水，小妖精们就要离开了。

我开口，但是却发不出半点声音。耳畔只能听到高亢悠远的笛音，还是那个熟悉的调子，由弱渐强，不由分说冲进我的耳朵，在我脑中嗡嗡震颤，好像一长串催促我出发的号角。我脚步蹒跚，好像喝醉了酒一样摇摇晃晃地冲过去，我想追着小妖精们一起走。

就在这个时候，我突然听到有人大声喊我的名字。

34

我回过头就看到了D。确切地说，当我睁开眼睛的时候，他正带着一脸关切的神色低头凝视我，而我竟然软绵绵地躺在他的臂弯里。

我很想问他"你怎么会在这里"，但是我没能说出口，因为我恢复知觉之后的第一件事，就是窒息。

这种感觉非常奇妙，我是说，你明明知道自己还活着，但却无法呼吸，因为一个东西不偏不倚卡住了我的咽喉。我坐起来拼命咳嗽，最终把那个讨厌的小东西从喉咙深处吐了出来。

那是一个果核。

一个非常复杂的果核。

它通体焦褐色，外形扁平，一头圆一头尖，像是一个烤煳了的大杏仁，但是它的表面却像核桃一样覆满了弯弯曲曲的沟壑。粗看上去，这些沟壑只是一段段细小的线，但仔细看，就会发现所有平直细小的线段其实都是立体的螺旋。它们以一种我不能理解的方式相互盘旋缠绕着形成了果核的全部表面。它们让我头晕目眩。

我被迫转开眼睛，看着我面前的D。同时他也在看着我。

"发生什么了？"他问我。

我抬起头，看到他身后的小S和艾米丽，两人毫发无损地站在这里，加上他，三个人气定神闲，和我们在旅店分别的时候毫无二致；而我却经历了长途跋涉，满身泥泞，裙子和袜子全部扯破了。在我的旅途中，我不只看到了薇拉，确认了她对我的诅咒，还被妖精们教唆吃下了一个不知道是否有毒的水果，最后还被果核噎住，差点死掉。

而D，我的法定丈夫，与我相恋六百年的恋人，我的心灵归宿，灵魂伴侣，就只是轻描淡写地问了我一句"发生什么了"？发生了什么这不是明摆着吗？难道他就没有注意到我的狼狈不堪吗？他的态度压下了脱离险境以及重逢的喜悦（何况我们分开的时候正在吵架），老实说，见到他我并不是很开心。任何一个人站在我的立场也不会开心。

"你吃了什么？"他盯着我手里那个刚刚吐出来的果核，换了一个更加显而易见的问题。

"妖精的水果。"我嘶哑着嗓子回答他。

"哪里来的？"

"市集上。"我伸手往身后一指。因为我的位置并没有变，越过他的肩膀，我仍然可以看到远处的丘陵和森林，我虽然失去了知觉，但我并不认为这期间再次发生了什么瞬间移动的事情。我仍在原先的那片草地上，在小妖精的市集中。但有一点不同。

我突然意识到，自从我睁开眼睛开始，周围一切就过分安静。我听不到小妖精的叫卖声，听不到他们排着长队吹吹打打，还有那些咕咕的鸽子一般的笑声和猫一样打呼噜的声音。我也闻不到热酒和烤肉的味道，空气里更没有水果香。我惊异地转过头，看到自己手指的方向空空荡荡。

"市集？哪里有市集？"艾米丽凑过头来，莫名地睁大了眼睛。但她就像个瞎子一样什么也看不到。

只可惜，现在我也变成了和她一样的瞎子加聋子。顺着我手指的方向，那里只有长满青苔的溪谷，清凉的河水在我脚边不远处缓缓流淌。那里没有小妖精，更没有那片炊烟袅袅的集市。没有人沿街叫卖水果，不只如此，甚至原先他们搭的棚子盖的房子，还有煮酒的大瓦罐和烤肉的铁叉子，以及那些装满了水果的沉甸甸的金盘子，全都不翼而飞了，就这么从空气里直接蒸发，没有留下一丁点儿的蛛丝马迹。

我惊惶失措地转过头去，看着D，希望可以从他那里得到一些安慰。

"你看见了小妖精？"他惊讶地开口。

我拼命点头，"他们刚才明明就在那里，有一大群人和整个市集，但是我现在什么都看不到了。难道我瞎了吗？"当我听到自己的声音，我才意识到自己提出了一个多么愚蠢的问题，既然我现在可以清清楚楚地看到D，我的视力当然没有问题。

有问题的是小妖精。因为D接下来告诉我："很少有人能看到他们。"

这个答案解释了小妖精们刚看到我时的惊讶，但是我仍然迷惑不解。"那为什么我会看到他们？"我追问。

"我说过了，在这里，你会发现自己突然拥有了许多奇妙的能力。"D对我说。

"可是我现在又看不到他们了啊！"我皱起眉头。

"也许他们已经走了。"D耸耸肩。

"连着整座市集一起？"我不相信。

"如果需要，搬走整座城市对他们来说也是易如反掌。"D微微一笑，"所以，你吃了他们的水果？"

我的脸有点红，虽然最开始是妖精们强迫我吃的，但如果不是水果本身太好吃，我想我也不至于让果核卡住嗓子。

"你很走运。"D说，"妖精的果实对人类来说是致命的。"

"每一种都是？"我反问。难道连那些看似正常的苹果橘子都有毒吗？那还有什么可选的？我皱着眉头思索——而且既然它们对人类是致命的，那么他的意思也就是说——我应该庆幸自己并非人类？这一点让我不太舒服。

"每一种都是。"D点头，"果实的外形只是妖精用来迷惑旅人的幻象。包括你所看到的那个市集。"他说，"这里可能根本没有市集。"

"你不相信我？"

"我当然相信你。我的意思只是说，不要习惯于依赖视觉，因为视觉是所有感觉里面最容易被迷惑的一种。在很多时候，亲眼所见代表的未必就是真相。"

我盯着他。我记得面具师和我说过同样的话，他让我学会运用其他的感觉作出判断。但是我现在还能作出什么了不起的判断呢，D就在这里，居高临下、气定神闲地站在我眼前。而我又变成了那个从煤堆里爬出来的灰头土脸的灰姑娘，除了搞砸事情之外什么都不懂，处处需要他的照顾和帮助。我突然想起我们分别之前的那一刻，当我失足掉出了旅店，他并没有出来追我。

"你进去之后那扇门就关上了。"D叹了一口气，"当我再把它打开的时候，面前是截然不同的一个房间，'出口'已经没有了。"

"然后，齐格弗里德就为我们找到了另一个'出口'。"艾米丽突然插嘴，声音里带着骄傲。

"我只是运气好罢了。"小S赶紧补充。

"我们的确运气很好，"D对他点点头，接了下去，"因为我们走出来没过多久就看到了你。"他拉起我的手，"现在轮到你了，奥黛尔。告诉我，当我不在你身边的时候都发生了什么。"

35

"没过多久？"我不敢相信他的话，"我觉得我已经在这里度过了一整天！"

小S立刻抬起手腕看了看表，"真的。"他说，"我们从旅店出来的时候大概是午夜时分，现在最多过了一刻钟。"

我震惊地看着他，不敢相信这一切。

"难道不同的空间位置时间流逝也会不同？"小S聪明地提出了一个假设，"这也太酷了！"他吹了声口哨。

这个假设看似荒谬，却似乎就是唯一的答案。一个最简单的证明就是，在我们的世界里，如他所说，现在正是午夜时分，而这里则是日落之后的黄昏，而且这个时间从未变过。当我"跨过桥"来到这里所看到的天色，和见到D他们之后，也就是现在所看到的天空，没有丝毫差别。

"这里和我们原先的世界完全不同，"D叹了一口气，解答了我的疑问，"而这就是我所担心的。"他说，"这个世界大得多，广阔得多，而且拥有不同的时间轴。"

"什么是时间轴？"艾米丽插嘴问。

D并没有回答她，他只是转过头看着我，"你离开旅店之后就到了这里吗？有没有去过别的地方？"

"一片充满雾气的草地。"我说，"怎么走都是同一个方向，直到……"我拍了下腰间，然后立即变了表情。我低下头，看到那个干缩头颅已经消失了。

"发生了什么？"D追问。

"发生了什么？"我盯着他，积压许久的怨气终于爆发，"你竟然问我发生了什么？难道你的读心术失效了？你读不到我的思想吗？"

"相信我，它并非总是有效。"他苦笑了一声，"在很多时候，我只能够读到你想让我读到的东西。"

我皱起眉头，不明白他的意思。我记得就在刚刚，当我想不通他为什么没有出来追我的时候，他明明像以往一样知道得一清二楚。

"你是说，我可以对你隐瞒自己的思想？"这个想法让我低沉的情绪莫名地有些开朗。

"至少在这里，你可以。"他叹了一口气，诚恳地看着我的眼睛，"奥黛尔，我需要你告诉我，你在想什么。我需要你告诉我，我不在的时候到底发生了什么。"

我转过眼睛。我看到小S和艾米丽两个人面面相觑，显然不知道我们到底在说什么。但是我当然也没有和他们解释。我只是粗略地把我们分开之后的事情告诉了他们，甚至避过了关于薇拉的部分。我告诉他们，我是如何一个人跌进那片永远找不到出口的草地，偶然地发现了那个惹人厌的干缩头颅，我一句句重复头颅的歌谣，告诉他们，只要找齐那四样东西，我们就可以从这里出去（我不想让他们知道我的死亡诅咒）。我告诉他们市集上的小妖精们是如何用水果诱惑我，告诉他们我吃下水果之后是如何昏迷，然后我挂在腰间的头颅是如何不翼而飞。

"是谁拿走了头颅？"我刚结束了叙述，艾米丽立即发问。

"这是个非常好的问题。"D开口，"你觉得呢？"他问我。

"还能是谁？肯定是那群小妖精呗！"我不以为意地回答，不觉得这个问题有任何讨论的必要。

"如果是希斯呢？"小S突然提到了这个名字。我心里咯噔一下。

"这里是他的领域。他既然成功把我们引入了这里，也就能更容易地把我们置于死地。"小S看了我一眼，继续说，"如果他发现你竟然在这里找到了一个'地陪'，他当然要想方设法从中破坏，而最直接的办法就是'拿走它'。"

确实，希斯有很明显的作案动机，而那群小妖精则没有。至少，这还是一个未知数。而我不能排除任何一个微小的可能。我看着小S咬牙切齿地说出这番话，明显对之前那份捏造的情谊耿耿于怀。不管希斯的初衷是不是针对我，对小S来说，现在希斯是他的敌人。

"你们还记得澳大利亚人的故事吗？"D突然换了个话题。

我紧紧皱起眉头，不知道他为什么要在如此紧要的关头再次提起那些无聊的睡前故事。我对在此之前发生在威尼斯的一切毫无兴趣。但当我仔细回忆之后却惊讶地发现，那竟然是一个关于妖精的故事。不只是妖精们兜售水果这件事的相似之处，甚至在我吃下那个有毒的水果之后，脑海里出现的幻象和故事主人公乌尔潘所见也并无二致。

这实在是太神奇了。但我还没来得及表述我的想法，小S突然大叫一声。

　　"澳洲黑嘴鹳的由来！"他扶了一下眼镜，激动地说，"在澳洲人的故事里面，当精灵首领变成大鸟逃走，是乌尔潘掷出的长矛变成了它的嘴！它本身是没有嘴的！"

　　我低头看着自己手中的果核，那个看起来像是个烤煳了的杏仁的小家伙，现在联系起故事，它的形状赫然就是一柄微型长矛的尖头。

　　"你的意思是，"我不可置信地望着小S，"我们已经找到了四样事物中的一样？"

　　"在我们凯尔特的传说里，小妖精就是矮人。"小S兴奋地说，"至少，'矮家伙'和'没有嘴'这两条都完全符和头颅的歌谣。"

　　"没错，"D点点头，"一般来说，与妖精接触是非常困难的，因为很少有人能亲眼看到他们。但现在你已经拥有了一个'信物'。"他看着我手上的果核，"或许我们可以利用它来找到一个妖精。"

　　"然后，或许我们就会知道是谁偷走了那个头颅。"小S接口。

　　老实说，看到前任男友和现任男友（丈夫）在一起聊天是非常诡异的。特别是当他们两个为了一个共同目标一起奋斗的时候。因为我完全不知道该如何接下去。我不知道我应该去附和哪个人。和我有同样感觉的是艾米丽。此刻她正睁大了一双困惑的眼睛，懵懂地盯着他们两个。

　　"所以……我们已经走进了澳大利亚人的故事里面吗？"半晌，这姑娘犹犹豫豫地开口。

　　"恐怕不只是澳大利亚人的故事，还有阿凡达兄弟的故事，法国夫妇的故事，以及我们自己的故事。"小S看了一眼我和D，试探着说，"我想我们此刻正身处一个无比神奇的世界，在这里一切传说和神话都会成为现实。"

　　"我没在做梦吧？哎哟！"艾米丽狠狠掐了一下自己，然后疼得叫出声来。

　　"梦境也许是另外一个世界呢！"小S耸了耸肩，"不管怎么说，我们现在必须同心协力，一起尽快找齐那四样东西。否则我们就得一辈子都困在这里了。我说得没错吧？"他再次看了D一眼。

"没错。"D拉起我的手，给了对面的情侣一个安抚式的笑容，"从现在开始，我们必须同心协力。"

36

我曾经一度愚蠢地担心D和小S根本无法相处，但事实证明，我再一次过高估算了自己的魅力，因为D所表现出的知识和风度早已为他赢得了对方的尊重。尽管，小S和艾米丽对他的具体身份仍然一无所知。

其实他们对我也同样一无所知。

对他们来说，我是个有点怪的亚洲女生（比如只穿一身黑），年纪轻轻就嫁给了东欧的有钱人。（幸好不是老头子——至少在外表上，因为实际上他超过了六百岁！）他们不知道我们之间辗转反侧了几个世纪的是非轮回，他们不知道这段感情所背负的诅咒。他们以为这一切都是偶然——包括我们的威尼斯之旅，然后在大雨中掉入这个诡异的魔域空间——他们以为这一切都是**不幸的偶然**。但对我们来说，这一切都是**命中注定**。清晰得就如同我命运丝线上打的一个死结。

头颅告诉我，**我很快就会死**。我不知道这是否真的会发生，我不知道如果它真的发生了，D会怎么样。这个想法让我感觉悲哀。

我生他的气，我情绪低落，我大吵大闹，我离他而去。如果要为这一切找一个理由，那就是我爱他。

在我生命将尽之时，我意识到自己是多么爱他。六百年来，我一直在痛苦纠结于他是否也同样爱我，但我现在终于明白，其实这些都不重要。重要的是我爱他。因为爱是付出而并非索取。

在我生命将尽之时，我意识到自己此刻唯一想看到的，就是他的幸福。就算我仍然是他心灵花园的替代品，就算花园里仍然有一个荒无人烟的角落，挂着一把生锈的大锁，我仍然希望他能够继续浇灌他的花园。

在我生命将尽之时，我希望自己可以成为六百年前的奥黛尔，我希望可以有她一半的坚强和勇敢，就算只有一天，一个小时，甚至一分钟也好。因为我希望她能够告诉我，怎样才能让我们唯一爱过和正在爱的那个人，快乐。

哪怕我不能继续留在他身边，我也希望他能够快乐。

哪怕这个代价是忘记我……

"你……为什么要哭？"D困惑地看着我的脸，用冰冷的手指轻轻抹去我的眼泪。他不知道我为什么难过。因为他读不到我的思想。

这太棒了。我不能让他知道我在想什么。我不能让他知道我死期将至——这是现今我脑子里盘旋的唯一念头。他是罗马尼亚的王子，他曾经统率千军征战沙场，他不应该为了我一个人的安危绑手缚脚。如果希斯的目的只有我一个人，我希望在我死之后，他可以带着艾米丽和小S安全地离开。他们是无辜的。他也是。

但显然他并不这么想。

"我们一定会找齐那四样东西。"他紧紧握着我的手对我说。

他不知道其实它们对我来说并不重要。是的，我曾经踌躇满志，我曾经一鼓作气想努力反抗我的命运。直到我再次看到他，直到我意识到自己并不是一个人。

其实我从来都不是。其实他一直都在我身边，只是我不断告诉自己他不在。

"别怕，我会一直保护你。只要我在你身边，没有人可以伤害你。"他用熟悉的语气对我开口，试图安慰我。

但这反而就是我一直最害怕的。我怕他会这么说，我知道他会这么说。六百年后，他不允许自己再一次失去我。而我知道自己很快就会死。我的死将会把周围所有人再一次拖入危境，所有关心我、爱我的人。

为了防止这一切发生，我必须赶快采取行动。

"我们真的可以从这里出去吗？"我清了清嗓子，小声问他。

"那就要看我们是否可以找齐那四样东西了。"他耸了耸肩。

"我是说，你真的相信那颗头颅的话？你连它的样子都没有见过。如果它骗了我们呢？如果我们根本就出不去呢？"我瞟了一眼小S和艾米丽，他们正远远地走在前面，我希望他们没有听到我们的对话。

"出不出去对我们来说并不重要。"他同样瞟了一眼小S和艾米丽，然后把眼睛转向我，压低了声音，"我们和他们不一样，你懂我的话。"

我点点头，他的意思是说我们并非人类。他的意思是我们甚至可以在这里永远生活下去。他的意思是除了我们之外其他的人都不重要。但是我痛恨这种高高在上的优越感。就好像我痛恨小S狭隘的民族主义。因为这两点在本质上没有任何区别。

"那如果，根本没有什么干缩头颅，这一切都是我编造的呢？反正你现在也读不到我的思想。"我有点生气，故意开口说。

他停住脚步，认真地看了我一会儿，"你没有理由编造故事，是吗？"他小心翼翼地问。

"也许我有理由呢？"我歪过头看他。

"我会保护你。"他静静地凝视我，重复他的话。就算他读不到我的思想，他也知道我在想什么。其实他一直都知道。

我深深地吸了一口气，我的心里正在激烈地挣扎。最终我告诉他："头颅说我会有危险。"我咽下口水，目光直直地看着他，好像我真的在恐惧一样。因为说到这里已经是我的极限，我不能告诉他我死期将至的真相。

"在这里我们大家都会有危险，这毋庸置疑。但是我会保护你。"D扶住我的肩膀，他重复，"相信我，我们之间并非第一次出现这种情况。"他对我露出一个抚慰的微笑，就好像他对小S和艾米丽那样。他告诉我："无论最后是否可以从这里全身而退，我们还是要先找齐那四样东西。"

他的语气让我模模糊糊地想起过去，他让我感觉眼前的一切好像似曾相识。但这种感觉到底来自哪里，我却一无所知。所以我只是问了他一个更加显而易见的问题：

"为什么那四样东西会如此重要？"我的意思是，如果他并不知道它们和我的性命休戚相关，如果我们也并不需要从这里"出去"，那为什么我们仍然要寻找它们？

"因为希斯。"D简单地回答我。

"希斯？"我不明白，它们和希斯到底有什么关系？

"希斯一心想让我们进入他的世界，却在好不容易找到我们之后白白浪费了四个晚上。他当然不会平白无故大费周章，派人在威尼斯给我们讲四个故事。很显然，这四样东西是他让我们找的。他怕我们找不到，所以特地提供了线索。"

"也就是说，这件事其实并不是头颅告诉我的？那么它和希斯有关吗？"

"头颅不一定和希斯有关，它只是起了一个提醒的作用而已。"

"我懂了。"我点点头，"可是……为什么我们要帮他？"我紧紧盯着自己手里的果核，仍然迷惑不解。

"我们并不是在帮他。我很确定，我们现今所做一切都是有原因的。只是我们目前还不知道。"D耐心地回答我，"当然还有一点就是，既然我们已经在他的领域里，就要遵守他的游戏规则。"

37

果核在我手里。下一秒，它就不见了。

一只饥饿的松鼠从我手里抢走了它。

这听上去令人匪夷所思，事实上，连我自己都不敢相信。因为我们两个人正站在这里，绞尽脑汁，思考着所有一切的始末。我们谁都没有预料到事件的发生，当我们看到那只松鼠的时候，果核已经不见了。果核在松鼠嘴里。它站在前方离我们两三米远的地方，得意扬扬地看着我们。当我们开始迈步的时候，它立刻转身，一蹦一蹦地跑开了。

"抓住那只松鼠！"我大喊。但是走在前面的小S和艾米丽完全猝不及防，松鼠擦着他们的脚边瞬间遁入密林。

"它抢走了那个果核！"我甩下一句话，然后立即追了上去。

林外正是一片视野迷蒙的薄暮时分，森林里光线更暗。一股林地里特有的潮湿气味扑面而来，树木的影子重重叠叠，遍地都是深绿色的苔藓和叫不出名字的菌蕈。我眯起眼睛，用我超然的视力四下巡视，没过多久，我就注意到不远处的树桩后面露出一个毛茸茸的尾巴，那只松鼠，它正在地面上费劲地挖着什么。

它在埋那个果核。

我几步跑过去，松鼠迅速跳开，然后沿着附近的一棵松木灵巧地爬了上去。但是它并没有走远，它坐在我们头顶一枝突起的树杈上，煞有兴趣地望着我们几个。

我跪在地面上，在昏暗的光线下，努力辨认视野所及任何一块松动的泥土。但是我没有看到任何异常。这是一片郁郁葱葱的草地，就好像我来时那片充满雾气的草地一样，草叶青翠，上面沾满了露水。我闻到清新的泥土味道，我试图翻开草皮，但是挖了一会儿之后，我什么也没有找到。我沮丧万分，我非常肯定松鼠就把果核埋藏在这里，但是找了很久，竟然什么都没有发现。

而那只松鼠还在头顶兴致盎然地望着我们。

"没有人能找到松鼠藏的东西。"小S突然开口，"我的故乡有很多松鼠，我从小追着它们长大，但没有一次找到过它们藏起来的东西。它们都很擅长这个。不但别人找不到，有时候连它们自己也不记得把东西藏在了哪里。"他似乎是好心想帮助我减轻负罪感，可惜却没有起到任何作用。我痛恨自己一时大意让松鼠得逞。这全部都是我一个人的错。我必须要找到那个果核。

"我亲眼看到它把果核埋在了这里！"我又气又急，不自觉地提高了声调。

D叹了一口气。他没有说话，但是我知道他的意思。因为他刚刚才告诉过我，在这里，不要相信亲眼所见的任何事情。

"难道这里也有一个'洞'？可以通往另一个世界？"我不想仔细考虑这件事情的可能性，因为它令我头疼欲裂。

"问问那只松鼠就知道了。"D回答我。然后我眼前一花，再看的时候，我听到松鼠吱吱乱叫，它已经在D的掌心里。而我们没有一个人看到这是如何发生的。

但是松鼠的嘴里明显没有果核。如我所见，它已经把果核藏起来了。它只是一只松鼠，谁也不可能强迫一只松鼠找出它藏起来的食物。我皱起眉头，不明白D的用意。

"哇，你是怎么把它抓到手的？"艾米丽大惊小怪地叫起来，她伸出手，想去摸摸松鼠的小爪子，但是小S拉了她一把，让她缩回手。

D没有回答她，但是他也没有回答我的疑问。他没有理会我们其中任何一个人。他只是看着那只松鼠，然后清晰地开口说：

"请把我们的果核还给我们。"

他竟然在对一只松鼠说话！我不知道是我听错了，还是他疯了。但就在我的震惊还没有结束的时候，我突然听到一个陌生的声音响起来：

"那不是你们的果核！"声音尖细，是松鼠在回答他。

我咽下口水，瞪大了眼睛盯着那只松鼠。是的，在看到一个干缩头颅开口说话之后，我不应该对一只松鼠开口感到过分震惊。但是我仍然难以习惯。

"放开我。"松鼠挠挠小爪子说，"你们这些没礼貌的家伙。"

"如果我放开你，你就会溜走了。"D坦白开口。

松鼠吹吹胡子叹了口气，"我怎么可能溜走。"它说，"你的速度明显比我快太多。"

"但你会钻进地下，像那个果核一样从我们眼前消失。"

松鼠静下来，它眯起眼睛看着D，看了好一会儿，然后它问："你是谁？"

"寻找果核的人。"D回答。

"那不是你们的果核，它属于小人儿们。"松鼠说，"人类的手无法使它成长发芽，它也永远不会开花结果。它对你们将没有任何用处。"

"我们需要用它来交换一个没有嘴的矮家伙。你能够帮助我们吗？"D耐心地说。

"我为什么要帮助你们？"松鼠反问。

"因为我们给了你果核！"艾米丽突然插嘴。

"果核是我自己拿到的，你们并没有给我。"松鼠瞟了她一眼，不以为然地说，"而且我已经把它藏起来了，我保证你们永远也找不到。"

"在清晨与薄暮之间，当时间停顿在自己的边界，透过锁孔和一扇半开的门，单脚跳着再闭起一只眼……"D突然自顾自地念起了某种古老的歌谣，而松鼠则瞬间改变了态度。

"停！"它尖叫着说，"别念了！只要你保持沉默，我就帮助你们。"

我惊异地看着D，不知道他究竟对对方施了什么魔法。但是他只是冲我眨了一下眼睛，并示意我照做。

尽管这看起来完全莫名其妙，我还是依言闭起一只眼，然后按照他的样子弯起一条腿，用单脚站着。紧接着小S和艾米丽也照做了。

我失去了平衡，摇摇晃晃地盯着D手里的那只松鼠，我揉了揉眼睛，怀疑是自己的视线再次出了问题。因为我看见它突然间像个气球一样鼓起来，然后迅速变大变高，逐渐变化成为一个矮个子长胡子的小妖精。它的脸像松鼠的皮毛一样红彤彤的，上面有一个更红的酒糟圆鼻头，头上戴着尖尖的长帽子，下面是一双完全不合尺寸的、套着靴子的大脚。

我瞠目结舌地看着D，看着对面的小S和艾米丽跟我一样惊讶地睁大了眼睛。我们都看到了松鼠的变化。但是D并没有因此而放开他。他仍旧用一只手紧紧抓着小矮人的衣领，微笑着对我们大家说：

"如你所见，他是一个'诺姆'，也就是我们在寻找的四件事物之一——地精灵。"

38

"你怎么会知道那只松鼠是……嗯，这个'诺姆'变化的？"我惊讶地开口。

"我上一次来这里的时候，和他们打过交道。"D回答我，然后很快补充了一句，"他们非常难缠。"

小矮人仰起脸，皱着眉头看他，"你到底是谁？"他再次发问。

"一位故人。"D回答，"但是这并不重要。重要的是，我们现在需要你的帮助。"

"你想让我做什么？"诺姆问。

"告诉我们那传说中的四样东西到底是什么，以及在哪里可以找到它们。"

"你们现在已经找到了我。"诺姆说，"其他三样当然就是代表风水火的另外三个精灵，只不过它们将会以什么形态出现在你们面前，我可就不知道了。"

"一个四条腿会爬，一个两条腿会飞，还有一个会水的没有腿。"小S适时地重复了头颅的歌谣。

D对他点点头，然后把目光重新落回到诺姆脸上，"所以它们很有可能是一只蜥蜴，一只鸟，还有一条鱼——或者说，'人鱼'。"他说。

"看看，你们现在不是已经很清楚了吗？还需要我做什么呢？"诺姆摊了摊手。

"我们的确知道目标是元素精灵，但却不知道那具体的四样东西是什么。"D叹了口气，"就好比现在，尽管你已经在我的掌握之中，却毫无用处。因为我们并不知道应该从你这里索取什么。"

"如果我把'那件东西'给你，你是否就会放开我？"

"那要看你给我什么东西。"

"你知道你需要的是什么吗？"

"问题就在这里——我不知道。"

"既然你不知道，又不愿意相信我，那我们就只能这么耗下去了。"诺姆再次摊了摊手，摆出一副好整以暇的神色。

"难道你可以被相信吗？"D眯起眼睛，抓住对方的手握得更紧了一点。

"难道你有其他选择吗？"诺姆斜睨着他，吹了吹胡子。

尽管这个矮人无论从相貌还是态度上都非常令人讨厌，但我知道他说的是事实。此刻我们没有任何筹码，我们只能选择相信他。我拉住D的手，对他点了点头。D再次叹了口气，然后不情愿地松开了手。

这是一个完全错误的决定。因为就在诺姆重获自由的那个刹那，当他的脚尖将将碰到地面，他立刻就消失了，像妖精的果核一样遁入土地无迹可寻了。

我抬起头，看到D的脸上青筋暴现，我从来没有见过他这么愤怒。他握紧拳头，牙齿咬得咯咯作响，"我竟然又相信了他们一次！"他咬牙切齿地说。

我意识到他不断提起过去。他说他上次来这里的时候曾经和矮人们打过交道。我不知道那是什么时候，我不知道我那个时候在做什么。事实上，我很怕过去发生的一切，我怕他和我讲述他的过去，告诉我，他和她，还有他的一切过往。我害怕。所以我只是默默握住他的手，我想说点什么来安慰他，但是我根本开不了口。是我促使他再次相信了诺姆的谎言，我背负着很大的责任。

我们唯一的线索——妖精的果核没有了，变成松鼠的诺姆偷走了它。而现在诺姆也逃走了。好不容易拾起的头绪再次断裂，我感觉绝望而无助。我靠着一棵树，把头埋在手心里，不知道下一步该怎么做。

在诺姆消失之后，森林里重新恢复了沉寂，虽然在这里完全看不到时间的流逝，但我感觉光线似乎更暗了一点，周围也更加安静，连头顶树叶沙沙作响的声音都变得弱不可闻，似乎整座森林都陷入了沉睡。

"你们看那边！"是小S率先打破了寂静，他指向森林深处。

　　顺着他的手指，我抬起头，看到森林深处似乎有什么东西在闪烁。隐隐有喧闹的声音夹杂在微凉的风里送过来，就好像是一个聚集了很多人的大集会。

　　"我们要不要过去看看？"小S立刻开口，他的声音充满急切。

　　我转过头看D，用眼光询问他，但是他不置可否。所以我只好咳嗽了一声，重复了这个显而易见的问题："你说我们要过去吗？"

　　D耸了耸肩表示默认。小S欢呼一声，率先跑在了前面。一直和他在一起的艾米丽此刻却有些犹豫，她战战兢兢地跟在我身后。我们四个人走向了森林深处。

　　我再次看到了小妖精。只是这一次，他们并非在森林中央的空地上围着圈子跳舞。因为森林中央不只是一片空地。

　　这里是一座城市。

　　我看到无数窄小的街道和歪歪扭扭的小房子，草丛里闪烁的灯火，还有糊着叶子的小窗户里透出来的亮光。空气里飘浮着醉人的酒香和花香，小妖精们捧着瓦罐和花瓣做成的杯子碟子，三五成群，叽叽咕咕地躺倒在草地里打着滚。

　　"太神奇了！"小S眨眨眼睛，他的爱尔兰血统被彻底唤醒了，他弯腰捡起地上被小妖精刚刚扔掉的一只酒杯，把头凑过去，深深地吸了一口气，"我竟然见到了传说中的妖精！"

　　"你最好不要碰他们的东西。"D突然开口，有意无意，瞟了我一眼。

　　我转开了眼睛。

　　小S松开手，酒杯掉在地上之后立刻变回了叶子。小S吐了吐舌头，但显然并没有被吓住。他兴致盎然地盯着远处一座灯火闪烁的小房子——它只有花园里工具棚的大小，但已经是这里最大的一座建筑了，看上去就好像是一个酒馆的模样。他问我们：

"我们下一步做什么？"

我扭头去看D，但是他仍然没有表态。我不知道他是生我的气还是生他自己的气，总之，在失手放走那个诺姆之后，他似乎主动放弃了领路人的角色。所以我只好顺着小S的意思，我说："既然我们已经来到了这里，总不能绕道而行。"

小S开心得要命。我记起来当初我和他在一起的时候，我从来没有听过他的话。我觉得他只不过天生有个好头脑，善于学习（尤其是论文），但生活上却乏味而幼稚。我从来没有顺从过他的任何一次决定。很显然，这就是他后来选择艾米丽的原因，因为后者根本不会拒绝他。但是现在，当我们身处另外一个世界，似乎一切都变了。

我愈发觉得，和绑手缚脚的D相比，小S竟然表现得更加勇敢。他的每一次意愿和决定似乎都合上了我的节拍。只是一贯唯他马首是瞻的艾米丽，此刻因为周围陌生的环境同样变得畏缩起来，不敢迈出一步。当然，这对一个普通人来说，是再正常不过的事情了。所以我握紧了她的手，安慰她，给她勇气，然后拉着她，跟在小S身后迈入了妖精的酒馆。

39

室内并没有我想象的那么拥挤，但地方并不大。我是说，当我们四个人走进去之后，这里就再也容不下任何一个多余的人了。

D是我们四个人之中身高最高的，当他最后一个低头走进酒馆两扇低矮的大门，站直身体，他的头几乎撞到了天花板。因为这里一切都比所谓的"正常尺寸"小了一号。我们面前是像茶几一样高度的橡木桌子，旁边配套的小椅子看起来就像小孩子过家家的玩具。

但是这里没有小孩子。

这里只有长着胡子的矮人还有略高一点的小妖精，他们勾肩搭背，聚集在酒馆中央的一张大橡木桌子四周，看着上面两只颜色鲜艳的大公鸡，正斗得难分难舍。小妖精嘴里呼喝着，矮人跳着脚大叫，还有的干脆跳上桌子去扯公鸡尾巴的毛。房梁上还挂着几个小妖精，像荡秋千一样在空中飞来飞去，酒杯里的酒泼了下面的人一身。下面的小妖精立刻跳起来大骂，几个人把荡秋千的妖精揪下来，然后扭打成一团，从桌子上滚到地上，再撞倒了一大片椅子，小妖精大声呼号，围观的矮人们立刻拍手叫起好来。

这一群人喝得醉醺醺的，正在纵情狂欢，直到他们发现了我们。吧台里的酒侍，以及酒馆里所有的顾客，排队等待买酒的，围着桌子看大公鸡打架的，还有一大群聚众闹事的，他们全部在同一时间闭上嘴巴，停下了手里的活儿，眼睛齐刷刷地扫向我们这些不速之客。

酒馆里只有两只公鸡还在咯咯叫。一只小妖精伸手抓住它们的脖子，于是公鸡也不叫了。

四下里一片寂静。

"咳咳……你们好。"小S清了清嗓子。小妖精们面面相觑。

"我们路过这里……"他的下一句话没能说完。因为酒馆里的喧闹突然恢复了。我是说，斗鸡的仍然在斗鸡，喝酒的仍然在喝酒，打架的也恢复了刚刚的动作。就好像整个酒馆刚刚只是被按下了"暂停"键，现在则继续"播放"同样的狂欢场景。小妖精们回过头去，各自在干各自的事情，没有一个人再盯着我们看了。

我们就好像空气一样被完全忽略了。

但是其实并非如此。虽然小S他们听不到，但是我可以听到，斗鸡的人群中隐隐传来两个很小很小的声音。

一个说："他们是什么人？为什么能看到我们？"

另一个回答他说："谁知道？反正我们只要装看不到他们就好了。"

于是酒馆里的妖精们继续装模作样地狂欢，呼喝吵闹的声音也更为高亢。直到人群里有一个小妖精越众而出，直接走到我面前。妖精们为他打开了一条路，有几个小妖精忍不住停下来偷偷看他，还有我们这一群人，想知道到底发生了什么。

这个小妖精长着一张毛茸茸的猫脸，两撇胡子骄傲地翘起来，说话的声音好像猫打呼噜。他轻巧地走到我面前，摘下那个破破烂烂的礼帽，夸张地鞠躬行了一礼，他对我说：

"人类的小姑娘，我相信你是来归还果核的。这种行为值得嘉奖。"

我眯起眼睛看他，但是小妖精的表情严肃而庄重，没有半点玩笑的成分。我皱起眉头。

"你差点毒死我！"我对他说。

"是你自愿挑选了我们的水果。"猫脸妖精认真地说，"我没有任何责任。"

"是你逼我选的！"我不自主地提高了声音，附近的几个妖精立刻转过了眼睛看我。

"但还是你自己选的，不是吗？"猫脸妖精慵懒地舔了舔爪子，然后伸开五个锐利的爪尖，一直伸到我面前。"把果核还给我吧。"他说。

"果核不在我这里。"我说。

猫脸妖精歪过头，他打了个呼噜。更多的小妖精凑了上来，他们像刚才围着橡木桌子看斗鸡那样把我们里三层外三层围得水泄不通。我们没有退路了。

"我们真的没有果核。"小S突然开口，"在我们来这里的路上，一个变成松鼠的矮人抢走了它。"

猫脸妖精再次舔了舔爪子，他的目光变得狡黠而冷酷。我咽下口水，我几乎可以预料到，只要他接下来一声令下，这群小妖精就会立刻冲上来把我们乱刃分尸。呃，分尸也许言过其实，但下场会很悲惨是肯定的。我不由后退了一步，我希望可以靠在D身上，因为他总会给予我力量。但是当我后退一步，却踩到了艾米丽的脚。

"啊——"艾米丽大叫一声。我几乎跳了起来。

但她并非是因为疼。因为下一秒，她伸手指着人群中一个方向大喊："就是那个矮家伙！他抢了我们的果核！"

我一个激灵，冲那个方向看过去，果然看到了那个欺骗我们的诺姆。他本来碰巧躲在酒馆里喝酒，当我们被人群包围的时候，他正打算偷偷离开，却被眼尖的艾米丽逮个正着。

"抓住他！"我指着他大叫。

人群中出现了明显的骚动。醉醺醺的妖精们互相踩到了脚，他们互相大声咒骂，这个扯那个的头发，那个揪这个的胡子，所有的人都开始大打出手。包围圈裂开了一道口子。

"就是现在！快！"一个人猛地推了我一把，我向前跌出去，然后被这个人一把拽起来冲出大门。周围全是混乱的人声、尖叫，公鸡的打鸣声还有莫名其妙的吹管音乐，我的脑子嗡嗡作响，后来似乎在冲撞中不小心碰到了头。接下来我浑浑噩噩，不知道过了多久，直到清冷的夜风让我逐渐恢复了意识。

我看到D，还有小S和艾米丽，他们三个人并排站在我面前，小S和艾米丽正喘得上气不接下气，D则死死盯着近在咫尺的一棵树，我揉揉眼睛，看到树上正绑着那个偷东西的矮人。

"是弗拉德带我们出来的。"艾米丽唧唧喳喳地开口，"他跑得可真快，一手抓着你，一手抓着那个家伙，我们还是跟不上他。"

　　我咽下口水，想说"谢谢"，但是D根本没有在看我。他死死盯着树上那个正在簌簌发抖的诺姆，好像生怕他再次逃脱似的。

　　"你，你是……"诺姆舌头打结，他似乎想说什么，但是被对方拦住了。

　　"我们只想要'那件东西'，仅此而已。"D对他说。

　　"但你怎么会和……他们，在一起？"诺姆发着抖，但还是瞟了我们一眼。

　　"他们是我的朋友。"D简单开口，"轮到你了，'那件东西'到底是什么？"

　　"我不能说。"诺姆战战兢兢地回答他。

　　D看着他。诺姆吞了吞口水，过了半晌，好像下了很大决心一样告诉我们："我真的不能说。"然后他舔舔嘴唇补充了一句，"但是我可以写出来。"

　　D仍然看着他。

　　"我这次绝对不会逃走，我保证。"诺姆急切地说，"我真是瞎了眼，如果我知道你是……"

　　"那就行了。"D打断了他的话。

　　小S上前解开了绳子，诺姆点头哈腰地走开，在不远处的草丛里折腾了半天，找出一个小小的卷轴，又从另一个草丛里捡出了支类似笔一样的东西，然后趴在地上鼓捣起来。

　　"他怎么会把纸和笔藏在这里？又是一个圈套吗？"当他做这一切的时候，艾米丽不解地小声询问。

　　"我觉得这些矮人可能有某种操纵土地的能力，会把一个地方的东西悄没声息地挪到另一个地方。"小S看了D一眼，但是对方不置可否。小S清了清嗓子，补充说："所以我们永远也找不到他们藏起来的东西。"

"哇，你真是聪明呢！"艾米丽欢呼一声，若有所思地点点头。

"他们不是'地精灵'吗？总得有点特殊能力才是。"小S不好意思地挠挠脑袋，"其实在我小时候，我总觉得松鼠会这么做。"说到这里他又看了我一眼，但是我也没有回答他。

我在看D。我在想D没有让诺姆说出的话是什么。

诺姆到底在害怕什么？吸血鬼？但是这个答案也太可笑了。吸血鬼虽然对人类来说不寻常，但这里毕竟是一个恶魔和精灵的世界。D说他以前来过这里。他说那是很久很久以前的事情了。但那到底是什么时候？那个时候他是什么人？难道诺姆是在害怕那个时候的他吗？

我感觉悲哀，因为我再一次深刻地发现，我竟然对他的过去一无所知。不是指他感情的那个方面，因为感情并不能代表整个人生。我是说，他在没有遇到我之前，或者在遇到我之后，发生的所有事情。

我很想了解他的全部。只是我不知道，他会不会给我这个机会。

40

诺姆写完之后，把小卷轴重新卷起来系好，珍而重之地交给D。

但是D并没有接。他冲我努了下嘴。

小矮人毫不信任地看了我一眼，又回头看了看D，犹豫了片刻，但最终还是把卷轴交给了我。

"到最后关头才可以打开。"他再次带着不相信的眼光叮嘱我。

他不相信我，但我更不相信他。我皱着眉头接过卷轴，装进我的袋子里，和D之前给我的面具放在一起。我深度怀疑它是否真的会有用。不只是这个小卷轴，还有那个面具。

"那，还有什么我可以为诸位效劳的？"此刻诺姆完全转变了态度，他握着双手，眼巴巴地望着D，就好像面对一位君临天下的国王。

"我们需要你为我们指明方向。"D清晰地开口，"如何去寻找另外三位精灵。"

"这里是土精灵的领域，我们一般称呼它为'喜乐原野'。"诺姆立刻回答，"水精灵居住在'波涛下的国度'，风精灵则居住在'常青之国'。"

"你有地图吗？"艾米丽突然插嘴问道。

对方满脸惊异地看着她，那样子就好像是听到了世上最不可思议的话。

"没有地图让我们怎么找？"艾米丽嘟起唇，继续不满地嘟囔。

诺姆的嘴巴张得更大了。

"我觉得……"小S沉吟了片刻，他说，"这里可能是没有地图的。"

"怎么可能没有地图？"艾米丽莫名其妙地开口，"地球是圆的，一样可以用平面来表示。"

"问题就在这里，"小S搔搔脑袋，"这里可能并不是圆的。"

"不是圆的难道是方的？"艾米丽皱起眉头。

"有可能，但也可能完全没有形状。"小S又看了D一眼，似乎在寻求对方的认可，"你忘记了。"他说，"其实这里所有的地方都以不同的'门户'相连，完全省却了中间的距离，就好像我们可以从旅店的一个窗口直接进入平原和森林。对了，这些'门户'的作用就好像威尼斯的桥梁一样。"

我心中一动，威尼斯的比喻绝佳。地图在威尼斯并不实用，没有人会在威尼斯使用地图。因为那里所有的道路都是用桥梁来连接的，没有一张地图可以把这一切全部表现出来 。"雾就是桥。"我想起头颅的话。不知何故，此刻我突然莫名其妙地有些想念它。

"没错。"这时候D终于开口，"我们之前在威尼斯相遇是有原因的。威尼斯建立在沙土之上，它曾是世上最辉煌强大的共和国，地域环境独一无二，本身即具有非凡的魅力。就比如说，我们世间所有的城市全部大同小异，但威尼斯不同于任何一座城市。它的奇妙之处只能够在另一个世界里找到共鸣。"

我突然想到，当D之前为我解释面具的作用的时候，他提到了狂欢节。那间"世上唯一的"面具店就位于威尼斯。制作面具的马里奥先生当然也是威尼斯人。一切起源于威尼斯。这座古老而美丽的水城，到底还埋藏着多少我所不知道的秘密？

当我这样想着的时候，小S突然发问："你的意思是说，威尼斯算是一个连接我们的世界和魔界之间的'中转站'吗？"

"我什么都没说。"D摇了摇头，露出一抹讳莫如深的笑容。

"对了，你刚刚只是说到水精灵和风精灵，还有一个火精灵呢，他住在哪里？"艾米丽好像想起了什么，她直接避过了威尼斯（也许她根本就没听到D的话或者是没听懂），只是念念不忘地追问小矮人之前的那个问题。

"我不知道。"诺姆犹犹豫豫地说。

"骗人！你怎么可能不知道？"艾米丽提高了声音。

"我没有骗你们。"诺姆揉了揉自己红红的鼻头，理直气壮地重复，"我是真的不知道。"我们四个人四双眼睛齐刷刷望向小矮人，只听到他说，"我从来没有见过他。我也不知道他住在哪里。我没有去过原野、波涛还有天空之外的国度。我甚至不知道他是否存在。"

"世间万物俱由四元素组成，火精灵必须存在。"D说。

"理论上是这样没错。"诺姆同意地点点头，"但是我真的从来没有见过他，或是来自火族的任何一位精灵。如果他们存在的话，也是住在一个对我们来说'看不见的国度'里。"他擤了一把鼻涕，耸了耸窄小的肩膀，可怜兮兮地看着我们。

"那么就你知道的两位，是水精灵离我们比较近呢，还是风精灵？"艾米丽再一次抢先发问。

诺姆也再一次瞪大了眼睛看着她。

"她的意思是说，我们从这里去哪一个地方比较方便。"小S赶紧打圆场。

"当然是'波涛下的国度'。"小矮人明白了，他伸手往前方一指，"喏，往前走出这片森林就是。"

"这么近？"艾米丽脸上露出喜色。

诺姆盯着她。

"她的意思其实是……"小S刚开口就被诺姆打断。

"算了，我陪你们走过去好了。"小矮人深深地叹了口气，露出一个悲天悯人的表情。当然，这个表情主要是针对艾米丽的。

"那就麻烦你了。"D说。

"哪里哪里，能为像您这样的大人物献上一份微薄之力，是我们地族精灵的荣幸。"诺姆立刻换了表情，他谦卑地开口，对我们夸张地鞠了一躬，然后率先迈步走出森林。

小S立刻就跟了上去，D拉着我的手走在后面。

夜晚的水汽更重了，像极了我们在威尼斯的那一夜，只是周围并没有那么暗。这里没有一盏灯，头顶也没有月亮或者任何星星，只是厚重的积雨云，层层叠叠，筛下一点点不知道从何而来的微光，隐隐约约地照耀着脚下一望无际的森林和原野。

林间飘浮着几缕若有若无的白雾，像柔软的云朵一样在我们身畔徘徊。然后雾气愈浓。我一步步小心踩上脚下湿滑的草地，头顶滴答一响，我抬起头，看到有水珠正从湿漉漉的树叶上滴下来。但当我改变焦距收回视线，似乎就在眨眼之间，周围所有景物瞬时虚化成一片不透明的洁白。眼前白雾弥漫，我几乎分辨不出同行人的身影，只能看到面前咫尺之地，D的裤脚浸透了污泥，上面和我一样沾满了草叶和青苔。

"这里就是森林的边界，我不能再往前走了。"我听到雾气中模模糊糊传来诺姆的声音。但是我却看不到他。我也看不到小S和艾米丽。

所幸我可以听到他们。我听到左前方一个加快了的呼吸频率，带着明显的激动和迫不及待，那一定是渴望发现新事物的小S；而他身边那个紧张不安、犹犹豫豫的呼吸声肯定来自一直在担惊受怕的艾米丽。D并没有呼吸，但是我却可以感受到他，因为他就在我身边，他站在离我最近的位置上握着我的手。

"这就是你们的船。"浓雾深处，看不见的小矮人继续说道，"千万不要在水面上停留，一刻都不要停，一直划到湖水的正中心，在那里你们将会发现水精灵温蒂妮。祝你们好运。"

41

我看到了那艘船。它孤零零地悬挂在半空中，就好像一张白布幡子，带着某种不祥的气韵，在白茫茫的雾气里轻轻地飘浮。

我看不到船下的湖水，我也看不到远方的景色。周围一切都是雾。

船上有两支篙子。D拿起了一支，小S拿起了另一支。

经过威尼斯那一夜，我知道D绝对可以胜任船夫的角色，但是小S？我有点不确定。

"我在密西西比河畔长大。"小S说，"相信我。"浓雾中我看不见他的表情，我不知道他说给谁听。但是他的声音非常肯定。

湖面上风平浪静。除了汩汩的水声，周围听不到任何声音。这再次让我想起了威尼斯的贡多拉，想起就在前几天，我们几个人坐船经过叹息桥时候的场景。但现在这艘船却比窄小的贡多拉还要小很多。

因为这是一艘小矮人的船。我和艾米丽勉强挤在中间坐着，D持篙站在船头，小S持篙站在船尾，因为距离非常近，我可以清晰地看到他们的鞋子和裤脚，但腰以上的部位，还是完全隐藏在云朵般的白雾里去了。

我端详着坐在身边的艾米丽。很显然，和她的男友相比，这可怜的姑娘完全没有对方接受新事物的热情和旺盛的求知欲，她似乎被周围接二连三发生的怪事给吓坏了。尽管她受我们影响，想努力装出不怕的样子，但是她的姿态早就已经出卖了她。艾米丽紧紧挨着我坐在我身边，她瞪着一对大眼睛，不停地往四下张望，但是什么也看不到。

这里除了雾气之外什么也没有。小船轻飘飘地驶出水面，船身微微摇晃，我们就好像躺在封闭摇篮里的小婴儿，对外界发生的一切无知无觉。

"这湖里……会有水怪吗？"艾米丽突然很紧张地攥起了我的手，小声发问。

"没有的。"我拍拍她的小手安慰她。

"你怎么知道？"她仍旧很紧张。

"我觉得这里就好像是阿瓦隆的仙境，仙境里不会有水怪。"我随口敷衍她。

"阿瓦隆是什么？"她立即追问。

我开始后悔，用阿瓦隆作比喻也许并不是个好主意。因为大多数美国人不会熟悉亚瑟王的传说。我正打算收回自己的话，告诉她一个更形象，或许对她来说更好理解的比喻，身后撑船的小S突然说话了。

"阿瓦隆是亚瑟王传说中的精灵国度，四周围绕着沼泽和迷雾，像我们现在一样，只能通过小船抵达。"他在我的惊讶中开口，"它由精灵守护，岛上没有时间和岁月，是一个永恒之地。传闻亚瑟战败之后长眠于阿瓦隆。"

"为什么你们都知道得那么多！"艾米丽撅起嘴唇。

"因为我家祖上……"

小S话没说完就被艾米丽直接打断，"我又不是说你！"

我心里咯噔一下，我就知道她最终会针对我。但现在并不是争风吃醋的时候，何况D也在这里。多一事不如少一事，我吞了吞口水，轻轻抽回自己的手指，什么都没说。

但是下一秒，艾米丽突然紧紧抓住了我缩回去的手。我讶异地回过头，她刚好同时也转过头看着我。她的眼睛睁得老大，里面写满了莫可名状的恐惧。

"你看到了吗？"她急切地问。

"看到什么？"

"那边，就在那个方向，有什么东西……"艾米丽紧紧抓住了我的胳膊，全身簌簌发抖，"上帝啊，那一定是水怪！"

我依言转过头，看着她所指的方向，但是那里除了一片白雾之外什么都没有。潺潺水声之上，周围是死一样的寂静。

"你们看到了什么吗？"我抬起头，问那两个半身隐藏在云雾里的家伙。

但是他们还没来得及回答我，艾米丽突然再次尖叫起来。

"在那边，就在那边！！"她指着一个方向撕心裂肺地大喊。小S放下船篙，他蹲下身，迅速和我交换了一个眼色。

艾米丽并没有无事生非。

我们都看到了，在船尾的方向，突然闪过一道光。

然后又是一道。

好像是闪电，却又没有那么亮。何况这里本是一片风平浪静，头顶并没有雷声，甚至连风声都没有。我们只是看到一道彩虹一样的颜色，像锐利的贝壳边缘刹那间擦过空气，然后哗的一声轻响没入水面消失。

我们不知道那是什么。唯一可以确定的是，它距离我们只有咫尺之遥。

它在水里。

我们警觉地四下观望，但再也看不见什么。周围仍是茫茫的白雾，像一张逃脱不开的网，把天地万物网罗其中。包括这条小船。包括船上的我们。

我听到水声。小S已经放下船篙，D也持篙不动。周围不应该存在任何水声。但是我却听到了水声，清晰的划水的声音，仿佛有什么东西正在水里游动。我紧紧抓住一侧船舷，俯身看水面，但是我什么都看不见。我们的小船在湖水中摇摇晃晃。

下一秒，一股巨大的力量突然从船底直推上来，把小船高高举出水面。我甚至还没有来得及恐惧，全身一凉，我已身在水中！

船翻了。

我并非不通水性。我拼命挣扎，我想只要自己持续往上游，很快就能够浮出水面。但是无论我怎么努力，也无法更改下沉的命运。这里的水似乎没有浮力。我就好像一个实心的铁锤，只是不停地沉下去，沉下去。

巨大的压力从头顶逼压下来，我喘不过气来了，忍不住张开嘴，大串大串的气泡从我嘴里喷涌而出，模糊了视线。水里的一切都在气泡中扭曲、变形。我看到一个黑影向我的方向游过来。

我本以为他是D，像以往每一次那样，来拯救我，保护我。但那并不是一个人。

彩虹般的色泽再一次清晰地划过水波，我看到贝壳一样巨大的鳞片和我擦身而过，留下柔滑细腻的触感，就好像是漂浮在水中的一卷艳丽的丝绸。

我确定那是一条鱼。

只是我从未见过那么大的鱼。它的体积甚至让我觉得它似乎不是一条鱼，而是一个人。

一个男人。

42

一束强光打在我的眼皮上。我被迫睁开眼睛。

光线太强了，我本能地想伸手挡住光，但我的手竟然举不起来。我听到铁链锒铛作响，意识到自己双手已经被牢牢铐住。我拼命眨眼，我想让自己的双眼尽快熟悉这里的光线，我急于知道到底发生了什么。

我首先看到的就是水。漫无边际的水面荡漾涟漪，映出粼粼波光，宛如艳阳下的亚得里亚海——这让我几乎以为自己再次回到了威尼斯。但这一次，整个海面却在我的头顶上。我的脚下是坚实的大地，而天空则变成了碧绿的汪洋。

我最开始以为自己是在水下，但立即就否定了这个想法，因为我仍然呼吸自如。然后我很快意识到，自己确实是在水下。我周围要么是一个巨大的气泡，要么是湖底凝结而成的一整块空心翡翠堆砌的陆地。

不管怎么样，二者的共同点就是：我知道自己目前还是安全的。这就足够了。我挣扎着坐起来，开始寻找我的同伴。

艾米丽和小S还没有苏醒，我看到D，站在离我不远的地方，双手戴着和我一样的镣铐。很显然，他并不太习惯这里的强光，但这并不是日光，伤害不了他（我注意到其实整个魔域空间都没有日光，这对吸血鬼们来说不啻一件好事）。

他的头发还没有完全干，他的衣服和我一样千疮百孔，布满了泥泞和不知道哪里来的污渍，但是他的表情平和自然，就好像他仍是那个尊贵优雅的伯爵，随意邀请我去丽兹酒店用餐。看到我的时候，他眯着眼睛对我点了下头，露出一个微笑。显然他并非为自己暂时受缚而感到担忧，更没有恐慌，反而表现出一种几乎可以被认为是开心的姿态，仿佛对自己现在的状况满意非凡。

这并不令人费解。稍微动了下脑子，我就明白了。

D是在这里，一言不发地向我确认了一个事实：我们已经成功地进入了"波涛下的国度"。这里就是风土水火四元素中"水"的世界。

我们将在这里找到我们的下一个目标——水精灵温蒂妮。

但是我却没有看到"人鱼"。我是说，希腊神话中的"海妖塞壬"，上身是标致的少女，下身是巨大的鱼尾，用美丽的歌喉诱惑着海上的水手。

这里并没有这样的"人鱼"，一条都没有。

一个人逆光向我走过来。一个身材高大、四肢修长有力的男人，他背着动荡的强光向我走过来，灿烂的光线给他结实的身体镶上了一层斑驳的金边，使得他整个人都在闪闪发光，就如同供奉在神龛中的一位高高在上的神祇。

来人披着及地的长斗篷，露出的肩膀和下半身覆盖着一片片贝壳状的铠甲，上面闪烁着淡彩虹颜色的光。他伸出手把我拉起来。

他站在我面前，整个人如同天神一般熠熠生辉，但是他的手却又湿又滑，当我抓住他的手，就好像握住了一尾鱼。

我记起来了，他就是那个在水中与我擦身而过的男人。那条大鱼。或者说——**男性人鱼**。但是他的下半身却没有尾巴，在陆地上，他用一对人类的双腿站在我面前。

就是他弄翻了我们的船，随后把我们抓来这里。

他是这里的守卫，而我们都是他的俘虏。

小S和艾米丽相继醒来。看到眼前的景象，小S聪明地不发一言，而艾米丽却似乎被吓呆了，她愣愣地站在角落里，罕见地安静，而这正是我们所需要的。

那个守卫和另外几个同样装扮的士兵押送我们走上码头的台阶，离开了原先所在的洼地。平台上愈加耀眼的光线刺得我睁不开眼睛。当我的视觉逐渐恢复，我仿若走进了一个古罗马的城邦。

整座城市干净得仿佛被水洗过，遍地都是白色鹅卵石铺成的街道，雄伟的建筑是用白色大理石和金黄色的砂岩搭建而成。如果不是我面前有一辆带着木头笼子的马车，适时地提醒我目前阶下囚的身份，我几乎忍不住要驻足欣赏起这座水下城市的美景了。

这是一辆"马"车没错。拉车的马是白马，身上每一寸皮肤都覆盖着骨板一样的铠甲。它耳后有鳍，拥有马的四肢，尾巴却是像海马的尾巴那样向内卷曲起来。

几个士兵押送我们走上这辆"马"车，然后锁上笼子的门。

但是车里不止我们四个。

在我们进来之前，这里已经关着五六个人。说是"人"，其实并不完全准确。因为他们大体长着人类的四肢，但是有的像山羊，有的像狐狸，他们的样子看起来和之前的小妖精有点相似，但却穷苦得多。没有什么人有件像样的衣裳，他们佝偻着瘦弱的身体，每个人看起来都面黄肌瘦，他们的个子都很小。

我们被送上马车的时候，这些人怕光似的躲在角落里，畏畏缩缩，没有一个人敢抬头。当马车开始发动，他们中的一个突然仰天哭号起来。他的声音尖细，念诵着一些无法辨别的字眼。我不知道他在说什么。

然后另一个人也开始号叫。更夸张的是，他用戴着镣铐的双手紧紧抓住木头笼子，用头狠命地撞那些坚硬的栏杆。血马上就出来了。几下之后，干净的栏杆上血迹斑斑，沿着马车前进的轨迹一路洒在洁白的鹅卵石大街上，触目惊心。我紧张地后退一步，同时，我身后的艾米丽看到这一切后开始尖叫。

我听到小S在低声安慰她。我和D交换了一个眼神，他对我摇了摇头。

片刻之后，我面前这个可怜的囚犯已经撞得头破血流，他软软地瘫倒在笼子里，再也没有力气站起来了。而从始至终，跟在马车旁边的守卫不发一言，似乎对这种事情司空见惯。

我不知道发生了什么。我后退一步靠在D身上，警惕地看着四周。

我们周围仍是一尘不染的城市和美丽的街景，群山环绕，我看到无数的喷泉从山腰流下，水声哗哗，汇入城内密布的运河和水道；我看到远近一座座高耸的罗马式钟楼，带鱼尾和卷叶雕饰的巨大喷水池和铺满鲜花的广场。但这一切再也无法让我的心情转好。我内心充满了惶恐与不安，我不知道我们要被带去哪里。我不知道等待我们的将会是什么。

马车愈发颠簸，似乎走上了盘山路。我隐约看到面前一扇巨大的城门，但我看不清周围的建筑。我只看到了一堵没有边际的巨大的墙，弧形的墙。

光线一暗，马车驶过城门。

当眼前再次亮起来的时候，沉闷的号角声音震颤大地，我听到四周震耳欲聋的欢呼和喧闹。我眯起眼睛，看着我面前的一切。

这里是一片无比开阔的场地。我看到成千上万的观众，锦衣华服，他们围着圈子高高坐在观众席上，面对下面发生的一切呐喊助威。下面发生的一切，流血还有屠杀。

这是一座古罗马式的圆形竞技场。

而我们，显而易见，将是取悦他们的戏码，砧板上等待屠宰的羔羊。

更多的马车从四面八方驶入圆形竞技场。笼子里面装着和我们一样铐着双手的囚犯。但是他们大部分都好像我们车上的那些人，神志昏迷，个头瘦弱而矮小。他们就好像一群发育不良的低等小妖精，困在笼子里尖声号叫，为自己悲惨的命运作最后的哀鸣。

"这就是你所期待的阿瓦隆仙境。"D看了我一眼。

我吞了吞口水，还没来得及说话，不远处突然尖叫着跑出一只小妖精，是刚刚从隔壁马车上被赶下来的。他撕心裂肺地尖叫着，试图逃跑。但是几步之外，一个守卫立即掷出长矛。长矛戳中了奔跑着的小妖精，把他整个纤弱的身体撞飞出去，然后像穿在叉子上的肉块那样斜斜地插在了沙子里。鲜血飙出很远，有一些甚至溅上了后面的观众席。

观众席上瞬间爆出一阵雷鸣般的欢呼。人们激动起来，有些甚至直接掷出随身携带的匕首、钱币或者石子和各种硬物，拼命掷向场地内的囚犯们。戴着镣铐的囚犯们四散奔逃，有些跑得慢的，被士兵直接用长矛戳中，鲜血迸流，于是围观群众就愈显欢腾。

竞技场中心竖立着无数高耸的细木桩子，顶端锋利如针。那些还没有死透的小妖精，就被士兵抓起来一个个戳在木头桩子上。他们在那里痛苦地尖叫，孱弱的身体拼命地扭动，四肢在空中乱舞，然后逐渐减缓频率，最后打个挺眼珠翻白，就这样生生地死去了。他们死去很久后，血仍然顺着木桩流下来，然后缓慢地，缓慢地，浸透下面干涸的沙地。

我倒抽了一口凉气，艾米丽则再次恐惧地尖叫起来。D眼疾手快，在她引起注意之前迅速捂住了她的嘴。

就在这时，一个士兵走近我们所在的马车。车内的小妖精们开始没命地哀号。

紧接着，木头笼子的门被打开了。

我们一个接一个，跌跌撞撞地走下马车，踏上竞技场充满血色的细沙之中。脚下触感柔软，但大片大片的深色污渍证明有人不久前刚刚在这里死去。就好像木桩下面的沙地，这里一大片沙子被同样染成了紫色。我再一次咽下口水，努力让自己混乱的大脑保持镇静。

"现在我们该怎么办？"我小声发问。

"不要离开我身边。"D简单地回答我，"努力让自己活下去。"

我们手上的镣铐被打开了。一个人鱼士兵向我们身后一指。我纳闷地回过头，看到身后的沙地上随意戳着一些简易的武器，大多是一些很钝的刀剑之类，我有点疑惑。

"难道他们不打算杀掉我们？"我皱着眉头问D。

"他们当然打算杀掉我们。但这是一个好战的种族，他们希望看到竞技场上的搏斗。"D回答我，"拿上你的武器，不要离开我身边。"

"渺茫的希望总是要比完全的绝望更加令人恐惧。"小S在旁边悠悠地补充了一句。

D看了他一眼，"不要离开我身边。"他再一次强调。

他取了一柄剑。武器堆里那柄最大、最重的剑，但在他的手里却轻若鸿毛。我在梦境中看过他用剑，在沙漠中为我们抵抗群蛇的攻击。但那毕竟只是一个梦境。我不知道他是否真的精于此道——但就算他真是世上第一流的剑士，他也无法同时保护我们三个人。

小S说得没错，其实零星的希望比绝望更加令人恐惧，因为当这一丁点儿的希望慢慢被消磨干净之后，剩下的就只有更彻底的死亡。

万劫不复的死亡。

耀眼的光线之下，竞技场低沉的号角再一次被吹响，观众席上传来的喧嚣撼天动地。欢呼声震得我的脑子嗡嗡作响，我举着一把短刀愚蠢地站在沙地上，站在D身边。光芒刺痛了我的眼睛，我听到艾米丽失音的尖叫，听到小S的嘶喊，还有耳畔刀剑带起的风声，但是我什么都看不见。随风扬起一片金色的沙砾，像一层柔软的面纱，瞬间覆盖了整个世界，覆盖了竞技场上所有的血腥和杀戮。我听到有人在我身边奔跑的声音，我看到人鱼士兵身上贝壳状的铠甲闪闪发亮，耳边一凉，一支箭，紧贴着我的脸颊飞了过去。我擦了下脸，看到自己手背上的血，脚下沙地飘落几缕长发。

"奥黛尔！"我听到一个熟悉的声音对着我的耳朵大叫，"跟在我身边！"

我一惊，回头。灿烂的水波动荡，我看到那个人站在一片遍布杀戮的修罗场，手持重剑，威风凛凛，君临天下。他的头发全乱了，他的衣服七零八落，他拄剑而立浴血而战，为他而战，为我而战。他的肩膀受伤了，左肩处深深插着两支箭。那两枚箭簇带着鱼尾的标志，和刚刚划伤我面颊的那支箭一模一样。

我惊叫出声，他却直接伸手握住那两枚箭簇，然后狠狠一拔！鲜血飙出很远，他的肩膀登时血肉模糊，但他却连眉头都没有皱一下。他没有时间。他挥剑挡住从侧面向我刺来的长矛，再次冲我大喊："集中精力！跟紧我！"

我深深吸了一口气，紧紧跟在他的身边。我看到与我们一同前来的那几个小妖精，早已经尸横遍野，而小S和艾米丽同样浑身是血，他们背靠背站在我们身边，手上是已经被砍成两截的钝剑，眼看就要支撑不住了。

另一个人鱼士兵突然对我们发动了偷袭。小S挥手想架开对方的刀，但是他受伤的手臂力有未逮。这些士兵的力气太大了，他们每个人都像古罗马武士一样骁勇善战，他们每个人都高出我们很多。眼看着刀刃几乎落在他头顶上，D冲过来，毫不犹豫，一剑砍断了对方握刀的手，长刀噗的一声擦着小S的脖颈遁入旁边的沙地，他眨眨眼睛，惊魂未定。紧接着D再补上一剑，对方士兵身首异处。

我不知道这是他杀掉的第几个人鱼士兵。围观群众爆出一波又一波的呼号，这个种族所有血腥好斗的情绪全部被激发出来，他们亢奋地摇旗呐喊，不只是为人鱼士兵，也是为D。他们希望看到杀戮和流血，他们希望看到最精彩的打斗，看着这个勇猛的异族剑士，如何愚蠢地牺牲自己妄图保护的同伴的安危。

我仰脸看着他，浑身浴血，站在竞技场最耀眼的光芒之下，宛如地狱来的黑暗骑士，宛若金光灿灿的战神。

突然号角再次被吹响。

此刻除了我们几个之外，场上已经没有一个活着的囚徒，号角声响，剩下的几个人鱼士兵立刻停止了厮杀。他们把死者的尸体迅速拖出场地，然后，整个竞技场内就只剩下了我们四个人。

不容我仔细思考到底发生了什么，因为结果立刻就揭晓了。

退下的人鱼士兵让出了一条路，在震耳欲聋的欢呼声中，先前俘虏我们的那个守卫越众而出。

他个头极高，身姿修长，肌肉如铁，刀削般的面孔异常俊美，皮肤是健康的橄榄色。他两鬓的头发全部被剃干净，只留下中间的部分，带着明显的异域风格，深色短发编成无数细细的辫子，在脑后合并扎成一束。

他走进场地，在距离我们大约三米远的位置站定。他伸出手，咔嗒一声解下胸前的黄金搭扣，身后的长斗篷哗然垂落，露出结实的胸膛，我看到他裸露的左臂在耀眼的光芒下缓缓长出贝壳状的鳞片，逐渐形成一个盾牌的模样，和他肩部伸出的鳞片相连，然后再往下延伸，最后背部与腰部完全连在一起，形成一整套坚实的铠甲，在强光下闪烁着彩虹般的色泽。

"塞图斯！ 塞图斯！ 塞图斯！"就好像直接往烧开的油锅里倒入了水，整个观众席瞬间沸腾了，在场所有的观众全部站起身，一波又一

波疯狂地嘶喊着这个名字。

守卫伸出同样覆盖铠甲的右臂，接过身旁士兵递过的一柄三叉戟。竞技场内大部分人鱼士兵都使用单柄长矛作为武器，但是他却使用一把象征海神波塞冬的三叉戟。戟身如城内大多数建筑一般带着繁复的藤蔓卷叶雕饰，簇拥着顶部三个高矮不一的锋利尖头，如同三柄利剑直冲天庭。守卫高高举起这柄三叉戟，向竞技场内所有的观众点头致意。

然后他向我们跨上一步。

"我的名字是塞图斯。"他的眼睛看着D，"热身游戏结束了，下面由我来做你的对手。"

44

我盯着D受伤的肩膀，但是那里已经不再有鲜血渗出。在裂开的衬衫下面，我知道他的皮肤已经恢复如初。但我们其他人就没有这么幸运了。我看到艾米丽正在低声啜泣，小S眯起一只眼，头上流下来的血迹触目惊心。

D挥了挥手，我和艾米丽扶着小S退后一步。目前的局势我无法左右，而我们之中可以继续战斗的，从始至终也就只有D一个而已。

在我们全部退下去之后，D持着那柄重剑上前一步，"弗拉德。"他报出自己的名字，冲对方点了下头，"欢迎之至。我接受你的挑战。"

观众席的呼声一波高过一波，震得头顶原本平静的水面掀起滔天巨浪，在整个天庭间震颤不休。尽管所有人都在为了塞图斯而欢呼雀跃，他的视线却牢牢锁在自己对手身上。

"来自异乡的陌生人。"他说，"请允许我解释一下竞技规则。"

D再次点了下头。

"公平竞争,每位竞技者可以选择一顶头盔和一件武器。但只有胜利者可以活着离开竞技场。至于失败者。"他略微停顿了一下,"如果没有在比赛中被杀死,就会被置于场内的尖木桩上血尽而亡。"

D看了一眼沙土上竖立的那些鲜血淋漓的木桩,"很好。"他满意地点点头,露出一个令人费解的微笑,"我在过去也有着同样的爱好。"

塞图斯略微皱了下眉,显然,这并不是他所期待的回答。但所幸他并不在意。他挥了挥手,候在身侧的士兵随即捧上两顶战盔。它们整个由黄金打造,依稀也是古罗马的式样,只是头顶正中有一排尖利的突出物,就好像是鱼的背鳍,一直向后延伸到脖颈的位置。

"你是否也需要换一把武器?"在两人各自戴上战盔之后,塞图斯看着对方那把缺口的钝剑,耐心发问。

"不需要。"D回答。

"这不公平!"一向胆小怕事的艾米丽突然勇敢地大喊,"你有铠甲而他没有!"

附近的两个人鱼士兵立即上前,一边一个,准备架起艾米丽。但是塞图斯挥手让士兵退下。

"我的铠甲是我身体的一部分。"他解释说,"何况你的同伴有愈合身体的能力,而我没有。"

"你说什么?"艾米丽不明白对方的意思。

我拽了她一把,暗示她不要再继续追问,但我自己的心情却忍不住跌入谷底。因为塞图斯的回答表明,他刚才一直在紧密注视着我们的战斗。我们在明而他在暗,他仔细研究了D的博斗经验,而我们对他的力量和技能却一无所知。

这是一场生与死的较量,如果他并非胜券在握,他就绝对不会出场，不是吗？我深深吸了一口气，我想说点什么，至少让D小心在意，因为他看起来太自信了，这让我异常担忧。我恨他这种把自己生死置之度外的态度。我清了清喉咙，但还没想到自己可以说什么，竞技场内的号角再一次被吹响，沉闷的回声震颤大地。

观众席上的呼声震耳欲聋，决斗开始了。

塞图斯率先发动了第一轮攻击。

他的动作是如此之快，我只看到他贝壳状的铠甲在头顶水波动荡之间变幻七彩，在沙地上映出一片片彩虹似的光斑。风声猎猎，天地间一半是水，一半是沙。我看到水沙交融之际，两个人影在半空中起承转合，就好像两只巨大的旋转着的陀螺，偶尔听到金属磕碰的噹啷声响，火花四溅，但是我却看不到交战双方任何实际的动作。

我心惊胆战，想走近一步看个仔细，但两侧的士兵立即用长矛把我隔开。我转头看着自己的同伴，小S已经昏迷不醒，艾米丽跪坐在地上，一边担忧地扶着小S，一边瞪大了眼睛密切注视场地中心的战局。但是她和我一样，无论如何也无法看清形势。

竞技场内再次传来一声金属互击的巨响，声波冲进天庭化作水波，在头顶一圈圈地荡漾开去，天地震荡，细沙如雨般抖落。我看到交战双方静止在场地正中，D用那柄重剑架住了对方的三叉戟，两人僵持不动，但显然胜负未分。

我屏住呼吸，眯起眼睛努力辨认位于场地中心的两人。

D的身上并没有多余的伤口，这让我暂时松了一口气，但很显然，他先前的优雅和从容在对方的威胁之下已经打了折扣。他紧握手中重剑，牢牢架住了对方凶猛的攻势。但让我惊讶的是，他的对手在如此激烈的打斗之中竟然也毫发未损。

塞图斯裸露的手臂暴起条条青筋，表明力已用尽，但三叉戟仍是不能再压下一分。于是他扬起嘴角，猛然间扯回力道，在半空中迅速翻了个身，然后高举三叉戟，带着头顶汹涌来袭的波涛再次突袭！

D矮身躲过对方这一轮强攻，挥剑扬起地面沙砾，形成一股向上的旋风，瞬间卷入滔天巨浪。强风改变了波浪的方向，大颗大颗的水点溅在我们身上，溅在场内的士兵身上，然后一直泼上观众席。这一侧的席位全部湿透了，整个竞技场仿佛沐浴在滂沱大雨之中，我的视野再次模糊。

大水退却之后，观众席上再次爆出一阵雷鸣般的欢呼。场内本来是一面倒的局势，几个回合之后，有一些人也开始高声叫嚣D的名字，为他呐喊助威。我艰难地咽下一口，不知道是感动还是担忧。尽管我的同伴已经用实际行动为自己赢得了支持者，但在这充满血腥的竞技场，最终只能有一个人活着走出来。在场的每个人都十分清楚这一点。

不知道是不是场内的支持者最终起了作用，战局正中，D的动作明显加快，一片刺耳的金属交击声里，夹杂着一声不自然的声响，似乎有什么东西突然碎裂了。我睁大眼睛，看到漫天沙尘中应声飞出一道彩色光芒，一个扁扁的小东西在半空中划了一道灿烂的圆弧，然后噗的一声戳入沙堆。

争斗再次停止，塞图斯的脸上露出惊诧。他并没有受重伤，只是D的剑擦过他的肩头，落下一片贝壳形状的铠甲，一半掩埋在沙下，露出另一半，在耀眼的光芒下闪闪发亮。

那正是他的一片鱼鳞。

观众席上传来一片惋惜的欷歔之声。D的支持者瞬时明显增加，但是塞图斯的拥护者仍然控制了全场。

"塞图斯！塞图斯！塞图斯！"他们忘我地振臂高呼。

但是塞图斯丝毫不为所动。"好剑法。"他对D点了下头，颇有些英雄相惜的意味。

D微微一笑。

　　但是好景不长。再一轮攻击，D找准空隙用力挥剑，眼看便能够力挫敌手，但长剑在手，不知他是否因为刚才的惺惺相惜，竟然出现了片刻犹豫，给了敌手一个千载难逢的可乘之机，塞图斯用三叉戟架住剑刃，然后用巧劲转了个圈，D的长剑登时脱手！

　　我尖叫出声，眼睁睁看着塞图斯用尽全力一脚踢出，D高大的身体如同断了线的风筝一样直飞出去，从场内中心飞过了半个竞技场。观众席高亢的欢呼声中，我听到一声沉闷的巨响，如同砸在我心头的一块重逾千斤的大石，D徒然躺倒在沙堆上，扬起的黄沙遮蔽了我充满泪水的眼睛。

　　场内再一次充满了拥护者的呐喊。竞技场中心，塞图斯也再一次高高举起三叉戟，向观众席挥手致意。

　　然后就在那一刹那。电光石火的一刹那。当场内所有观众的目光都集中在获胜的塞图斯身上时，谁都没有发现，竞技场另一端的D突然消失了。他用无人看得到的速度突然起身回到场内正中，突然在敌人身前出现，就好像他从未离开过。

　　塞图斯的脸色骤变！但一切已经太晚。他的三叉戟高举在半空，还没来得及转变方向就被D反手夺走，然后被对方一个肘拳结结实实打在下颌。塞图斯借力后仰，却被D顺势带倒。D用右手臂肘紧紧压在对方身上，左手举起那柄锋利的三叉戟，猛然插向对方咽喉！

　　塞图斯闭上了眼睛。但是对方并没有戳下去。

　　三叉戟上最长的尖头停在塞图斯因紧张而滚动的喉结处。

　　观众席上愣了一秒，然后一阵排山倒海的欢呼，瞬间响彻天庭。

　　"杀死他！杀死他！杀死他！"亢奋的观众们争相站起身来，呐喊声震得头顶的水波激烈地动荡。

　　我紧紧皱起眉头，出乎意料，我并没有为D的胜利而欢呼雀跃。这些观众的残忍让我肠胃翻搅，我感觉难受，因为他们原本都是塞图斯的绝对拥趸。

"动手吧。你胜了。"塞图斯睁开眼睛，他纳闷地看着自己的对手。

D摇了摇头。他收回三叉戟，站起身。

观众席上登时爆出一阵嘘声，"杀死他！杀死他！杀死他！"合声叫嚣着失败者的死亡。他们需要看到鲜血的刺激。没有鲜血，没有人可以活着走出这个竞技场。

塞图斯站起身，弯腰捡起自己刚才掉落的那片鱼鳞。"拿着这个。"他对D说，"铭记你今天战胜我的荣耀。"

D伸手接过鳞片。

"既然你不愿杀死我。"塞图斯凄然一笑，"那就把我放到木桩上去吧。"

两个人鱼士兵立刻走了过来。他们刚才执行塞图斯的命令是如此迅速，而今屠杀自己上司的动作也整齐划一。我感到一阵恶心，转过头，不忍心再继续看下去。

但是D伸手拦住了他们。他清了清嗓子，大声对整个竞技场宣布：

"塞图斯，我宽恕你的生命。"

场内一片喧哗。亢奋的观众们没有想到是这个结局。他们无法接受。

"杀死他！"一个声音立刻叫起来，然后是另一个，"送他上尖木桩！"其他人喊，他们的呼声一波高过一波。

"杀死他！杀死他！杀死他！"竞技场上的呐喊声此起彼伏，就如同战鼓的擂鸣。

"我已经宽恕了他的生命！"D再一次面对观众席大声说。

"竞技场上没有宽恕。"塞图斯平静地开口，"失败者死。这是我们的法律。"

D皱起眉头。

塞图斯从身侧士兵手里拿过一柄剑，倒转剑柄递给D。"动手吧。"他坚定地说，"让我有尊严地死在胜利者手上。"

D看着他。他并没有去接那柄剑。

"你到底在犹豫什么？"塞图斯不解地发问。

"我在寻找一个体面的拒绝方式。"D微微一笑，他接过对方的剑，然后直接把它抛了出去。剑尖噗的一声插入不远处的沙堆，直没至柄。观众席爆发出一阵排山倒海的嘘声。

"我宽恕你的生命。"D大声重复。

"杀死他们两个！"人群中突然响起一个声音。观众席上先是静默了片刻，然后很快，更多的声音陆续加进来，"杀死他们！杀死他们两个！"被激怒的观众们齐心协力地大喊。

"如果你不杀死我，你就得死。"塞图斯看着D，"谁也不能破坏竞技场的法律。"

"有意思。"D好整以暇，抱臂而立，他仰脸望向高高的观众席，挑衅地开口，"那么他们打算派谁来杀死我？"

场内所有的人鱼士兵一齐端起了长矛。他们一步步缩小了包围圈。

"你何必如此？"塞图斯摇了摇头，他扫了一眼我们几个，然后开口，"你本来可以在鲜花和掌声中走出这里，甚至可以拿到丰厚的酬金，被我族人民待以上宾之礼。但现在你却令你的同伴陷入了危境。"

"谢谢你的提醒，我也意识到了这一点。"D微笑地看着他，"但是我把赌注压在了你身上。"

"我？"

"我在想……你应该不会看着他们陷入危境而置之不顾吧？"

塞图斯变了脸色，他紧紧盯着对方，"难道你一早就把我算在你的计划之内了？"

"我很抱歉。"

"你怎么知道自己一定会取胜？"塞图斯摇头，不可置信地盯着他，"你不觉得这样做太冒险了吗？"

"但是我胜了。"D微微一笑，用脚尖轻巧地挑起地上的三叉戟，一把握住，然后扔给对方。他用刚刚割下鳞片时对方望向他的那种英雄相惜的眼神向对方点了下头。

"我相信你。"他说。

他再次举起了手中重剑。但这一次，却是把自己的后背空门全部留给了对方。此刻两人面对的，是竞技场内成百上千全副武装的人鱼士兵。

这些士兵端起长矛，一步一步地逼近。我紧紧抓着艾米丽发抖的手，紧张地看着沙地上仍旧昏迷不醒的小S，我不知道自己该怎么办。光线越来越强，烤得地上的沙子滚烫，我用手背抹了一把汗，手上不再有红色，我知道自己脸颊的伤口已经愈合。

但尽管我和D一样有愈合身体的能力，面对这里整个竞技场的敌人，我们也绝对没有任何优势。我很可能在伤口开始愈合之前就已经死去了。就算我真的能够活下去又怎么样呢，小S和艾米丽也一定会死。他们只是普通人而已。尤其是小S，如果他不能得到尽快救助，任何时候他都可能死去。

在我想着这些的时候，观众席上的呼声一波高过一波。

"杀死他们！杀死他们！"愤怒的群众失去了理智，他们认为自己的权威受到了挑衅。他们红着眼睛，撕心裂肺地喊叫："杀死他们两个！杀死他们所有人！"

然后所有的喧嚣突然停了。刹那间就停了。因为正对竞技场，主观众席上最高的那个位置，有一个人突然站了起来。

在竞技过程之中，其实很多观众都因为激动站了起来，这本来并没有什么。但当这个人站起来的时候，周围所有的活动突然都停止了。原先站着的观众默默地坐下，人鱼士兵也停止了攻击，在场所有的人一齐抬头，在绝对的寂静中仰望站在高台上的这个人。

距离太远，我看不清他的面貌，只能看到他全身都披着金光灿烂的战甲，像一轮从海底升起的艳阳，照亮了整个竞技场。

然后他开口了。我惊讶地张大了嘴，因为这竟然是一个女子的声音。

"让他们走。"她只说了这四个字，然后就坐下了。

场内仍然是一片寂静。过了几秒钟，人群中开始传来窃窃私语，但没有一个人敢于违抗她的命令。人鱼士兵收起了长矛，D走上一步，弯腰抓起昏迷的小S扛在肩头，然后拉起我的手，大步走出了竞技场。

艾米丽急忙跑上几步跟过来。然后是塞图斯。他仰脸看看那个高高在上身披金甲的女子，先是愣了片刻，露出满脸困惑，然后他叹了一口气，握紧手上的三叉戟，不情愿地跟上我们的脚步。

他没有任何选择。

当我们走出大门之后，我忍不住问："她是谁？"

"我们的女王。"塞图斯回答。

"你们……竟然会由一位女性统治？"我停下来，震惊地看着他，一个如此血腥好战、雄性荷尔蒙爆棚的斯巴达后裔，竟然会拥戴一位……女王？我想到之前的那些神话故事，"人鱼公主"是一个多么女性化的象征，我很难把她和眼前这一切联系起来。

"她曾经是这里的公主。"塞图斯似乎听出了我的困惑，"她的父亲，上一任王，就是我族历史上最勇猛的战士。先王死时，她仍是一个未成年的少女，很多人不服她的管制，于是她拿起武器，走入了这个竞技场。"

艾米丽倒抽一口凉气，"一个女孩子！"

塞图斯点点头，"当时很多人都认为她疯了。作为先王唯一的骨血，如果她愿意主动放弃王位，凭借民众对先王的尊崇，她仍可锦衣玉食地过完一生。但是她选择向她的族人证明自己的力量。"

当塞图斯对我们讲这些话的时候，他的语气带着明显的敬畏，仿佛只是为身为她的臣民而感到骄傲。当提到她的时候，他是如此谦卑，我几乎忘记了他刚刚在竞技场上的勇猛厮杀，忘记了他就是那个与D几乎平分秋色的人鱼战士。

"那么她一定是赢了。"艾米丽试探着说。

塞图斯点头，"她向所有不服她的人发出挑战，竞技场上的决斗持续了三天三夜。"

"然后那些人就心甘情愿地服从她了？"艾米丽天真地发问。

塞图斯微笑，"她把所有的失败者都送上了尖木桩。那一年她十五岁。"

"好残忍！"艾米丽捂住嘴。

"这并不是残忍。"D突然开口，"没有恐惧就没有统治。斗争永远只有两种方式，一种是法律，一种是武力。但后者往往比前者更有效。作为一个王者，目的总是高于手段，要巩固自己的统治，就要作出必要的决定。"

"但现在你却用武力破坏了她的法律。"塞图斯说。

"你仍然站在她那一边？"

"她是我的女王。"塞图斯骄傲地开口，然后神色瞬间暗淡下来，

"但我却再也回不去了。"

D还未答话，一队人鱼士兵突然从身后追上来。艾米丽尖叫一声，立即躲到D身后，我则紧张地握紧了手里的短刀。

但是这些士兵却没有发动攻击。领头的人上前一步，一反常态，礼貌地对D鞠了一躬。

"女王赏识您的勇猛和胆识。"他说，"请您和诸位朋友来宫廷一聚。"

46

所有的人都愣住了。尤其是塞图斯。他满脸震惊地盯着那个前来传话的士兵，嘴唇动了动，似乎想说什么，但最终还是没有说。

我紧张地看着D，从心底希望他赶紧拒绝。塞图斯刚才的故事让我心有余悸，他现在的表情也让我感觉不安。众所周知，这个好战的种族血腥成性，他们的宫廷里一定危机四伏。

但是D竟然痛痛快快地就答应了。他点点头向对方说："麻烦你们带路。"

塞图斯伸出一只手，他似乎想阻止D，但是伸到一半却又收了回去。

"也包括你。"士兵转过头，冷冰冰地对他说。

塞图斯闭上了眼睛。他攥紧拳头，深深地吸了一口气，然后再慢慢地吐出去。

"女王是一个很可怕的人吗？"在我们前往宫廷的路上，艾米丽小声问。

塞图斯摇了摇头。

"那你为什么这样害怕？"

"我不是怕她。"塞图斯再次叹了一口气。

"那你怕的是什么？"

塞图斯又摇了摇头。他紧紧闭着嘴唇，看样子是不打算再说话了。

一行人沉默地走向河岸，那里停泊着一艘大船。样式虽然简单，却比我们原来那艘小矮人的船大了十倍不止。

"这船不会再翻了吧？"上船的时候，艾米丽心有余悸地小声嘟囔了一句。但是除了仍旧昏迷不醒的小S之外，船上的每个人似乎都有无限心事，没有一个人可以回答她。

竞技场的喊杀声已经远去，大船在运河上安静地行驶。两岸矗立着浅色的建筑，河岸上开遍鲜花。有孩子正在水边玩耍，我看到很多身穿白袍的金发女子，头上戴着美丽的花冠，还有披着斗篷的年轻男子，一对对手挽手走在宽阔整洁的街道上，耳畔不断传来他们的欢声笑语，就好像是普通的热恋情侣。我忍不住想，这些年轻人是否也曾去过竞技场，是否也参与过那些血腥的大屠杀。因为眼前的一切是如此平静而安详，仿佛来自另外一个世界。

我突然发现塞图斯正在和我看着一个方向。他察觉到我的目光，转过头，眼睛里露出一个复杂的神色，但是他再一次什么都没有说。在那一瞬间，我只感觉到对方的表情极其悲哀。他一直沉稳坚定，即便在鲜血淋漓的竞技场上，即便在对手的胁迫下，明知自己将死，他也未曾露出过半点犹豫，但是当他看着面前城市一片欢乐祥和的景色，竟然莫名其妙地开始伤感起来。我不知道这是为什么。

大船最终停泊在一座白色的建筑物前面。远远看去，它的外立面就好像一座古希腊式的神庙，我看到无数巨大的白色石柱，宛如上古泰坦诸神的石头森林，顶天立地，一直没入头顶波光潋滟的湖面，使得整个天顶都浸泡在水中。

下船之前，人鱼士兵已经收缴了我们的全部武器。对于毫无作战经验的我和艾米丽来说，手上有没有武器其实没有实质区别，但是惯于作战的D和塞图斯也二话不说就把武器放下了。D在这里反常的放松姿态让我感觉困惑，而塞图斯一路上一直心事重重，现在却随手交出了他的三叉戟，他的转变也让我焦虑莫名。

脚下的大理石台阶光影斑驳。两位人鱼士兵抬起一副担架，上面躺着昏迷不醒的小S。我们跟随这些士兵一路上山，一直来到了整座山峰的制高点。

那座纯白色的神庙。

大殿里到处都是人鱼士兵。包括塞图斯在内，他们身上贝壳状的鳞片折射水波，映得四壁高墙遍布流动的七彩光斑，整座大殿光怪陆离。我眯起眼睛，仰头看到石柱间偶有鱼群游过，深绿色的柱头密密地覆盖着海藻。

穿过大殿来到一个四方形的露天庭院，与之相比，我们在威尼斯旅店里那个文艺复兴式的院子立刻变成了一个拙劣的玩笑，好像小矮人玩过家家似的。面前这座庭院犹如一座广阔雄伟的圣马可广场，不同的只是围绕四周的正方形回廊，通天石柱几人环抱，头顶碧波荡漾之间，回廊里到处都是游鱼的影子。

庭院中央是一座巨大的喷水池，中心高高竖立着一尊白色大理石的雕像。一位身披战甲，头戴战盔的年轻男子，手持三叉戟，正在与一只巨大的章鱼海怪殊死搏斗。雕像鬼斧神工，男子的表情、动作惟妙惟肖，裸露的皮肤上每一条筋脉清晰可见。再仔细看时，我注意到他虽然上半身是普通男子的模样，下半身却是一条遍布鳞片的鱼尾。

艾米丽看了一眼雕像，回头又看了一眼塞图斯。"和你很像呢！"她满不在乎地说。

塞图斯神色一凛。"这是先王。"他表情严肃地开口，"我族每一位战士，都以他为榜样。"

艾米丽吐吐舌头做了个鬼脸。

正在这时，寂静的回廊上传来脚步声。

我屏住呼吸，看着那个从回廊上正对我们走过来的人。

那是一位年轻女子，穿着和我在河岸上见过的那些女子类似的拖地白袍，一头耀眼的金发也像当地人一样，全部梳成了细细的辫子盘在脑后。她的皮肤白皙透明，淡淡地泛出珍珠般的华彩，一对深邃明亮的眼睛是湖水一样的翠绿色。

一位绝色美女，就好像神话故事中的美艳海妖。我愣在那里，我以为她一定是为我们传达女王指令的某位人鱼姑娘。因为她独自向我们走来，身后没有任何侍从或者武装士兵。而且她看上去异常年轻，她的穿着也很朴素。

这位人鱼姑娘一直走到我们面前，在喷水池的雕像旁边站定。然后她开始说话了。

当我听到她的声音，我瞠目结舌，完全不敢相信自己的耳朵，因为这就是我刚刚在血腥的竞技场上听到过的那个声音。我不敢相信，眼前这个手无寸铁的美貌少女竟然就是人鱼族的女王。

"欢迎诸位来到我的宫廷。"女王说。当她开口说话的时候，她翡翠一样的眼睛迅速把我们扫视一周，从D到我和艾米丽还有小S，然后停在了塞图斯身上。她看了他好久，从上到下，目光在他受伤的肩膀上停留了一秒，然后才收回去。

但是塞图斯却并没有看她，从女王出场之后，他就一直低头注视着自己的脚面。那里正好有一群鱼的影子，在他的双脚间游来游去。

"诸位远道而来，却不幸在竞技场中负伤。"女王柔声说，"我愿承担全部责任，恳请诸位在这里小住几天，养好伤病。"

"陛下盛情。"D回以一礼，"我们只有备感荣幸。"

女王微微一笑，伸手招过一旁的人鱼士兵，"请带客人前去休息。"

我们跟着士兵转身，塞图斯也低着头准备迈步。但是女王突然走上一步，搭住了他的肩膀。她踮起脚尖，在他耳边说了什么。声音太小，我听不清楚，只看到塞图斯整个人都震了一下。然后女王就离开了。紧接着塞图斯加快脚步，从后面跟上我们。

"她跟你说了什么？"艾米丽立即好奇地问。

"她说她很高兴我活了下来。"塞图斯有些莫名其妙地开口，但是很显然，他的表情比他的语气更加不确定。

"她人很好嘛！"艾米丽试图安慰他，"不但好心召见我们，还给我们地方住呢！"

"根本就不是她要召见我们。"塞图斯冷着脸说。

"那还能是谁？"艾米丽歪过头不解地问。

"十二人委员会。"塞图斯深深地吸了一口气，"也就是我们的政府，水族精灵的最高法律机构。"

"这又说明了什么呢？"艾米丽还是不明白。

"这说明在接下来的几天里，我们将没有一个人能够活下去。"塞图斯看了一眼D，绝望地开口，"因为我们违背了竞技场上的法律。"

47

"所以我们又希望渺茫了是吗？"艾米丽看着他，又看了看D，试图搞清楚状况。

"我们从一开始就根本没有希望。"塞图斯说，"从来没有人能够逃脱委员会法庭的审判。在这里，他们就是法律本身。"

"那你为什么不早说！害我们大家到这里来送死！"艾米丽嘟起嘴，嫌恶地转过身。很显然，现在她已经不再认为塞图斯是她的朋友了。

"因为他想见她。"我插了一句嘴。我忍不住。

听到这句话，塞图斯猛地回过头来，死死盯着我。

"拜托，这谁都看得出来。"我瞟了他一眼，耸了耸肩。大概是D的放松姿态终于感染了我，说实话，我对他让我们"再次陷入危境"这件事并不如艾米丽来得那样愤慨。

但是艾米丽就是要拆我台。"她？哪个她？"她大声问。

前面带路的人鱼士兵立即回过头来。我急忙拽了她一把，向对方展开了一个敷衍的笑容。待人鱼士兵莫名其妙地转过头之后，我看了一眼塞图斯，压低了声音，试探着开口："他和女王是一对恋人。"

艾米丽恍然大悟。塞图斯则陷入了沉默。

其实在开口之前，我本来并不确定。他们两个关系亲近毋庸置疑，这从她对他的"特殊关照"上就能看出来，但我却并不敢贸然把这段关系定性。但是塞图斯的反应令我吃惊。当我提到她的时候，他刚毅的脸孔瞬间变得温柔，就好像我在岸边看到的那些热恋中的男孩子，而且他竟然连一个字都没有反驳我。

他们两个确实是一对恋人，而且亲密程度远远超出我的想象。确定了这一点之后，我的震惊程度其实并不亚于艾米丽。

前面带路的人鱼士兵停住了脚步。"请诸位暂在这里休息，等候传召。"他说，"宫廷重地，请不要随意走动。"

这一次艾米丽反应得挺快。"他们这就算是把我们软禁了吗？"她皱着眉头说。

"总比直接投入监牢要好得多。"D拍了拍塞图斯的肩膀，"托你的福。"

　　塞图斯冷着脸，不发一言。很显然，D在拿他和女王的关系开玩笑，但是他本人并不开心。

　　但是更不开心的是艾米丽。身后，两个抬着小S的人鱼士兵放下了担架。她担心地看着自己仍旧昏迷不醒的男友，愁眉紧锁。

　　小S在竞技场上表现得异常英勇。他受了很多伤，虽然都并非致命的部位，但他也失了很多血。他的眼镜早就碎了，镜架不知道丢在了哪里，额上一道不浅的伤口清晰可见，鲜血顺着他的金发淌下来，聚集在眼窝和鼻翼旁边，整张脸看起来面目全非。但是他仍然在呼吸。他的胸脯缓慢地一起一伏，证明他的生命并未离他而去。尽管我们一路颠簸，他却始终都没有睁开眼睛。

　　艾米丽的胳膊也同样受伤了，但是她并未在意。她只是焦虑地看着她的男友，轻轻抚摸着对方的脸颊。我忍不住想，其实她的内心远比她的外表更加坚强。

　　这是一座稍微小些的四方形庭院，我们沿着大理石回廊走进房间。仍然是一座神殿的模样，室内陈设简洁一尘不染，屏风之后，我看到一个白色大理石搭建的露天水池，池水咕嘟咕嘟地冒着气泡，水面上笼罩着一层热气腾腾的水雾。

　　我们的房间后面竟然是一座温泉。

　　当我们正对着这座温泉目瞪口呆，塞图斯却做了一件更加匪夷所思的事情。他弯腰拎起昏迷不醒的小S，然后二话不说就把他扔进了水池里。

　　艾米丽大叫一声，她立即就跟着跳了进去。我愣在那里，不知道是应该一起跳进去还是像这样傻傻地站在岸边。直到身边的D竟然也"扑通"一声跳进了温泉。

　　"快下来。"他伸手招呼我。

　　现在只有我和塞图斯还站在岸边。我莫名其妙地看着他，再看看温泉中的D，不知道是该跳还是不该跳，直到我听到了一个熟悉的声音。

"烫死我了！"小S大喊。他在水池中拼命扑腾，好不容易抓到岸边，然后腾地一下跳了出来。

水池中的艾米丽瞠目结舌地看着他。不只是她，我们所有人的目光都聚集在小S身上，看着他像没事人一样在那里跳着脚大喊大叫。他的衬衫湿透了，紧紧贴在身上，但是上面所有的血迹已经被洗掉了。他全身上下也没有一处伤口。

他看起来竟然没有半点受过伤的样子。

艾米丽欣喜地叫起来。她看着自己的胳膊，刚刚上面那道很明显的擦伤也不见了。她的皮肤恢复如初，就好像小S那样。就好像我那样。就好像D那样。

"我说过我没有愈合的能力，但是我们的泉水可以。"塞图斯勉强挤出了一个微笑，在水池边席地而坐。

"太神奇了！"艾米丽低头看着冒着热气的温泉，仔细检查着自己那条已经完全愈合的手臂。

"没什么稀奇的，在我们这里，温泉到处都是。"塞图斯说。

小S弯下腰，小心翼翼地把手伸进温泉，"它治好了我的伤？这么说它对我有好处了？"

"当然。"塞图斯骄傲地回答，然后补充了一句，"它对任何人都有好处。"

"那你为什么不进来？"小S突然抬头问道。

我和艾米丽的眼睛齐刷刷地盯着他。

塞图斯愣住了。不知道是不是室内光线的原因，我觉得他的脸颊似乎有点发红。半晌，他低声咕哝了一句："我为什么要进去？"然后他很快站起身就走了。

塞图斯离开之后，艾米丽看着眼前的池水开始犹豫。她游到岸边，

小S伸手把她拉了上来。

"我们去找些干衣服换上。"她匆匆对我们说，然后和小S一起离开。

只有D仍旧泡在温泉里。他冲我招了招手。

我咬了咬牙，在池边坐下来，脱下鞋子，把麻木肿胀的双脚放入热气腾腾的池水。在我的脚尖踏破水面的刹那，一股热气顺着脚心直蹿上来，然后迅速流遍四肢百骸。我的双脚立刻就不疼了。我无法抵制这种诱惑，于是深深地吸了一口气，然后整个人滑入水池。

我头晕目眩。我感觉身体极轻，似乎整个人都漂了起来，随着水波，变化成为了摇曳的海藻。我感觉不到自己的四肢，感觉不到任何重力，或者任何力，只有水，柔软轻盈的水，它们似乎变成了我的身体，而我则融化成为了水流本身。

"人鱼族是精灵中最长寿的一族，很大程度上是因为这些温泉。"D从身后抱住我，轻轻对我说，"这些温泉几乎可以令人起死回生。"

"那他为什么不进来呢？"我想起了突然离去的塞图斯。

"因为人鱼的双腿会在水中变成鱼尾。"D微笑起来，"也许我们的朋友还不想在我们面前露出他的尾巴。"

人鱼宫廷位于山峰顶端。从这里我可以看到脚下广阔的城市，密布的水道和瑰丽的建筑。我看到头顶碧波荡漾，看到鱼群和珊瑚还有海藻。我看到远处的圆形竞技场在水光交映之处绽放辉煌。但那些都不再重要。D正在我的身旁。

我靠在他的身上。我躺在冒着热气的池水里。我们暂时是安全的。也许我们明天就会接受委员会法庭的审判——像塞图斯说的那样——没有一个人可以逃脱死亡。但那是明天以后的事情了。现在我只想和D在一起，享受这暴风雨来临之前难得的片刻平静。

因为明天也许一切都会不同。

也许我明天就会死去。

48

这里没有日夜。我感觉不到时间的流逝。所以，当我被前来召唤我们的人鱼士兵唤醒，梳洗完毕，来到那个可怕的委员会法庭的时候，我并不知道过了多久。也许我只睡了一个小时，也许我已经睡了一天。谁知道呢？小S和艾米丽的伤口已经痊愈了，他们两个正手牵着手，神清气爽地站在我面前；还有D，他从昨天起就一直和我在一起。自从我们来到魔界空间，经历了所有这一切之后，几个人毫发无损已经是奇迹，我还能奢望什么呢？

塞图斯也和我们在一起。他的头发重新梳过，辫子编得很整齐，身上和以前一样披着长斗篷，上面有一个黄金的搭扣。他手臂上那个在竞技场出现过的盾牌早已经无迹可寻，全身的铠甲也跟着消失了。他看起来完全就是个普通人，就好像我在街道上看到的那些普通男孩子的模样。

但是我知道这一点也不普通。因为他身上的长袍是极不和谐的白色，上面没有一丝这里流行的藤蔓花纹，这使它看起来并不像是一件普通的衣服，而是带着某种特殊的功用，就好像祭祀时候穿的祭服，或者囚犯上刑场之前换上的那种衣服，总而言之，昭然若揭地宣告了一个极为不祥的目的。而他的表情庄严肃穆，渲染着一种恍如朝拜先祖般的绝对虔诚。

这并不难理解。因为我们将要去的地方，是被水族精灵奉为圣地的最高法庭。

我从未见过如此美轮美奂的小礼拜堂。洁白的大理石圆柱镶嵌着数不清的黄金花饰和藤蔓花纹，优美的拱顶窗里辉煌灿烂的彩色玻璃闪闪发亮。因为这里是整座人鱼宫廷最高的位置，头顶的水面几乎触手可及，小礼拜堂顶部墙面连带整座圆形拱顶完全没入水中，在五彩斑斓的水波间形成了对称而动荡的影子。

这里离天空最近，光线也最为明亮。小礼拜堂内水光潋滟，每个角落都被闪耀的光芒充满，我们绝无任何藏身之处。我仰起头，眯起眼睛，看到高高的拱顶窗下顺序排列着那些被水草缠绕的圣像。

但是他们并不是圣像。

大殿内有十二扇相互对称的拱顶长窗，就好像佛龛中一幅幅彩色玻璃的拼贴画，中心镶嵌着十二尊缠满水草的塑像。不仔细看的话，一定会以为那就是十二尊栩栩如生的大理石雕像，因为年深日久和水流的冲刷浸泡而蚀暗发黑。

但他们仍然在活动。尽管他们已经在那里被供奉了几百几千年，手脚末端已经风化，有些甚至连面目都开始模糊，缓缓地和脚下的拱顶窗逐渐融为一体，几乎变成了真正的石像，但他们仍然是有生命的。

他们就是委员会法庭。塞图斯口中的十二人政府，最高法律机构，制定并掌管水下的一切规章制度。

他们就是我们的审判者。

除此之外，在正对大门的位置，置有一张黄金王座。我们之前见过的那位人鱼姑娘，在竞技场上放走我们的女王，此刻正襟危坐，正在这里等待我们。她的袍子也是纯净的白色，却是由细细的金线与珍珠编织而成，在小礼拜堂耀眼的光芒下闪烁。她的头上罩着透明的丝质面纱，好像一层金色的薄雾，把她整个人隔离开来，就如同公开声明了她在法庭上中立的立场，给人某种陌生的距离感。

我忍不住转头去寻找塞图斯，我想看他的反应。但是再一次地，他竟然连头都没有抬。就好像完全变了一个人，他在竞技场上的勇猛尽失，我看到他垂着头继续数脚下鱼群的影子，表情平静得几乎漠然，似乎早已把生死置之度外。

"砰"的一声巨响，小礼拜堂两扇沉重的金属大门在我身后关闭，象征着审判的开始，同时也把我们与外界完全隔离。头顶水波随着这声音迅速颤动，光水映照，使得整座大理石结构的内殿也随之动了一下，就好像一只来自亘古洪荒的巨兽，猛然从沉睡中苏醒。

但是苏醒的并不是大殿本身，而是这里十二座拱顶窗中高高在上的执法者。他们在水草的缠绕中睁开了眼睛。此刻头顶所有的光芒都聚集在我们五个人身上。就好像一口深井，或者黑暗中一个巨大的手电筒打出的一束残忍的亮光。

大门已经关闭，唯一的出口只有头顶一片光华灿烂的水域。但这里正是水的国度。D或许可以在竞技场侥幸取胜，但没有人可以在水中与人鱼作战。我们的生存概率几乎为零。

头顶的水波再次动荡起来。左前方的一位执法者率先发问。

"陈述你们在竞技场的遭遇。"他每说一个字，水波就泛出涟漪，带出震颤的光影，同时回声撞上石壁，在动荡的大殿中嗡鸣不已。

我仰起头，但是他们的位置太高太远，从这个角度，我看不到他的脸，也看不清他的动作，只看到他大理石质感的长袍衣褶，潮湿的缝隙里布满了墨绿色的青苔。他的声音是如此沉闷喑哑，让我想到了埋藏在海底深处的那些化石。

D还未开口，塞图斯突然说道："我输了。"他终于抬起头，但目光并未望向提问的执法者，而是望向对面蒙着面纱的女王。他看着她说："但是我的对手宽恕了我的生命。"

"竞技场上从没有宽恕。"执法者说。

"我从未听过这样的法律。"D不以为然地开口，"胜利者有权决

定如何处置对方。"

"那是你们的规则，而不是我们的。每个地方有每个地方的法律。而法律不可违抗。"

"如果失败者死的话……"小S突然加入了对话，"那么在你们的法律里，胜利者会怎么样？"

"胜利者将获得自由。"执法者立刻说，"不管他是奴隶还是囚犯，他将被免除之前的所有罪责，作为对胜利的致敬。"

"那你们就应该让他走。"小S看了一眼D然后继续，"而不是把他继续当做囚犯在这里审问。"

"但是他同时也打破了我们的法律。"另一位执法者开口，"他宽恕了他的对手。"

"这两件事根本完全不相干。你看。"小S深深地叹了一口气，无奈地摊开双手，"你们不容违抗的法律已经明确规定，胜利者可以自由离开竞技场。他按照自己的意愿宽恕对手，从而违抗了你们的法律，但这并不是他的错。竞技场的那些尖木桩上可没有刻着法律条文。他这样做是因为对你们的法律完全不知情。退一步来说，他的宽恕其实也并没有起到任何作用。因为竞技场的规则并不会因为一个外乡人的无心之言而改变。"小S顿了一下，对黄金王座的位置做了一个手势，说出了他的重点，"真正宽恕他们的是女王陛下，是陛下的仁慈让我们今日可以奇迹般地站在这里，接受委员会的审判。"

显而易见，艾米丽已经把小S昏迷之后发生的一切原原本本地告诉了他。但让我惊讶的并不是这个。让我惊讶的是，那个种族主义、好大喜功的小S，和我毫无共通之处、乏味可陈的小S，分手后我曾经那么地讨厌他，我从未想过我们之间竟然会出现现在这种情况——他和D并肩站在这里，而他居然正在为后者辩护。

为我们全部人的生命辩护。

头顶的水波再次动荡，泛起一圈圈的涟漪，我听到一阵细小的嗡嗡声，好像炎热夏日里马路上的蒸汽，在空气里掀起一波接一波的潮汐。我知道这些审判者正在交换意见，但却无法辨清语义，仿佛他们只要把我听不到的声音送入水波，然后就可以相互交谈似的。

"你说得有道理。"终于，大殿上空的嗡嗡声结束了，位于我们右前方的一位执法者清了清喉咙，清晰地开口，"你的朋友已经在竞技场上用英勇赢得了他的生命，但是你们并没有。按照我们的法律，你们必须被再次送回竞技场。"

49

"等等！"小S大叫，"竞技场上的战斗是否公平？"

"竞技场当然是公平的。"执法者回答。

"那么战斗是否自愿呢？"小S继续追问。

"战斗代表了最高的荣耀，当然也是自愿的。"执法者回答。

"那如果我拒绝战斗，你就不能在竞技场上杀死我。"小S立即得出了他的结论。

执法者静默了一秒。然后他说："但是我仍然可以在这里直接宣判你的死亡。"

"我的罪名是什么？拒绝战斗？还是挑衅权威？"

执法者再次陷入了沉默。

"奴隶可以直接在竞技场被处决。"另一位执法者突然冷冰冰地开口。

"奴隶？那些你们违禁围猎的低等地族精灵？"小S吹了声口哨，"我想，在你们一向严谨公正的法律里，这恐怕也是不被允许的吧？"

"弱肉强食乃生存之道！"

"当然，当然，我非常同意。"小S忙不迭地点头，"我只是想知道，你们是否也会在这里，这个神圣庄严的委员会法庭，公开审判这些奴隶呢？"

"当然不会！他们只是奴隶而已！"

"太好了。"小S满意地拍了拍手，清脆的掌声在寂静的大殿中回荡，"感谢诸位庭上，这正是我想要的回答。"

我目瞪口呆地看着他站在这里侃侃而谈，几句话就把对方绕进了自己的陷阱。我承认我小看了他。我几乎记不起他其实是如此聪明。一直以来，他太习惯寻找任何微小的纰漏，作为辩论的证据，所以他的报告成绩永远都是A。

他轻而易举地运用对方的法律，为我们构建了一个本不可能存在的"安全区"。按照他现在已经与对方达成的逻辑，既然我们可以站在这里接受审判，那就说明我们已经不再是奴隶，必须被当做自由人来对待。而依据人鱼族至高无上的法律，如果我们不愿进入竞技场，那么没有人可以强迫我们再次参与战斗。

想到这些，我几乎忍不住要为他欢呼了。

头顶再次传来熟悉的嗡嗡声，水波激烈地动荡，执法者们陷入了争论。

艾米丽给了小S一个热烈的拥抱。我转头看D，但是他只是耸了耸肩。而塞图斯仍然沉默地盯着脚下的地面。我很想问他是否可以听到审判者们的意见，但紧接着，我们同时听到了一个声音。那个在竞技场上听到过的声音。

一直沉默旁观的女王突然开口了。

"既然委员会无法达成共识。"她对我们说，"按照惯例，我必须加入裁决。"

塞图斯抬起头。他用一种复杂的神色盯着女王，但是对方只是看了他一眼就把目光转开了。她从王座上站起身，仰头看着殿内十二座高高在上的拱顶高窗，伸开双臂做出了一个邀请的姿势。

"你们已经知道了我的意见。"她坦然说道，"现在轮到你们了。"

我不明白她的用意。我用询问的眼光看着D。

"委员会有十二个人。"D小声对我说，"加上女王一共十三位。"

"所以呢？"

"他们会投票。"小S加入了对话，"这个方法最古老，也最有效。"

"我们已经知道女王站在我们这一边。"D点点头，说，"所以十二个人里面，我们只需要得到六票就够了。"

"一半对一半，我们的胜算已经很大了。"小S补充。

"但如果我们得不到六票呢？"艾米丽也凑了过来，她压低声音紧张地问。

"我也不知道。"D耸了耸肩。他想故意装出无所谓的样子，但是他的神色间第一次出现了片刻凝重。我的心脏一沉。这不是一个好预兆。

从我们进入"波涛下的国度"开始，他就一直信心满满。也许是因为，他知道人鱼是公平而正直的种族，他们言出必践。但正是由于他们言出必践，如果我们果真被宣判死亡，未来也将不会出现任何转机。

这里只有黑白两个选项。天堂和地狱。生与死。二者只能选择其一。

幸而结果很快就出来了。

六票对六票。

艾米丽刚要欢呼，小S立即按住了她，"我们只得到了委员会的五票。"他说，"因为女王刚刚已经投过了。"

那么是谁还没有投？我惊疑不定地转过身，顺着众人的眼光望向大门，望向大门正上方的拱顶窗内，站着的那尊沉默的塑像。

他也和其他所有人一样被水草缠绕，灰白色的长袍末端和大理石生长在一起。但是他身后的拱顶窗相对比较"干净"，他衣褶上的青苔没有那么厚，颜色没有那么深，他是这十二人里面最年轻的一位。

但这并非说明他就没有发言权。从女王的态度可以看出，十二人委员会的权力是相当的。但是在整个审判过程中，甚至是众人嗡嗡讨论之中，他却从始至终没有说过一句话。

他在看着D。事实上，从我们走进内殿开始，他的眼光片刻也没有离开过他。

"尊敬的狄奥多阁下。"女王仰起头，用一种恭谨的语气向对方开口，"请问您的意见是？"

沉默的执法者没有回答。他皱着眉，嘴唇微张，那张未风化的脸孔上，每一道皱纹都写满了惊奇。

"狄奥多阁下？"女王提高了声音。

执法者微微一怔。他的表情迅速恢复自然。但是他的眼睛仍然没有离开D。

"抱歉，我走神了。"他对着女王的方向微微躬身，用一种遥远而清澈的声音开口。他的音调似乎很平稳，但是头顶的水波却在那一刹那激烈地动荡起来。我不知道这是否代表了他不为人知的内心。

"你让我想起了一个人。"他的眼睛看着D，旁若无人地开口，"五百年，或是六百年前，当我还不是这里的执法者，我在'外面'遇到的一个朋友。"

"他一定让你印象很深。"D波澜不惊地回答。

"是的。"执法者狄奥多点了点头，"他救了我的命。"

"几百年过去了，你该不会以为他们是同一个人吧？"临近的一位执法者不以为然地嗤笑一声。

"当然不会。"狄奥多仍然盯着D，"因为我已经亲手埋葬了他。"

"我很抱歉。"D垂下眼帘。

"我们并非生来就是'执法者'。"狄奥多仍然在看着我们的方向，他对我们解释说，"在很多年以前，我也只是一个普通的水族精灵。但对我们来说，战斗的荣誉高于一切。只要立下战功就会获得晋升。"

"这么说你一定立下了很大功劳。"D对他说。

"只是运气好罢了，阴错阳差地除掉了远古最黑暗的二十二支血脉中的一脉。"狄奥多深深地叹了一口气，"却失去了一位重要的朋友。"

"我想起来了。"另一位面目模糊的老执法者颤巍巍地开口，"就是那件事让你成为了我们之中的一位。"

"十分精彩的故事。"女王突然打断道，"那么请问狄奥多阁下，您此刻的决定又是什么呢？"

狄奥多是在场十三位有权投票者之中唯一没有投票的人。而场上结果恰好是六票对六票。所以他这一票至关重要。他的决定将改变我们在场所有人的命运。

头顶水波荡漾，我紧张地屏住了呼吸。殿内安静得可以听到一枚针落地的声音。

"虽然这听起来荒谬绝伦，但你确实让我想起了故友。"良久，狄奥多对着我们的方向缓缓开口，"而他就是我今天可以站在这里的唯一理由。"

然后他停顿了一下，最终对在场众人吐出了那个重逾千斤的句子：

"你们自由了。"他说。

— 50 —

塞图斯不可置信地抬起头。小S欢呼一声，紧紧抱住了仍在发愣的艾米丽。D虽然没有什么大的举动，但是他紧绷着的脸色明显也放松了。

我们自由了。我们从竞技场的死囚身份，摇身一变成为了水族女王的座上宾。这太令人不可思议了。

我开心地看着D，我以为他也会像小S拥抱艾米丽那样拥抱我，（这是很自然的不是吗？）但是他并没有。他仰着头，他的目光仍然在狄奥多那里。

"谢谢。"他莫名其妙地开口。

"因为我的判决？"

"不。"D静静地看着他，"能让阁下忆起故友，是我的荣幸。我想他一定和您一样，是一位了不起的战士。"

"他天赋出群，远非我辈所能及。"狄奥多叹了一口气，"而我却欠了他一条命。"

"您已经还给他了。"

"你说什么？"头顶水波猛地颤动了一下，狄奥多一激动，竟然从拱顶窗中探出了半个身子。我听到窸窸窣窣的声响，一些大理石的碎屑从砖墙的缝隙里落了下来。

"作为执法者，您公正严明，拯救了无数像我们这样无辜的旅人。"D平静地对他说，"您这位朋友在天之灵，想必也绝对不会后悔自己当初的决定。"

狄奥多呼出一口气。他徒然靠回了拱顶窗。很显然，他错会了D的用意。

女王向我们走过来。她已经摘下了脸上的面纱。

"异乡人。"她微笑着对我们说，"既然委员会已经判你们清白，你们与我的族人享有同等待遇。现在你们就是我的客人，可以随意出入我的宫廷。"

小S一副跃跃欲试的样子，我看得出他很想答应。但是D却抢先一步开口了。

"陛下实在太客气了，"他礼貌地回绝说，"您的城池又是如此美丽辉煌。如果我们不是有要事在身，一定会在此久居不去。"

女王微微一笑，似乎早就预料到了对方的回答。

"只是临行之际，我们还有一件事……"

"你说。"

"请恕我冒犯，直接称呼陛下的名字。"D目不转睛地看着她，清晰开口，"温蒂妮，我们需要你的帮助。"

我，小S和艾米丽同时被这个名字震惊。但仔细一想也就释然了。因为这并非难以想象。她是这里的女王，管辖所有的水族精灵——如果她不是温蒂妮，那么谁还会是呢？

看似无意，温蒂妮扫了一眼站在墙角发呆的塞图斯，然后再次把目光转向D。"你们所要求的那件东西。"她温和地说，"其实已经在你手中了。"

D皱起眉头，"你是说……"

温蒂妮抬起手，招呼一直沉默的塞图斯走到身前，"是他亲手交给你的，难道你忘记了吗？"

D恍然大悟。他伸手掏出那片在竞技场上割下的鳞片，人鱼的鳞

片。它静静地躺在D的掌心里，就好像一片漂亮的贝壳，周身闪烁着淡色的彩虹光芒。

"无论你们需要的是什么，它都会帮助你们实现心底最深处的愿望。"温蒂妮开口，"因为它属于我的塞图斯，竞技场上的卫冕之王，人鱼族最勇猛的战士。"

塞图斯震惊抬头，他用完全不可置信的表情看着温蒂妮，就好像听到了世上最不可思议的事情。

"你在竞技场上的表现非常出色。"温蒂妮对他说。

"但是我输了！"他大声提醒她，"我根本没有颜面……"

"没有人会永远胜利。而你已经做了你应该做的。"温蒂妮打断了他，"你在强大的对手面前不卑不亢，展现了作为一名战士的英勇和忠诚，我为你感到骄傲。"

塞图斯仍是一副莫名其妙的样子，但眉宇间的阴霾似乎退去了。一直以来，他所担心的，其实并不是审判的结果，更不是自己的生命。他担心的只是她对自己的看法。因为她是他的恋人，她是他的女王。

D安慰似的拍了拍他的肩膀，然后对女王微微躬身。"谢谢你，温蒂妮。"他衷心地开口，"那我们就告辞了。"

"祝你们好运。"温蒂妮微笑回礼，她的手不小心碰到了我。紧接着，她一直温和平静的脸色瞬间就变了。

"你……"她惊讶地看着我，碧绿的瞳孔蓦然放大，脸上是一种极其复杂的神色，仿佛是某种拼命掩饰的憎恶，却仍带有一丝明显的同情。

我胸口发紧，就好像有人用一只手紧紧掐住了我的心脏。她是想告诉我，我的生命即将终结吗？如果是这一点，其实我早就已经知道了。

"你的名字是……奥黛尔？"温蒂妮突然问。

我点了点头。

对方的脸上再次露出惊讶的表情。她抬头看了D一眼，然后再转向我。她就这样看着我们两个，犹豫着，犹豫着，脸上神色瞬间变化万千，但是她却并没有再开口。

最终她只是深深吸了一口气，对我说："你要小心。"

"我会的。"我勉强回答。

我就这样不明不白地离开了人鱼宫廷。其实我自己并不开心。我宁可她像那个头颅一样，直接告诉我"你很快就会死"，因为有些恐惧说出来之后反倒会感觉轻松。但是她却支支吾吾，讳莫如深，什么都不告诉我。难道世间还有比死亡更可怕的事情吗？我不明白。

塞图斯为我们送行。我们一起站在大船的甲板上，并肩眺望着远处的海面。地平线天水相连——我是说，"水水相连"，因为周围一切全都是水。我们就好像漂浮在一个巨大的气泡里。

"我们还会再见面吗？"塞图斯突然问。

"如果我们没有死在'常青之国'的话，当然会。"D笑着说。

"你去过'常青之国'吗？它是什么样子的？"艾米丽好奇地问。

"只去过一次。"塞图斯回答，"那绝对是一个难以形容的地方。有人说它是享乐的天堂，它的喷泉流出的是美酒和牛奶，它的宴会和舞会彻夜不休；但也有人说它是邪恶的地狱，是世间一切罪恶和丑陋的源泉。"

"至少，听起来它没有这里这么危险。"艾米丽吐吐舌头。

"更甚。"塞图斯摇了摇头，"因为最可怕的危机往往隐藏在最不可能的地方。"

似乎是回应他的话，略显粗粝的海风里突然送来了一丝柔润的味道。好像是初春的细雨，蘸了蜜，轻轻刷在脸上，连呼吸都带着醉人的芬芳。

海面上起了雾。白茫茫的大雾，来得浓郁而迅速，如同在吸水纸上

晕开的一点墨痕，在空气里迅速扩张，瞬间便扑上甲板，继而覆盖了周遭一切。

熟悉而又陌生的雾。我知道，这就是通往"常青之国"的桥梁。

51

"前面就是'水'与'风'的边界。"塞图斯说，"我只能送到这里了，诸位保重。"

"谢谢。"D伸出手，两人一把握住对方右臂，像一对真正的朋友那样道别。

"你要走了？"艾米丽犹豫着问，"那我们怎么办？"

"你们有船。船会带你们穿过雾，安全抵达风精灵的领地。"塞图斯说。

"难道你不把船带走？那你怎么回去？"艾米丽瞪大了眼睛。

塞图斯笑了。他一直是个严肃的人，表情很少，我觉得这是我第一次看到他笑。但是他的笑容很好看，似乎脸上所有坚硬的线条都因为这个笑容而打了弯，变得温柔可爱起来。而这个形容词原本与他风马牛不相及。

"别忘了，我毕竟是一条鱼。"塞图斯微笑，然后纵身跃入海面。

我听到哗的一声轻响，在那个刹那，一道灿烂的彩虹从水面一跃而起，像闪电一般劈开了天地间苍茫的雾气。我再次看到了那条恍如海豚般的巨大鱼尾，在海平面拍起一连串璀璨的浪花，贝壳状的鳞片划过碧蓝色的水波，撒落一地晶莹剔透的钻石。然后光芒退却，浓浓的白雾再次笼罩了一切。

"好美！"艾米丽由衷地发出感叹。

"人们往往只注意到人鱼美丽的外形，却忽视了他们战斗的天职。"D开口说，"他们一直是精灵中最骁勇善战的一族。"

"你对他们了解得真多。"小S突然说，"法庭上那个什么狄奥多，不会真的认识你吧？"

"你开什么玩笑。"艾米丽立即打断了他，"那都是好几百年以前的事情了！"

但是小S没有说话，他仍旧看着D，等待着他的回答。

"就像她说的。"D看了一眼艾米丽，淡淡地开口，"几百年前的事情，又怎么可能发生在我身上。"

艾米丽一副得意扬扬的样子，"我就说嘛！"她拽了一把小S，想要拉他去船舷边看风景。但是小S锁紧了眉头，他盯着D，显然没有被对方的解释打动半分。

"天哪，你们快过来！"艾米丽趴在船舷上往下看，突然大声叫起来。

我赶紧走到她身边，顺着她的手指，看到船舷下的雾气逐渐变得稀薄，隐隐约约，可以看到下面透上来一片蔚蓝色的海面。但是海面距离我们非常遥远。我只能看到一片一望无际的大海，上面细小的浪花就好像一群莫可明辨的白色小点。

"难道我们倒过来了吗？"艾米丽大惊失色地问，"我们头顶上的海面怎么跑到下面去了？"

"我们并没有倒过来，"小S俯身看了看，然后肯定地告诉她，"我们是在天上。"

"天上？"艾米丽惊讶地问，"那这些雾……"

"这些并不是雾。"D接了下去，"风族的精灵们习惯把它称做'云'。"

"这么说我们已经到了？很顺利嘛！"艾米丽欣喜地欢呼起来。

我知道她是对比我们上一次进入水族领地的狼狈。但这并不说明前方就没有危险。我想塞图斯是对的，看似平静的地方往往危机四伏。何况这里的每个人都告诉我，我很快就会死。既然这已经是命中注定的事实，那么在我死之前，我应该好好享受未来将要发生的一切。所以我踏上一步，紧紧抓住了D的手。

"我准备好了。"我对他说。

浓雾，或者说，云，渐渐稀薄。船身猛地一震，撞上了一块飘浮的大陆，然后顺势在岸边搁浅。

我小心翼翼地迈出甲板，踏上柔软的泥土。我使劲踩了踩，还好，触感是一片坚实的大地。如果刚刚不是艾米丽透过云层看到了下面的海面，没有人能够想象这竟然是一片完全飘浮在空中的岛屿。

"我们会掉下去吗？"当艾米丽开口发问，我也在想着同样的问题。

"我想，应该只要站在陆地上就没问题。"小S转头眺望我们来时的方向，但那里已经被浓郁的白雾覆盖。

从我们这里看出去，它是雾。但如果从下面的海平面仰望，用我们原先人类世界的视角，它就是云。厚厚的云层包裹着这片风精灵聚居的大陆。

我游目四顾。在茫茫雾霭之间，这里看上去似乎是一个热带岛屿，满眼都是茂密的棕榈树林，遍地生长着不知名的诡异植物和色彩艳丽的花。我听到风吹树叶的沙沙声，还有响亮的鸟鸣，灌木丛中小虫窸窸窣窣的声响，但是我看不到一个人。

"这里……"我刚要开口，D突然做了一个噤声的动作。我们几个人随他躲在棕榈树后，睁大双眼看着面前发生的一幕。

我看到了一只鹰。头顶一簇深褐色带斑纹的羽毛，刀尖般锋利的金黄色鸟喙，还有那对令人恐惧的锐利鹰眼。无论从任何角度看，它都是一只鹰，活生生的鹰，绝对不是什么标本或者道具。但我却没有看到任何翅膀或者脚爪，我看到的只是一只鹰的头颈。因为头颈以下的部分，是一个人的身体。

确切地说，是一个全副武装的人，一个士兵。和人鱼战士在竞技场的简单装备相比，鹰头人身上的铠甲细致繁复了不知道多少倍，仿佛本身就是一件奢侈华丽的艺术品。他站在那里，手里拿着结实的锁链，锁链末端拴着三四个人。

那几个人也是鸟头人身，却不是鹰隼，而是比较小型和常见的鸟类，比如鸽子或者麻雀之流，他们身上没有铠甲，头顶的羽毛灰败稀疏，看起来样子凄惨而丑怪。

"天啊！要重头再来一次吗？"艾米丽翻了个白眼，不满地嘟囔了一句。我知道她想起了我们在圆形竞技场的遭遇。

她的声音压得非常低，但鹰头人突然回了下头。我紧张地屏住了呼吸。

幸而那对可怕的鹰眼并非望着我们的方向。另一侧的灌木丛中突然传来脚步和挣扎的声音。紧接着长草分开，另一个鹰头人身的士兵押解着两个可怜的鸽子模样的人走了过来。

"今天的数目够了吗？"他问前一个士兵。

"差不多。"第一个鹰头人回答，"可以收工了。"他一声呼哨，树叶簌簌作响，锐利的鹰啸直贯云霄。没过多久，树林深处好像回应一般，传来两声同样的长鸣。

当他们的身影隐没于树林，我松了口气，刚想站起来活动一下酸痛的筋骨，突然有人紧紧地捂住了我的嘴。我吃了一惊，还没来得及挣扎，来人已经用另一只手死死箍住我的身体，不由分说把我往后拖。我完全看不到他的脸，只能看到周围空空如也的灌木丛，刚刚还在我身边的D、小S和艾米丽，此刻竟然全部都消失了。

52

我努力挣扎，双腿在地面上拼命踢腾，来人只好松开了手。

"嘘！"他对我说，"小心被他们发现！"

我转过头，看到一个头戴兜帽的人。这里光线昏暗，我看不清楚他的面孔，但我确定兜帽里是一对鸟的眼睛，很可能来自一只鸽子。然后我看到了我的朋友们，D、小S还有艾米丽，他们全部聚集在这里，还有另外几个同样头戴兜帽的村民。

"这是怎么回事？"我忍不住问。

"这里不安全，我们回去再说。"拖我前来的那个人再次开口。然后他安静地倾听了一会儿，选择了一条灌木丛生的小路，压低身子走了出去。

我们全部人跟着他。没过多久，视野逐渐开阔，我们来到了一片村落。

这些小房子都十分简陋，大多数像个小窝棚的样子，屋顶上随意覆盖着些干草。几个光着身子的小孩子正在地上玩着石子，旁边有个像他们母亲的人，罩着一件粗糙的麻布袍子，腰间系了根麻绳，正在一张破席子上挑拣着干燥的玉米粒。这些人的身体与我们并无二致，但肩膀以上都长着鸟类的头颈，就是那种最普通的鸟类，不是麻雀就是燕子。

戴兜帽的人绕过他们，来到后面的一间小房子门口，然后做个手势让我们进去。

我踮起脚尖，看到不远处有一个士兵模样的人站在村口处，我吓了一跳。尽管他的铠甲并不如林中两个士兵那样艳丽夸张，但他毕竟也长着同样锋利的巨大鸟喙。

"别担心那个。"戴兜帽的人说，"他只是普通的巡逻兵，不是来抓人的。"

他走进室内，揭开了罩在头上的兜帽，果然是一只灰鸽。另外几个戴兜帽的人也露出了本来面目，大部分是鸽子，也有乌鸦，还有一只雉鸡。但是这只雉鸡瞎了一只眼睛，头上的羽毛稀疏松散，几乎已经看不出原先的样子了。

"我已经很久没看到过人类了。"领头的灰鸽人说，"你们是谁，来这里做什么？"

"只是普通的旅人而已。"D回答，"我们听说常青之国美丽富饶，一心向往。"

"你们不走运，现在可不是和平时期。"灰鸽人叹了口气，"我劝你们，还是从哪里来就回哪里去吧。"

"不是说这里的宴会和舞会彻夜不休吗？"艾米丽插嘴说。

"那是很久以前的事了。"灰鸽人瞟了她一眼，"自从新国王登基之后，我们就变成了现在这个样子。"

"到底发生了什么事？刚才在树林里，那些士兵为什么要抓人？"我忍不住也开口发问。

"税收和劳役，还能有什么别的事？"顶着乌鸦头的家伙不耐烦地说，"那些士兵是从王城来的，他们来这里收税，收不到，就抓奴隶回去。"

"那他们会把我们也抓走吗？"艾米丽立即紧张地问。

"当然不会。"乌鸦人端详着她，露出一个诡异的笑容，"像你这么漂亮的小姑娘，只会吊在笼子里当做宠物观赏，是绝对不会让你去做矿工的。"

艾米丽尖叫一声，缩在了小S身后。

"你出去看看，防止敌人突袭。"灰鸽人找借口把乌鸦人推出室外，他叹了口气，对我们道歉说，"他的两个弟弟都被抓走了，他不是故意的。"

D点点头表示理解。

"什么样的人才会被抓去做奴隶？"小S突然开口，问了一个看似随意的问题。

但是灰鸽人竟然愣住了。

"老弱的？伤残的？"小S继续问，"这个国家所有身强力壮的人都去了哪里？"

"这不是明摆着吗？"瞎了一只眼睛的雄鸡怒气冲冲地对他说，"那些健康美丽的早就去了王城，又怎么会在这个小村子里过着担惊受怕的日子！"

"所以你们的社会等级制度是以外形来划分的？"小S恍然大悟。

"难道你们不是？"雄鸡用自己仅剩的一只眼睛死死瞪着他。小S耸了耸肩。

"这么说的话，那我们在王城里就可以看到孔雀咯！"艾米丽继续不合时宜地开口。小S赶紧拉了她一把。

"我劝你们还是回去吧。"灰鸽人说，"走得越远越好，不要卷入风国的这场动乱。"

他话音未落，屋外突然传来一阵喧嚣。我听到孩子撕心裂肺的哭声，杂乱奔跑的脚步，还有喊杀和尖叫。大门猛地被撞开，先前的乌鸦人闯了进来。他的胳膊上插着一支箭。

"他们又回来了！这一次打算摧毁村子……"他气喘吁吁地说，"快走！"

灰鸽人的脸色变了。他立刻站起身，一把拎起墙角的武器分配给众人。

"有多少人？"他问。

"很多……"乌鸦人咬牙，一手折断箭镞。他接过对方递来的一把剑。

"那我们撤。"灰鸽人当机立断。他看了我们一眼，然后对那只瞎眼雉鸡说，"你先带他们走。去找西尔夫。"

雉鸡哼了一声，抱住双臂，一副不以为然的样子。

"他们现在被困在这里，只能跟着我们。"灰鸽人急匆匆地催促他，"快走，西尔夫会为我们作出决定。"

话毕，他和另外几个人打开大门冲了出去，替我们挡住士兵的追逐。D拉着我，还有小S和艾米丽，我们跟着雉鸡人跑出去，冲进灌木丛。锋利的草叶划伤了我的脸和手，我听到头顶传来鹰隼的长啸，我不敢抬头，甚至不敢睁眼，只是拼命跑。

风声猎猎，我听到身后传来噼噼啪啪的脆响，还有巨物倒塌的声音。熊熊的火光映红了半片天空。连树林里都能感受到烧灼的热气。

"他们……把村子烧了？"艾米丽战战兢兢地问。

雉鸡看了她一眼，摆出一副"这不是明摆着吗"的嫌恶表情。

"那，那些孩子呢？还有他们的母亲……"艾米丽悲伤地发问，她的眼泪落了下来。

雉鸡停下了脚步。"都死了，"他说，"我们没有办法救他们。"

"为什么会这样……"艾米丽哭起来。

"这个国家的法律就是这样。"雉鸡咬牙切齿地说，"生来丑陋和低贱的，连根本的生存权利都没有。只有那些高贵和罕见的鸟类，才配住在王城里像贵族一样生活。"

"这不公平！"艾米丽叫道。

"是的，所以我们要做的，就是改变法律，书写我们自己的历史。"一片静寂的丛林深处突然响起一个陌生的声音，我吓了一跳。

一个披着黑色披风的男子应声从树木的阴影中走了出来。他摘下了头上的兜帽。

我从来没见过这样的鸟。他的羽毛好像乌鸦一样漆黑如墨，但是鸟

喙很短，头上有翎毛，最奇特的是脑后有一条蓝色的细长羽翎，在风中飘飘荡荡。

"欢迎来到常青之国。"他对我们伸出手，"我是西尔夫。"

53

这是一个深邃的洞穴。我们跟随自称西尔夫的黑鸟走进地心深处，脚底是厚厚的淤泥，头顶不断滴滴答答地落下冰冷的水滴。

"这是哪里？"艾米丽在黑暗中战战兢兢地开口。

"湖底。"西尔夫回答她，"我们目前的藏匿地。"

"这里安全吗？"

"我们已经待了一个星期。"西尔夫说，"他们暂时还没有发现我们。"

"你们？"艾米丽刚刚露出疑问，答案很快就揭晓了。穿过迂回的孔穴，前面逐渐传来微弱的亮光，再走几步，随着洞穴逐渐加宽，光线也逐渐加强。转过一个弯子，岩壁上插着火把，照亮了这个位于地底深处的空地。

空气愈发潮湿，我隐隐听到哗哗的水声，好像是一个丛林深处的瀑布，飞流直下，隔着泥土沉闷而微弱地传过来，还有附近火把上火焰剥落的脆响，就仿佛噼啪燃烧的爆竹。因为这里实在安静得过分。面前的空地上三三两两，大约聚集了四五十人，他们紧紧握着手上的武器，正在用玻璃一样锐利的鸟眼盯着我们。

"放松。"西尔夫伸开双手，"他们不是我们的敌人。"

"那么他们是什么人？"人群中响起一个女子的声音。她拿着一把剑，麻布短袍外面套着简易的铠甲，肩上的鸟头长着纯白色的羽毛。

"不要紧张，梅拉妮，我的妹妹。"西尔夫平静地开口，他对送我们来的那只瞎眼雉鸡点了下头，"他们从彭托斯过来，那边的村落已经被烧毁了。"

"这个月已经烧了十多个村子！"另一只布谷鸟模样的灰鸟高声叫起来，露出赤红色的喉咙，"他们是要把我们赶尽杀绝吗？"

众人喧哗声中，梅拉妮举起手中长剑，"我们必须反抗！"所有的人立刻举起武器与她呼应，洞穴里顿时群情激奋。

西尔夫再次举起手，让大家安静。

"收拾行李，清点武器，我们明天一早就离开这里，向王城进发。"他简单作出决定。在众人欢呼声中，他对布谷鸟说："你先走一步，带几个人去南方，与奈瑟的军队会合；而你……"他对一边跃跃欲试的白鸟梅拉妮说，"立即派人去给塞赫米特送信。告诉她，战争开始了。"

在他发号施令的时候，他头上的蓝色羽翎飘飘荡荡，宛如一面明艳的旗帜。但是我突然发现，这支羽翎并非是长在中间的。它位于西尔夫头顶的左后方，而右方对称的位置上却空空如也。但是当我注意到这一点的时候，一贯眼尖的艾米丽当然也注意到了。

"你……是在战争中失去它的吗？"她小心翼翼地问。

西尔夫摇了摇头，"在过去，我们并没有这么多的战争。"

"那是……"

"我自己割下去的。"

"为什么？它那么美！"艾米丽表示不理解。

"异乡人，难道你还没有发现么？"西尔夫对着空地上正在收拾东西的众人做了个手势，"美丽并不属于我们这一群人。"

顺着他手指的方向，我看到那群鸟头人身的人，和刚刚看到的村民相仿，他们尽管种类各不相同，但颜色大多是难看的灰褐黑，也有少

量的白鸟，就好像梅拉妮，但那白色白得非常不自然，仿佛是把所有的颜色放在漂白粉里洗过一样，羽毛灰败而黯淡，看起来一副病恹恹的样子。

我看着不远处正在给一只雨燕委派任务的梅拉妮，我记得西尔夫刚刚提到她是他的妹妹。细看上去，他们确实有着几乎一模一样的外形，但是西尔夫的羽毛却是纯黑色的，他还有一对水晶一样明亮而包容的蓝眼睛。而梅拉妮的眼睛却是可怕的血红色。她的头上也没有翎毛。

我听到西尔夫悲伤地开口："这里所有的人，因为不出众的外貌，从诞生之日起就位于社会的最底层。他们之中包括所有没有艳丽羽毛的种族，伤残老弱者，白化病人，还有风族绝大部分的女性。"他补充说，"除了这里，境内另外两个起义军团几乎全部是清一色的女性。"

"为什么？"艾米丽立刻问道。

这姑娘实在太喜欢提问题，这次连她的男友都忍不住了。"这有什么为什么？"小S冲她喊，"他们是鸟类！"

几个在附近打磨兵器的人立刻抬起头盯着他，小S这才意识到自己的失态。"抱歉。"他赶紧说，撇了撇嘴。

"没什么。"西尔夫挥了下手。那几个人低下头继续忙活自己的事情。

艾米丽歪着头想了想，似乎终于搞明白了在"靠外形划分阶层"的国度里，"雌鸟为什么会比雄鸟社会地位低"。但她很快又萌生了一个新的问题，并在小S制止她之前成功开口。

"那么你们的上层社会就没有女性吗？"艾米丽问。

"噢，当然有。"西尔夫回答，"鹦鹉就是一例，她们羽毛的艳丽程度和男性几乎没有分别。她们擅长赞美和歌唱，在宫廷上下异常活跃。但除此之外就很少了。因为几乎全部的风族女性和男性相比，相貌都并不出众。"

他的解释是如此浅显，艾米丽一下子就明白了。她若有所思地点了点头。

"请恕我直言。"一直沉默的D突然开口，"我尊重你们的决定，更钦佩你们的勇气。只是在看到那些全副武装的鹰兵之后，我相信王城一定戒备森严。你们打算如何取胜呢？"

"坦白讲，我们并没有希望取胜。"西尔夫说，"但是我们留在这里也是死路一条。"

"不要这样说！给你的族人一些希望嘛！"艾米丽不满地说。

"谢谢你的建议。"西尔夫看着这个好心的姑娘微笑，"其实对于目前的恶劣形势，我们所有人都心知肚明，但这并不表示我们就会坐以待毙。"

"好样的！"小S对他竖起大拇指，"请让我们加入你们，尽上自己一份微薄之力。"

艾米丽瞪着他。我也有点吃惊。我不记得他是这么勇敢的人。但是经过人鱼竞技场和委员会法庭之后，我们四个人已经同生共死。我转头看D，他对我点了点头。

"我们困在这里了。"他对西尔夫说，"除了跟着你，我们也无路处可去。"

话音未落，我们身后突然传来一阵喧嚣。紧接着，一股呛人的烟雾，隐隐开始在洞穴内部弥漫。

"他们发现了我们！""他们在洞口放火了！""他们想熏死我们！"

几个视察情况的人从洞口惊慌失措地跑过来，洞穴里接二连三地响起惊叫，原本井然有序的人群出现了混乱。

"安静！"西尔夫站上一块石头，他握着一把剑，镇静地下令，"计划改变，梅拉妮，带上你的队伍和所有武器，立即从后洞离开！其

他的人，轻装跟我走水路！"他对我们做了个手势，"你们跟着我。"

人们安静地分成两队，梅拉妮那一队全是清一色的女战士，她们虽然形态不同，羽毛各异，但个个身姿矫健，手持盾牌和长刀，腰挎匕首，身后背着箭壶。西尔夫这一队则大部分是青年男子，瞎眼雉鸡也在我们之中。

洞穴里烟雾渐浓，有些人已经开始咳嗽。但是他们没有人再叫嚷一声。待所有女性跟随梅拉妮进入另外一个洞口之后，西尔夫挥了挥手，剩下的人则静静跟随他走入洞穴深处。

火把已经熄灭了，周围一片漆黑。我感觉我们是在往上爬，但脚下却越来越湿，头顶落下的水滴把我的头发和肩膀全部浸透了。再往前走，那股难闻的烟雾味道几乎已经消失，我先前听到的水流声音却愈显清晰。

这里极湿，借着前方微弱的光线，可以看到两侧滑不溜的石壁上遍布青苔。哗哗的水声覆盖了一切。

我小心翼翼地踮起脚尖，越过西尔夫的肩膀，我看到了一个瀑布。

54

洞口是一个瀑布。这里根本就没有路。

准确地说，这里是瀑布的后面。我只能从洞口看到它的一部分，我不知道这个瀑布有多大，洞口离水面有多高。我立刻想到在罗马尼亚的时候，就在婚礼之前，D曾经抱我跳下悬崖。现在我只希望这件事不要重演。

但是偏偏事与愿违。

西尔夫做了个手势，艾米丽抢先惊叫起来。"我绝对不会下去！"

她尖叫。但是在隆隆的瀑布声响下，她高分贝的嗓音听起来弱化了不少，完全无法构成她要想表达的强度。

西尔夫看了一眼小S。"我可以吗？"他问。

小S耸了耸肩表示默认。然后就在我和艾米丽都没有反应过来的时候，西尔夫拦腰抱起艾米丽，然后纵身跃入了瀑布。水花四溅。我甚至没有听到艾米丽来得及发出任何声音。

小S紧跟在他们身后跃入瀑布。他的勇气再一次令我吃惊。然后是身后那些人，他们依次走过我身边，一个接一个地跳下瀑布，没有人有半刻犹豫，就如同一排应声而倒的多米诺骨牌。

最后这里就剩下我和D两个人。

看到我回头，他对我眨了眨眼睛，带着一股好笑的意味对我说："你回不去的。那里浓烟密布。"

我翻了个白眼，没有回答他。其实我心底默默希望，如果他也像西尔夫抱艾米丽那样抱我跳下去就好了，让我连害怕的机会都没有。或者就像我们婚礼那夜，创造出某种致命的浪漫氛围，让我不由自主地沉浸其中。但是他此刻却偏偏站着不动，抱着双臂，露出一副好整以暇的样子让人讨厌。

"准备好了吗？"他对我眨眨眼睛，补充了一句，"那些鹰兵马上就会追上来。"话语里催促的意味更浓了。

我小心翼翼迈上一步，我的鞋尖已经探出了洞口，近在咫尺，瀑布喷溅的水珠把我的脸都打湿了。我低下头，但是只能看到白色的水花，完全看不到底。我不知道如果我再迈出一步，要经历多久才会到达水面。何况我正冻得发抖，我一点都不喜欢水。在我欢天喜地地来到风族领地之后，本以为我和水的渊源已经结束了。

"那么由我先跳？"D试探着问。他的语气里带着笑。

"不，你在我后面跳！"我立刻就回绝了他。我恨他这种不知所谓的态度。我觉得自己可能真的有恐高症，但这家伙明显就是不相信我。

现在我没有选择了。我深深地吸了一口气。然后抬起一只脚……

他拉住了我的手。我还没来得及发出一声惊呼就被他拽了下去。

这是我们第二次"跳崖"。但是这一次却完全没有相拥的浪漫，因为我们立即掉入了冰冷的泉水里，像两块大石头一样沉了下去，然后又浮了起来。

瀑布在我们身后哗哗地喷溅出稠密的白色泡沫。

我甩开他的手，拼命擦去脸上的水渍，想看清楚周围的景色。

这是一个深潭，但是并不大。当我们最终挣扎着游到岸边的时候，之前跳下来的十几个人都已经站在了岸上，包括小S和艾米丽。艾米丽一如既往，摆出一副惊慌失措的样子，但是看起来并无大碍；而小S对自己的状态相当满意，尽管全身湿透，却精神抖擞地站在西尔夫身边，显然已经把自己当做了对方的一员。

西尔夫伸出手拉了我一把。我攀上河岸，这才注意到，在潭水的另一侧，有七八匹上好鞍的白马，正在那里喝水歇息。

"我们人多，得两人共乘。"西尔夫对我们解释。我这才明白过来，原来他早就在这里准备好了一切。

"我可以和你共乘一匹吗？"我突然问道。我还在生D的气。

西尔夫笑了，"当然可以。"他拉过一匹马，帮助湿淋淋的我跨上马背。

D看着我上马，脸上露出一个似笑非笑的表情，他对我使了个眼色。但我只是甩了甩头发上的水，决定暂时不理他。

我并非从未骑过马。但这匹马的个头比我想象的要高出很多，也强壮得多。当我稳稳地坐在它身上，一闪念间觉得似乎有哪里不对，却又说不出来。它只是一匹普通的马而已，既没有水下生物的骨板铠甲，也没有向内卷曲的尾巴。它看上去没有半点异常。

西尔夫同样翻身上马。他坐在我身后，伸手抓住缰绳。

我想我应该是安全的，尽管此刻坐在我身后的人并不是D。因为这只是一匹马而已。

这个想法在五分钟之后完全崩塌。

我是说，刚开始的时候并没有什么不对。我们策马经过茂密的丛林，绕过头顶垂下来的枝条，小心跃过横在脚下的攀援植物，随着视野逐渐开阔，我们的坐骑开始奔跑，然后越来越快，越来越快。如果西尔夫没有紧紧把我箍在怀里，我想我一定会跌落马背。

但这并不是让我震惊的原因。

因为在短短的五分钟之后，我们就离开了森林。洁白的云团在我们周围翻腾跳跃，迎面可以看到浩瀚辽阔的天际。我们已经走到了这座山峰的制高点。

面前是一片悬崖。

但是这些马匹根本没有半点停止的意思，它们看到悬崖，反而加快了速度。我拼命掐住自己才没有发出一声尖叫，就在它四蹄踏空的那个刹那，我听到耳边呼呼的声响，一股巨大的气流从脚下升起，几乎把我整个撞飞出去。

我的眼睛被强烈的气流刺激得充盈泪水，在模糊的视线里，我看到脚下蓦然展开两扇巨大而强壮的翅膀，鸟类的翅膀。于是我终于明白了D那个眼色的意思。

这些绝不是普通的马匹。因为这里毕竟是风精灵的领地。当它们静止的时候，这些翅膀似乎是隐形的，它们看上去和普通的马没什么两样，而一旦马匹腾空而起，它们便在强风的吹拂中突然展露形状，像两张缀满羽毛的强帆，借着风势迅速滑行。

我牢牢抓住马鬃，努力控制自己的平衡。当我感觉好些了，我低头俯视脚下一望无垠的大地，上面密布着层层叠叠的热带丛林和水域。我从未见过如此多的绿色，草绿、墨绿、翠绿、橄榄绿，还有各种无法形容的绿色，它们彼此协调过渡。风过，芭蕉树巨大的叶片翩翩起舞，藤本植物细小的触手攀援摩擦，每株植物都奏响一曲属于自己的音乐，耳边沙沙声响，整座森林生机勃勃。

"这就是我们被称做'常青之国'的原因。"西尔夫突然开口。

"名副其实。"我不由自主地赞叹一声。

"我们仰仗森林才得以生存。"西尔夫继续说，"森林就是我们的生命。"

我艰难地咽下一口，没有说话。因为我突然看到，就在碧绿的森林深处，滚滚浓烟破坏了全部的和谐。熊熊火光像一条倏然蹿起的恶龙，张开令人恐惧的巨口，吞噬了大片树木和房屋。

"……所以我们必须保护它。"西尔夫说到了重点。他一声呼哨，对身后众人打了个手势。然后他高举长剑，和我一起策马飞入火焰的中心。

55

烤炙的热气扑面而来，刺鼻的浓烟呛得我根本无法呼吸。我紧紧搂住马颈，俯低身子，给身后的西尔夫腾出最大的活动空间。他在马背上挥动长剑，在翅膀扇动带动的狂风中从天而降，猛地砍倒了前方两个全副武装的鹰兵。

一切都发生得太过突然，敌人没有丝毫准备。两个士兵倒下之后，原先一面倒的战斗形势立刻发生转变。原本忙于追赶村民的敌人立刻叫嚣着围拢过来，火焰把他们令人恐惧的黄色眼睛熏成赤红，近在咫尺的尖利鸟喙触目惊心。

但是紧接着我们的另一匹马也着陆了。两位乘客互相配合，一前一后，挥舞手中长剑，猛地刺向敌人。然后是另外一匹。然后再一匹。越来越多我们的人加入了战斗。地面上受困的民众重新燃起了早已失去的信心，年老体弱者争相捡起大小石块，甚至是燃烧的树枝掷向敌人，而年纪轻一些的，就拾起对方掉落的兵器，拼死抵抗。

在众人齐心协力的战斗之下，胜负立刻就见了分晓。我们胜在突袭，而这些马匹也占据了绝对优势。它们天生神力，当它们高高抬起前腿，恐惧的鹰兵们立刻四散逃开。这些士兵大部分倒在了西尔夫他们的剑下，剩下寥寥几个，见势头不妙，也迅速撤退。

我们大获全胜。

和沿途看到的无数小村子相比，这里算是一个规模相当大的村落。当敌人全部被杀死或者逃离，人们从附近的水域引来泉水救火，忙活了大半天，火势总算是控制住了。尽管房屋被烧得七零八落，但因为我们所到及时，绝大部分村民都获救了。他们跃跃欲试要加入西尔夫的队伍。

"我们听说过你。"一只年轻的云雀说，"风精灵西尔夫，我们的救世主。"

"我并不是什么救世主。"西尔夫回答，"我一个人的力量微乎其微。能走到这一步，全是凭借着大家自己的努力，而我们的未来更需要大家同心协力去争取。"

"跟着西尔夫！"云雀振臂高呼，"争取我们自己的未来！"

"跟着西尔夫，争取我们自己的未来！"众人高高举起武器，齐声呼应，呐喊声震天动地。

一阵微风吹过，头顶棕榈树巨大的树叶沙沙作响，好像在回应着人们的决心。

火势渐渐地小了，遍地都是焦枯的臭味。人们清点兵器，照顾伤

者，准备在此扎营。

那个消息就是在这个时候被送过来的。它的到来给我们全部人带来了翻天覆地的变化。

首先是天边出现了一个黑影，一匹白马挥动巨翅从天而降，着陆之后，跟跄几步跌倒，口吐白沫，侧腹的伤口涌出可怖的鲜血，把一侧的翅膀染成鲜红。马背上是一位身姿矫健的雨燕姑娘，她一个跟头翻身站起，抹了把手上的血，在众人的惊诧中匆匆跑向西尔夫。

我认出她就是先前梅拉妮手下那位报信者。梅拉妮下达指令不过是几个小时之前的事情，现在她竟然已经回来了。报信者的速度之快令人咋舌。

"我们中伏了！"她行了一礼，上气不接下气地说，"此刻我们腹背受敌，请求立即支援！"

"按照计划你们应该与塞赫米特会合。"西尔夫紧紧皱起眉头。

"梅拉妮统领刚走出洞口就遇到了伏兵。"雨燕说，"我们根本就没有走出半里路。"

"现在情况怎么样？"

"我们完全被困住了。"雨燕说，"没有支援，全军覆没只是时间问题。"

"塞赫米特的军队在哪里？"

"离此地还有一天路程。"雨燕绝望地摇了摇头，"赶不上的。"

西尔夫看了一眼等候他命令的众人，愁眉紧锁。半晌，他开口说："十个人，和我骑马先走，剩下的人步行，我们先回去解救同伴，然后再与大军会合。"

我看到小S抬起头，对西尔夫投去询问的目光。

"你留下来。"西尔夫立刻说，"你们都留下来。此行太过危险，你们没有必要让自己再次陷入危境。你们和伤者全部留在这里，听候任命。"

艾米丽松了一口气。但是从小S的表情来看，很明显他并不开心。

"请你们帮助我照顾伤者，保护我的族人。这对我非常重要。"西尔夫认真地看着他，但是没等对方作出任何回应，他已经走入人群，点了十个人的名字，瞎眼雉鸡也在他们之中。

"小心。"瞎眼雉鸡路过我们的时候甩下一句，然后迅速翻身上马，跟随西尔夫策马飞入空中。

然后是大部队。所有可以走路的人，收敛行李，带上武器，他们安静地离开，按照西尔夫的命令，去会合由另外一位女性首领塞赫米特带领的军队。

当所有的人离开之后，最恐怖的灾难发生了。

我先是听到了鸟鸣，一种清脆婉转的嗓音，悦耳动听。然后我看到了他，小巧艳丽的头，针一样的鸟喙。我知道那是一只蜂鸟。

一位伤者率先发出了恐惧的尖叫，似乎再次看到了进攻的敌人。但是这里并没有任何鹰兵，只有这些小巧玲珑的蜂鸟。这些小人儿们大约半人高，像小妖精一样突然从树上蹦出来，灵活地在枝条之间跳跃翻腾，然后倏地一下就不见了。

地面上所有的伤者四散奔逃，冒烟的焦土上，我们四个圈外人面面相觑，不知道等待我们的将是什么。

最先中招的是D。我只听到了风声，甚至根本就没有看到那些小蜂鸟的身影。我只看到站在对面的D，脸上那个与他极不合称的震惊表情，下一秒，他直挺挺地倒了下去。

然后是小S。这次我看到了，我看到一只小蜂鸟隐藏在茂密的树叶之中，鸟喙微张，形成了一个细长的小管，紧接着，一根长针，从这根小管里如疾风一般喷射而出，正中小S的后颈。我甚至没有来得及发出半声惊呼。因为与此同时，我清晰地感觉到脖颈一凉。

在我倒下去之前，我看到艾米丽已经倒在了地上。

整个森林在我眼前旋转。所有的绿色，草绿、墨绿、翠绿、橄榄绿，还有各种无法形容的绿色，它们原本和谐美好地搭配在一起，此刻却被强硬地塞入搅拌机内疯狂搅拌，像陀螺一样拼命旋转，到了最后，所有的颜色都调和成了黯淡的灰白。

整个五彩缤纷的世界失去了所有的色彩。失去了所有的声音。失去了所有的味道。

好像一张覆盖一切的大网，过滤了所有的思想，所有的行为，所有的爱恨。整个世界只剩下空旷，可怕的空旷，一无所有的空旷。

就如同一切清零。

然后落幕。

56

我在一片喧嚣声中惊醒。

号角的声音、鼓声、管风琴的鸣响，还有流水般的琴音，人们的笑声、脚步声、窃窃私语以及交谈与问候，我在这一切声音的交织中醒来。

我揉了揉眼睛，发现自己正躺在一张床上。一张维多利亚风格的华丽大床，突出的床头和床尾精致万分，装饰着典型的浮雕和花纹。我转过头，看到旁边是一个带镶框镜子的梳妆台和同样款式的圆润矮柜，弧线的桌脚和微微突出的抽屉上是与床头类似的浮雕。当我挣扎着从床上坐起来，我的脚立刻就陷入了一张软绵绵的羊毛地毯。

我的周围是奢华精美的室内陈设，就好像再次回到了布朗城堡的地下王宫，或者是我们在威尼斯所住的高级旅店。但我却很清楚地知道自己并没有做梦，因为这里并不是一个房间。

这是一个笼子。一个鸟笼。一个用雕着花纹的白色金属栏杆沿着地毯边缘围起来的鸟笼。栏杆与栏杆之间只有窄窄的一拳距离，从地面垂直生长到室内四分之三的高度，然后向内弯曲，最终遥遥会聚在天花板的一点上。

我仰起脸，但是我看不到那个点，因为天花板极高。我分辨了很久才确定自己是在室内，因为周围全部是绿色，就好像再次置身于一座繁盛茂密的热带丛林。遍地都是高耸的棕榈树和阔叶芭蕉，叫不出名字的藤蔓植物爬遍了鸟笼的白色栏杆。但是我同时也看到了同样的白色金属和彩色玻璃相间的外墙，我也看到了头顶长圆形的玻璃拼花拱顶。

这是一座温室。一座像整个足球场那么大的温室。一座热带的花园。

到处都是人。和丛林里那些人一样长着各式各样鸟头的人。但是和丛林里的普通鸟类相比，这里的鸟类可要"珍贵"得太多了。骄傲的孔雀、优雅的天鹅和火烈鸟、像绿宝石一样闪闪发光的绿咬鹃，当然还有鹦鹉，到处都是鹦鹉，巨大的五彩金刚鹦鹉和头戴花冠般的凤头鹦鹉争奇斗艳。就连这里的守卫也不再是简单的鹰隼，他们是色彩斑斓的王鹫和秘书鸟，前者持长枪站在门口，黑红相间的头颅上，闪光的眼睛好像镶着红边的浅蓝色玻璃球，密切注意着场内发生的一切；后者则有着鲜艳的橙色脸颊，他们张扬地竖起头顶高耸的灰色羽翎，骄傲地迈着长腿在场内巡逻。

这些人的服饰同样美艳惊人。他们身穿色彩艳丽的繁复织物，边缘搭配层层叠叠的蕾丝花边。女士普遍是带着裙撑的宫廷长裙，鸟头上顶着可笑的帽子和头饰；男士们则是花哨的长外衣，紧腿裤和各种颜色的长袜。除此之外，不论性别，他们的脖子上全部缠绕着文艺复兴时期那种厚重宽大的波浪状拉夫领，似乎地位越高，领子就越大。

但是现在并不是我观察他们的时候，而是他们在观察我。这些身着华服的人聚集在鸟笼四周，像观看珍稀动物一样目不转睛地盯着我。我的任何一个细微的动作都可以引发他们的惊奇和议论。就好像一个透镜，把周围数十双眼睛，鸟的眼睛，全部牢牢聚焦在我身上，我想如果这里有太阳的话，我一定会立刻被烤焦。

我继续向四周看。我逐渐意识到，这里并不只是一座温室和花园，这里其实是一座宫殿。

宫殿里正在举办宴会。

美丽的灰冠鹤侍者端着与自己头冠同色的香槟酒在场内穿插不休，芭蕉叶下，靠墙的长桌上摆满一盘又一盘令人垂涎欲滴的各色水果和精致的小点心。

"啪"的一响，一串紫葡萄掉在我面前，紫色的浆汁立刻染红了地毯。我抬起头，看到那个扔葡萄的蓝色小鹦鹉，它个头很矮，穿着与羽毛同色的绣花礼服，看上去像个孩子的模样，正一脸期待地看着我的反应。不只是他，其实周围所有人在看到地毯中心的那串葡萄之后，都在期待我能够有所动作。在小鹦鹉扔了一串葡萄之后，另一个五彩斑斓的我叫不出名字的小鸟，也立刻扔了一个石榴给我。

"不准喂食！"一只正在巡逻的秘书鸟突然迈着威严的大步走过来，随即把枪尖伸进笼子，灵巧地把那串葡萄和石榴都挑走了。地毯上只留下几点暗红色的污渍，给人以一种不祥的预感。

我是说，还会有什么好事发生呢？我们在森林里中了埋伏，睁开眼睛的时候，我已经被锁进了笼子。一个鸟笼。而鸟儿们却装模作样地穿上了人类的衣服，站在笼子外面对我指指点点。好吧，这里是所谓的风精灵的领地，而他们通通都是鸟。但是这又能怎么样呢？我所知道的就是，现在我独自一人被困在这里，看不到我的朋友们，也看不到D。

在很长的一段时间里，我坐在那里一动不动，围观的人群逐渐对我失去了兴趣。他们很快就被这里其他的事情吸引了，比如一位人类少女的惊声尖叫，或者是一位人类少年的咒骂不绝。

我很快就分辨出，自己的鸟笼位于这个玻璃大殿的一侧。从我的位置，可以隐约看到两侧走廊尽头白色金属笼子的一角。我跑到鸟笼边缘，紧紧握住栏杆，踮起脚尖。但是这里毕竟是一片热带丛林，层层叠叠的绿叶和蜿蜒的藤蔓阻挡了我的视线。我看不清楚笼子里面的人，但从声音判断，我知道那一定是艾米丽和小S。他们应该也和我一样，分别被锁进了巨大的金属鸟笼，摆在这里不同的位置，供宴会上所有的宾客驻足观赏。

但是除了我自己这个之外，目前我只看到了另外两个鸟笼。我也只听到了两个熟悉的声音。我不确定，这里是否会存在第四个鸟笼，那个锁着D的鸟笼。我看不到，我也听不到他的任何声音。

当我想着这一点的时候，我的心脏开始狂跳。一半是喜悦，一半是担忧。喜悦是因为我想他可能已经脱险，毕竟他和我们不一样，尽管我们身在风族领地，但凭借他超凡脱俗的力量、胆识还有经验，我不相信他也会像我们一样束手就擒。但是我同时也异常担忧。我不知道他在哪里。我甚至不知道他是否还活着。虽然我拼命努力让自己保持乐观的态度，让心底喜悦的成分盖过担忧的部分，但是我始终无法让自己保持镇定。

我紧张得要命，所以，我根本就不知道那只天鹅是什么时候走过来站在鸟笼边上的。

当我发现他的时候，他已经在那里站了很久。和刚刚其他所有的宴会宾客一样，饶有兴趣地注视着我。

一只这里随处可见的雄性疣鼻天鹅。雪白的羽毛，前额高高突起黑色瘤疣，完美的弧线之下是鲜艳的橘红色鸟喙。他优雅的长颈围绕着繁复的拉夫领，下面是一套纯白色的缎子礼服，袖口和下摆装饰着夸张的

宽边蕾丝。

我怔怔地看着他，目不转睛地盯着对方那对明亮的黑色眼睛。但是没等我开口，天鹅的女伴，一只粉红色的凤头鹦鹉，突然走了过来。她头上红白相间的羽翎原本是呈放松态倒下去的，但在看到我的一瞬间，突然全部立了起来。

她一把挽过天鹅的胳膊，紧接着二话不说就把他拽走了。

57

难道我应该为一只鹦鹉的忌妒而感到开心吗？我忍不住伸手拍了拍自己的脸，触手仍然是肌肤的质感；我又摸了摸自己的头发，尽管有点毛糙打结，但是上面毕竟没有长出任何羽毛。然而我的衣服已经被换过了，全身上下，所有的衣服都被换过了。

我转过身，迅速走到梳妆台的镜子那里。

我看到了一个黑发的女孩。一个穿着夸张的黑色蓬蓬裙的黑发女孩，就好像小时候玩过家家的那种芭比娃娃。裙子又大又繁复，层层叠叠的花边让我根本无法迈步，但我的脖子却是完全赤裸的，上面并没有像这里的王公贵族那样环绕着累赘的拉夫领，我想这大概是因为我身份低微的缘故。

我拉开梳妆台所有的抽屉，看到各式各样的梳子、香水和粉扑，还有无数莫名其妙的装饰品，比如假花、折扇之类的小玩意儿。这些毫无用处的杂物堆满了抽屉，但是我并没有看到一件"我的东西"。我是说，我原本随身携带的那些东西：

D在威尼斯为我定制的面具（虽然它目前看起来完全没有用），诺姆神秘的小卷轴，以及塞图斯的鳞片（当我们离开委员会法庭的时候，

D就把鳞片给了我）。

现在这些重要的东西都不见了。我把它们全部搞丢了。

我双膝一软，徒然跪倒在厚厚的地毯上，把脸埋在手心里。我不知道自己应该怎么办。我现在心底唯一的希望，就是D已经脱险。但就算他果真神通广大地把我救出来，把我、艾米丽和小S全部救出来，我还是弄丢了最重要的信物，地精灵和水精灵的信物。我们历经千辛万苦才走到这一步，如今功败垂成，我深深陷入了绝望。

当我再次抬起头来的时候——我不知道是什么刺激了我产生这个动作，因为周围并没有礼炮，也没有尖锐的人声或是另外一串葡萄。要说与刚才有什么不同，事实上，这里突然陷入了一片寂静。因为场内一直萦绕的音乐声停了。

我抓着鸟笼的栏杆极目远望，看到长桌上的水果和点心碟都已经被撤了下去，席间不再有端着香槟酒的灰冠鹤，身着华服的宾客们也渐渐地少了。玻璃宫殿里的宴会已经结束，几乎不再有人在我的鸟笼前驻足停顿，就连那些令人恐惧的王鹫和秘书鸟也淡出了视线，迈着大步溜达到其他地方去了。

我的手碰到了栏杆上的一个东西，它发出"啪"的清脆一响，我吓了一跳。

那是一把锁。

更让我震惊的是，它只是轻飘飘地挂在栏杆上而已，因为我的一撞与锁孔移开了半寸距离——我的意思是，它竟然是打开的。

我的心脏怦怦乱跳，我紧紧握住它，再次戒备地望向四周，仔细分辨着那些巨大的叶片与叶片之间，可能出现的任何情况。

没有人，周围一个人都没有。

这把打开的锁就好像蓦然扔入我头脑的一枚炸弹，把我之前所有的思维和想法消灭得干干净净。在看到这把锁之前，我困在这里，对一切

无能为力。

但现在不同了。完全不同了。

我的心脏狂跳，几乎要跳出胸腔，我从笼子的间隙伸出手紧紧握住那把锁，因为握得太紧，我的手臂微微发着抖。所以我不得不用另一只手死死抓住这只发抖的手臂，然后成功地把那把锁从锁孔上取了下来。

我几乎不敢相信眼前发生的一切。我用双手紧紧抓着栏杆，最后一次警惕地望向四周。

这里仍然没有人。

我深深地吸了一口气，轻轻把大门推开了一道缝，然后我闭上眼睛，紧张地等待着。

四周一片静寂。没有我预料之中的警报，也没有任何奇怪的声音。我可以听到大殿的另一侧传来艾米丽低低的啜泣，以及头顶间歇喷雾的沙沙声响，还有不远处一个微型喷泉哗哗的水声。

我确定自己目前是安全的。我睁开眼睛，小心翼翼地把门再推开一点，然后侧身闪入笼外。

在很长的一段时间内，我站在那里，不知道下一步该怎么做。我的手紧紧握住鸟笼外侧的金属栏杆，生怕松开手就会触发警报器一类的东西。我不相信自己竟然如此轻易就获得了自由。

令我困惑不解的是，我的笼门为什么会是打开的？是它一直没有锁上，还是在宴会之中发生了某件事，是某个人，由于某种原因为我打开了锁？

我很快就否定了前一种推测。作为宴会上的"观赏宠物"，既然他们已经把我放进了笼子，就没有理由再把它打开。那么这里就只剩下第二种了。

我承认，因为自己绝望的处境和一向悲观的态度，我并没有特别留意周围围观的群众。我不排除这样的可能：在宴会过程中，有一两个观众可能离笼门很近，然后在混乱中替我打开了大门。我努力在头脑中重现之前发生的一切，回忆到底是谁曾经站在那个位置上。但是我想不起来。我唯一有印象的，就只有那只天鹅。

我并不喜欢这种动物。因为它很容易就让我联想到希斯。天鹅，尤其是白色的天鹅，大概是我在这里最不想见到的一种水鸟。

但这里毕竟是一个鸟的国度，宴会上的天鹅多得不计其数。因此我认为自己不应该过分敏感。这只天鹅很可能只是个普通过客，他和我没有任何关系，和这把打开的锁当然更是风马牛不相及。

我屏住呼吸，轻轻地迈了一步。周围还是一个人也没有。似乎这个热带花园般的玻璃宴会厅已经圆满结束了它的任务，所有的人都离开了。

我往前走了几步，想寻找传说中的第四个鸟笼。我想看D是否也在这里。

但是我很快就失望地（或是欣喜地）发现，这里并没有第四个鸟笼。

D确实不在这里。

那么他究竟在哪里呢？是他刚刚混迹在这些人之中，悄悄为我打开了大门？真的是这样吗？我忍不住开始自己给自己编故事，假装他真的逃离了追捕，静静地守候在暗中某处，等待着机会拯救我们。

我甚至想象他就是那只天鹅。

但是很快我就意识到，天鹅身边还有一只粉红色的鹦鹉。

我记得她对我充满了敌意。而在这里对我充满敌意的人只有一个。

所以我拼命摇了摇头，很快否定了这个想法。但是它就像蜂鸟吸管一样的尖嘴，已经把一根毒针狠狠插入了我的心脏，在一吸一缩之间，让可怖的毒汁随着血液流淌。

我怕我最恐惧的事情终将发生。

因为我并不惧怕死亡。

我惧怕的只是再次失去他。

58

我努力压下快要跳出胸腔的心脏，深深吸了一口气，继续往前走。

我遥遥看到了艾米丽和小S的白色金属鸟笼，被分别置于这个长方形玻璃大殿的两端，我犹豫了一下，决定直接走向大门。因为我并不确定他们的笼门也是打开的（这完全没有任何可能性），而且此刻大殿上并没有人，在这里总比我贸然行动安全得多。

但对于我来说，我所面临的并非安全问题。

我要找到D。这才是我的头等大事。

我提起碍事的裙摆，踮起脚尖，在阔叶芭蕉和其他绿色植物的遮掩下，小心翼翼地走到门口。

门外是一座广阔的庭院，有着修建整齐的草坪和花园，四周环绕着奇异的灌木。两只手持长枪的秘书鸟正在那里巡逻。我记得在书上读到过，它们是最能干的捕猎能手，可以轻易抓到匿藏在草丛深处的一条蛇。

我舔了舔干燥的嘴唇，在他们把眼睛转过来之前，立即躲到一棵粗大的棕榈树后面。我做了一个深呼吸，努力让自己保持镇定，告诉自己像这样规模的大殿，绝对不可能只有一扇大门。然后我睁大眼睛，疯狂地四处搜寻，寻找另外可能的出口。

我很幸运。就在面前几步远的地方，我看到了一扇门。

它也是玻璃的，但是里面却是一片漆黑。我想它应该连接着某些"不透明"的房间，某些不太容易被"外面的人"看到的房间。最不济，我也可以避过门外那两只可怕的秘书鸟。我没有什么选择的余地，趁着门卫转头的瞬间，我几步扑到那扇小门上，然后打开门冲了进去。

其实门内并非是一片黑暗，只是由于外面那个玻璃大厅过于明亮而造成的视觉反差。待我的眼睛逐渐适应了这里的光线，我看到了一个堆满了集装箱的仓库。

成百上千的集装箱，一排排整齐地从地面一直堆砌到天花板。我看不到任何标记或者符号，因为从房顶垂下来一排排的防尘布，像不透明的帘幕，把所有的集装箱从头到脚遮蔽得严严实实。

我小心翼翼地在房间内巡视一圈，幸运的是，这里除了集装箱之外，并没有任何守卫。

我刚刚舒了一口气，突然我身后响起了一个声音，让我全身的寒毛瞬间竖了起来。

那是一声低沉的嗥叫。一定来自某种可怕的猛兽，我听到它沉重的脚爪踏在地板上的声响，它正在不安分地走来走去，用头猛烈地撞击着某种坚硬的钝物。每撞一下，整个大地也随之震颤。嗡嗡的声音让我的耳朵发痒，四周的防尘布刷刷地抖动着。

我屏住呼吸，再仔细听，我发现这里其实并非我想象的那样安静。我听到有啮齿类动物磨牙的声音，羽状翅膀扇动带起来的风，喘息声，哭泣，还有愤怒的低吼。

但是这里一个人都没有。这里只有成百上千堆砌到天花板的集装箱。

一个可怕的猜测逐渐在我头脑中幻化成型，我转过身，颤抖着抓住我身侧最近的防尘布的一角，然后鼓足勇气把它掀开。

我倒抽了一口凉气。我的猜测是正确的，防尘布下面并非是堆满货物的集装箱——或者说它们是，但只有五面是坚实的木板，最后一面则是钢筋做成的笼门。每只笼子足有一人高，里面囚禁着不同的珍禽异

兽。

我看到了刚才咆哮的野兽，一只狮身人面的斯芬克斯。

它用黄色的眼珠死死地瞪视着我，突然张开巨翅！但是笼内空间太小，它的翅膀卡在了笼外。它愤怒地咆哮，拼命挣扎，整个大地都在震颤。最终它收回了翅膀，笼子里撒落一地羽毛。

我艰难地咽下一口唾液，抬起头，看到上面的笼子里关着一只人面猴。相对于它的体积来说，这个笼子显得有点太大了，它抓着金属栏杆，学斯芬克斯的样子，拼命用脑壳撞，但是它的力量实在是太微不足道了。当它停下来盯着我看的时候，鲜血从血肉模糊的额头上落下来。

我手臂一颤，防尘布落了下去。我定了定神，往前走了两步，掀起另一张防尘布。

这个笼子里是一头瘦骨嶙峋的麋鹿。但是它不只脸像马角像鹿，它骨骼突出的脊背上长着一对蝙蝠似的双翼，但是翅膀上面薄薄的翼膜已经破了，尖利突出的翅骨直接伸出了皮肤。它用混浊的眼睛瞟了我一眼，然后重新低下头去。

它上面的笼子里是一只受伤的双头犬。当我把防尘布掀开，它猛地冲过来撞击笼门，用血红的眼睛瞪着我，冲我发出失音的噪叫。当我看到它血肉模糊的头颈时，才意识到它原本是一只三头犬，现在，它已经失去了一颗头颅。

我打了个哆嗦，手指一松，防尘布滑落下来，重新覆盖了所有的笼子。

我愣在那里，张口结舌，被眼前所见一切震惊。我难以想象，刚刚那个美丽明亮的玻璃大厅竟然连接着这么一个血腥恐怖的监牢。我回忆宴会上的那些人，他们的外表是多么光鲜亮丽，而在这个辉煌宏伟的宫殿里，却隐藏着如此可怕的罪行。

我低下头，伸出双手，看着自己完好无损的手臂和身上这条累赘的黑色长裙，我才意识到自己刚刚其实是"享受"了多么"高级"的待遇。因为我和小S还有艾米丽，我们三个作为扎眼的人类出现在这里，对于鸟头人身的本地人来说，和笼子里的斯芬克斯，或者一只三头犬，原本没有丝毫区别。

然后我就想到了D。当我想到他的时候，一个更恐惧的念头突然间袭入大脑——他并不是人类。我想这些残忍的鸟类士兵会不会把他当做是一个"特例"，归类在了这个可怕的仓库里。

所以我才没有在外面的玻璃大厅里看到他。所以那里只有三只白色的金属鸟笼。

我恐惧地想，也许他并没有如我希望的那样逃脱，也许他就在这里。

我的冷汗落了下来。我踉跄着走上几步，掀起另一边的防尘布。这里囚禁着其他的动物，它们悲惨的样子同样令人触目惊心。

我疯狂地在狭窄的过道间搜寻，一张接一张掀起这里所有的防尘布。

我想找到他，我又实在不愿找到他。我想到自己之前和他在瀑布处的别扭是多么可笑。我想拉住他毫无温度的手，我想投入他冰冷的怀抱。我思念他的每一寸皮肤，每一根发丝，他举手投足的每一个戏谑的表情。我希望他在这里。但是他不能在这里。

我打开了这个巨型仓库里几乎所有的防尘布，它们轻飘飘地翻起然后落下。有些笼子里面关着动物，有些是空的。但是我找不到他。

面前还有最后一只笼子。我全身都在颤抖，紧张令我的头脑停止远转，当我最终看到了笼子里的那个人，我的眼泪几乎夺眶而出。

D并不在这里。

笼子里是白鸟梅拉妮。

当梅拉妮看到我,她的表情瞬间凝固了。她一把扑到栏杆上,瞪大了血红色的眼睛。

"我哥哥呢?"她急切地问,"你怎么会在这里?"

我僵硬地摇了摇头,我的思维还没有从未看到D的失落(或是欣喜)中调整过来。

"西尔夫在哪里?"梅拉妮追问。她紧紧抓着坚硬的笼门,头顶上所有的白色羽毛都因为激动而完全炸开,就好像一把打开的扇子。

"我不知道。"我嘶哑着嗓子对她说,"在我们被袭击之前,他已经带人前去支援你们了。"

"但是我并没有看到他。"梅拉妮歪着头思索了一会儿,然后说,"你们也被袭击了?"她上下打量着我,露出一副怀疑的神色。

我低头看着自己的黑色礼服裙,再对比对方身上沾满血迹和泥土的简陋麻布短袍——最重要的是,此刻我在笼外而她在笼内。我毫不奇怪她会不相信我。在这种情况下,换了谁都会产生怀疑。我深深地吸了一口气,斟酌着自己的用词,考虑该如何取得对方信任。

就在这个时候,我听到前面传来一声门响。这并不是我进来的那道门。这里是仓库另一端的尽头。随着大门的开启,我看到光线首先流了进来,紧接着响起了清晰的脚步声。

我的冷汗再次淌了下来。来人只和我隔着一排笼子,我绝对没有机会跑到仓库的另一边离开。

梅拉妮冲我努了下嘴。她指了一下斜对面的笼子。我如梦方醒,我记得刚才走过来的时候,那里有几只笼子是空的。

我迅速而安静地走过去,轻轻掀开防尘布,提起裙摆,钻进其中一只没有上锁的空笼子。当我把笼门轻轻关上之后,外面的防尘布也随之落下了。太棒了，一个绝佳的匿藏处！

但当我目不转睛地盯着面前的防尘布，刹那间手脚冰冷，突然惊恐地发现，因为我刚刚的手忙脚乱，它并没有盖好。两块布之间有一道狭窄的缝隙，而再去盖它显然已经来不及了。因为来人已经走到了这一排的尽头。我紧张地攥紧拳头，死死咬住了嘴唇。

透过那道狭窄的隙缝，我看到了一只鸟。首先映入眼帘的是他巨大的鸟喙，足有手臂那么长，两条手臂那么粗，就好像一道凝固的彩虹，尖端是深红，然后慢慢向橘红、黄、绿和蓝过渡。然后是他的头，头顶是黑色，脖颈是明亮的柠檬黄，眼睑是宝石蓝和翡翠绿。这是一只硕大无朋的巨嘴鸟，围绕在他粗脖子上的拉夫领直径几乎有一米长。

从他的服饰，他的排场，或者就从他那张大嘴和彩虹般的颜色上不难看出，他身居高位。其实熟悉之后就会发现，这里的阶层很好区分。羽毛颜色越丰富，鸟喙越大的，社会地位就越高。因为宴会上的达官贵人们没有一个人戴着他那么夸张的拉夫领，所以我断定，他就是风族精灵的国王。

国王并不是一个人站在那里。他身后跟着两只雄赳赳气昂昂的王鹭侍卫，而他的身侧是一只天鹅。

那只曾经停靠在我笼门前的天鹅。

当天鹅转过眼睛的时候，我可怜的心脏再次漏跳了一拍。但是他并没有在看我，他走上一步，直接掀开了梅拉妮的防尘布。

"这就是我们抓到的叛军首领。"他对国王说。

"一个白化病患者？"巨嘴鸟咧开大嘴，轻蔑地嗤笑一声。

我注意到这位国王的嘴虽然人，但是他的声音听起来非常年轻。我突然想起，就在我们刚刚进入风族领地的时候，灰鸽人曾说起他们前不久才迎来一位新国王。就是这位新国王使原本和平富饶的"常青之国"陷入一片水深火热的混乱。现在这位新国王就站在我面前咫尺之地，掌

管着我们所有人的生杀大权。

"那只造反的风鸟在哪里？"国王问。

"风精灵西尔夫，我们的救世主！"梅拉妮立即大声反驳。

我心中一凛，这句话我之前也听过。但并非是这句话震动了我。

西尔夫竟然是一只风鸟？他就是我们一直在寻找的风鸟？我拼命回忆威尼斯那夜法国夫妇讲的故事。因为当初我认为浪费时间的那四个故事，就是我们现在全部的线索。

故事里说，风鸟的羽毛是黑色的。而西尔夫的羽毛也是黑色的。难道他的羽毛和诺姆的卷轴，还有人鱼的鳞片一样，就是我们所需要的来自风精灵的信物？它曾经离我们是那么近，我痛恨自己竟然是如此后知后觉。我太懊悔了，以至于忍不住发出了一声小小的叹息。声音极轻，但是足以把我推入万劫不复之地。

一个王鹫侍卫立即转过头来。我的心脏几乎停止，眼睁睁地看着他迈开稳健的大步向我走过来。我绝望地闭上了眼睛。

我听到右侧防尘布掀起而又落下的声音，那是一个空笼子。我略微松了口气，但是警报还未解除。当我颤抖着睁开眼睛，正巧看到明晃晃的枪尖微微挑开了我面前防尘布的一角。我完蛋了。

"别找了，这里根本就不可能有人进来。"天鹅突然开口。

枪尖缩回去了。防尘布重新落下去，掩盖了当初的缝隙。现在我什么都看不到了。隔着防尘布，我听到侍卫大踏步走回去的声音。我惊魂未定，简直不敢相信自己的好运。

"这些没用的家伙。"我听到国王的声音，"到底什么时候能给我抓到人！"

"陛下息怒。"天鹅的声音说，"他们只不过是一小撮盗匪，微不足道，成不了什么气候。"

"你总是这么说！"国王用抱怨的口吻说，"他们的力量虽不足惧，却一直在散布谣言，蛊惑民心。你看，现在这话都传到宫廷里来了！"

"陛下总是有法子让他们闭嘴的。"天鹅淡淡地开口。

巨嘴鸟哈哈一笑。"话是不错。"他说，"只怕有些人又要埋怨我心狠手辣了。"

"自古成大事者，一些微小的牺牲是在所难免的。"天鹅回答。

"这偌大一座宫廷，还是你最懂我。"巨嘴鸟装模作样地叹了口气，他似乎拍了拍对方的肩膀，"你我情同兄弟，没有你，我今天不会坐在这个位子上。"

"您是国王。"天鹅开口，"命中有神灵相助，和我毫无关系。"

巨嘴鸟满意地哈哈大笑起来。

"我们昨天抓到的那几个人，陛下还有什么特殊指示吗？"天鹅突然问。

他突然提到了我们，我心神一凛，赶紧竖起了耳朵。

"听说有一个人跑了？"

"是的，属下不慎。"

"算了，多一个少一个也无所谓。再展出几天就放在这里吧，就当丰富我的收藏了。"国王顿了一下，然后拍了拍笼子的栏杆，"至于这一个，给我拔掉舌头，直接拖到地牢里去。"

我听到梅拉妮的怒骂，锁链的喳啷声响，沉重的笼门打开然后关闭，挣扎的声音由近及远。我听到脚步声，大门开合的声音，然后一切回归沉寂。

过了好久，我的心跳才逐渐平复。尽管D逃脱的消息让我欣喜不已，但是梅拉妮的悲惨命运却让我全身冰冷。这里是如此美丽。我想起了那些密密层层的原始森林，那些巨大的芭蕉叶和奇异的热带花卉，还有宴会上色彩斑斓的鸟儿。这是一个如此令人惊异的国度，一个天堂。

但在它美艳的外表下，却隐藏着如此可怕的事实真相，恐怖的暴政，无尽的折磨还有残忍的酷刑。

我必须拯救我的朋友们。我们必须逃出去。只是我现在自身难保。

我侧耳倾听，在周围笼子里此起彼伏的哀鸣中仔细辨别任何不自然的声响。我等了很久，很久很久。当我确定周围一个人都没有的时候，我轻轻推开笼门，小心翼翼地掀开防尘布。我睁大眼睛四处观察，再一次确定周围并没有人。然后我蹑手蹑脚地绕过原来梅拉妮所在的笼子，走到他们离开的那扇门前。我的手扶上了门把。

"别动。"突然响起的一个声音把我吓得魂飞魄散。

我身后竟然有一个人。

60

他紧贴着我，我看不到他的样子。

我屏住呼吸，在脑子里把所有可能的情况全部筛过一遍。首先，我的手仍然扶在门把上，我仍然可以迅速打开门冲出去，前提是如果这扇大门没有上锁；其次，我也可以一个肘拳结结实实打上对方的小腹，尽管我没有任何格斗技能，但在这种贴身距离，如果我集中精力，打偏目标的可能性很小。

但是对方的手突然轻轻放在了我的手肘上。这个细微的举动打乱了我上述所有的计划，我愣住了。

"不要做傻事。"对方的手顺势搂过我的腰，把僵硬的我完全送进他的怀抱。他低下头，像恋人一样伏上我的肩膀。一些细小的绒毛蹭得我的耳朵发痒，我不由自主地侧过头，看到了对方橘红色的鸟喙和上缘突出的黑色瘤疣。

"你是谁？"在对方的掌握下我全身发抖，但是我必须知道答案。

"一个朋友。"天鹅用他光滑的鸟喙轻轻蹭了下我的脸，我全身一震，这种惊悚的亲热举动让我脖子上面起了一片粟粟。

"你也是风精灵？"我嘶哑着嗓子开口，却不知道自己为什么要这么问。

天鹅沉默了一秒，然后他对着我的耳朵低声说："你只需要知道，我现在站在你这一边。"他放开了我。

我立刻转过身，退后一步，睁大眼睛看着面前这个身穿华服的天鹅男子。我刚才明明亲耳听到他和国王的对话，亲眼看到他是国王身边的权臣。此刻他竟然告诉我，他站在我这一边。我头脑中充满了疑惑。我无法说服自己。

"我们需要那只白色风鸟。"天鹅说。

"梅拉妮？"我眼前一亮。

天鹅点头，"她在这个计划中至关重要。"

"计划？什么计划？"我更加糊涂了。

"对这里的人来说，是叛乱。"天鹅压低了声音，"但是对外面的人来说，这是一场革命，一场通往自由之路的必要变革。"

我惊讶地张大了嘴，"这么说，你是……"

"嘘……"天鹅做了一个噤声的动作，他点头，"我和你们是一起的。"

我做了一个深呼吸。风族的政局混乱原来远非我所预料，西尔夫他们的力量竟然遍及朝野。我又想哭又想笑，我想自己当初竟然会天真地以为他就是D。但如果他是西尔夫的朋友，那么他就是我的朋友，也是D的朋友。所以我放松了警惕，问他：

"那我们现在要去救梅拉妮吗？"

"再等一下。"天鹅说，"你的药水还没有配好。"

"我的……药水？"我盯着他，完全不知所云。

天鹅扫了我一眼，"你这个样子太扎眼了，我们哪里都去不了。"

"你是指……"我话音未落，大门突然开了一道缝。一只粉红色的鹦鹉侧身闪了进来。

我震惊地看着她，因为这就是宴会厅里那只对我充满敌意的鹦鹉女郎。多么可笑，刚才我竟然以为她就是……

鹦鹉手里端着一个高脚玻璃杯，里面盛着半杯混浊的液体。她头上的羽毛耷拉着，一副没精打采的样子，似乎眼前这件差事就是世上她最不想做的事情。她把玻璃杯递给我。

"这是什么？"我接过玻璃杯，皱着眉头闻了一下，一股说不出的味道蹿入鼻子，好像是各种香草的混合体，还有浓烈的酒精香气。

"喝下去你就会变得和我们一样。"天鹅说。

我从玻璃杯上抬起头，怀疑地盯着他。什么叫做"和他们一样？"而且在一个如此危险的地方，我怎么会随意喝下陌生人递给我的饮料？何况我根本就不知道它是什么！我已经吃了一个有毒的水果，不想再犯同样的错误。

"相信我。"天鹅说。

我真的不相信他。但是我还有其他选择吗？我没有。选择相信他是目前看起来最简单的一条路。我只有一个人，我无法救出梅拉妮、小S还有艾米丽。我甚至不知道自己是否可以活着见到D。而D总是让我相信他。

天鹅也让我相信他。不知道是不是对方这个特殊的句式与我的记忆完全重叠，我受到了蛊惑。我竟然真的端起那杯不知道是什么的东西，一饮而尽。

我想我疯了。我从未喝过如此可怕的东西。它就好像一条喷火的蛇，带着辛辣之气，直接蹿入了嗓子。我猛烈地咳嗽起来。然后就在我放下杯子的一刹那，我脸上的皮肤开始发痒。我伸手去抓，如果不是天鹅捂住了我的嘴，我绝对立刻就会叫出来。

因为我摸到了一片羽毛。与此同时，我看到自己肩上的长发突然缩短，当我伸手摸上去的时候，我的头顶已经变得毛茸茸的。我吓坏了。我睁大惊恐的眼睛看着面前的天鹅，完全不知所措。我想我快哭了。

"别担心，这个剂量的效用只有几个小时而已。"天鹅拍了拍我的手，接过了那只玻璃杯。"相信我，你现在非常可爱。"他微微一笑，然后率先打开门，光明正大地走了出去。那只鹦鹉紧紧跟在他后面，一言不发。

突然的强光刺痛了我的眼睛，我抬起手，从指缝里眯眼看着面前金碧辉煌的宫殿和大片大片的绿色植物，还有到处巡逻的王鹫和秘书鸟们，我胆战心惊，完全不敢迈步。

但是当他们看到我，竟然没有多注视一秒，立即就把眼睛转开了。就好像我本来就应该出现在这里，就好像我突然变成了他们中的一员。每个人都把"在这里看到我"这件事演变成了每天吃饭睡觉那么平常自然。

我突然想起天鹅对我说，我会"变得和他们一样"。我摸了摸自己新长出的羽毛，现在它们已经覆盖了我整个脸庞。我不敢置信，我没有想到他就是是指字面上的意思，完全没有应用比喻或者任何其他的修辞。

我看到前方的墙壁上有一面装饰镜。我几步走了过去。

我首先看到了两只橘红色的眼睛，圆而大，像两盏明灯一样在镜子里震惊地瞪着我。眼睛周围是黑色的眼眶，外围是一圈灰白色的短绒毛，而眉毛和鼻翼的位置则是灰白色的长绒毛，簇拥着下面一个尖而短的黑色鸟喙。我的脸圆圆的，覆满深褐色和浅棕色带斑纹的短羽毛，头顶的位置有几簇同色的长羽毛伸出来，就好像两只尖尖的耳朵。

这副模样我再熟悉不过。

我变成了一只猫头鹰。

61

我曾经梦见自己变成了一只猫头鹰。但梦里的记忆总是很模糊的。我从未想象过，自己有一天穿着礼服站在镜子前面，而我的肩膀上竟然真的驮着一只猫头鹰的头。如此真实，又如此滑稽，近在咫尺，我几乎可以清晰地数出自己脸上的每一片羽毛。

我愣在那里，直到镜子里多了一只天鹅的影子。他静静地看着镜子里的我。

我觉得这幅画面似曾相识，却又想不起来在哪里见过。我们两个身穿华服并排站在镜子前，他的肩上是一只天鹅，而我是一只猫头鹰。如此奇诡，却又有一种说不出的和谐。

鸟头人身，我已经变成了和当地人一样的形态。我不再引人注目了。但另一个念头瞬间侵入大脑：如果任何一个人都可以凭借药水轻易转变成风族精灵的样子，那么眼前的天鹅和鹦鹉，他们也未必就是真正的天鹅和鹦鹉。

他们是谁？

"我们快走吧。"天鹅说。他离开了镜子。

带着满脑子的问题，我加快脚步，跟上我的领路者。我晃了晃新脑袋，它让我感觉有点怪，沉了许多，但是我的脖子反而变得更加灵活，而且我的视力似乎突飞猛进。我可以看到周围或近或远的距离里发生的一切。

我看到全副武装的秘书鸟正在草坪上表情严肃地巡逻，我看到走廊尽头的一个小房间里，一群身居高位的大人物正在秘密地会晤，而屋檐下有一只正在打盹儿的灰冠鹤，头顶一根根金黄色的翎毛随风摇摆。当我们路过那个玻璃墙壁的宴会大厅，隔着窗子，我看到了艾米丽脸上未干的泪痕，我看到小S正在愤怒地推搡着鸟笼坚硬的栏杆。

与此同时，周围发生的一切似乎都变缓了速度。我眯起眼睛，看到大厅里那些攀援植物慢动作似的悄悄伸出了触手，我看到悬挂在天花板上的喷雾装置喷出了一股细小的水雾。水雾挥洒，如同一袭透明的面纱轻轻笼罩在植物上，我看到一颗露珠缓缓划过叶面，颤巍巍地悬挂在叶尖的一点，然后因柔软的叶片承载不住水滴的重量而滑落。叶片反弹起来。

我还看到了叶片背面一只透明的蠕虫，正在用他复杂的长嘴，贪婪地吸吮树液。我看到绿色的汁液源源不断地涌入它透明的身体，然后它突然就不见了。我以为是自己眼花，但我立刻就注意到，就在附近的一片芭蕉叶上，不知道什么时候来了一只美丽的红眼树蛙，它用橙色的脚蹼紧紧黏附着翠绿的芭蕉叶，阔嘴微微动了两下，收回了它的长舌头。

用我崭新的眼睛，一对属于鸟的眼睛，我看到了以往见过和未曾见过的一切。我感谢大自然的神奇，感谢它慷慨赠与的奇迹。

我就这样跟随着我的领路者，旁若无人地走过整个风族官殿。这些雄伟的建筑就好像一个接一个的巨大玻璃温室，里面种植着各种奇花异草。我也看到了很多人，戴着拉夫领的当朝权贵，还有大量持枪的守卫。但是他们毕竟没有任何一个人为我驻足。

最终我们顺利来到了一个背阴的入口处，天鹅停住了脚步。和我们刚刚经过的无数明亮的玻璃大厅相比，这里的建筑简陋而阴暗，没有任何装饰植物，石阶上遍布滑溜的青苔。

"那个白化病的乱党已经送来了吗？"天鹅和门口的守卫打了个招呼，明知故问。

"刚刚送到。"守卫行了一礼，"大人是要亲自实施刑罚么？"

我的心猛地揪了起来，我记得巨嘴鸟曾下令拔掉梅拉妮的舌头。

"国王陛下改变了主意。"天鹅淡淡地说，"我们需要用她套出叛军首领的下落。"

守卫一笑，"这是大人您的意思吧？"

这句话几乎令我的心跳再次停止。但是我的同伴表情丝毫未变。

"是我的又怎么样？"天鹅平静地反问。

"属下哪里敢有质问大人的意思。"守卫赶紧行了一礼，忙不迭地说，"属下想说的只是，国王陛下年轻气盛，宫中有像您这样睿智的大人陪伴在陛下身边，实乃王国之福。"

天鹅点点头，"带我下去见囚犯。"

守卫立即让出了大门。

在走入地牢的时候，我仍然胆战心惊。我忍不住想，天鹅对守卫说的话是否就是真相。也许他是一个双面间谍，也许他来这里就是为了骗取梅拉妮的信任，然后把西尔夫他们一网打尽。如果真是这样就太可怕了。但问题是，他为什么要带我来这里呢？他把这一切做给我看又有什么目的？我已经变了一副模样。梅拉妮不会认出我。就算她认出我，我们毕竟相交不深。我无法帮助他说服梅拉妮，我对他的计划根本没有任何意义。

在我想着这一切的时候，我们继续往下走。脚下是一道深不见底的狭窄楼梯，一直旋入地底。每一层楼的出口处都面对一道更为黑暗逼仄的走廊，里面一个接一个划分着窄小的牢房。发酵的潮气和各种奇异的味道从地底反上来，我隐隐听到声音，那是呻吟、尖叫、垂死的喘息还有死亡天使拍打的翅膀。和声震得我的耳膜嗡嗡作响，从中辨别出任何微小的语义都令人毛骨悚然。

梅拉妮的牢房在地下三层。我们跟着一个提着灯的伯劳鸟狱卒，依次通过潮湿的墙壁和生锈的监牢栏杆之间那道窄窄的走廊。这里的湿气更重了。我忍不住去看左侧那些黑洞洞的牢房，但是我什么都看不到。

然而就在我稍微放松心情的一刹那，从伸手不见五指的黑暗里突然冲过一团黑影，"砰"的一声巨响撞到我身侧的栏杆上。我吓坏了，忍不住发出了一声尖叫。我的同伴停下了脚步。

"这里关押着的都是危险的死囚，请不要离狱门太近。"伯劳鸟狱卒悠悠地开口。

我捂住快要跳出胸腔的心脏，赶紧离开了狱门的位置。我只看了一眼，但是我永远也不会忘记，那团趴在狱门上的恐怖黑暗。他全身漆黑，面目模糊的脸上只有两道血红的隙缝，他竟然完全没有眼睛。

当我们最终来到梅拉妮所在的监牢，狱卒掏出钥匙打开了大门。

"我们要在这里待上一会儿。"天鹅对他说，"你先上去吧。"

"有什么需要请大人吩咐。"伯劳鸟不虞有他，直接就把钥匙交给了对方。

现在牢房里就只剩下我们几个了。天鹅点上灯。

梅拉妮坐在角落里，她的双手双脚都拴着铁链。她抬起头看了我们一眼，洁白的羽毛上遍布血污，显然已经被狠狠折磨过一番。我手心出汗，很紧张，生怕她的舌头已经不在了。

幸而她很快就开口了。"你们最好赶紧动手。"她说，"不用再多费唇舌了，我什么计划都不知道。"

"你当然不知道。"天鹅对她说，"因为西尔夫什么都没有告诉你。"

梅拉妮抬起头。

"西尔夫有一个计划，一个孕育了很久的计划，甚至在新王即位之前就已经开始了。他希望打破'常青之国'现存所有的等级制度，建立起一个民主共和的新国家。"天鹅说到这里停顿了一下，然后接道，

"这才是他被大家称为'救世主'的真正原因。"

梅拉妮将信将疑地盯着他。

"你还不明白吗？为什么国王要将你们赶尽杀绝？"天鹅静静地看着她，"因为你和他，是风族仅存的最后两只风鸟。"

62

"以前这里并不是这个样子的。"在我的震惊之中，天鹅悠悠开口，"那时候并没有起义和战争，也没有任何王权和统治，这里是一个纯粹的乐园。人们把这片飘浮在空中的大陆称为'常青之国'，一方面是因为这里覆盖的自然植被，另外也是取快乐与自由万古常青之意。"

现在不只是我，连梅拉妮也惊异地看着他，不明白他讲这些话的用意。

"乐园里住着一种鸟，它们本没有名字。于是第一批到这里来的外族人，用这块大陆的名字，直接称呼他为风鸟，或者极乐鸟，意为'乐园之鸟'。"天鹅继续说，"但是这些外族人不满这里清静无为的社会秩序，他们很快建造了宫殿，成立了军队，并大肆捕杀风鸟。因为作为这里的原住民，只有风鸟记得这块大陆混沌之初的一切，他们身上带有四元素之首，宇宙间最强大的风精灵的力量。"

梅拉妮怔怔地望着他，"如果这些都是真的，为什么我从未听说过这个故事？"

"这是属于风族王室的秘密。历代国王即位之后下达的第一道指令，就是依照祖先的遗训屠杀风鸟。甚至无辜的乌鸦和喜鹊，所有黑色和羽毛黯淡的鸟类。而那些生来颜色鲜艳的幸运儿，就自动免除威胁。"天鹅说到这里停顿了一下，静静看着对方的眼睛，"现在你大概知道了，这就是风族社会现今严苛等级制度的由来。"

"你是谁？怎么会知道这些事情？"

"上一任国王驾崩之时，我恰巧在他身边。"天鹅直接跳过了第一个问题，但是提问者并未在意。

"那么我哥哥也知道这些了？"梅拉妮问。

天鹅点头，"西尔夫一直都知道，只是出于保护你的目的才对你隐瞒。"他说，"这个计划他筹备了很久，直到新国王的残暴统治为他带来了时机。现在很多人都相信他是风族真正的救世主，是流亡中的王子，他的回归将带领人们解放这片风之大陆，恢复它创世之初的美丽与富饶。"

"那么我能帮他做些什么？"梅拉妮急切地问。

"国王这几日正在筹办一个盛大的宴会。为了显示自己的慷慨，进一步收复民心，他邀请了很多王公贵族。我们的人也混在里面。"天鹅说，"我会想办法把你也放入场内……"

"你如何把我放入场内？"梅拉妮打断了对方。

"我会说服国王，把你作为'展品'陈列在会场。"天鹅看着她，"毕竟对他来说，你是一只极为罕见的白色风鸟。"

"他还要割去我的舌头吗？"梅拉妮揶揄一笑。

"我会告诉他刑罚已经执行。我只需要你为我保持安静。"天鹅说。

梅拉妮侧过头，仔细看着他，"难道国王什么都听你的？"

我竖起了耳朵，因为这也正是我的疑问。

天鹅耸了耸肩表示默认。"但这其实毫无用处。"他说，"因为国王一人，不足以违抗风族人民的力量。"

"所以你就转向了我哥哥？"梅拉妮目不转睛地盯着他，一对红眼睛在黑暗里闪闪发亮。

"西尔夫需要我。"天鹅说，"如果我不在你们的计划之内，你们早就已经全军覆没。"

梅拉妮深深吸了一口气，我看得出她在犹豫。"我不相信你。"她最终开口。

"但是他相信我。"天鹅伸手入怀，掏出了一样东西。

那是一小卷弯曲的蓝色羽毛。看不出有什么特别，在昏暗的灯光下放出蓝幽幽的光。

但当梅拉妮看到它，她只看了一眼，脸色立刻就变了。

"你怎么会有这个？"她尖叫。

"我说过了，西尔夫需要我。"天鹅把那根羽毛重新卷起来收好，他说，"我和他有一个契约。"

"可是他当时和我说，他是不想在我们中间过于突出才……"

天鹅摇了摇头，"梅拉妮，你什么都不知道。"

梅拉妮紧紧咬住她浅黄色的鸟喙，不发一言。良久，她抬起头，用一种郑重而谦卑的语气向对方开口："告诉我你需要我做什么，我是你的。"

她只是看到了那卷蓝色的羽毛，然后她的态度立刻就发生了180度的转变。我莫名其妙。然后我头脑间灵光一闪，突然意识到了那是什么。

天鹅给她看的是西尔夫的羽毛。西尔夫头上原本有两根这样的蓝色长羽翎，而我们看到他的时候就只剩一根了，因为他砍掉了一根，作为他与天鹅签订契约的信物。**风鸟的羽毛！**难道它也是我正在寻找的东西吗？

天鹅微微一笑。他看了我一眼，然后目光再次转向梅拉妮。

"我只需要你为我在会场上保持沉默。"他说，"直到你看到西尔夫举起长剑——这是我们约定的信号。"

"我哥哥……他会来？"梅拉妮吃惊地开口，"他怎么可能……"

"一切都在计划之中。"天鹅胸有成竹地回答，"我们等这一天已经等了很久。"

"我们会……成功吗？"

"我们必须成功。这个计划风险很大，但是成功的概率也相当大。"天鹅说，"如果不成功，我们这里的每一个人都会死。"

我注意到那只鹦鹉似乎颤抖了一下。她从一开始就一直站在外面，没有参与过任何对话，对周围一切不屑一顾的样子。当她看到我的目光，她马上嫌弃似的转过了头。那个习惯性的动作让我感觉有些熟悉，似乎来自一个我认识的人。但是我当时并没有多想，因为我脑子里完全被另外一件事占据了。

"我想问你，关于……"在回程的路上，我忍不住低声开口。

"你那个逃脱的同伴？"对方似乎知道我在想什么，没等我说完，天鹅已然接了过去，"他应该已经和西尔夫会合了。"

"你怎么知道？"

"他绝对不会丢下你，是吗？"天鹅回头看了我一眼，他的目光似有深意。

我希望他的话是真的。但我又不希望在这里见到D。我不想让他为了我再次涉险。我记得天鹅刚刚在狱中的回答，如果计划失败，那么我们所有的人都会死。

其实这对我根本算不了什么，最近我已经听到太多这样的话了。不管过程如何，结局总是一样的，我早已经无所谓了。但是D不应该也被一起卷进来。希斯的目标是我。薇拉的目标也是我。这一切明明与他毫无关系。

我只希望他能够平安脱险。我希望他不要再来找我。

当我低头思索这一切的时候，用眼角的余光，我看到那只鹦鹉头顶

的翎毛再次竖了起来。我不知道这到底意味着什么。

· 63 ·

我直接回到了我的鸟笼。天鹅站在笼外的同一个位置，似乎恋恋不舍地再次仔细端详了我一阵，然后他做出了与上一次完全相反的动作，他扣上了笼门的锁。

"记住我和你说过的话。"他最后强调，"我们宴会上再见。"

当他和那只鹦鹉离开之后（他们两个总是形影不离），我的皮肤再次开始发痒。我忍不住伸手挠了一下下巴，却揪下了一满把棕色的羽毛。我再摸了摸头发，灰白色的绒毛像雪片一样漫天飞舞。我吓坏了。

我跑到镜子前，使劲揉了揉眼睛。随着这个动作，更多的羽毛落了下来。而在羽毛后面，我自己的脸庞却慢慢显现出了轮廓。我的圆眼睛变小了，脸变长了，突出的鸟喙慢慢消失，久违的鼻子和嘴巴又回来了。就连我的头发也重新长了出来，它们披在我的肩膀上，末梢因为之前沾了水而仍旧微微地打着卷儿。

我伸手从头发里摘出最后几片黏附在那里的羽毛。我想起天鹅对我说过，药水的效用"只有几个小时"。他没有骗我。我又变回原先的奥黛尔了，这太神奇了。

我看着镜子里自己的脸，忍不住想他们是否也有"药效到期"的时候。我是说，在某种特定的时段之后，也像我这样，脱落羽毛变回他们原先的模样。我绝对不相信他们的真面目就是天鹅和鹦鹉，无论如何也不信。

我们已经在地牢中做好了周详的计划。我和我的朋友们，也就是艾米丽和小S，会和梅拉妮一起被放在宴会厅里"展出"。虽然不像梅拉妮，我们几个在实际战斗中并帮不上什么忙，但至少有助于我们在混乱中一起逃离现场。宾客中有一些是我们的人，侍从里也有，但可惜的是，他们无法在宴会当天佩带兵刃。至于那些王鹭和秘书鸟就没有办法了，据天鹅所说，他们是忠心耿耿的王室守卫，到时候只能全部用武力解决。

但是当我们问到西尔夫，这个正在通缉中的头号叛党，起义军的领袖，如何能够在众目睽睽之下进入宫廷，天鹅卖了个关子，他并没有说。

然后一切就在等待的煎熬中度过。

到了第三天的时候，一只趾高气扬的绿孔雀带着两只鸭子模样的女侍走了过来。他们打开笼子把我带了出去。

我完全没有反抗，任由两只鸭子为我梳洗打扮，脱下了那条黑裙子，再换上一条五色斑斓的新礼服。她们甚至拉直了我的头发，然后在我赤裸的脖子那里系了一个小小的拉夫领。当我被完全打扮好了的时候，绿孔雀再次出现，把我带入了另外一间宴会大厅。

这也是一座类似温室的玻璃建筑，但比起先前那座大了很多，也华美得多。我看到热带植物掩映中的黄金王座，在大厅正中心的位置，被三面拼接起来的宴会长桌所围绕。桌子上铺着精致的亚麻绣花桌布，装饰着镶金的多枝大烛台和一簇簇鲜艳夺目的热带花卉，缤纷的花瓣散落在桌上的金色托盘和晶莹剔透的水晶高脚杯里。

而在宴会桌四个拐角的位置，伫立着四个金光灿灿的黄金鸟笼。鸟笼的栏杆细而密，并非像之前那样直线排列，而是扭曲成不同的花纹，拼成各种繁复的图案。

我不用看也知道那正是我的位置。

当绿孔雀把我送入其中一个笼子的时候，我看到我的朋友们也被陆续送进了大厅。

艾米丽穿着一条和我类似的夸张蓬蓬裙，这也就罢了，小S却在一套剪裁合体的丝缎礼服的衬托下，看起来帅气逼人，我几乎认不出他了。他们甚至还给他配了一副精致的金丝眼镜（我忍不住恶作剧地想，这和他的鸟笼正相配）。这再一次显示出鸟类社会的特点，和人类的世界正相反，在这里，男性的装饰性外表相对于女性，更为必要和理所当然。

远远地，我看到艾米丽和小S绷紧了脸，在周围奢侈豪华的室内陈列中显得紧张万分。我猜想这也许是由于他们刚被告知宴会上的计划之故。在持续三日的囚禁之后，他们完全没有想到，事情竟然会出现新的转机。

我也很紧张。我不知道西尔夫的计划是否会成功。在我们踏上风族的土地之前，这一切本和我没有丝毫关系。但在我看到被烧毁的村落，囚禁在集装箱里的野兽和那个可怕的地牢之后，我真心希望他可以带领大家创造奇迹。

我同样在担心D。天鹅说他一定会回来找我。感性的一面让我相信他，但是我的理性却在强烈拒绝。我怕他和西尔夫一同前来。我怕他来找我。当我们见面之后我该对他说些什么？**噢抱歉我把我们好不容易得到的信物全部弄丢了？**就这样道个歉事情就过去了？我们不可能重新寻找那些失去的东西。别说我们在这里根本找不到回去的路，就算找到了，我也绝对没有脸回到人鱼宫廷，再去向温蒂妮或者塞图斯要一块鳞片。

这里的每个人都告诉我，我很快就会死。头颅说，那四样神秘的物体或许是解决之道。可是他也并不知道细节。我是说，就算我真的得到了它们，也会有更可怕的事情在前面等着我。就比如说，薇拉和希斯还匿藏在某个地方看着热闹呢。不是吗？我早就已经习惯了。

所以，当我想清楚了这一切，基本上，我知道自己已经没什么希望了。D还来找我做什么呢？我无法面对他。我甚至无法面对同样困在笼子里的小S和艾米丽。他们是因为我才困在这个鬼地方的。从威尼斯开始，一场轻松愉悦的假期就毁了。他们被迫跟着我穿越隙缝到达另一个空间，东奔西走，现在不知道已经绕到了哪里，处境越来越危险，离他们的故乡也越来越远。

我不知道他们是否还能回去。

我不知道我自己是否还能回去。

我思念我的家乡，思念伦敦那个网络信号极差的学生公寓，思念学校里的老师和同学，欧洛克教授、亚历克斯、戴比、尼克还有威廉，我思念和D度过的每一分每一秒，思念我们三个人在伦敦切尔西的公寓里一起分享的那些短暂的瞬间——是的，我甚至开始思念起塞巴斯蒂安。

我希望他能够给我一个梦境。一个安慰。

在我死之前。

64

宴会在礼炮声中开始。

白鸟梅拉妮是在宴会开始前的最后一刻才被送进来的。也许那只天鹅为此费了不少唇舌，但总归国王最后被说动了。她一如计划中那样被成功送入了我对面的笼子。

梅拉妮穿着一袭红色的拖地长裙，所有的羽毛都被重新梳洗过，看起来洁白耀眼。她对我点了下头，红眼睛射出的光芒沉稳而坚定。我忍不住想，她可能是我们之中最镇静勇敢的人了。

然后宾客陆续落座。他们之中有我上次见过的色彩斑斓的绿咬鹃和火烈鸟们，也有那些我只在生物课本上看过的濒危珍禽，泰卡鸡、带

斑伞鸟、婆罗洲孔雀雉和马岛蓝鸠，我甚至看到了一只老态龙钟的渡渡鸟！我以为是自己眼花，看到了一只巨大的海鹦鹉（在座确实有不少），但当他拄着拐杖颤巍巍地走近，最终被侍从搀扶着在我身边落座，那独特的钩形长喙给了我肯定的答案。我不敢相信，一只早在17世纪就已经灭绝的渡渡鸟！

此刻这位老人家正坐我身边，不小心被香槟呛到，忍不住地咳嗽。我目不转睛地盯着他头顶激烈颤动的蓝灰色羽毛和混浊的眼睛，只希望在将要发生的变故之中（如果有的话），这只珍稀的渡渡鸟能够因年事已高而躲过一劫。

耳边的音乐增强了声量，原先悠扬舒缓的调子突然变得宏伟而高亢。我努力把目光从正在努力站起来的渡渡鸟身上移开，抬起头看到那只硕大的彩虹巨嘴鸟，头戴高耸的黄金王冠，身穿镶满了珍珠和各色宝石的深红色天鹅绒礼服，宛如帝王加冕一般，在一大群五彩斑斓的金刚鹦鹉的簇拥下走入宴会厅。他身后带斑点的毛皮斗篷足有十米长。

巨嘴鸟在王座前站定，他转过身，挥手让宾客落座。

这时我注意到那只天鹅。他大喇喇地坐在国王右手下方，占据了宴会上第一主宾席的位置。他旁边就是那只粉红色的凤头鹦鹉，此刻她头顶羽翎完全竖立，摆出了一副警戒十足的样子，好像在紧张着什么事情。当天鹅察觉到我的视线，他立刻用一种我熟悉的方式对我眨了下眼睛。我的心跳停了一拍。但还没等我余出时间思考，国王已经开口了。

"欢迎，欢迎。"巨嘴鸟装腔作势地清了清嗓子，用洪亮的嗓音宣布，"大家今日齐聚一堂，实乃我族旷世盛举。在座诸位集中了我族的法律和军事力量，你们就是这个国家本身。"

国王举杯，众宾客欢呼起来。他们相继起身，喝干了杯中的酒液。

人们陆续落座之后，国王继续开口："想必大家早有耳闻，近年来有一股极其猖狂的盗匪，扰乱治安，蔑视法庭，在民间引起了极大危害。"

我看到对面的梅拉妮紧紧握住了鸟笼的栏杆，她的眼睛更红了。她死死盯着王座中的巨嘴鸟，我想若不是天鹅命令她保持安静，她肯定立刻就会开口大骂这个混淆是非的昏君。

"我们围剿多时，折损了不少人手，却终于取得了显著的成效。"国王用欢快的调子继续说，"近日获悉，盗匪首领已经被成功击毙……"

我凛然一惊。我看着对面的梅拉妮，她也同时变了脸色。她张了张嘴，但是想起自己的誓言，生生把一声咒骂咽了回去。但是这仍然无法阻止她的动作。她狠狠一拳砸在金属栏杆上，"砰"的一声巨响之后，嗡嗡的回声震得我耳朵发麻。宴会桌上的玻璃酒杯也紧跟着叮叮咣咣地响了起来。附近的宾客发出了几声惊呼，一些夫人和小姐用折扇挡住脸，仰起头惊慌失措地看着她。

但是这一切只换来了国王的几声大笑。他对宾客做了个手势，"这就是其中的一位盗匪头目。"他指着梅拉妮厉声说，"就在这里，我要将她的心脏挖出来给诸位分食！让在座所有人记住她反抗王权的下场！"

宾客中先是发出了几声惊呼，但是很快就停止了，整个宴会厅内鸦雀无声。人们瞠目结舌，在突如其来的紧张气氛中面面相觑，没有人敢说一句话，或者发出任何声音。很多人手中正端着酒杯，或是东西吃到一半，他们持杯或刀叉的双手就这么停在了空中。我听到某种吹管乐器明显地跑了一个音，然后大厅内所有的乐声随即戛然而止。如此突然而彻底，就好像并不是人们主观停止了动作，而是国王的盛怒凝固了时间本身似的。

然后，一阵稀疏的掌声从主宾席那里传出来，打破了宴会厅内的死寂。

我看到那只天鹅微笑着站起身，从侍从手中接过一壶酒，然后灌满了国王的酒杯。

"陛下英明。"他平静地说，"届时我会亲手为陛下操刀。"

国王哈哈大笑起来，他接过酒杯一口饮尽。

宴会席上传来几声压抑的低笑，似乎是想为国王的态度作个习惯性的呼应，却又笑不出来，只尴尬地发出了"咕咕"几声，然后一切再次回归沉寂。

然后天鹅再一次若无其事地开口了。

"不过在此之前，我已经为陛下准备了几个宴会上的小节目。请问陛下现在还有心情观赏吗？"他问道。

"我心情很好！"巨嘴鸟大声回答，他又喝了一杯酒，"让他们开始吧！"

天鹅做了个手势，音乐再一次响起。开始是隐隐约约的，仿佛透过竹林深处从悠远的山间传过来似的，溪水潺潺流淌，头顶的月光清冷而静谧。我仰起头，看到高高的天花板下面突然飘起了粉色的雪花。我忍不住伸出手，一片小小的花瓣落在我手上。

无尽的花瓣撒落宴会大厅。落在桌子上，水晶杯里，还有宾客的头上。在人们的惊讶之中，花瓣在地上铺开了一条粉色的地毯，从地毯上慢慢走上来几只仙鹤。

他们的头是典型的鹤类，但却看不出类别。他们和场内的丹顶鹤一样有着优雅的长颈和尖尖的鸟喙，但却没有丹顶鹤头上分明的色彩。也许是因为血统不够纯粹，或许过于年轻，还没有变成他们应该成为的样子。总之我分辨不出。

但这无关紧要。因为场内的宾客已经被这纷纷扬扬的花瓣雪完全迷惑了。他们看着这些仙鹤在花瓣中翩翩起舞，在曼妙优美的乐声中重复着复杂的舞步。

当一曲结束，一对色彩斑斓的雄性雉鸡取代了这些仙鹤，占据了大厅中心的位置。他们贴面而舞，动作夸张、挑逗而大胆。宾客们明显被吸引了，他们交头接耳，有些人甚至直接爆出了笑声。显然他们现在已经完全放松了。

然后音乐再一变。雉鸡退场，上来一位大力士。当他一步步走过宴会厅的时候，桌上所有脆弱的玻璃杯再次震动起来。他非凡的体型表明他只能是一只已经"灭绝"的象鸟——世上曾经存在的最巨大的鸟类。这只象鸟站在宴会厅中央，对国王毕恭毕敬地鞠了一躬，然后他伸手入怀，突然掏出了几个小人儿。

这些小人儿就好像我在树林里看到的蜂鸟，但是个头更小，就好像一群小猴子，被他玩弄于股掌之上。象鸟笨拙的举动和这些灵巧的小鸟形成了鲜明的对比，宾客发出了一阵哄笑。而暴躁乖戾的国王也难得表现出了一副兴致盎然的样子。

接下来，象鸟退后一步，像玩杂技一样耍起这些小人儿来。小人儿们越来越多，他们一个接一个摞在象鸟的头顶上，最后几乎达到了天花板，而站在最高处的那个小人儿，从天花板那里的攀援植物上摘下一朵色彩鲜艳的花，然后一个跟头翻下来，献给了国王。

巨嘴鸟接过礼物，咧开大嘴，带头鼓起掌来。

不知道是否我的错觉，我看到天鹅的脸色似乎放松了。鹦鹉竖起来的翎毛不知道什么时候也垂下去了，她拉过天鹅，附在他耳边说了几句话。天鹅点了点头。

我不知道他们在说什么。我甚至不知道那个所谓的"计划"是否真会实施。我们之前在地牢里讨论的一切内容，就是当西尔夫举起长剑，梅拉妮破笼而出，行刺国王并占据主导地位。但是现在西尔夫还没有出现。我不知道他将要采取什么方式现身。我始终怀疑他出现的可能性。当我听到天鹅波澜不惊地附和国王，说着那些可怕的话语，我的心脏已

经沉到了谷底。我原本就不应该相信他。我完全不知道他的哪一句话是真，哪一句话是假。也许他根本就是谎言之父，他就是我们的敌人，他的计划就是把我们一网打尽。或者西尔夫根本就不会来，他最终会亲手杀掉我们每一个人。

我心里七上八下，完全没有注意会场上精彩纷呈的演出。我错过了那个口中喷火的鸟儿，还有那个驯兽师少女和可以连续吞下十口宝剑的鱼鹰。当我的目光再次回到场上，我看到了一个土耳其式帘幕低垂的宫廷。

一群身穿半透明红纱的少女，性感而美艳，她们衣不蔽体，有的脖子上缠绕着蟒蛇，有的怀抱着冰凉的剑刃，有的手中攥着燃烧的火球，有的指缝间插着明晃晃的匕首。她们是一群五颜六色的小鸟儿，美目流盼，在动情的音乐中扭动着曼妙的肢体，配合怀中的利器做出各种危险而挑逗的动作。

宾客们的热情被挑起了，微醺的客人们有些直接伸出手去，搂住一个入怀，把对方手中的利刃当做激发情欲的刺激，在迷幻的乐曲中与对方相拥而舞，昏昏然而欲醉。我看到有两个红衣女郎正伏在国王榻下，用最富情欲的动作，试图接近他。但是国王始终不为所动。

就在这个时候，我突然听到了几声惊呼。说是惊呼，但更像是一种满足之后的喟叹，里面掺杂着惊喜和欣慰，还有一丝不可置信的震惊。我转回视线，看到宴会大厅正中，不知道什么时候多了一位新的表演者。

一位男性舞者，他不像其他舞者那样穿着色彩鲜艳的长袍，作为舞蹈的点缀。他一袭黑衣，没有任何装饰，只有手中持着一柄剑。但这柄剑在他手中完全失去了本身的特质，你并不觉得那是某种利器，而更像玫瑰园中落在花瓣上的一片雪花，或者月夜荷塘中站立在荷叶尖上的一只蜻蜓。他的剑那么轻，他的人那么轻，就好像一阵毫无重量的微风。

不，微风是没有颜色的。而他有颜色。当他旋转起来的时候，就好像一只黑白双色的陀螺，变幻出了世上所有的颜色。殷红、鲜橙、明黄、翠绿、靛青、碧蓝、绛紫，仿佛初升的朝霞，仿佛落日的余晖，仿佛一个颠倒过来的世界，仿佛一个旋转不休的宇宙。

舞者用精湛的舞姿演绎出了天地万物，而万物归一。

我沉浸在他的舞蹈之中，场内所有的宾客，所有的侍从，所有的守卫，所有的人都沉浸在他的舞蹈之中。包括国王自身，他张大了嘴巴目不转睛地盯着他。

因为没有人曾真正亲眼目睹一只风鸟的舞蹈。宇宙间四大元素之首，风精灵的舞蹈。

因为他只存在于传奇之中。为了自由而舞，为了生命而舞，为了这片大陆上所有的居民，可以像风一样自由地生存下去。

西尔夫之舞。

65

变故发生得极快。事后我回忆起来，不过也就是电光石火的一瞬间。

梅拉妮比场内任何一个人都先意识到了那个信号。当西尔夫举起长剑，她随即冲破了那个假装锁上的鸟笼。

不只是她。宴会厅内曾出现过的所有表演者，那群分辨不出种族的混血仙鹤，两只雄性雉鸡，大力士象鸟和那群侏儒小鸟，喷火的、驯兽的、玩杂耍的，还有场上那些美艳绝伦的红衣女郎。当西尔夫的信号出现，她们立即从充满情欲味道的女奴变身成为最为恐怖的暗杀者。因为她们持有武器。这些女孩利用她们与生俱来的致命诱惑，还有怀中的蟒蛇、长剑、火焰和匕首，她们欺身入怀，迅速刺杀会场上的每一个敌人。

但是国王竟然躲开了。守候在他王座之下的那两个红衣女郎，之前使尽浑身解数，却始终未能靠近他身边一步。就是这段短短的距离成功延误了半个刹那，国王的侍卫及时赶到了。一只反应迅速的王鹫飞扑上前，长枪刺穿了正在进攻中的红衣少女。鲜血飙飞，国王惊魂未定，然而白鸟梅拉妮也已经冲到眼前。

她持着一柄半路上刚刚抢来的长枪，明晃晃的枪尖狠狠刺向那只忠心耿耿挡在王座之前的王鹫。

我听到警报拉响，刀光、鲜血、刺杀者的嘶喊还有受害者的哭号，整座刚刚还一片歌舞升平的宴会大厅迅速陷入一场水深火热的混乱。

滚烫的鲜血溅到翠绿的芭蕉叶上，然后沿着叶子的尖端流淌。娇弱的花瓣被鲜血打得弯了腰，整株植物被连根拔起。泥土混着血液和成了深色的淤泥，粘在大殿里每一个人的脚下。宴会桌被掀翻，椅子被推倒，所有的水晶高脚玻璃杯和精致美丽的碟子和碗全部成为了碎片，成为了嵌刻在地毯和地板上莫可名状的花纹。

更多的士兵从外面冲了进来，还有一伙原本藏在黑色兜帽下的起义军。他们之间展开了更为恐怖的死亡之战。因为他们全部都是鹰隼类的猛禽。我看到了苍鹰、秃鹫、黑耳鸢、白头海雕，还有很多我叫不出名字的鹰隼亚种。

起义军一方，领头的是一只黑白斑纹相间的雌性猛雕，她持着一把长弓，威风凛凛，箭箭射中敌人要害。我记得西尔夫曾经提到过他们带军的女性将领，我努力回忆她的名字，不是奈瑟就是塞赫米特。她身材高大，勇猛之至，像一阵突如其来的狂风卷入室内，不但箭法精准，近身搏斗也所向披靡。

然后是更多的士兵，更多头戴兜帽的人。我从他们之中分辨出了之前见过的灰鸽人和受伤的乌鸦兄弟，还有那只瞎眼雏鸡。这些"普通民众"紧紧跟在己方起义军的身后冲进了宴会大厅。他们手无寸铁，也没有铠甲护身，但是他们抢夺身边一切可能的武器，勇敢地和比自己高大一倍的猛禽作战。

我紧张地注视着会场内发生的一切，手足无措。天鹅的话语最终应验，但是当我抬起头，鲜血淋漓的王座前却早就不见了他的影子。就连那只鹦鹉也一并消失了。他们去了哪里？当我张目四顾，却突然看到了一段沾满鲜血的枪尖，突然穿过我身前鸟笼的栏杆向我刺来！

鸟笼内的空间有限。我无法行动。但就算我此刻并非身陷囹圄，我也决然躲不开一个受过严格训练的皇家侍卫的进攻。更何况他是一只鹰，有着敏锐的视线，动作快如闪电。我猛地退后一步，后背狠狠撞到了笼子尽头的栏杆，疼痛的指令还未上传到大脑，枪尖已经将将擦上了我的胸膛。隔着绑得紧紧的束身衣，我甚至可以感觉到金属的冰冷。我来不及闭上眼睛，只等待着枪尖顺势穿过我，然后把我和这个鸟笼可笑地穿成一串。

但是枪尖竟然停住了。一只手握住了枪杆。

一个头戴黑色兜帽的起义军，他斜刺里冲过来，一手紧紧握住了它。敌人迟疑了一秒，然后再次用力，却仍是不能刺进一分。来人举起另一只手挥剑，手指上一只熟悉的戒指在空中划了一道漂亮的圆弧。敌人身首异处。

他转过身，兜帽下面是一对灰色的人类眼睛。我惊呼出声。

他还是来了。他来救我了。就好像我心底深处一部分曾经希望的那样，从天而降，追随我，保护我。尽管我的另一部分也曾强烈地希望他不要来。

因为这里没有希望。

因为我没有希望。

　　我的眼泪涌了出来。我死死抓住笼子，瞪大眼睛看着D挡在我面前，为了我和那些可怕的猛禽殊死搏斗。他的技艺确实高超，但是这里并不是人鱼的竞技场。这里没有任何公平可言。越来越多的鹰兵包围了我的笼子。他们杀红了眼睛，想尽一切办法杀死他，杀死我。

　　我踮起脚尖，焦切地希望自己可以找到第二个援兵。但是场内此刻一片混乱。

　　西尔夫和梅拉妮离国王最近，他们双剑合一，正在努力冲破由国王贴身侍卫组成的包围圈。而国王仍旧高高在上，冷眼观看全局。他们无法近身。剩下的所有的起义军都在和士兵们殊死拼杀，他们自顾不暇。

　　这里没有一个人可以帮助我们。而围拥上来的士兵却越来越多。

　　终于，一支枪尖擦破了我的胳膊，我发出了一声惊呼。更糟糕的是，我的声音分散了D的注意力，他同时受了伤。两柄长剑分别刺中了他的手臂和腰肋。虽非致命，却让他的动作减缓了速度。同时，这些无比机敏狡诈的鹰兵已经看出我是他的破绽，他们立即放弃了对他的攻击，而全部转向了我。我拼命忍住才没有继续尖叫，但是D已经完全乱了阵脚。

　　看着D身上不断涌出的鲜血，我恨不得杀掉自己。如果没有我，他根本就不会受伤。如果没有我，他根本就不必出现在这里！我深深地自责，但没用的懊悔改变不了任何现状。下一秒，两支明晃晃的枪尖前后夹击，我躲不开了。而D拼着再次受重伤也只能勉强挡住一边的攻击，他挡不住另外一边。

　　就这样吧，我想，我要死了。也许这一次我真的会死。谁知道呢？至少，这一次我有时间最后闭上眼睛。不用继续目睹这些发生在我身边的血腥和杀戮。太好了。

　　我在心底默默地对他说再见。

　　然后我听到了一阵风。室内原本是没有风的。但就在我闭上双眼的时候，我突然感觉到了风声，我的长发飘起来，就好像一只巨大的猛禽在我耳边拍击着翅膀。但当我睁开眼睛的时候，这里并没有什么翅膀，我只看到了一个人。

他似乎只轻轻挥了下手，我身侧那个拿枪的士兵就消失了，似乎一阵风把他吹跑了似的。来人伸手打开笼门，然后一把揪我出来，扔到正在拼杀中的D的怀里。

D愣了一秒，但是他抓住了我。

"快走！"来人说。他加入了战斗。

我完全傻了。在看到他的时候，我的脑子瞬间停止了运转。

因为我看到了一个死人。一个在一年前本应该死了的人。

我至今清清楚楚记得那一天发生的一切细节，烧尽一切的熊熊大火，还有那个丑陋而恐怖的魔法阵。

是他的死换来了我如今的生命。

我不敢相信自己的眼睛。

我看到的是魔鬼洛特巴尔。

D狠狠拉了我一把，他抓着我迅速逃出宴会厅的大门。所有的厮杀和呐喊全部丢在了身后，他拉着我飞奔。

脚下跟跄了一步，我觉得自己好像撞到了艾米丽，或者是其他的什么人，然后一片一望无际的绿色，把整个世界淹没。

66

我恍若入梦。在看到洛特巴尔的那一刻，我就已经完全迷失了自我。我的心空了，我的脑子停止了运转，我的动作不能自已，只是被D拼命拽着一直跑，一直跑。

我想扑进洛特巴尔的怀里，就好像那一年的新年舞会上，我们一起从布朗城堡逃走，我想扑进他的怀里放声大哭。我想说"我很想你，我灵魂深处所有坚强、勇敢、乐观而强大的那一部分，我想要你回来，取代我的存在"。

因为只有你才会让他快乐。因为这就是我一直以来的全部心愿。

"醒醒！奥黛尔！"有人粗暴地推搡着我的肩膀，"他根本就不是洛特巴尔！"我听到D的声音在对我大喊。

我定了定神，震惊地看着他。刚刚救了我们的那个人，如果不是洛特巴尔还能有谁？黑色的短发，深邃带着邪气的眼神，还有那张我永远不会忘记的脸——在某种意义上来说，我自己的脸。我怎么可能认错人？

"他就是国王座下的那只天鹅！他是希斯！"

D的话语宛如一把长剑，瞬间刺穿了我。但这一切又怎么可能？

"那就是他的真面目。"D叹了一口气，舒缓了语气对我说，"他是你们的孪生兄弟。"

我注意到他用了一个复数形式"你们"，取代了单数的人称代词"他"或者"我"。这太疯狂了。

"但是他为什么要帮我？"我想起了这几天里发生的一切。因为如果D是正确的，如果那只天鹅真的是希斯，他的每一个举动都是在帮助我。就连这个"刺杀计划"，也是他一早就安排好了的。他甚至是西尔夫的同盟。而且他刚刚还冒险救了我们两个！

"因为他需要我们替他找齐那四样东西。"D皱着眉头开口，"至于他的最终目的是什么，我目前还没有猜到。但那绝对不会是什么好事……"D说到一半，突然死死盯着我的手，"那是什么？"他问。

我莫名其妙地伸开紧紧攥着的手掌，赫然看到了那卷蓝色的羽毛。我想起来了，希斯在把我拽出笼子的那一刻塞了什么东西给我，但我当时完全处于震惊之中。我一直无意识地抓着它，直到D现在提醒了我。

"风鸟的羽毛，"我不由自主地开口说，"风精灵的信物。"

D的眼睛一亮。然后我突然意识到了我们之间最可怕的那个部分，那个"抱歉我把所有的信物都搞丢了"的部分。但正在我心跳加速，挣扎着不知道该如何开口的时候，D居然变戏法一样把我那个已经丢了的"百宝囊"拿了出来。

"不用谢。"他对我眨了眨眼睛，"我逃脱的时候顺手拿走了。"然后他拉住我的手，表情郑重地说，"我要对你道歉，我不该把你一个人留在这么危险的地方。"

"但是你当时没有办法带我一起走。"我补充，接过袋子晃了晃，"但看在它们的分儿上，我原谅你了。"我对他露出了一个微笑。

"我说……这到底是哪儿？"一个声音突然从我身后响起来。我回头看到了艾米丽，跌跌撞撞地从地上爬起来，揉着头发问。

——那么我在奔跑中确实撞到了她，然后我们一起来到了"这个地方"。我首先想通了问题一"为什么她会在这里出现"，但是对方却紧接着提出了问题二。

我们现在在哪里？这真的是一个好问题。

在我还有意识的时候，我记得我们跑进了森林，就好像这片飘浮的大陆上所有的地方一样，放眼一望无际的绿色，头顶张开巨大的芭蕉叶，脚下蜿蜒着无穷无尽的藤蔓植物。我应该是被绊了一下，我们几个同时都被绊了一下。然后我们就"掉进了"这个地方。就好像是爱丽丝的兔子洞。

只是这里没有仙境。差得太远了。

因为满眼的绿色突然消失得无影无踪。这里没有青翠的平原，碧绿的湖泊或者茂密的森林，这里只是一片戈壁。一片寂静、干涸，没有任何生命表征的浩瀚戈壁。我看到远处斑驳断续的石墙，一层层延伸出去，毫无尽头，就仿佛一片巨石垒建的丛林。一种怪异的感觉涌上大脑，我突然意识到，这里和我们之前看到的任何一个地方都不一样。

"我们还缺什么？"D问我。

"我们已经拿到了三件元素精灵的信物。'地'是矮人的卷轴，'水'是人鱼的鳞片，'空气'是风鸟的羽毛。"我回答他，"所以还剩下最后的'火'。"突然间我理解了他的暗示，"你是说？"

"我不能确定，因为我也从未来过这里。"D说，"但是如果让我猜，我宁可猜测它就是诺姆口中那个'看不见的国度'。也就是火精灵居住的地方。"

我几乎要发出欢呼了。"但我们到底是怎么进来的呢？"我皱起眉头，"我并没有看到雾，或者其他类似的东西。而且我们刚刚还在天上。"

D看着我。我很快明白了他的意思。在这个奇妙的世界里，一切皆可发生。然后艾米丽的一声惊叫打断了我的思路。

"齐格弗里德在哪里？"她突然问。

我的心脏霎时沉了下去。我终于明白过来，为什么这一次我感觉周围如此怪异。它并非来自环境的剧变，而是我们原本有四个人，现在却突然间变成了三个。

小S不见了。他可能仍困在那个危险的宫廷；他可能迷路了；他也可能……

我紧紧咬住嘴唇，看着艾米丽，我不知道该说些什么来安慰她。我不知道该说些什么来安慰自己。我无助地转向D。

D摇了摇头，"我进入宴会厅的时候，他和你一样正困在笼子里。"

我问已经泣不成声的艾米丽："那么你是怎么出来的？"

"我不知道……"艾米丽哭着说，"我很害怕，当时我周围没有人，我就打开笼子出来了。我跟着四散的人群在大厅里挤来挤去，直到我被挤了出去。然后我就看到了你们。"

她很幸运。但是小S呢？他也会有这么幸运吗？我的脑子嗡嗡作响，我拼命回忆着最后一次看到小S是在什么时候。然后我想起来了。

当我还困在鸟笼里，当D在我面前厮杀，我看到他从笼子里跳出来，顺手捡了一把剑，然后加入了西尔夫的队伍。

因为那就是他一直想做的。他想成为他们之中的一员。

但是我却不能把这个告诉艾米丽。我扶住她簌簌发抖的双肩，"他没有和我们一起过来。"我对她说，"他现在一定在四处寻找我们。所以我们现在要做的，就是赶快找到最后一件元素精灵的信物，然后回去和他会合。"

我恨我自己，竟然对这个可怜的姑娘讲出如此自私自利的话语。我是个纯粹利用对方感情的卑鄙小人，我唯一目的就是为了我自己。

为了找齐那该死的四件东西。为了自己能够苟且偷生地活下去。

我真想狠狠抽自己一巴掌。

艾米丽抽抽噎噎地点了点头。她还能说什么呢？她从来不是一个主动的人。她一直都唯小S马首是瞻。现在小S已经不在了。所以她只能跟着我们，无论她是否情愿。

我心里难受，但是我别无选择。回到常青之国去找小S？那明确无疑是自杀行为。且不说我们根本就找不到回去的路，就算我们真的回去了，而西尔夫他们的革命奇迹般地取得了胜利，当事人也未必感恩。我看得出这场奇异的旅行对小S的影响。当他还和我在一起的时候，甚至远在那之前，他就对异度空间和神话传说拥有浓厚的兴趣。这里对普通人来说不啻为一个梦魇，对于他却是一个梦寐以求的乐园。

他变了。如果他仍是当初的那个他，他就不会如此轻易地抛下我们，抛下艾米丽。

但尽管如此，我也有难以推卸的责任。如果不是我，现在他们两个还好好地待在美国。

我太过意不去了，所以我忍不住伸手从袋子里掏出了那个面具。那个D在威尼斯为我特别定制的面具。因为除了那几件必要的信物之外，这是我目前持有的唯一一样东西。我把它套在了艾米丽的脑袋上，作为一个别致的发箍，绑住了她的头发。

用眼角的余光，我看到D露出了一个不以为然的表情。他差点就要阻止我，但我已经开口了。

"这个送给你。"我对艾米丽说，"它上面带有特殊的魔力，它会保佑你的。"

我并没有对她说谎，因为这就是D先前告诉我的事情。但事实上，至少目前看来，它一点用处也没有。而我急于向艾米丽表达我的愧疚之情。

当我把面具送给艾米丽之后，我感觉心里好受一些了。我避开D的眼睛，抢先踏上一步。

"让我们出发去找火精灵吧！"我毫无必要地大声宣布，不知道自己到底在遮掩什么。

67

我们一步步走近那些石墙的废墟。这里远看就好像是一座毫无规则的石头怪圈，就好像你在英国南部的索尔兹伯里或者北部湖区看到的史前巨石阵一样。但当我们走近，却发现这里竟然是一座石头建造的城市。

至少它曾经是。因为现在所有一切都被摧毁了，高大的城墙倒塌、风化、变形，碎裂一地的石砖慢慢积累起来，看起来好像是巨人故意堆成的一个石冢，里面埋葬着不为人知的秘密。它就如同埃及的金字塔，或者印加帝国的失落之城马丘比丘，没有人知道这里曾经发生过什么，这些石墙的高大宏伟甚至让人怀疑它们存在的真实性。

"火精灵真的在这里吗？"我站在巨大的城门之下，忍不住问D。

D耸了耸肩膀，没有说话。我知道他也同样产生了怀疑。

"这是什么？"艾米丽抹了把眼泪，突然指着大门上的花纹问。

这两扇石头大门顶天立地，兀自矗立在城市的废墟之中。门上风化一半的花纹依稀可以让人想象出这里当初的辉煌盛景，但是现在一切都结束了。它的传奇只存在于记忆，而其他一切早已消弭在时间的流逝中了。

"这不是花纹。"D凑上来，用手指细细勾勒过门上那些残缺不全的凹凸，"这是一种象形文字。"

"写的是什么？"我充满期待地等待着。

"它们太古老了，我无法解读。"D给了我一个否定的答案。我失望透顶。

"但至少，我们来对了地方。"D指着门上的一个小三角对我说，"这个字符在这里出现了很多次。我相信它代表'火'。"

我凑过去看，但是并没有如想象中那样看到火焰之类的图画，D的手指边只有一个小小的正三角形，简单扼要。我皱起了眉头。

"这是一个古老的炼金术符号。"D对我解释，"正三角形代表了向上的能量，代表爱恨、激情、愤怒，还有接近神灵的精神力量，而这些正是火元素的本质。"

我懵懵懂懂。我看到面前的石墙风化剥落，露出一种金红的色泽，映得城中氤氲着一种同色的微光，就好像太阳初升，或者即将落下的那种金红色。空气干燥而炽热，和我们刚刚离开的温暖湿润的"常青之国"形成了鲜明的对比。我相信D是正确的。即使大门上没有那个不断重复的符号，周围的环境也在暗示我们，旅程中所缺乏的最后一个元素，"火"的存在。

"那么，我们需要寻找的就是一只四条腿的蜥蜴吗？"我想起了头颅的歌谣，还有小S的故事。那是我们在威尼斯的最后一夜。

现在我们最终来到了火元素的疆域，但是讲故事的人却不在了——这和我们之前踏上那三片大陆时面临的情况完全相同——难道这真的是一个倒霉的巧合吗？

想到小S让我心里发酸，我使劲咽下一口，装作若无其事的样子问艾米丽："关于那个羽蛇神的传说，你了解多少？"

艾米丽摇了摇头，"我根本不知道他会讲那样一个故事。"她抽了抽鼻子说，"他平时看很多书，知道很多事情。"

我点了点头，我知道她说的是事实。我当然了解自己才分手不久的前男友。

"那么那些故事并不是希斯安排好的？"我抬头问D。

"关于这些精灵的传说有很多。"D回答，"我认为他只是把几个知道部分故事的人凑到了一起。"

线索又断了，我看到艾米丽瘪了瘪嘴，似乎又要哭了。我赶紧走上一步，抓住她的手。

"至少我们知道火精灵是一只蜥蜴。"我耸耸肩，努力装出一副积极乐观的样子。我需要她相信我。相信我很快就可以带她见到小S。相信我可以为她，或者他们两个，带来希望。

我严重认为自己对她负有责任。

我带着她绕过那两扇大门，跨过倒塌的石墙进入城中。D在后面紧跟着我们。

城内满目残垣断壁，蜿蜒风化的石墙无止无休。这里没有任何明显的标记物。片刻之后，我已经看不到那两扇高大的城门了。我回过头，身后三条岔路没有任何区别，到处都是断裂的石墙和倒塌的建筑。我完全不能确定自己刚才走的是哪一条路。

而面前是另外一个岔道口。所有的石墙看起来都一模一样。我心脏冰冷，之前佯装的乐观情绪已经无法给我半点慰藉。我知道自己高兴得太早了。也太大意。

这里没有一个人，没有可怕的士兵和血腥的杀戮。但这并不说明这里就没有危险。

因为这里并非是一座城市。这里是一座巨石垒建起来的迷宫。

如果我身边没有艾米丽和D，我想我会立刻疯掉。因为我和大多数普通女孩子一样，天生就毫无方向感。我连英国皇家园林里那些给小孩子玩的树墙迷宫都走不出去，何况这里！

面前就好像是一个真正的克里特岛的迷宫，也许还会有可怕的牛头怪物存在，而我既没有忒修斯的魔剑，也没有阿里阿得涅的线团⑥。

"我们……是迷路了吗？"艾米丽茫然地看着我，连她都看出了我此刻的惊惶。

我紧紧攥着拳头，对自己的鲁莽大意追悔莫及。我实在是太没用了。

"要么我们试试沿着墙的一侧走？"D适时地提出建议，但他的声音也并不确定。

我们这么做了。但是结果并不比我刚才高明多少。也许他的方法适用于一般的迷宫（我也表示怀疑），但这里毕竟是一个充满了魔法与精灵的世界。

注：⑥ 克里特岛的迷宫：希腊传说中为困住牛头人米诺陶尔修建的迷宫。英雄忒修斯因得到克里特公主阿里阿德涅的线团走出迷宫杀死米诺陶尔。

我不知道我们究竟走了多久。这里的光线仍然是金红色的，就好像这个世界的其他地方一样，并未随着时间而变化。它没有日升月落，也没有气候与潮汐。周围一切原封不动。我们已经走了这么久，但这些斑驳的石墙仍然矗立在那里，就好像自动复制生成的一样，所有石砖都一模一样。而且它们高不可攀，我不止一次地仰起头，但是我根本就看不到石墙的顶端。

然后我听到了一个声音。我吓了一跳。但是当我转过身子，却看到艾米丽和D正在惊讶地看着我。

"有人叫我吗？"我忍不住问道。

我看着自己的同伴，期待他们有一个人会承认。因为刚才那个声音在一片死寂的迷宫里听起来太突兀了，就好像一个诡异的回声。我希望那只是我的错觉。

我看着他们，但是两个人同时摇了摇头。

我转过身子。但是没走几步，我再次听到了那个声音。有人在叫我的名字。

奥黛尔。

68

我再次回过头。但这一次，我的身后没有一个人。

我立即转过身，再转回来。但无论我做几次都是同样的结果——D和艾米丽不见了。

我揉了揉眼睛，确定自己仍站在原地。四周石墙高耸，空气里弥漫着一片金红的色泽，一切都没有变。但是我的同伴不见了。生生从我面前的空气里蒸发了。

"D？艾米丽——"我对着空气大喊，妄图得到对方的回应。但周围只有可怖而空旷的回声，撞到坚实的墙壁上再反弹回来。然后回声渐歇，四周再次回归死一样的静寂。

我在迷宫中横冲直撞，惊恐地一遍又一遍呼唤同伴的名字。我逐渐意识到，其实自己每走一步，面前的道路就愈发狭窄，然后慢慢融合进记忆深处，重叠，然后锁定。我在无可抑制的恐惧中颤抖，因为曾经有过的最恐怖的梦魇再次冲进脑海，我独自一人，迷失在没有尽头的石墙之间。我找不到D，身边也不再有他的管家塞巴斯蒂安。

整个世界骤然塌缩成一系列逼仄昏暗的石墙走廊，把我一个人困在中间。我完全失去了方向，看不到尽头也无法找到出口。我就好像那些被抓来献给米诺陶尔的活祭，躲在石墙之间瑟瑟发抖，等待着自己悲惨的命运降临。

然后我再次听到了声音。有人在迷宫里！

我立即循声跑去，就算他真的是米诺陶尔，我也要一探究竟。我必须摆脱内心深处的梦魇，眼前似曾相识的一切已经快把我逼疯了。

我转过一个岔路，看到了声音的来源。我没有看到可怕的牛头人，却看到了D。

我泪眼婆娑，别后重逢的喜悦冲昏了我的大脑。我想都没想就冲了过去。

但是D并没有看我。他似乎从始至终根本就没有看到我。他灰色的眼睛径直地穿过我，注视着我身后的某个方向。任凭我怎么叫他，他都没有反应。

我惊慌失措。我不知道他为什么听不到我的声音。我试图伸出手去碰触他，但是他很快就离开了原先站着的位置。他从我身边直接擦身而过，就好像我根本就不存在一样。

我转过头，于是我终于亲眼目睹了自己最恐惧的梦魇，我最不想见到的那个人，仍旧穿着新年舞会上那条大红色的豹纹长裙，橘红色的长发高高绾起，妆容光彩耀人。她站在狭窄的石墙之间，那么美，那么高贵，仿佛一道光，照亮了面前整个晦暗不明的世界。

我脚下一个踉跄，扶住石墙才没有跌倒。我看到D走了过去，擦过我的肩膀径直走了过去，走到薇拉身边。我看到她伸出双臂投入他的怀抱，搂住他的脖子对着他的耳朵私语。我看到D的笑容，私密而愉悦，他紧紧揽住对方的腰，凑过去吻上对方的嘴唇。

整个世界在我面前四分五裂。我已经不再是舞会上的圣诞布丁，我不再是那个可悲可笑的小女孩，我变回了魔女奥黛尔，我得到了D，我已经像世间所有的姑娘梦寐以求的那样，在圣洁完美的仪式里嫁给了自己最爱的那个人。但是为什么，为什么，同样的事情再次发生在我眼前。每一根发丝，每一个动作，都是如此逼真。我不相信这是梦境。何况墨菲斯离开之后，我早已经不做梦了。

我扑上去，用自己根本不相信的勇气，我想把他们拆开。我想大声质问D："为什么你要一次又一次，欺骗我的感情！"但是我竟然走不过去。

我拼命跑，但是每当我认为自己已经走到了他们的位置，却发现自己仍在原地。就好像一个被诅咒了的房间，我站在门口，而他们站在房间尽头。而当我走到房间尽头的时候，却发现自己已经重新进入了这个房间。我被一个有限而无界的空间包裹，我以为他们就在我面前，但是他们根本就不在那里。

我趴在地面上，嘶声呼喊D的名字，我希望他能够听到我，我希望他能够转过头看我一眼。就一眼。那样也许他就会记得我的存在，就会记得，曾经有一个女孩，为了他的回眸，等待了整整六百年。

但是他始终没有回头。

我甚至可以清晰听到他和薇拉之间的调笑，那些喁喁细语的亲昵，但是他们听不到我。他们就好像是一部逼真的立体电影，在我眼前重复播放，一遍又一遍。

我绝望地闭上了眼睛。撒旦啊，如果你仍站在我这一边，如果你不想让我在这里死去的话，求求你帮助我，求求你停止这一切。我失魂落魄，手足无措，我在心中不断祷念着这些话，希望可以梦想成真。

然后我睁开了眼睛。可怕的立体电影消失了。我是说，D和薇拉两个人都消失了。我艰难地咽下一口，擦了擦头上的汗。这不是真的，不是真的！我一遍又一遍对自己重复，确认自己仍在火精灵的迷宫里，眼前所见一切都是幻觉。

我看到狭窄的石墙慢慢变得宽阔，再次恢复了之前金红的色泽。我知道自己的判断是正确的，不管刚才到底发生了什么，我需要尽快找到D和艾米丽。

我很快就找到了他们。但我却再一次不敢相信自己的眼睛。我看到了两个衣衫褴褛的老人，如果他们没有叫出我的名字，我绝对不会认出这两个人就是D和艾米丽。他们的脸上遍布皱纹，干枯的手指颤巍巍地互相搀扶着，在石墙的一侧蹒跚前行。

撒旦啊，这里到底发生了什么？我惊恐地看着他们，突然想起魔域空间拥有不同的时间轴。我刚进入这里的时候已经完美地验证了这一点，那时候我一个人迷失在那个浓雾缭绕的"门厅"一整天，而对于D他们只是几分钟而已。

现在则完全反过来了。我离开的那个"片刻"对于他们，是十年？二十年？抑或是五十年？我看着对方枯瘦的手指和混浊的眼睛，完全吓呆了，一动都不敢动。

"奥……黛尔？"我听到一个枯涩老迈的声音，从那个和D毫无相似之处的老人口中发出，我的眼泪几乎涌了出来。他的脸上遍布皱纹，眼窝深陷，松弛的皮肤下面直接裹着突出的骨头，就好像是一具可怕的木乃伊。

　　"我以为……再也见不到你了……"他颤抖着伸出一只鸡爪一样枯瘦的手臂，我抽了一口凉气，本能地后退一步，后背撞上了坚硬的石墙。

　　但是他仍然抓住了我。他骨瘦如柴，但是当他紧紧掐住我的手臂，我竟然挣脱不开。

　　"你就这么把我抛下走了，奥黛尔！"他用一种令我心碎的空旷声音对我说，"你知道我等了你多久吗？"

　　"我们刚刚还在一起。"我颤抖着回答，"我只离开了一小会儿……"

　　"一小会儿？一小会儿！"他提高了声音，变得尖锐而刺耳，"我在这个该死的迷宫里被困了四十五年八个月零三天！四十五年！像一个可悲的囚犯，每天面对着这些一成不变的石墙！一小会儿！"他冷笑了一声，"当然了，我已经等了你六百年，再多半个世纪也不过是个零头罢了。"

　　我的眼泪终于涌了出来，我怔怔地看着他枯瘦灰白的脸孔，那对曾经清澈的灰眼睛由于布满血丝而变得污浊不堪。我喉间哽咽，我想说话，却似乎被什么东西堵住了。

　　"一小会儿！就好像再'转生'了一次，是吗？留下我一个人，困在这个被诅咒的生命里，六百年，一次又一次地失去你，看着同样的戏码一次接一次地上演，然后继续等待着你的回返。期盼你能够认出我，再次爱上我，重复我们已经排演过了的悲剧一生。我不想再等了，奥黛尔。太久了，实在是太久了……我很累，我想休息了……"

　　"不！"我拼命挤出了一声否定，"不要……"

　　"……离开你？奥黛尔，看看我，看看我的样子。"他用五根鸡爪一样的手指抓住我的手，强行按在他丑陋衰老的脸上，我下意识地想收回手臂，但是他死死地抓住了我。"摸摸我的脸，奥黛尔，摸摸这些纵横交错的皱纹，这些腐朽干枯的皮肤！我早已不再是你爱的那个D了。我变不回他。这个样子你还会爱我吗？你还要和我在一起吗？你会接受我吗？"他用一对死鱼般的灰白色的混浊眼珠死死盯着我，"我最后求你一次，奥黛尔，别对我撒谎。"

突如其来的痛苦几乎令我窒息。理智告诉我我应该对他不离不弃，但是我竟然说不出口。我恨自己。我恨不得自己去死。因为我从未意识到，自己所谓的感情竟然如此廉价而可笑。如果D没有他出众的外形和强大的力量，我还会爱他吗？如果他真的就是这样一个可怕的木乃伊，我可能还会爱他吗？

我竟然无法回答自己。

69

艾米丽走了过来。她的样子比D更加恐怖。原先红润得如同苹果一样的脸蛋干瘪下去，柔软的红棕色头发完全花白，一部分混乱地扎在一起，露出另一边光秃秃的头顶，上面遍布着可怕的皱纹和青筋。

她努力睁大粘连在一起的眼睑，死死地盯着我，"奥黛尔？"

我不敢回答。

她突然扑上来，像一只干枯的蝙蝠一样扑到了我的脸上，她撕扯着我的头发，扭着我的耳朵，抓着我的脸，掐着我的脖子，尖利的指甲掐入了我的肉。

"看看这些充满弹性的皮肤，这副青春不朽的肉体！你为什么还不去死！你为什么还敢回来！是来嘲笑我们这些将死之人凄惨的样子吗？是吗！"

　　"艾米丽……我……"我哽咽了。对方的指甲像锋利的刀片一样刺入我的皮肤，我可以感觉到血已经流了下来。但是我不能躲。如D所说，我已经躲了四十五年八个月零三天。我不能再躲了。我遗忘了我的朋友们，我亲手把他们送入了米诺陶尔的迷宫。

　　这全都是我的错。

　　"因为你，我们从美国去了欧洲；因为你，我们在威尼斯进入了这个该死的魔域空间；因为你，我失去了齐格弗里德！但在你对我们做了这可怕的一切之后，我有怪你一句吗？因为我相信你，因为齐格弗里德相信你！但是你却辜负了我们对你的全部期望！你把我们留在这里，一走四十五年！我第一次见到你的时候，我只有十八岁，现在我六十三岁……但你看我像六十三岁的样子吗？我看上去比我八十三岁的曾祖母还要老迈！我每一天都在祈祷上苍，希望我可以在第二天死去，但我一直活到这一天，活到这一刻……为的是再见你一面，为的是亲手杀死你！"

　　艾米丽收紧了她枯瘦的手指，我喘不过气来了。我张大了嘴巴，试图挣扎，但是却徒劳无功。她的手指越收越紧，就在我几乎失去意识的那个刹那，我看到D走过来，像以往一样，在我面临的每一个危机关头来到我身边。他拉开了艾米丽的手。

　　"算了，让她走吧。"他嘶哑着声音对她说。

　　"你还在护着她？"艾米丽不可置信地尖叫了一声，"在发生了这一切之后，在我们度过漫长而孤独的四十五年之后，你竟然还在护着她！"

　　D叹了一口气。

　　"你醒醒吧！难道你没看见她看我们的眼神吗？你没看见她看你的眼神吗？我们在这个石头垒起来的坟墓里等了她整整四十五年！她回来以后说了什么吗？她有道歉吗？她有一点点懊悔的意思吗？她没有！我

们对她来说就是两个怪物！而你竟然还在包庇她！！"

D再次叹了一口气，他看着我的眼睛。那对曾经清澈得几乎冷漠的灰色眼珠，现在却蒙上了一层厚厚的灰尘，他的眼中雾霭弥漫，我从里面看到了无尽的失望和伤痛。

我的心碎了。当艾米丽松开我之后，我双腿发软，无助地滑落到地面上。

"对不起对不起对不起！"我伏在他的脚下放声大哭，"都是我的错，这所有的一切都是我的错！"

"道歉又能怎么样？"艾米丽冷笑一声，"整整四十五年的时光，一句'对不起'就完事了？"

"我知道你们不会原谅我，我也没有奢望得到原谅。"我抬起头，哽咽着开口，"但至少请让我带你们从这里离开。"

"离开？"艾米丽再次冷笑一声，"我们在这里度过了四十五年的日日夜夜！你以为我们就没有找过出口吗？如果这个迷宫有出口，我们早就已经出去了！"

"请再给我一次机会，让我带你们离开。"我闭上眼睛，轻轻地说，"这是我现在唯一能做的。"

D皱着眉头看我，他不知道我在想什么。我第一次占据了主导权。他看着我的样子是如此无助而可悲。噢撒旦，求求你，不要再这样折磨他。不要再这样折磨我！让我做点什么，让我补偿他们，让眼前一切交换过来，让那个无助可悲的人是我。求求你，让他恢复强壮，让艾米丽找到齐格弗里德。为了他们我可以做任何事情。

杀了我，让我死，让我变老，让我死一千次！

我只希望我的朋友们能够回来。

我在心底默念这一切，我的手突然摸到了腰间那个袋子。那个装着三件元素精灵信物的袋子。我悚然一惊。我突然想起了我的使命。我还差最后一件信物。我来这里是为了寻找火精灵。

头颅告诉我，集齐四件信物就可以救我的命。那么可不可以，不要救我的命，救他们的。救我的朋友们。让他们脱离苦海，让他们回复年轻。

我深深地吸了一口气。我拉住了D和艾米丽的手。

"请最后相信我一次。"我对他们说，"请允许我带你们从这里出去。"

D眯起眼睛，他不知道我在想什么。他不知道我的目的。他单薄的身体在风中颤抖得如同一片干枯的叶子，他佝偻着脊背，几乎连站都站不稳。我走上一步，轻轻地抱住了他。

他的身体颤抖得更加厉害了，布满皱纹的面孔更加困惑，他不知道我打算做什么。

"我知道再怎么解释也没有用，因为这都是我的错。全部都是。"我轻轻地对他说，"所以我只能谦卑地乞求你，吾爱，如果你心中对我还存有一丝感情，那么就请再相信我一次，最后一次。我不会丢下你一个人。"

他怔怔地看着我，那对混浊的灰眼睛雾霭弥漫，有晶亮的东西在瞳孔中闪烁。

"不管你变成什么样子，是人也好，是吸血鬼也罢，年轻也好，年老也好，美丽也好，丑陋也好，强壮也好，虚弱也好，你始终都是他，你始终都是我的黑骑士。你是我的恋人，我的朋友，我的家人，我的丈夫，我的生命归属，我的灵魂伴侣。以前的六百年来，六百四十五年八个月零三天，一直都是你在照顾我，保护我，现在轮到我了。请让我照顾你，请让我保护你。不管我们的未来还有多远，不管我们还能活多久，如果这就是世界末日，那么请让我就在这一刻保护你，请让我和你在一起。"

"奥黛尔……"

"求求你，不要拒绝我，让我带你从这里出去，让我们一起从这里离开！因为我爱你。我不能忍受再次失去你。无论是过去、现在还是未来，弗拉德，我只爱你一个。"

当我吐出这个奇妙的字眼，就好像是一句强大的咒语，让整个绝望的世界重新燃起一线希望。一直笼罩在我头顶的阴霾退去了，心中积存已久的阴影消失了。我终于意识到自己爱他，超越了时间本身，超越了善恶美丑，我只想和他在一起，仅此而已。

因为这就是我内心深处的唯一渴望。

怀中的D强烈地颤抖了一下。我睁大了模糊的双眼，看到他干瘦的身体缩得更小，就好像突然变成了一具真正的木乃伊。他艰难地伸出手，似乎想摸摸我的脸，但是他的手臂还没伸到我的面前，可怕的裂纹已经遍布了他的皮肤，然后"啪"的一声轻响，整条手臂在我眼前碎裂成灰尘。紧接着，他的人也在我怀中碎裂成了灰尘。

一阵风吹过，我空空的双手间只剩下一满把灰色的尘埃，然后顺着我的指缝刷刷地滑下去。

我惊恐地尖叫起来。我抬起头，看到艾米丽也不见了。我恐惧地尖叫，失音地尖叫，尖声控诉着这个疯狂的世界，直到一个人突然闯入了我的视线，把我紧紧抱进怀里。

"奥黛尔？奥黛尔！"他大声呼唤着我的名字。

我在来人的怀抱里用尽全身的力气拼命挣扎，直到我意识到那个声音有些熟悉。于是我停止了挣扎，抬起婆娑的泪眼，望着眼前的这个人。

强壮、高大、美丽，雪白的面孔上没有丝毫瑕疵。他用一对清澈而熟悉的灰眼睛关切地看着我的脸。

"奥黛尔，"他柔声问我，"你看到什么了？"

我不敢相信自己的眼睛。我伸出手，抚摸他细腻而冰冷的皮肤，一如记忆，那上面没有一丝皱纹或是任何老迈的痕迹。

"我……"我忍住了眼泪，抽了抽鼻子，"我好像做了一个梦。"

"别怕，有我在。"D紧紧搂住了我。

越过他的肩膀，我看到了艾米丽，仍旧是她十八岁时候的样子，浓密的红棕色头发上戴着我送给她的面具，歪着脑袋，莫名其妙地看着我。

我轻轻呼出了一口气。我脊背发冷，我知道刚刚并不是一个梦。我们仍在火精灵的领域里，在米诺陶尔的迷宫内。我所见到的并不是真相，而是一个预知。或者是另一个宇宙里正在发生的一切。再或者，我侥幸通过了狡黠的火精灵对我的"测试"，对我的同伴们实现了我的"承诺"，所以一切再次回复正常。

不管答案是哪一种，我只知道一件事。那就是，如果我在这里得不到最后一件信物，那么更可怕的事情将会发生。

我已经没有任何退路。

70

我又听到了一个声音。

这一次我不敢再转身了，我从地上爬起来，目不转睛地盯着对面的D和艾米丽，生怕他们再度从我眼前消失。

"那边！"我们之中听觉最敏锐的D明确地指出了一条岔路。

我们立即跟着他跑过去。

声音越来越大了。这并不是一个声音，而是很多不同的声音掺杂在一起发出的和声。不是一个人，也不是几个人，当我们走到声音的源头，我以为那是个至少有一百人的大集会。

不是一百人，至少，不是一百个"人"。

眼前豁然开朗，我看到了一个平坦的广场。也许这里就是迷宫的中心，因为广场四周至少有一百条不同方向的岔路。而我们就站在其中一条岔路的路口处。

我们就好像蚂蚁，在泥土和砖缝中蜿蜒爬行，然后终于来到了宽阔而干燥的井底。光线骤然变得明亮，我眯起眼睛，看到广场中心矗立着一棵树。

一棵大树。它盘根错节，树干几人合抱，庞大的树冠遮天蔽日。

声音就是从树上传过来的。

树上没有树叶，只有拳头大小的果实。每一颗果实上面都有着眉目分明的五官，它们紧紧皱缩在一起，用干枯的头发荡秋千一样悬挂在树梢上。

它们全部都是干缩头颅。

我们面前是一棵挂满了干缩头颅的大树。

艾米丽尖叫起来。意料之中。

但是这些头颅的反应更大。意料之外。

它们争相重复艾米丽的尖叫，一个接一个，就好像回声一样四下蔓延，然后，整棵树都开始张牙舞爪地尖叫起来，宛如一株突然被拔出土的巨型曼德拉草。

我紧紧堵住耳朵。艾米丽也立刻就住口了。她不可置信地看着眼前一切，仿佛被吓傻了一样不知所措。

然后头颅们的尖叫声戛然而止。它们挂在兀白颤动的树梢上　摇荡，互相挤眉弄眼，对我们做出各种怪异的鬼脸。当它们盯着艾米丽看的时候，我看出这可怜的姑娘打算再次尖叫，但她很快就想起了刚才严重的后果，所以这一次，她用手紧紧捂住了嘴。*噢，好姑娘！*

我深深地吸了一口气，上前一步。在经历了那些可怕的幻境之后，这些头颅的出现几乎让我欣喜若狂。我早已经习惯和它们打交道了，这没有什么可怕的。不久前我才刚刚遇到过一个，短短几句话就得到了极其珍贵的线索。现在我面前足足有一百个头颅。太棒了！它们之中的任何一个都可以不费吹灰之力地告诉我火精灵的下落。

"走这条路！"离我最近的一颗干缩头颅大声对我喊。它使劲荡起来，明确指出了右前方的一条岔路。

我感激地望着它，喜形于色。看，如此简单！我甚至都还没有开口。

"这条路可以找到火精灵？"D突然问道。

"当然。"这颗头颅自信满满地说。

"等一下。"D拉住刚要迈步的我，他问另一颗头颅，"它说得对吗？"

另一颗头颅嗤笑一声，"你们要听它的就完蛋了。"它说，"那条路上住着可怕的牛头人，它最喜欢烧烤人类小姑娘当点心了。祝你们下午茶愉快。"

艾米丽再次发出了一声小小的惊呼。声音很小，但是半棵树的头颅们还是捕捉到了这个声音，它们立即争先恐后地模仿起来，一边模仿一边笑，然后嘻嘻哈哈地笑成了一团，巨大的树冠再一次剧烈地颤动不休。

原来这里果真有米诺陶尔存在。我在心底叹了一口气，抬起头问第三颗头颅：

"火精灵到底在哪里？"

这颗头颅个子很小，看起来皱缩得最厉害，俨然一副垂暮老人的模样。我希望它能够代表着某种权威性，不要再继续对我们撒谎。但是它盯着我看了一会儿，然后对着我们来时的方向挤了挤眼睛。

我再次叹了一口气。原来现实与想象毕竟是有差距的。我早就应该意识到这一点。

"其实你们根本就不知道他在哪里。"D突然开口。

他的话成功激怒了头颅们。"我当然知道！"无数个高低不同的声音齐声回答，嗡嗡的回声震得我耳朵发痒。

"那么你们要如何证明这一点呢？"D继续问。

"沿着这条路走，你们很快就会看到火精灵'萨拉曼达'！"一颗头颅立即说。但很可惜，第二颗头颅立即重复了同样的话。紧接着，剩下的所有头颅同时开口，不甘人后地证明自己的睿智多闻，但是它们每一个指的方向都不一样。

"这条路，这条路！"头颅们异口同声地大喊大叫，树冠剧烈地摇晃。

"相信我，它是个骗子！"

"你才是骗子！你们要听它的话就死定了！"

"你很快就会死！"

混乱中，这个熟悉的句子就好像像一根针刺入我的耳朵，我打了个激灵，差点跳起来。我不顾一切地跑到树下，仰起头，努力寻找着声音的来源。

我找到了。它畏畏缩缩地躲在一个巨大的枝杈后面，正探出一点点干瘪的脑壳，从枝杈的缝隙里偷偷摸摸地看我。

"你很快就会死！"对上我的视线之后，它立即补充了一句。

"我也很高兴见到你。"我答非所问，微笑着和它打了个招呼。

它咕咕哝哝地似乎咒骂了一句什么，然后不情愿地从树杈后面探出了皱皱巴巴的五官。它看起来比之前皱缩得更厉害了——对于它们来说，我绝对相信这是某种健康的征兆。

"我需要你的帮助。"我对它说。

"我为什么要帮助你？"它挑起了两道乱糟糟的眉毛。

"因为我之前帮了你的忙。"我盯着它，大言不惭地说，"如果不是我，你至今还困在那个浓雾缭绕的'门厅'里呢！别忘了是我带你'进来'的。"

"如果没有我你就是个瞎子。"头颅撇了撇自己那条代表嘴的干燥裂缝，露出了一个不屑的表情，"是我带你'进来'的好不好？"

"那么我们扯平了，"我极不情愿地承认，"后来你怎么跑到了这里？"

"这里？这里是我的家！"头颅大声说，"我生在这里，长在这里！既然已经'进来'了，我当然记得回家的路！"

我皱起眉头。我一直认为是小妖精，或者希斯从中捣鬼，才会让这家伙当初和我分开。但现在看来，这些猜测似乎并没有真凭实据。头颅说它是自己"回来"的，当我们"过桥"之后，或者就是在我吃下妖精的水果，陷入昏迷的那段时间，它就自己"回来了"。这可信吗？

"我们已经找到了其他三件元素精灵的信物。"我收集起自己全部的耐心，试探着再次开口，"只差最后一件。我希望你可以帮助我们。"

我安静地等待着对方的回答。我希望那是一个肯定的答复。但是满树的头颅们此起彼伏地发出嗡嗡的回声，让我愈发心烦意乱。

"就算你找到了最后一件信物，四元素聚齐，你也还是要死的。"头颅突然说。

我的心沉了下去。我担心自己一直在恐惧的事情会成为现实。我担心自己无力实现自己的承诺。我担心到头来自己终究无法保护同伴们的安危。

"四元素的力量到底是什么？"D突然插了一句。

头颅看了我一眼。"你没有告诉他们吗？"它问我。

"反正你也是在骗我。"我耸了耸肩。

"我才没有骗你。"头颅正色道，"四元素聚齐可以令人起死回生。这是宇宙间万人皆知的真理。"

71

我皱起眉头，"但你刚刚说我还是会死？"

"很简单，因为它们并非是为了你而准备的。"头颅回答。

就在那一瞬间，我突然意识到了它说的是谁。我突然明白了很多事情。我想起了在威尼斯的最后一夜，在小S精彩的羽蛇神传说之后，D讲述的那个看似没头没尾的故事。

希斯的目标根本就不是我。

他唯一的目的就是复活他的兄弟——魔鬼洛特巴尔。

"所以说，我并没有骗你。"头颅似乎读到了我的思想，它一本正经地强调说，"这四件东西确实可以令你活下去。只不过是另一个宇宙中的另一个你。"

"另一个宇宙？"我对这个名词感到困惑。

"让我这么说吧，"头颅不耐烦地开口，"你和那个家伙原本位于两个完全不同的宇宙，但是在更高维度的空间内恰好重合在了一起。"

"你的意思是——平行宇宙？"这个答案远远超出了我的预期，我目瞪口呆。

"一个扭曲了的平行宇宙。"头颅补充，"你们本来毫不相关，却在一个扭曲的时间点交互出现了。这样导致的结果就是，你，或者他，变成了这个'不规则'宇宙里的一个双向'修复点'。"

"修复点？"

　　"也就是说，你们两个人之中的一个，必须消失。这就好像画一条线一样，去掉其中的一个弯点，线又变成平直的了。"

　　"否则呢？"我无暇顾及头颅罕见的直观解说，我只想知道结果。

　　"寂静降临，整个世界都会崩塌，碎片滑入虚无。人类空间，魔界，所有的一切。"

　　我倒抽一口凉气，"按照你的说法，"我忍不住开口继续发问，"那么当初洛特巴尔因我而死……其实并不是一个偶然？"

　　"他不死你就要死。"头颅说，"和现在是同样的情况。"

　　"如果当初死的人是我，那么现在一切都会不同了。"

　　"你终于开窍了。"头颅响亮地吹了声口哨，"每一个事件的结果都引导出一个完全不同的世界。"

　　"所以希斯要煞费苦心重演这一切……"我的心脏怦怦乱跳，我按捺不住地开口，知道自己已经接近了迷宫的终点。

　　"洛特巴尔的突然死亡'关闭'了他那个世界的所有可能性。"头颅说，"因为用他的死亡作为'修复点'修正之后的这个世界，并不存在魔鬼洛特巴尔，当然也就不存在他的孪生兄弟希斯。"

　　现在我终于明白了。原来这就是希斯在背后操纵这一切的根本原因。他希望用我的死亡来改变他并不满意的结果，他希望用洛特巴尔的复活来创造他所属的世界。

　　他一定要杀掉我。因为如果我不死，他就会"消失"了。

　　难怪一路上每个人都告诉我，我很快就会死。

　　他们是对的。因为这是个再简单不过的逻辑问题。

　　四元素聚齐，洛特巴尔复活，而洛特巴尔复活的直接结果就是我的死亡。

　　所以至今为止，我前进的每一步，我拿到的每一个珍贵无比的信物，其实都不过是在向自己的坟墓里多挖一铲土。当我收集齐全部四件信物之时，就是我的生命终结之日。

真相大白。我后退了一步，脚下一软差点跌倒。

D扶住了我。但是我感觉他扶住我的手臂竟然在控制不住地颤抖。D在发抖。没有什么比这个更能让我恐慌的了。我紧张地抬起头，看着他的眼睛。噢，撒旦，我真的不敢看他的眼睛。他眼中深刻的悲哀让我的心脏瞬间碎裂成了一千片。就好像再次回到了刚刚那个可怕的幻境之中，枯竭老迈的他，用混浊的眼睛无助地注视着我。我无法忍受。

不只如此，我还在他的眼中看到了恐惧。就好像面对整个世界在眼前崩塌而无能为力的那种悲切的恐惧和无奈。

这不是我所认识的D。

我回头去看艾米丽。但是她的样子更糟糕。她似乎还没有从看到这一树干缩头颅的震惊中恢复。她也没有从失去小S的悲痛中恢复。她的脸上兀自挂着未干的泪痕，她的面色发青，她摇摇晃晃地站在那里，似乎马上就要晕倒了。

我喉咙发紧，心脏抽搐，因为这一切都是我的错。这一切和我的朋友们毫无关系。他们不应该承受这一切。

我不能让他们承受这一切。在我亲眼目睹那个可怕的幻境之后，我不能再次让他们承受这一切。

"最后一件信物在哪里？如果我找不到会发生什么？"我问头颅。

"既然你已经踏上了火精灵的领域。"头颅说，"你就一定会得到'萨拉曼达'的尾巴。这是上天注定的。"当说到这里的时候，它似乎变了个人。它不再是那个毫无耐心惹人讨厌的椰子壳了，而似乎变成了某种神秘的先知，对我传达着来自神灵的旨意。

我死死盯着它，"'上天注定'是什么意思？"

"这里是宇宙四元素中的最后一个领域，它被称为'看不见的国度'不是没有原因的。"头颅说，"如果你能够成功到达这里，你必定

就是上天选定的那个'收集者'。"

"'收集者'又是什么？"我追问。

"利用四元素的力量，在宇宙崩塌之前，复活那个世间唯一可以与'他'相匹敌之人。"头颅说，"这就是'收集者'的使命。"

我越来越糊涂了。

"因为'他'身上带有远古最强大的魔神的力量。你无法战胜他，整个魔域也没有人可以阻止他。元素精灵不能，巨龙和武士也不能。但是你的体内却沉睡着一个与他同等强大的力量。"

我懵懵懂懂，"如果希斯知道这一点，那他为什么还要复活洛特巴尔？"

"因为一个预言。"

"预言？"

"孪生兄弟终将统治人、魔、天三界。每个人都知道这个。"

"我不知道！"我冲它喊，"这又是怎么回事？"

"只是个预言而已。"头颅撇了撇嘴，"谁知道是不是真的？"

我要疯了。在走进这座迷宫之前，我从未想过这一切的发生。甚至就在我看到头颅的时候，我欣喜若狂，我以为自己将要获悉最后一件信物的线索。但结果是，不只是线索，现在我已经得到了全部真相。太多了。多得超出了我的预期，超出了我的接受范围。

我还是会死。但现在看起来这一点竟然已经不再重要。在我看到了另一个世界，看到那个可怕的幻境，看到衰老而无助的D和艾米丽之后，我的死根本就不算什么。我欠了艾米丽太多，我欠了D太多。现在该是我回报他们的时候了。我会实现自己的承诺，我会保护他们，我会带他们安全地离开这里，离开这个可怕的迷宫，离开这个疯狂扭曲着的世界。

唯一值得欣慰的是，我想自己毕竟还是幸运的。因为头颅告诉我，我是四元素的"收集者"。我终于可以利用自己这一无是处的身体，为我的同伴们，为爱我的人们，为面前的这整个世界，做点什么。就算为此牺牲自己的生命，但我相信沉睡在我体内的那个人会代替我，完成我所有的使命。他会战胜希斯，保护这个我们赖以生存的家园。因为他是如此温柔而强大，他的回归将造福众生。

于是我抬起头，坚定地开口：

"请告诉我，前往火精灵'萨拉曼达'的方向。"

72

"你已经找到他了。"头颅说，"他无处不在。"

脚下的大地再次颤动起来。树冠猛烈地摇晃，所有的头颅尖叫着在头顶荡来荡去。空气中弥漫着一股呛人的硝烟，红云遮蔽了天空，不远处几座石墙哗啦啦地倒塌了。我看到万马奔腾般的火焰，以排山倒海之力，怒吼着摧毁了高大的石墙，燃烧着的岩浆从缺口处喷涌而出，迅速漫过了全部的地面。

身处熊熊烈火之中，但我却感觉不到烧灼的疼痛。只是越来越浓的烟尘熏得我睁不开眼睛，周围所有的一切在炽热的空气中扭曲变形。我的眼睛充盈着泪水，我看到原先笔直的石墙像麻花一样拧成了螺旋状，那些石头的颜色逐渐加深了，呈现出一种好像烤煳了之后的赤褐色。眼前的景色极其怪异，我确定自己从未来过这个地方，但是不可思议的是，我竟然感觉似乎在哪里见到过这幅景象。难道它们也曾出现在我的梦境中吗？

我回头，但是在红色的烟尘中我看不到D或者艾米丽，而再转过头的时候，头颅似乎也不在了。我是说，广场中心那棵结满干缩头颅的枝

315

繁叶茂的大树，不见了！但是在大树消失的位置却有一团熊熊燃烧的火焰。

火焰中心有一个黑色的影子。

我屏住呼吸，一步一步向那个黑影走过去。飞掠的火苗不断扫过我的身体，我眯起眼睛，紧紧地盯着它，我看到一只蜥蜴俯卧在火焰正中。

一只巨大的蜥蜴，长着爬行动物的身体和一双类似人类的手臂。他正在用这双手托腮看着我，火焰在他的头顶奔腾跳跃，就好像一簇簇赤红色的羽翎。

我立刻想起了小S口中那个羽蛇神的故事。我毫不犹豫，此刻我面前正是火精灵萨拉曼达。

"我需要你的尾巴。"我清了清嗓子，直截了当地对他说。

"你现在已经知道了它的用途。"萨拉曼达在火焰中换了个姿势，缓慢而优雅地开口，"它和其他三件信物一样，它们救不了你。"

"我唯一的目的只是让洛特巴尔回来。"我说，"我欠他一条命。"

"你很勇敢。但他是否会依照你的愿望行事呢？"萨拉曼达歪过头，"如果他最终站到了他的兄弟一边呢？"

我心里咯噔一下，我想起了头颅口中的那个"所有人都知道"的预言。

孪生兄弟终将统治人、魔、天三界。

我摇了摇头，"这不可能。"我回答。

"你这么肯定？"萨拉曼达呼出一口气，炽热的火焰直接喷到了我的脸上。

我的喉咙间充满了炙烤的热气，我的眼睛干涩生疼，我咳嗽了一声，想使自己的发言听上去更有分量一些，"我不会允许他这样做。"

我大声回答，"因为我们是同一个人。"

"真的吗？"萨拉曼达反问，"那么D呢？他也把你们看做是同一个人吗？"

我愣住了。心底潜藏的英雄主义作祟，我总是想牺牲自己成就全局，就好像三百年前的魔女奥黛尔。她的自我牺牲导致了灵魂的分裂，空间的扭曲和我们现在面临的所有一切。可是我没有其他办法。我无法容忍看到老迈无助的D，我无法容忍这一切再次发生。从某种意义上说，也许悲剧重演就是解决问题的唯一途径。如果我们之中一定要有一个人死的话，我希望那个人是我。

"你爱他吗？你爱他等同于他爱你的程度吗？"

我不敢相信自己的耳朵。多少年以来，几个世纪以来，我从未怀疑过自己对D的感情。我唯一担心的事情只是他不能像我爱他一样爱我。但是宇宙间知晓一切的火精灵萨拉曼达，他竟然提出了完全相反的疑问。我呆呆地站在那里，不知道该如何回答他。

"如果你爱他，你首先顾及的应该是他的感受，而不是你自己的内疚和懊悔。不是你的自卑和消极，也不是你因此而膨胀的虚幻的个人英雄主义。"

我的脸颊发烫，是熊熊烈火正在我耳边炙烤的原因吗？

"死亡是最简单的结果，因为它只需要莽夫的勇气。"萨拉曼达轻轻开口，"但是把后续一切都交付给别人去承担，交付给爱你的人去承担，却并非是智者的作为。"

"告诉我，萨拉曼达，我应该怎么做。"

大概是因为我身处火精灵的领域——D说过火元素代表所有的爱恨、激情，还有接近神灵的精神力量。已如死灰的心底突然燃起了一个微弱的火星。小火星慢慢地膨胀、燃烧，逐渐温暖了我冰冷的胸腔。在见到萨拉曼达之前，我已经抱定了必死的决心，但现在我却在这里看到了希望。

"追随你的心，它会告诉你一切。"萨拉曼达伸了个懒腰，他再次变换了姿势，长尾巴随意地拍打着岩石上的火焰。

"我不想死。"我诚实地开口，"我不想失去D。但我同样想念洛特巴尔。我希望再次见到他，我希望他可以打败希斯，让这个世界重新恢复正常。"

"那就让这一切发生。"萨拉曼达用他慵懒的声音答道。

我震惊地看着他，再一次不敢相信自己的耳朵。上一秒头颅告诉我整个世界就要毁灭了，宇宙坍塌扭曲什么的，下一秒他告诉我其实并非如此。我觉得一定是我的耳朵出现了问题。否则就是我的理解能力作祟，我简直要发疯了。

让这一切发生。这就是萨拉曼达告诉我的解决办法。让世间一切事情如我所愿。这真的可能吗？

"相信你的心。因为信念可以创造奇迹。只要你对整个世界明确提出内心深处的要求，那么你就会在某种程度上实现愿望。"萨拉曼达用一种只属于神祇的空灵声音对我说，"难道你没有听说过吗？"

"我听说过很多事情。"我对他说，"我以为它们都是神话。"

"我们就活在神话里。"萨拉曼达说，"我们创造神话。神话因我们而生。"

"你的意思是，我可以改变这一切？"

"我不知道。"萨拉曼达摇了摇头，"只是宇宙间任何一件事情，都不存在单一的历史或者单一的未来，而是存在着每一可能的历史和每一可能的未来。"

"我明白了。"我深深吸了一口气，点了点头，"请把最后一件信物给我，我会努力让这一切发生。"

萨拉曼达微笑了。他轻轻一扭，身后那条长尾霎时脱落了。

他把最后一件元素精灵的信物交给了我。

我抬起头，看着周围奇异地扭曲起来的石墙迷宫，它们看起来愈发地熟悉了。我头脑中灵光一闪，我突然想起来自己到底在哪里见过它们了。但是这个答案过于异想天开，我无法说服自己，我也不敢确定。所以我再次小心翼翼地开口：

"我可以问你最后一个问题吗？"我问他，"我们现在到底是在哪里？这个'看不见的国度'，和我之前去过的那些地方，其实并不在相同的空间里，对吧？"

"你不是已经知道了吗？"萨拉曼达微笑地看着我，"相信你的判断，奥黛尔。相信你自己。"

然后他消失了，那团火焰也紧跟着消失了。我站在一片扭曲的废墟之中，手里握着萨拉曼达的尾巴。它又长又韧，就好像一条鞭子。

我想起了小S的故事。我学着故事里主人公的样子，用这条尾巴抽打地面上的焦土。

抽打一次，干燥的焦土消失了。

抽打两次，肥沃的土壤重新长出了嫩芽，周围的景色开始变幻。

抽打三次，我看到自己正站在一片葱绿色的平原上，朦胧的天色下，我看到层层叠叠的远山和密林，泉水叮咚，我正在一块岩石上抽打着那个果核。

妖精的果核。那个我卡住嗓子之后被吐出来的果核。

它的外形像是一个烤焦了的大杏仁，但是表面却像核桃一样覆满了弯弯曲曲的沟壑。仔细看的话，每一条细小的沟壑都是一个复杂的螺旋，它们好像拧麻花一样相互盘旋缠绕着形成了果核的全部表面。

我目瞪口呆地看着它，我终于证实了自己的想法。因为这就是那个"看不见的国度"，难怪诺姆看不见它，这个空间内所有的人都看不见它。因为它只存在于微观世界之中。

每一颗果核都是一个看不见的宇宙。

73

我看到D和艾米丽向我走过来。

"我拿到了最后一件信物！"我举起那条尾巴，开心地对他们大喊，"原来火精灵就住在这个果核上！"我现在全部都明白了，为什么在我吃下妖精的果实之后，干缩头颅就消失了。并不是小妖精或者希斯从中作梗，它只是自己"回去了"而已。

但可惜的是，我的同伴们看上去并非和我一样开心。D扑上来，一把抓住了我。

"你到底去了哪里？"他冲我吼。

我眨了眨眼睛，"你找了我很久？"

"你在我面前消失了！"他不可置信地看着我，"你消失了！！"

"呃，是我们还在迷宫里的时候？哪一次？"我的记忆突然发生了混乱，我盯着他的眼睛，小心翼翼地问，"我们从'常青之国'逃出来的时候跌了一跤，对吧？然后我们就一起掉进了火精灵的领域。那两扇刻着火焰文字的石头大门，还有那个迷宫，那棵挂满干缩头颅的大树，这些你都看到了，没错吧？"

D皱紧眉头，"这些我都看到了，所以呢？"

"所以我们就应该一直在一起啊。"我松了一口气，我怕他会提到迷宫里漫长的等待和可怕的衰老，因为我没有勇气继续向他解释一切。

"那么你的版本是什么？"我问他。

"我确实看到了那棵树，也看到了树上的干缩头颅。我看到你在和干缩头颅说话，我怎么叫你也没有反应。然后你就消失了！"

"你说什么？"

"你消失了。就好像没有'桥'的帮助突然跨入了另一个时空。"

"然后呢？"

"那个世界也随之坍塌了。我们睁开眼睛的时候已经到了这里。如果我没猜错，这里应该是'喜乐原野'，妖精和矮人的国度。"

我扭过头，看着周围熟悉的景色。是的，我们再次回到了"喜乐原野"，我记得这里朦胧的暮霭辉光，还有脚下青翠的平原和不远处幽暗的森林。我就在这里遭遇了小妖精的集市，被胁迫着吃下那个美味的水果。后来我们因为果核找到了诺姆，获得了第一件元素精灵的信物。现在这个果核居然又出现了，我刚刚还在上面找到了神秘的火精灵。这一切简直太神奇了。

"你拿到了火精灵的信物？"我的同伴突然间想起了这个。

"火精灵的信物就是萨拉曼达的尾巴。"我同时举起手里的尾巴和那个"百宝囊"，兴冲冲地对他说，"现在我们四件信物都收集齐了。"

但是对方关心的却是另外一件事。

"萨拉曼达和你说了什么？"他问。

让这一切发生。我默默地在心里重复。我想如果他仍能读到我的思想，他就会知晓一切。但是他只是死死皱着眉头，急切地期盼着我的回答。在这里，他会担忧，会愤怒，会紧张，会恐惧，他早已揭下了脸上那个完美的面具，他变成了一个彻彻底底的普通人。**而不普通的人是我**，因为我可以在众目睽睽之下倏地一下子消失，跨入火精灵领域中那个真正的"看不见的国度"，完成我作为"收集者"的使命之后安然回返。

我心跳加速，我突然想起了头颅对我过说的那些话。关于那个交互宇宙二中择一的悲剧。因为D告诉我，他只看到我在和头颅对话，我不知道他到底听到了多少。也许他已经知道了全部真相。也许他仍然一无所知。

而这就是我一直在恐惧的事情。我希望他始终相信努力就有结果，相信集齐这四件信物就可以令我活下去。因为D绝对不会让我去死。他绝不会允许这一切的发生。这样一来，他的处境就会比我更加危险。

所以我告诉他："萨拉曼达说，我做得很好。"我看着他的眼睛对他说，"我集齐了四元素，这是一件很了不起的事情。"

我的声音听上去比我计划的还要真实，但是D的眉头仍然皱得死紧，显然不为所动。

"诺姆的卷轴，人鱼的鳞片，凤鸟的羽毛还有萨拉曼达的尾巴。"我继续，"它们聚集在一起就可以令人起死回生。"

"怎么做？"

我愣住了。一直以来我所相信的，也不过就是头颅告诉我的这句话：集齐四元素可以令人起死回生。我对魔法一窍不通。我不知道该怎么运用这些信物，我不知道任何魔法阵或者符咒什么的。这些是薇拉的长项。就好像中世纪所有那些神奇的女巫一样，她似乎只要找一口大锅把所有东西放进去一煮再吧啦吧啦念个咒就完事了。

当我想到这里的时候，我似乎明白了一些事情。

我突然知道天鹅身边的那只鹦鹉是谁了。其实从一开始，这就已经是明摆着的事实。可笑我竟然一直被蒙在鼓里，我实在是太天真了。

薇拉不只诅咒了我们的婚礼。显而易见，她早已拉来了强大的魔王希斯做她的盟军。而希斯也同样需要她，不是么？他一心想复活自己的兄弟，实现那个统一三界的神秘预言，而薇拉就是最佳人选。作为一个称职的女巫，她显然知道这些信物的用法，而我即便四元素通通在手也只有干瞪眼的份儿。所以希斯才会放心大胆地让我去替他收集这些信物。因为他知道它们对我来说一点用处也没有。

现在我最强大的两个敌人已经并肩站在了一起。萨拉曼达，我在心底默默地念诵，告诉我，我们真的还有希望吗？

"只要活着就有希望。"D突然回答，似乎再一次读到了我的思想，"你还活着。"他勉强给了我一个微笑，"我们似乎暂时并不需要它们。"

我盯着自己手里的四件信物。多么讽刺，我好不容易得到了它们，却完全不知道用法。我确定的一点只是，收集它们并非是为了救我的命。或许正相反，就好像头颅刚刚告诉我的那样，收集它们的目的是为了杀死我（而复活洛特巴尔）。

我并没有因此而反驳D，我伸手从袋子里拿出了诺姆的卷轴。

鱼鳞、羽毛和尾巴都是显而易见的，没有什么暗藏的玄机。我现在只需要知道诺姆的卷轴上写了什么。他既然告诉我们"在最后关头打开"，我希望能够在上面找到些线索。最好是一个咒语什么的。最好简单一些。最好不要是拉丁语。

我默念着这一切打开了那个缠得紧紧的小卷轴。我不敢相信自己的眼睛。

我的愿望实现了，没有比这个结果更简单的了。

因为卷轴是空白的。上面连一个字都没有。

74

"他骗了我们！"我不可置信地抬起头看着D，我的声音因为震惊而发抖。

卷轴打开，我手中是一张空空如也的纸片。我不敢相信自己的眼睛。我们历经千辛万苦得到了人鱼的鳞片、风鸟的羽毛和萨拉曼达的尾巴，但是诺姆竟然骗了我们。这个该千刀万剐的可恶的小矮人，他竟然骗了我们！在最后关头，我们竟然没有得到任何来自地精灵的信物！

我愣在那里，我的大脑也像纸片一样完全空白了。所以当艾米丽再次不合时宜地尖叫起来的时候，我吓了一跳，根本没有反应过来。

"有人来了！"她指着我身后的方向，带点惊惶却又充满期待地开口，"会是齐格弗里德吗？"

我回过头。草坪中间不知道什么时候出现了一团熟悉的浓雾，从中走出了两个人影。

就算我并没有刚刚发现诺姆的骗局，我也绝没有艾米丽那么乐观。我绝不相信我们会有如此好运。我拉住艾米丽的手退后一步，警惕地看着那两个影子，我知道他们绝不会是小S和西尔夫。

艾米丽想挣脱我的手，但是她喜悦的叫声突然哑了，就好像被人迎面打了一拳。因为我的猜测不幸被证实了，来人并非小S和西尔夫，尽管他们同样来自"常青之国"。

来人是长着天鹅头颈的男子和长着鹦鹉头颈的女子。

他们是希斯和薇拉。

信不信由你，其实我一点都不感到惊讶。一直笼罩在我头顶的厄运此刻已经急转直下，我们的状况已经糟到不能再糟了。如果敌人再不抓紧时机赶快出场，我反倒会觉得奇怪了。

"好久不见了。"希斯微笑，"希望你们经历了一场愉悦的旅途。"

"托你的福。"D撇了撇嘴，"还算不坏。"

我知道他的意思。在经历了这一切之后，我们每个人都还活着，这已经算是意外之喜了。尽管我们目前"失去了"小S，但他从来就不是D所关注的。尽管这并非表明他就没有人关注。

"齐格弗里德在哪里？"艾米丽突然抢上来问。

希斯讶异地瞟了她一眼，"常青之国的某个地方。"他眯起眼睛打量着她，露出了一个意味深长的微笑，"他似乎迷上了那只白化病的小鸟儿。"

"你胡说！"艾米丽大喊。

"那他为什么没有和你们在一起？当我们情根深种的D先生小心翼翼地护着我们的女主角逃离宴会大厅的时候，当你一个人危险地在混乱的人群里挤来挤去的时候，他在哪里？"

艾米丽怔怔地看着他，她的眼眶红红的。"你胡说……"她重复，但是气场上已经输了。我想如果不是她死死咬住了嘴唇，她马上就要哭出来了。

我伸出手，扶住艾米丽摇摇欲坠的身体。我盯着希斯——现在他已经从那只天鹅变回了原形，变成了我记忆中希斯的脸，也就是D口中那个"戴着面具"的希斯的脸。这样最好。因为如果他露出原本的容貌，露出那张和洛特巴尔一模一样的面孔，我反而不知道该如何是好了。

毫无疑问，是他在常青之国救了我。因为在我作为"收集者"为他拿到最后一件信物之前，他必须保证我的生命。但是现在不同了。完全不同了。我已经完成了所有的任务。四件元素精灵的信物此刻就在我手上，近在咫尺，犹如他的囊中之物。

我对他来说已经没有用了。

我的头脑嗡嗡作响，意识到自己的死期将近。大概这一次就会是真的了。我想他可能会随便一挥手就把我置于死地，就好像在常青之国的时候，他举手投足带起的飓风，瞬间就夺去了那个王鹫士兵的生命。我深深地吸了一口气，安静地等待着。

"我们把信物给你，让她走。"D突然开口。

希斯看着他，露出一个神秘莫测的笑容，"你的意思是……"

"你了解我的立场。"D说，"如果你的目的只是想要那四件东

西，就应该立即接受我的提议。"

"否则呢？"希斯歪过头，饶有兴趣地看着他，"你打算正式对我宣战吗？"

D没有说话，竟似是默认了。

"啧啧，我好怕啊。"希斯做了个鬼脸，"当年'龙之子'的名号听起来还真是让人闻风丧胆呢。"

"让她走。"D重复。

"否则我们两败俱伤？"希斯收起了笑容，似乎认真地想了想，最后无奈地耸了耸肩，"好吧，你赢了！"他说，"来，把信物给交给这位小姐你就可以走了。"

最后那句话他是对我说的。希斯对我招了招手，然后指了指自己身边的薇拉。

我目瞪口呆。我不相信D竟然要把我们辛苦得到的一切拱手相让，我更不相信希斯竟然如此轻易地就答应了D的要求。我盯着自己手上的卷轴，再一次意识到它是空的。我立刻把它卷上系紧，装进袋子——如果到头来我们根本就没有得到地精灵的信物，那么袋子里这些东西就一点用处都没有。我似乎有点明白D的苦心了，只要我们可以暂时逃离眼前的局面，然后……

希斯在对我招手。我犹豫着，不敢迈出步子。他是认真的吗？他会遵守诺言吗？如果这又是另一场骗局呢？

可是我没有其他选择。D刚迈上一步就被希斯拦住了。我必须亲手把这四件信物交给薇拉——我曾经最要好的朋友，现在却是整个世上最恨我的人。在杀死我这件事情上，就算希斯没有动手，我相信她也绝对不会犹豫。

我再次做了一个深呼吸，然后向她走了过去。

一步之遥，我看到她金黄色的瞳孔蓦然放大，露出一个熟悉的隐狠之色，还有一丝快意，我心里咯噔一下，我知道自己完了。我再次中了对方的圈套。

就在我伸手递过那个装着四件信物的袋子的瞬间，薇拉向前一探，紧紧抓住了我的手。她殷红的双唇间低低念诵着一些我听不懂的拉丁语，紧接着"嘭"的一声巨响，我感到一股强劲的气流从脚下升起。强风刮得我睁不开眼睛，当我目能视物的时候，我看到草地上蓦然出现了一个巨大而透明的气泡，把我、薇拉，还有希斯三个人完全包在里面。我看到D不顾一切地扑上来拍打着气泡的表面，但马上就被同样的力道反弹了出去。

再一次被欺骗、愤怒、恐惧还有看到D绝望的表情带来的心痛，几股强烈的情感在我心中横冲直撞，我头晕目眩，几乎再次跌倒。

"很抱歉。"一双结实的手臂扶住了我，我听到耳畔传来希斯的声音，"四元素的信物只是个引子。我真正需要的，是你，奥黛尔小姐。噢不，或许我应该称呼你，'德库拉夫人'？尽管对于这个称谓来说，你看起来过于年轻了一点。"他习惯性地低头吻了一下我的脸，就好像在常青之国的牢狱中，那只天鹅做过的一样。我毛骨悚然地打了个激灵。

"不过我可以保证你会留下一具美丽的尸体。"他的声音骤然变冷，他放开了我。

但是我并没有倒下去。因为我突然不会动了。我四肢张开成一个"大"字，慢慢浮到了半空中，就好像一具木偶，一幅被钉到墙上的画。失去了灵魂、思想还有生命，用我无法眨动的双眼，木然观看周遭一切。

我看到D一次又一次冲击气泡的表面。但是他用力越大，反弹到自己身上的力道也就越大。作为魔鬼洛特巴尔的孪生兄弟，我悲哀地想，希斯一定了解D的力量，这个气泡根本就是为D而准备的。它就好像一层透明空气的屏障，柔软到极致，却轻松化解外界压力于无形。

我想转过头，我想闭上眼睛，我不忍心，我也无法正视D的懊悔和自责，看到他一次次为了我，作出无谓的努力和牺牲。但是我的身体不能自已，我被该死的魔法绑缚住了手脚，我连一根手指都无法活动。我甚至无法控制自己的眼睑。我只能眼睁睁地看着气泡里面和外面发生的一切。

我看到薇拉打开了卷轴，看到了空白的纸面。她愣了一下。

太好了。我对自己说。我第一次对小矮人的欺诈感到开心。但是好景不长。

希斯打了一个响指，小矮人立刻就出现了。

因为这里就是"喜乐原野"，这里原本就是妖精和矮人的国度。在这片土地上召唤一个矮人，以希斯的能力，应该并不是什么难事。我的希望再一次落空了。

诺姆像鼹鼠一样从脚下的草地里钻了出来。他掸了掸帽子上的土，仰头看着这个巨大的气泡，眨了眨眼睛，似乎还没有弄明白状况。

"这是你交给他们的？"希斯指着那张白纸问。

诺姆看了看气泡里面的我，又看了看气泡外面的D，不由自主地点了点头。

"地精灵的信物在哪里？"希斯问。

诺姆仰起头看他，紧张地用细小的舌头舔了舔嘴唇，"这就是地精灵的信物。"

"一张白纸？"

"你要把它'接地'。"诺姆转了转眼珠，小心翼翼地提出了建议。

薇拉弯下腰，将信将疑地把卷轴放在了地面上。

于是就像之前发生过的一样，在卷轴沾到土地的一瞬间，它立刻消失得无影无踪。

在卷轴消失的同一时间，诺姆也打算逃走，但是在他能够做出任何动作之前，希斯已经一把抓住了他。

"地精灵的信物在哪里？"他又问了一次。但这一次，任何人也无法从中听出一分耐性。

诺姆咽下一口口水，"我没有办法给你，"他说，"因为这世上根本就不存在所谓的'地精灵的信物'。"

希斯皱起眉头。薇拉伸出了手，嘴唇轻启……

"使用咒语也是无效的，"诺姆耸了耸窄小的肩膀，他沙哑着嗓子说，"因为我这一次说的是真话。"

希斯做了个手势，示意薇拉停止。"告诉我真相，"他对诺姆说，"从现在开始，小心你吐出的每一个字。"

诺姆擦了擦头上的汗，"集齐四元素的确可以令人起死回生，这并不假。但由于地族精灵的欺诈天性，我们并不像其他精灵那样可以提供出一个准确的'事物'。因为我们的信物就是'谎言'。"

"一个空白的卷轴？"

"或者任何事物。"诺姆耸肩，"反正它也不会起作用的。"

"或者……"希斯突然伸手一挥。太快了，我们谁也没看清他的动作。我只看到那个可怜的小矮人突然倒在了地上，他捂住自己的嘴，痛苦地在地上打滚，令人触目惊心的鲜血从指缝里源源不断地涌出。

"你的舌头。"希斯在我的震惊中残忍地结束了他的句子。

薇拉高举双手，脚下突然扬起沙尘，遮天蔽日，周围的一切都在旋转，我什么都看不到，气泡内部就好像突然变成了宇宙初始时候的混沌状态。猛烈的风沙迷了我的眼睛。我双眼疼痛，泪水再次模糊了我的视线，我看到混沌中缓缓浮现出了两扇紧闭的大门。

两扇不应该出现在这里的大门，至少不应该出现在"喜乐原野"上。它们通体漆黑，比水族宫廷中的大门更壮丽，比风族花园里的大门更宏伟，而且也像火族戈壁上的那两扇石头大门一样，上面密密麻麻地排列着古老的字符和花纹。

风沙越来越大了。就好像一场飓风沙尘暴，混淆了周围一切。但是我可以清晰看到希斯被鲜血浸透的手指间那个粉红色的小东西。他把诺姆的舌头直接甩在了那两扇大门上。

"地精灵的谎言。"

一滴血溅到门上，就好像水碰到了沙，立刻沿着那些凸凹的字符弯弯曲曲地渗了进去。坚不可摧的两扇大门震动了一下。

薇拉挥手甩出袋子里那片像贝壳一样的鱼鳞。

"水精灵的鳞片。"她尖声说。

大门狠狠摇晃了一下，那滴血水继续渗透，瞬间把整扇大门变成了可怖的血红色，就好像在门内突然燃起了熊熊烈火。

"火精灵的尾巴。"薇拉掏出那条像鞭子一样的蜥蜴尾巴，向不断震颤的两扇大门抽去。

大门剧烈地抖动，当鞭子抽上去的时候，就好像突然变成了两扇毫无重量的纸门，在猛烈的风沙中摇摆不休。

希斯伸出手，薇拉毕恭毕敬地把最后一件信物——风鸟的羽毛，放在了他的手心里。

希斯抬手至唇边，轻轻吹了一口气。蓝色的羽毛飘浮在空中，轻轻地飞向那两扇一触即开的大门。

"风精灵的羽毛。"希斯开口，他指着我的位置，"四元素已经聚齐，请打开地狱之门。把那个失去已久的灵魂，重新带回这个身体。"

我无法呼吸。我眼睁睁地看着那卷蓝色的长翎毛在空气中缓缓舒展开来，就好像一面璀璨的旗帜，或者空气中一只无形的手臂，遥遥地推了一下那两扇纸做成的门。

我感觉冷。在两扇大门开启的瞬间，无可抑制的寒冷好像一把长剑刺穿了我的心脏。我睁大双眼，但是什么都看不到，门后面是一团无止无休的黑暗。冰冷的黑暗。

风住了，沙土落回了地面，血液干涸，火焰也熄灭了。周围流动的空气突然凝固，就好像一滴骤然落下的松脂，把我像小虫一样包裹在里面形成了琥珀。

我困在琥珀里眼睁睁地注视着那团黑暗，门后面的那团黑暗，我看着它缓缓地流淌出来。

它没有形状，没有味道，没有声音也没有气味，就好像一汪水，或者是一阵风，一团火，一团灰尘颗粒聚集而成的影子，黑色的影子，慢慢逼近，然后贴上我的脸颊。

我想起来了。我曾经也处于同样的立场。在布朗城堡中，同时也在D的面前。薇拉召唤魔鬼洛特巴尔摧毁我的灵魂。但她那时候并不知道我们其实是同一个人。我很幸运，不是吗？洛特巴尔在察觉一切之后，牺牲自己成就了我。他的灵魂和我合二为一，他沉睡在我的体内直到这一天，这一刻。

相同的情况再次出现了。但是这一次，该进入沉睡的人是我。轮也轮到我了，这不是很公平的吗？何况我对他来说一无是处。他是如此强大，又是如此温柔。他会打败希斯，他可以保护我们共同爱的那个人，他会让他，快乐。

这一刻我已然了无牵挂。不是吗？我伸手抚摸他沉睡中的脸孔，精

致而霸气的轮廓，俊美而坚毅的五官。

"醒醒，我最亲爱的。"我吻上他的额头，附在他的耳边轻轻对他说，"代替我，成为我。成为奥黛尔。成为洛特巴尔。"

就在这个时候，整个气泡突然剧烈地颤动了一下，我听到薇拉发出了一声失音的尖叫。

气泡就在那个瞬间，破了。

"奥黛尔，戴上你的面具！"我听到一个熟悉的声音从远方传来。

我看到一个熟悉的人影狂奔着向我冲过来，在中途几乎跌了一跤，他拼命伸手要拉住我的手。

面具？我的面具不是已经给了艾米丽吗？要面具有什么用？

当我这样想着的时候，我看到洛特巴尔睁开了眼睛。

D冲到了我眼前。熟悉的冰冷扫过了我的指尖。但是我没能抓住。

因为黑影，无尽的黑影，就好像我在威尼斯的旅店走廊里看到的那些黑影，黑暗之中的黑暗，突然从四面八方全部涌了进来。

我看不到D了。我也看不到洛特巴尔。我更看不到希斯和薇拉。我全身都被黑影包裹，它们拉扯着我的头发和衣服，抓着我的手，拽着我的脚，抱着我的腰，搂着我的腿，压着我的肩膀，掐着我的脖子，如同暴风雨中黑暗的潮水，汹涌地漫过了我的身体，淹没了我的头顶。

我无法呼吸了。我看不见也听不到，瞬间失去了所有的感知。

我只知道自己是在下坠。

下坠，不停地下坠，就好像坠入了一个无底的黑洞。

坠入宇宙中最暗淡的虚无。

"天鹅"系列第三季《天鹅·余辉》完
2012-5-13于伦敦
"天鹅"系列最终曲《天鹅·永夜》将在2013年8月出版
敬请期待

十日谈

——精灵、传奇和姓名考

PRODUCER _ JIN LIHONG LI BO JING M,GUO / CHIEF EDITOR _ YANG XIAN FANG ZHAO
CONTRIBUTING EDITOR _ ZHANG JINGZI [FROM ZUI] / VISION ART _ ZUI Factor [zui@zuifactor.com]
COVER ART _ FU SHIYI [FROM ZUI Factor] / ILLUSTRA TION _ WANG HUAN [FROM ZUI]
MEDIA COORDINA TOR _ ZHAO MENG / PRINTING MANAGER _ ZHANG ZHIJIE
INTERNET SUPPORT _ SHANGHAI ZUI [WWW.ZUIBOOK.COM]

十日谈
——精灵、传奇和姓名考

文 / 恒殊

　　在"闪耀"之后，其实我的初衷是写一个简单的故事。一个单线式，类似于夺宝探险类的RPG。只可惜事与愿违，而且离题千里。这个故事确实是单线，但比起双线交织的"闪耀"却还要复杂得多。有时候想想，真不知道我为什么要持续不断地折磨自己。

　　但是我享受这种挑战，这正是创作的真正乐趣所在。"余辉"是我目前写过的最长的一个故事（而且远远没有结束），也是我创作生涯里第一个真正的奇幻故事。我写了超过十年的吸血鬼小说，但吸血鬼并不等于奇幻。而在这本书里，我第一次创造了一个魔法与精灵的世界。同时为了满足工科生自我膨胀的内心，我还在设定里加入了很多（伪）科幻元素。写作过程中我很开心，甚至在有些篇章里，你或许可以看到我自娱自乐的影子。

"余辉"开篇戏仿了薄伽丘的《十日谈》，后者讲的是佛罗伦萨的十个年轻人为躲避瘟疫离开城市，在偏僻的郊外，每人每天讲一个故事，一百个故事集结起来就是《十日谈》。我没有一百个故事，我只有四个故事。

水、土、风、火，四个元素精灵的故事。

四个故事之中，人鱼和风鸟的故事完全是凭空臆造的，但是矮人和蜥蜴是有来历的。矮人的故事来自两首诗和一个传说。一首是叶芝的《空中的魔军》，另一首则是本书开篇引用的那首克里斯蒂娜·罗塞蒂的《小妖精集市》。

现在我们提到妖精和精灵，基本都来源于凯尔特文化。凯尔特是一个超过三千年历史的古老种族，足迹遍布欧洲各地，被称为"欧洲人的祖先"。流散在欧洲大陆上的凯尔特人，由于各种原因民族特性逐渐稀释消除，只有一小部分迁居到不列颠群岛，尤其是爱尔兰的凯尔特人，在几千年的繁衍中保留了自身的民族性。凯撒在《高卢战记》中提到凯尔特战士勇猛异常，所以当年未对爱尔兰出手。同时基督教在爱尔兰传播时，圣帕特里克允许当地人保留自己的异教信仰，所以精灵文化才会在这里发扬光大。

叶芝（W. B. Yeats）和本文中的齐格弗里德"王子"一样是爱尔兰人。除去众所周知的诗人身份之外，他也是一位热忱的精灵学者，毕生收集整理妖精的传说。他写过一本优美的散文集《凯尔特的薄暮》，还编辑了一厚本《爱尔兰民间仙灵传说》，里面包括了王尔德母亲的作品。类似的书还有很多，著名的精灵研究学者凯萨琳·布里格（Katharine Briggs）写了四大卷《妖精词典》，奠定了精灵分类的基础，而我很喜欢的英国作家安吉拉·卡特（Angela Carter）临终前的最后一本书即《精怪故事集》。

另一位诗人克里斯蒂娜·罗塞蒂（Christina Rossetti），她的作品虽然不多，却在英国维多利亚时期的浪漫派中占据重要位置。她也是英国拉斐尔前派著名画家但·罗塞蒂的妹妹，和哥哥一起属于当时那个极端文艺和梦幻的小圈子。她的《小妖精集市》基本就是"余辉"的第一个灵感来源。在后面的篇章里，我也把这个集市重现了。

矮人的故事是四个故事里面最复杂的一个。它取了叶芝的人物（女主角的名字布丽姬），罗塞蒂的设定，然后以一个真实的澳洲土著传说结尾。乌尔潘（Wurrpan）是一个真正的土著名字，来自当地传说"Emu and the Jabiru"（鸸鹋和鹳）。就像希斯所说，它本身确实是一个土著的故事，只不过被我混在一起讲了出来。

蜥蜴的故事中，主人公伊希秋（Ixchel）这个名字来源于印第安玛雅神话中的女战神，也是雨和月亮的神。玛雅人崇尚羽蛇神不假，但这个故事完全是我编造的，尽管在玛雅的历史上，确实出现过一位受人爱戴喜着红衣的女王，死后墓穴被涂成红色，在挖掘时红色涂料仍保持完好。

进入魔界之后，我们的故事才终于正式展开。四片大陆的名字"喜乐原野""波涛下的国度""常青之国"和"看不见的国度"其实都是凯尔特传说中对精灵领地的称呼。当然，这些名字原本并非特指某种精灵的驻地，而就是一个笼统的称呼。

而元素精灵诺姆（Gnome）、温蒂妮（Undine）、西尔夫（Sylph）和萨拉曼达（Salamander）则来自文艺复兴时期德国–瑞士物理学家和炼金家帕拉赛尔苏斯（Paracelsus）对四大元素的命名。这几个名字经过无数浪漫派作者和小说家的演绎，在今天已经和奇幻世界紧密结合起来。诺姆是住在地下的矮人，温蒂妮通常是人鱼的形象，西

尔夫是身材苗条体态轻盈的年轻人（我把他写成了一只鸟），萨拉曼达就是火蜥蜴。

另外几个名字，塞图斯（Cetus）是鲸鱼座，源于希腊神话。故事是这样的：海洋女神忌妒埃塞俄比亚公主Andromeda的美貌，她们请来海神波塞冬淹没了整个国家，同时宣布只有把公主丢给海怪才能解除危难。国王无计可施，只好把公主绑在海怪出没的岩石上。但是英雄珀尔修斯爱上了美丽的公主，他杀死海怪，并用美杜莎的头颅将其变为石头。这个"打酱油的"海怪就是我们的人鱼勇士塞图斯。当然，这个传说和我们的故事并没有关系，我只是取了这个名字。我个人非常喜欢这个角色，他和水族女王温蒂妮是很萌的一对。至于执法者狄奥多（Thoedore），这个名字同样来自希腊，含义是"天赋"。我会在下一部"永夜"之中继续给大家讲述他的故事。

风族大陆上，白鸟梅拉妮（Melanie）的名字来自Melanippe，在希腊神话中，她是风神Aeolus的母亲（在《奥德赛》中给了奥德修斯一满袋风使他返航归家），符合故事里风族统领的形象；同时在亚马逊的历史上，她也是战神的女儿，是特洛伊战争中提过的两位著名的亚马逊女王希波吕忒（Hippolyta）和彭特西勒亚（Penthesilea）的姐妹。我原本也想用这两个人的名字作为两位风族女将领的名字，但因为太长而放弃了。最终使用的塞赫米特（Sekhmet）和奈瑟（Neith）是埃及的两位战争女神。不管怎么说，鸟头人身的设定多少会让人想到埃及的神祇。

最后，关于一群人围起来讲故事的这个模式，其实并非只出现在《十日谈》。卡尔维诺和托马斯·曼都使用过这种写法，一个雷电交加的夜晚，在一个命运交叉的小酒馆里，或者是一个偏僻的疗养院，故事开始。而在1816年夏天的日内瓦湖畔，诗人拜伦、拜伦的私人医生波里杜利、诗人雪莱和新婚妻子玛丽，还有玛丽的妹妹克莱尔，五个年轻人同样被困在恶劣的天气里讲起了鬼故事。后来拜伦建议大家把故事写出来，于是波里杜利写出了《吸血鬼》，这是历史上第一篇吸血鬼小说，而当时只有二十岁的玛丽·雪莱所创作的《科学怪人》则把一种被后人称为"科幻小说"的体裁带入了文学史。

吸血鬼和科幻小说！难道我们真的还需要其他吗？

恒殊

2012-5-18 于伦敦

ZUI Book

CAST
天鹅·余辉

作者
恒　殊

出品人
郭敬明

选题策划
金丽红　黎　波

项目统筹
阿　亮　痕　痕

责任编辑
杨　仙

助理编辑
方　钊

特约编辑
卡　卡

责任印制
张志杰

装帧设计
ZUI Factor　　www.zuifactor.com

设计师
付诗意

封面绘图
王　浣

内页设计
付诗意

出版社
长江文艺出版社

出品
上海最世文化发展有限公司

官方网站
www.zuibook.com

平台支持
最小说　ZUI Factor

2012年6-7月上海最世文化发展有限公司畅销书排行榜
| TOP25 |

排名	书名	作者
1	幻城（2008年修订版）	郭敬明
2	悲伤逆流成河（新版）	郭敬明
3	夏至未至（2010年修订版）	郭敬明
4	小时代1.0折纸时代	郭敬明
5	小时代2.0虚铜时代	郭敬明
6	陪安东尼度过漫长岁月	安东尼
7	这些 都是你给我的爱	安东尼 echo
8	临界·爵迹 I	郭敬明
9	临界·爵迹 II	郭敬明
10	少数派报告	郭敬明 主编
11	爵迹·燃魂书	郭敬明 等
12	告别天堂	笛安
13	橙—陪安东尼度过漫长岁月 II	安东尼
14	西决	笛安
15	南音（上）	笛安
16	最后我们留给世界的	郭敬明 主编
17	南音（下）	笛安
18	东霓	笛安
19	爵迹囧格	郭敬明 王羽 千厣
20	飞蛾特快	郭敬明 主编
21	小时代3.0刺金时代	郭敬明
22	爵	王浣
23	年华是无效信	落落
24	不朽	落落
25	下一站·神奈川	郭敬明 落落 笛安 消失宾妮 王小立

ZUI
Zestful Unique Ideal

图书在版编目（CIP）数据

天鹅·余辉/恒殊著.--武汉：长江文艺出版社，2012.8
ISBN 978-7-5354-5775-2
I.①天…II.①恒…III.①长篇小说-中国-当代 IV.①I247.5
中国版本图书馆CIP数据核字（2012）第063316号

天鹅·余辉

恒殊著

出 品 人：郭敬明　　　　　　　　装帧设计：ZUI Factor
选题策划：金丽红 黎 波　　　　　设 计 师：付诗意
项目统筹：阿 亮 痕 痕　　　　　　封面绘图：王 浣
责任编辑：杨 仙　　　　　　　　 内页设计：付诗意
助理编辑：方 钊　　　　　　　　 媒体运营：赵 萌
特约编辑：卡 卡　　　　　　　　 责任印制：张志杰

出版：长江出版传媒　长江文艺出版社

电话：027-87679310　　　　　　　传真：027-87679300
地址：湖北省武汉市雄楚大街268号湖北出版文化城B座9-11楼
邮编：430070
发行：北京长江新世纪文化传媒有限公司
电话：010-58678881　　　　　　　传真：010-58677346
地址：北京市朝阳区曙光西里甲6号时间国际大厦A座1905室
邮编：100028
印刷：三河市鑫利来印装有限公司
开本：700×1000毫米 1/16　　　　印张：21.5
版次：2012年8月第1版　　　　　　印次：2012年8月第1次印刷
字数：270千字

定价：29.80元

sina新浪读书
book.sina.com.cn

我们承诺保护环境和负责任地使用自然资源。我们将协同我们的
纸张供应商，逐步停止使用来自原始森林的纸张印刷书籍。这本
书是朝这个目标前进迈进的重要一步。这是一本环境友好型纸张
印刷的图书。我们希望广大读者都参与到环境保护的行列中来，
认购环境友好型纸张印刷的图书。